AF522901

Es ist Ende Mai auf Kreta, und auf der Insel blüht es an allen Orten. Im Süden der Insel haben sich zahlreiche Urlauber am Strand von Frangokastello zu einem gruseligen Event eingefunden. Die Legende besagt, dass im Morgengrauen die Drosoulites, die »Seelen des Taus«, auferstehen und für einige Minuten über den Strand ziehen. Doch in diesem Jahr kommen keine Seelen zum Vorschein, sondern die Skelette zweier Männer. Beide weisen Einschusslöcher auf. Also Mord? Bei seinen Ermittlungen erfährt Kommissar Michalis Charisteas eine unglaubliche Geschichte.

»Ein unterhaltsames Buch mit viel Kreta-Flair, in dem alte Traditionen und modernes Leben aufeinandertreffen.«
Bayerischer Rundfunk zu ›Kretische Feindschaft‹

Nikos Milonás alias *Frank D. Müller* hat sich bereits im jungen Alter von 17 Jahren bei seiner ersten Kreta-Reise in die Mittelmeerinsel verliebt. Aus einem kühlen norddeutschen Sommer kommend, war er überwältigt, als er vom Schiff aus die Küste zu Gesicht bekam und der intensive Duft von wildem Thymian übers Meer zu ihm herüberwehte. Seither verbringt er so viel Zeit wie möglich auf Kreta und hat Land und Leute fest ins Herz geschlossen. In seinem deutschen Leben wohnt der gebürtige Hamburger mittlerweile in München, arbeitet als Regieassistent und Dokumentarfilmer und ist (Co-)Autor diverser TV-Sendungen (u.a. »München 7«).

Weitere Informationen finden Sie auf www.fischerverlage.de

Nikos Milonás

Kretisches Schweigen

Der dritte Fall für Michalis Charisteas

FISCHER Taschenbuch

Aus Verantwortung für die Umwelt hat sich der S. Fischer Verlag zu einer nachhaltigen Buchproduktion verpflichtet. Der bewusste Umgang mit unseren Ressourcen, der Schutzw unseres Klimas und der Natur gehören zu unseren obersten Unternehmenszielen.

Gemeinsam mit unseren Partnern und Lieferanten setzen wir uns für eine klimaneutrale Buchproduktion ein, die den Erwerb von Klimazertifikaten zur Kompensation des CO_2-Ausstoßes einschließt.

Weitere Informationen finden Sie unter: www.klimaneutralerverlag.de

Erschienen bei FISCHER Taschenbuch
Frankfurt am Main, April 2023

Dieses Werk wurde vermittelt durch
die Michael Meller Agency GmbH, München.
Redaktion: Ilse Wagner

Satz: C.H.Beck.Media.Solutions, Nördlingen
Druck und Bindung: CPI books GmbH, Leck
Printed in Germany
ISBN 978-3-596-70064-6

Die Küsten stehn im Morgenlicht,
das Meer stellt sich noch schlafend,
der Osten setzt ein Lächeln auf,
Stolz breitet aus der Westen,
die Sonne ihre Strahlen schmückt,
wie nie zuvor wir's kannten.

Vicenzos Cornaros, Erotokritos

Die Tore zum Himmel und zur Hölle
liegen direkt nebeneinander und gleichen einander aufs Haar.

Nikos Kazantzakis

Personenverzeichnis

Michalis Charisteas, Mitte 30, Kommissar in Chania
Hannah Weingarten, Anfang 30, Kunsthistorikerin
Pavlos Koronaios, Anfang 50, Partner von Michalis

Sotiris Charisteas, Bruder von Michalis, Wirt des *Athena*
Takis Charisteas, Vater von Michalis, Wirt des *Athena*
Loukia Charisteas, Mutter von Michalis
Elena Chourdakis, Schwester von Michalis
Nicola Charisteas, Frau von Sotiris
Sofia Charisteas, 10, Tochter von Sotiris
Loukia Charisteas, 8, Tochter von Sotiris
Markos Chourdakis, Schwager von Elena

Paula und Daniel, Freunde von Hannah, Anfang/Mitte 30

Jorgos Charisteas, Leiter der Mordkommission von Chania
Myrta Diamantakos, Assistentin in der Polizeidirektion
Ioannis Karagounis, Leitender Kriminaldirektor von Chania
Kostas Zagorakis, Chef der Spurensicherung
Lambros Stournaras, Gerichtsmediziner Chania
Christos Varobiotis, IT-Spezialist

Galatia und Nikoletta, Töchter von Koronaios,
18 und 20 Jahre alt

Vangelis Kitsikoudis, Ende 40, Busfahrer, nebenberuflich Imker
Sideris Vamvounakis, Mitte 40, Betreiber einer Tankstelle
Nestor Vamvounakis, Anfang 40, verleiht Mountainbikes und bietet Touren an, Cousin von Sideris
Ilias Doxiadis, Mitte 50, Bäcker in Sfakia

Marilita Kitsikoudis, Mitte 40, Ehefrau von Vangelis
Leandra Kitsikoudis, Anfang 20, Tochter von Vangelis
Stavroula Vamvounakis, Ende 30, Ehefrau von Sideris
Evros Vamvounakis, 12-jähriger Sohn von Sideris
Despina Vamvounakis, Anfang 40, Ehefrau von Nestor
Nitsa Doxiadis, Anfang 50, Ehefrau von Ilias

Orfeas Embirikos und **Jordan Stantschew,** getötete Kirchenräuber, beide gestorben mit Mitte 20
Violeta Embirikos, Anfang 30, Chemikerin, Schwester von Orfeas

Alekos Tatsopoulos, Revierleiter Polizei Sfakia, Anfang 50
Fanis Karalakis, Ende 20, Verdächtiger aus Loutro, Tavernenwirt, Vermieter
Pavlos Karalakis, Vater von Fanis und Timos
Pater Konstantinos, Priester in Sfakia
Vater und Sohn **Panagiotis,** Wirte aus Komitades
Vater und Sohn **Kalogeraki,** Ziegenhirten

Theo Brokalakis, Mitte 30, Ikonendieb, Tischler
Ariadne Brokalakis, Mitte 30, Frau von Theo

u. a.

1

Jedes Geräusch konnte ihn verraten, das wusste er. Seine rechte Hand schmerzte, denn in der mondlosen Nacht war er gestolpert und in die stachelige Macchia gestürzt. Trotzdem presste er das Paket unbeirrt an die Brust und rang nach Luft. Statt sich aufzurichten, war er durch das Gestrüpp gerobbt und hatte sich nicht nur die Hand, sondern auch das Gesicht zerkratzt, bis er hinter einem Felsen und einigen Wacholderbüschen Deckung gefunden hatte.

Zwei Schüsse. Zwei Schüsse, die von den Bergen widerhallten, und dann immer neue Schüsse und die dumpfen Geräusche, als die Kugeln die am Boden liegenden Körper trafen.

Der kalte Wind zerrte an den Sträuchern und Olivenbäumen.

Der Mann, dessen Gesicht er nie wieder vergessen würde, schien Witterung aufzunehmen.

2

Seit Tagen schlief Michalis unruhig. Auch in dieser Nacht war er wach, als die Hauswand gegenüber noch im Dunkeln lag und lediglich ein silberner Schimmer des Monds zu erkennen war. Aus der Ferne hörte er die tuckernden Motorengeräusche der Fischerboote, die bald nach Sonnenaufgang im kleinen Fischerhafen von Chania anlegen würden.

Hannah hatte sich immer wieder umgedreht, und als sie endlich ruhig atmete, war Michalis hellwach. Seine Freundin haderte mit ihrer Zukunft, und ihm war klar, dass er sie nicht drängen durfte.

Vor zwei Wochen war Hannah auf Kreta gelandet, und die gesamte Familie Charisteas war aufgeregt zum Flughafen gefahren, um Frau Doktor Hannah Weingarten in Empfang zu nehmen. Da hatte Michalis bereits gewusst, dass seine Freundin Sorgen hatte, und nach ein paar Tagen war es auch seiner Familie aufgefallen. Hannah hatte sich zwar bemüht, fröhlich und unbeschwert zu erscheinen, doch es war ihr nicht immer gelungen.

»Wenn Hannah jetzt ein Doktor ist, kann sie dann auch operieren? Und im Krankenhaus Leute gesund machen?«, hatte Loukia, Michalis' jüngste Nichte, wissen wollen. Natürlich konnte Hannah das nicht, sie hatte einen Doktor in Kunstgeschichte, aber das musste eine Achtjährige nicht verstehen.

»Wenn ich wüsste, wie es bei mir weitergeht, dann wäre alles einfacher«, hatte Hannah geflüstert, als sie beide nachts wach lagen. Sie hatte zwar ihren Doktortitel für ihre Arbeit über El

Greco, den von Kreta stammenden Maler, mit Auszeichnung gemacht, jedoch keinen Job, und das frustrierte sie zutiefst. Der Plan, mit ihrem Doktorvater van Drongelen die nächsten zwei Jahre in Berlin, Madrid, Athen und auf Kreta eine internationale Gesamtschau El Grecos auf die Beine zu stellen, war geplatzt. Die spanische Regierung hatte sich aus der Finanzierung zurückgezogen, und an ihrer Stelle war eine große deutsche Autofirma eingesprungen. Hannah war von Anfang an skeptisch gewesen, ob das gut gehen könnte, und hatte recht behalten. Van Drongelen war ausgestiegen, als die Autobosse Einfluss nehmen wollten, weil er die Freiheit der Kunst bedroht sah. Deshalb wollte Hannah eigentlich nicht nach Kreta fliegen, sondern in Berlin Kontakte knüpfen und sich weltweit auf Stellenausschreibungen bewerben, doch da sie mit Freunden schon lange ausgemacht hatte, zur gleichen Zeit auf Kreta zu sein und ihnen die Insel zu zeigen, war sie schließlich doch geflogen.

Während sich über Chania am Horizont das erste Blau zeigte und Michalis Hannahs warmen Körper an seinem Rücken spürte und schließlich doch wieder einschlief, wurde im Süden Kretas, am Strand von Frangokastello, der Wind stärker. Ein gutes Dutzend Urlauber, die die Nacht unter freiem Himmel verbracht hatten, verkrochen sich in ihre Schlafsäcke, um sich gegen den Sandflug zu schützen. Sie hatten seit Stunden gehofft, die riesenhaften Gestalten der *Drosoulites* zu sehen, jene schattenhaften Wesen, die sich angeblich alle paar Jahre im Mai aus dem Sand erhoben und an der imposanten venezianischen Festungsruine oberhalb des Strandes vorbeizogen. Diese Erscheinungen, so versicherten viele Kreter, könnten jedoch nur bei völliger Windstille auftauchen. Zwar hatte kaum einer der Urlauber ernsthaft daran geglaubt, dass es diesen gespensterhaften Spuk gab, doch die Vorstellung, zu Hause von Geistern erzählen zu können, hatte sie hierhergetrieben.

Es war ein junges österreichisches Pärchen, das als Erstes aufgeben wollte, weil der streunende Hund, den sie seit einigen Tagen in ihre Obhut genommen hatten, unruhig wurde und winselte. Und es war ein deutscher Familienvater, der nach vielen Nordsee-Urlauben sofort wusste, was bei Wind zu tun war: eine Sandburg bauen.

Eine halbe Stunde später war dieser Sandwall bereits einen Meter hoch und wuchs weiter, denn auch die Österreicher wussten die Vorteile so einer Schutzwand zu schätzen, während die Italiener, Spanier und Holländer angesichts dieser Bauwut die Köpfe schüttelten und sich lieber auf die Öffnung der Strandtaverne freuten.

Der streunende Hund hatte, als die Sandburg immer mehr wuchs, zu kläffen begonnen und war schließlich in die Mulde gesprungen, die beim Graben entstanden war. Dort scharrte er, bis er stolz einen länglichen, kräftigen Knochen präsentierte. Eine ältere Engländerin, die mit ihrer besten Freundin eigentlich nur einen frühen Spaziergang am Strand machen wollte, näherte sich der Grube und musterte diesen Knochen. Als ehemalige Krankenschwester war sie von dessen Form irritiert und hätte am liebsten selbst in der mit Wasser gefüllten Vertiefung nachgesehen. Doch zwei Italiener hielten sie zurück, stiegen in die Grube, lenkten den Hund mit den Resten einer italienischen Wurst ab und reichten den Knochen nach oben. Die englische Krankenschwester war sicher, den Oberarmknochen eines Menschen in Händen zu halten. Einer der Italiener suchte im Sand vorsichtig weiter und stellte entsetzt fest, dass immer mehr Knochen zum Vorschein kamen.

»Soll ich dir nicht wenigstens noch einen *Elliniko* machen?«, bot Michalis verschlafen an, als Hannah hektisch dabei war, sich gleichzeitig anzuziehen und ein paar Sachen zu packen.

»Nein, die beiden klingeln garantiert jeden Moment, die kommen immer zu früh!«

»Auch morgens um sieben?«, erkundigte sich Michalis spöttisch, obwohl er sich diese Frage hätte sparen können: Er kannte Hannahs Freundin Paula und ihren Mann Daniel aus Berlin und wusste, dass eine Verabredung um sieben Uhr für sie bedeutete, um Punkt sieben aufzubrechen. Für einen Kreter wäre es unhöflich, um diese Uhrzeit pünktlich zu sein, und auf jeden Fall wäre noch Zeit für einen Frappé gewesen. Zumal die drei lediglich die Ausgrabungsstätte des minoischen Palastes von Phaistos besuchen wollten. Und da kam es auf eine halbe Stunde eigentlich nicht an.

Tatsächlich klingelte es bereits um kurz vor sieben. Michalis streckte den Kopf über die Balkonbrüstung und sah den hochaufgeschossenen Daniel frisch geduscht mit noch nassen, leicht gewellten Haaren vor dem Haus stehen. Er trug ein sehr edles helles Leinenhemd und eine Stoffhose mit Bügelfalte. Nicht gerade das typische Outfit eines Touristen, doch Michalis kannte Daniel als jemanden, der gern signalisierte, keinesfalls zum Durchschnitt zu gehören.

»Hannah ist gleich so weit, kommt doch solange hoch!«, schlug Michalis vor.

»Paula wartet im Wagen, und ich weiß nicht, ob ich da vorn parken darf«, entgegnete Daniel und deutete auf das Ende der *Odos Georgiou Pezanou*.

Natürlich war es offiziell verboten, das wusste Michalis, aber das hatte noch nie jemanden interessiert.

»Falls es Probleme geben sollte, regle ich das«, bot Michalis an, doch Daniel winkte ab.

»Sehen wir uns heute Abend im *Athena*? Oder musst du lange arbeiten?« Hannah stolperte, weil sie gleichzeitig in ihre Turnschuhe schlüpfen und Daniel vom Balkon aus zuwinken wollte.

»Wenn nichts Ungewöhnliches passiert, hab ich um fünf Feierabend.«

Hannah gab Michalis einen flüchtigen Kuss und hetzte aus der Tür. Sie verhielt sich anders, wenn ihre deutschen Freunde in der Nähe waren, das hatte Michalis bereits bei seinen Berlin-Aufenthalten festgestellt. Und auch das war etwas, was ihm Sorgen bereitete. Denn die Hannah, in die er nach drei Jahren immer noch verliebt und mit der er sehr glücklich war, gab es vielleicht nur auf Kreta. Und ob Hannah auf Dauer hier sein wollte, schien Michalis unsicherer zu sein als bisher.

Michalis war seiner Gewohnheit treu geblieben, auf dem Weg in die Polizeidirektion Frappés und einige *kalitsounia* für seinen Partner Koronaios und ihre Assistentin Myrta zu besorgen und sie im Koffer seines Rollers zu transportieren.

»*Efcharisto*! Danke!«, sagte Myrta, als Michalis ihr den Frappé und die gefüllten Teigtaschen reichte.

»Liegt heute etwas an?«

Er stellte diese Frage jeden Morgen, auch wenn die Antwort seit Wochen dieselbe war. Den letzten größeren Fall hatte es im Winter gegeben.

»Ja …«, erwiderte Myrta, und Michalis sah sie überrascht an.

»Ja? Was denn?«

»Der Revierleiter von Sfakia hat sich gemeldet. Ich habe ihm gesagt, dass ihr ihn zurückruft.«

»Und worum geht es?«, wollte Michalis wissen.

»In Frangokastello haben einige Touristen am Strand etwas

gefunden. Aber das wollte euch der Revierleiter selbst sagen. Er schien nicht sicher zu sein, ob das ernst zu nehmen ist.«

»Okay, ich ruf ihn an.«

Myrta reichte ihm die Notiz mit der Telefonnummer.

»Du weißt, was das Besondere an Frangokastello ist?«, erkundigte sie sich.

Michalis musste nur kurz überlegen.

»Da gibt es die Ruine einer alten venezianischen Festung, oder? Und da spukt es, war das nicht so? Diese, wie heißen die noch, diese …«

»Die Drosoulites. Alle paar Jahre ziehen diese Schattenwesen über den Strand. Ende Mai«, erwiderte Myrta.

Der Revierleiter Alekos Tatsopoulos teilte Michalis am Telefon mit, dass einige Touristen am Strand von Frangokastello eine Sandburg bauen wollten und dabei möglicherweise auf menschliche Knochen gestoßen waren.

»Meines Erachtens könnten das auch Knochen von einem Tier sein, aber vielleicht sind die dafür wirklich zu groß«, teilte Tatsopoulos sachlich mit.

»Und wer behauptet, dass es Knochen von Menschen sind?«

»Eine der Touristinnen ist eine englische Krankenschwester. Sie schwört, dass es der Oberarmknochen eines Menschen ist.«

»Das sollte sich doch am besten ein Arzt ansehen«, schlug Michalis vor.

»Unser Arzt hat heute frei und ist mit seinem Schwiegervater auf der Jagd. Außerdem meinte er, er sei nur für die Lebenden zuständig und auf keinen Fall für Skelette.«

»Gut, ich melde mich gleich«, entgegnete Michalis, legte auf und rief den Gerichtsmediziner Lambros Stournaras an.

»Ich bin in drei Minuten bei euch«, sagte Stournaras sofort.

Ein Knochenfund in Frangokastello schien in seinen Ohren interessant zu klingen.

Stournaras war nicht der Einzige, den dieser Fund neugierig machte. Kostas Zagorakis, der Chef der Spurensicherung, kam ebenfalls mit, und auch Jorgos Charisteas, Michalis' Vorgesetzter und Onkel, wollte wissen, was der Revierleiter von Sfakia gesagt hatte. Nur Pavlos Koronaios, der Partner von Michalis, fehlte noch, was ungewöhnlich war.

Alle kannten die Legende von den Drosoulites, den *Seelen des Taus*, jenen stolzen kretischen Widerstandskämpfern, die vor zweihundert Jahren am Strand von Frangokastello im Kampf gegen eine türkische Übermacht gestorben waren und angeblich ein Mal im Jahr zum Leben erwachten. Allerdings lag es viele Jahre zurück, dass jemand diese Erscheinungen gesehen hatte.

»Entweder«, verkündete Kostas Zagorakis in einem Tonfall, als seien die Knochenfunde seine Entdeckung, »erwartet uns in Frangokastello eine archäologische Sensation, die weit über Kreta hinaus Bedeutung haben wird.«

»Oder?«, fragte Lambros Stournaras.

Alle wussten, dass Stournaras sich ärgerte, wenn sein Kollege von der Spurensicherung so tat, als sei seine Arbeit bei der Aufklärung von Morden am wichtigsten.

»Oder« – Zagorakis fuhr sich durch die nach hinten gekämmten und frisch gefärbten Haare – »wir machen einen Ausflug zum Strand und geben den Dorfpolizisten ein bisschen Nachhilfe in Anatomie.«

»Vielleicht«, entgegnete Michalis trocken und ignorierte die Überheblichkeit des Kollegen, »stoßen wir auch auf eine menschliche Leiche, die nichts mit den Drosoulites zu tun hat. Und dann könnte viel Arbeit vor uns liegen.«

»Darauf werde ich vorbereitet sein«, erwiderte Zagorakis und verließ das Büro, bevor ihm weitere Überlegungen die gute Laune verderben konnten.

Michalis rief den Revierleiter von Sfakia zurück und informierte ihn, dass die Mordkommission sich auf den Weg machen werde.

»Das ist gut«, entgegnete Alekos Tatsopoulos, der am Strand von Frangokastello stand. »Meine Leute sind alle vor Ort. Wir sichern den Fundort, bis Sie hier sind.«

Pavlos Koronaios war noch immer nicht aufgetaucht und ging auch nicht ans Handy. Aber bevor Michalis sich Sorgen machte, rief er doch noch zurück.

»Ich hab meine Frau und meine Tochter zum Flughafen gebracht« – Koronaios stöhnte –, »aber bitte frag nicht, warum das so lange gedauert hat!«

Michalis war sicher, dass sein Partner ihm früher oder später erzählen würde, was passiert war, und informierte ihn über den Knochenfund. Koronaios erklärte, in zehn Minuten bei der Polizeidirektion anzukommen. Bevor sie auflegten, zögerte er, und Michalis ahnte, dass sein Partner am liebsten schon jetzt seinem Ärger über seine Familie Luft gemacht hätte. Offenbar war nur eine von Koronaios' Töchtern abgeflogen. Was war mit der zweiten?

Eine Viertelstunde später verließen Michalis und Koronaios Chania über die *Odos Apokoronou*, fuhren an der Bucht von Soudha und der großen Kaserne vorbei und bogen bei Vrisses von der Schnellstraße ab, um die kurvenreiche Strecke nach Sfakia an der Südküste zu nehmen.

»Wenn in Frangokastello wirklich menschliche Knochen vergraben sind«, überlegte Koronaios, »und es Leute gibt, die glauben, es könnte sich um ihre Vorfahren handeln …«

»Was dann?«

»Dann sollten wir mehr über diese Legende der Drosoulites herausfinden.«

Michalis lächelte. So weit war er auch schon gewesen.

»Es wird ja behauptet«, fuhr Koronaios fort, »dass die Türken die Leichen der Aufständischen damals einfach am Strand liegen lassen haben und sie nie beerdigt wurden. Und dann hat der Wind die Toten im Lauf der Zeit mit Sand bedeckt.«

»Lass uns hoffen, dass es die Knochen einer toten Ziege sind«, erwiderte Michalis skeptisch. Er befürchtete, dass diese Knochen am Strand ein Geheimnis bargen, dem sie nur mühsam auf die Spur kommen würden.

Schon bald hinter Vrisses stieg die Straße an und wurde kurvenreicher. Richtung Westen ragten die Gipfel der Weißen Berge mit Resten von Schnee auf, und je höher sie kamen, desto verlassener wirkte die Gegend. Michalis saß am Steuer und beobachtete, dass Koronaios immer wieder unruhig auf sein Handy blickte.

»Unglaublich, dass schon unsere Vorfahren ihre Tiere im Sommer bis in diese Gegend gebracht haben«, meinte Koronaios unvermittelt, nachdem sie über mehrere Kilometer keine Häuser, dafür aber an den Hängen immer wieder Ziegen und Schafe gesehen hatten. »Damals gab es diese Straße ja noch nicht. Ein mühsames Leben.«

Auch Michalis wusste, wie schwer es die Menschen hier früher gehabt hatten. Jetzt, Ende Mai, war die Gegend saftig grün, und die Tiere fanden genug zu fressen, doch schon in wenigen Wochen würde auch hier alles braun und vertrocknet sein.

Die von rot und weiß blühendem Oleander gesäumten Kurven wurden enger, und obwohl die Sonne am blauen Himmel stand, schien sich die Landschaft zu verdunkeln. Bei *Katré* war Richtung Osten eine schmale und tief eingeschnittene Schlucht zu erkennen, deren Boden nie ein Sonnenstrahl erreichte. Kurz darauf öffnete sich die Landschaft wieder, und die fruchtbare Hochebene von Askifou tauchte vor ihnen auf.

»Meine Frau hatte es satt«, sagte Koronaios unvermittelt, »dass unsere Älteste seit einem Jahr behauptet, sie würde sich um ihre Zukunft Gedanken machen, obwohl sie sich nirgendwo beworben hat, sondern nur mit ihren Freundinnen unterwegs war.«

Michalis erinnerte sich, dass Nikoletta im letzten Jahr die Schule beendet hatte und eigentlich Ärztin werden wollte.

»Deshalb ist meine Frau heute mit ihr zu Verwandten nach Thessaloniki geflogen. Dort soll Nikoletta sich jetzt wenigstens mal die Uni ansehen und sich dann endlich für ein Medizinstudium bewerben.«

»Und was gab es heute früh für Probleme?«, erkundigte sich Michalis.

»Kurz vor dem Flughafen fiel Nikoletta ein, dass sie ihren Ausweis vergessen hatte. Und meine Frau war sicher, dass sie den absichtlich liegen lassen hat, um nicht nach Thessaloniki zu müssen.«

Michalis war klar, dass das nur ein Teil des Dramas gewesen sein konnte.

»Wir sind also zurückgefahren, und zu Hause stellten wir fest, dass Galatia, unsere Jüngere, nicht allein war. Ihr Freund war gekommen. Offenbar dachte Galatia, dass sie sturmfreie Bude hat.« Koronaios schüttelte den Kopf und stöhnte. »Und meine Frau gibt jetzt mir die Schuld. Denn sie wollte, dass meine Schwägerin zu uns kommt, solange sie mit Nikoletta in Thessaloniki ist. Galatia hat deshalb einen riesigen Aufstand gemacht und mich so lange bearbeitet, bis auch ich dagegen war, dass die Tante tagelang bei uns wohnt.« Wieder blickte Koronaios auf sein Handy, als warte er auf schlechte Nachrichten. »Und was macht meine Galatia als Erstes? Holt sich ihren Freund ins Haus und behauptet, dass er sie nur zur Schule bringen sollte. Du kannst dir ja denken, was bei uns los war.«

Ja, das konnte sich Michalis denken.

»Wie lange wird deine Frau in Thessaloniki sein?«, fragte er.

»Bis Ende der Woche. Vier Tage. Aber so, wie sie sich heute früh aufgeregt hat, könnte sie auch in zwei Tagen schon wieder hier sein.«

Michalis hatte den Eindruck, dass es Koronaios auf der Zunge lag, nach Hannah zu fragen. Sein Partner war der Einzige, mit dem Michalis bisher darüber gesprochen hatte, dass Hannah deprimiert und unzufrieden war, doch Koronaios war zurückhaltend genug, ihn nicht mit Fragen zu bedrängen. Und Michalis war froh, durch diesen neuen Fall auf andere Gedanken zu kommen.

Sie hatten den Ort Imbros erreicht, und Michalis musste abbremsen, da mehrere Kleinbusse und viele Wanderer die Straße blockierten. Von hier aus starteten die Touristen in die Schlucht, die von Imbros nach Komitades und damit kurz vor die Küste führte. Michalis sah Koronaios an, und der zog nur spöttisch eine Augenbraue hoch. Sicherlich weckte dieser Anblick auch bei ihm die Erinnerung an einen Fall im letzten Hochsommer, wo sie bei brütender Hitze durch die Samaria-Schlucht zum Tatort hatten laufen müssen.

Wenig später passierten Michalis und Koronaios den ersten von mehreren kleinen Straßentunnel, vor dessen Eingang Felsbrocken, die sich im Winter von den Hängen gelöst hatten, notdürftig zur Seite geschoben worden waren. Zum ersten Mal war das Blau des Meeres zu sehen, und wenig später erreichten sie die engen Serpentinen, die hinunter zur Küste führten.

Kurz vor Chora Sfakion, dem größten und zentralen Ort der Gegend, der von den Einheimischen genauso wie die ganze Region nur *Sfakia* genannt wurde, zweigte eine schmalere Straße links Richtung Frangokastello ab. In Komitades, dem ersten von mehreren kleinen Orten, staute sich der Verkehr, da es in den sehr engen Kurven kaum Platz für zwei Autos gab. Und auch danach kamen sie wegen der vielen Schlaglöcher, denen sie ausweichen mussten, nur langsam voran.

3

Auf diesen letzten Kilometern registrierte Michalis eine enorme Anzahl an kleinen und größeren Kirchen. Ein streng religiöser orthodoxer Christ, dessen Glaube von ihm verlangte, sich an jeder Kirche zu bekreuzigen, hätte hier kaum einmal beide Hände am Steuer haben können.

»Hast du hier in der Gegend schon mal ermittelt?«

»Noch nie. In über zwanzig Jahren nicht. Scheint eine sehr friedliche Gegend zu sein«, erwiderte Koronaios.

»Oder die Leute lösen ihre Konflikte selbst, so dass die Polizei nichts davon mitbekommt«, meinte Michalis. Er wusste, wie tief das Misstrauen besonders der alten Kreter gegenüber allem, was mit dem Staat zu hatte, saß.

Die Ruine des venezianischen Kastells war schon von weitem zu erkennen. Frangokastello, stellten Michalis und Koronaios fest, war kein normaler Ort mit einem zentralen Platz. In der grünen, von sandigen Wegen durchzogenen Ebene standen kilometerlange Reihen Olivenbäume, und nur alle paar hundert Meter gab es Häuser. Lediglich die Hauptstraße, die an der Küste entlang zum Kastell führte, war von Geschäften, Tavernen, Autovermietungen und Wohnhäusern gesäumt.

Der Fundort liegt auf Höhe des Kastells, hatte der Revierleiter von Sfakia am Telefon gesagt. Michalis hielt dort neben drei Einsatzwagen der Polizei, und beide Kommissare stiegen aus. Koronaios warf einen Blick auf sein Handy.

»Meine Frau und meine Tochter scheinen ohne weitere Probleme in Thessaloniki angekommen zu sein«, verkündete er.

Auch Michalis blickte auf sein Display. Hannah hatte ein Foto geschickt, das sie und ihre Freundin Paula in den Ruinen von Phaistos zeigte. Michalis hatte als Kind mit der Schule diese Überreste des minoischen Palastes besichtigt und war von der Weitläufigkeit der Anlage ziemlich eingeschüchtert gewesen. *Beeindruckend* schrieb er Hannah als Kommentar zurück und machte von oben ein Foto des Strands, um es ihr zu schicken.

Der Weg nach unten führte über einen unbefestigten, gewundenen Schotterweg an einer Strandtaverne vorbei. Die Fundstelle lag direkt unterhalb des Steilhangs und war mit Absperrband notdürftig gesichert. Vier uniformierte Polizisten standen um die Grube herum und wurden von überwiegend älteren, kretischen Männern bedrängt. Der langgezogene Strand war voller roter und blauer Sonnenschirme und Strandliegen, und im hinteren Bereich lagen Touristen in der Sonne, und Kinder spielten im Sand. In einiger Entfernung von den aufgebrachten Einheimischen stand eine Gruppe Urlauber mit einem Hund, und Michalis vermutete, dass sie es waren, die die Knochen entdeckt hatten. Zwischen dieser Gruppe und den Badenden lagen gut fünfzig Meter menschenleerer Strand. Die Vorstellung, Tote könnten unter dem Sand vergraben sein, schreckte die Touristen vermutlich ab.

Ein weiterer Polizist – Michalis ging davon aus, dass es der Revierleiter war – sprach beruhigend auf die Einheimischen ein und näherte sich dann den Mordkommissaren.

»Gut, dass Sie da sind«, begrüßte Alekos Tatsopoulos, der Revierleiter aus Sfakia, Michalis und Koronaios. Sein Händedruck war kräftig. Der drahtige, groß gewachsene Mann war Anfang fünfzig, hatte dunkles, volles Haar und einen gestutzten Schnauzbart in einem glatt rasierten, braun gebrannten Gesicht. Sein klarer, entschlossener Blick vermittelte Korrektheit und Unbestechlichkeit.

»Warum sind die Leute so aufgebracht?«, erkundigte sich Michalis.

Tatsopoulos warf den Männern einen Blick zu.

»Sie kennen die Geschichte von den Drosoulites?«, fragte er.

»Die Legende von den riesigen Gespenstern? Wir haben davon gehört«, entgegnete Koronaios.

»Gespenster …« Alekos Tatsopoulos verzog den Mund. »Die Leute hier nehmen das ziemlich ernst. Und einige sind überzeugt, dass heute Nacht die Knochen ihrer Vorfahren aufgetaucht sind.« Er deutete auf die Gruppe von Urlaubern, die von der Wasserkante neugierig zu ihnen herüberblickten. »Dort drüben stehen die Leute, die die Knochen entdeckt haben. Sie hatten am Strand übernachtet, um auf die Drosoulites zu warten.«

»Es gibt Leute, die eine ganz Nacht hier draußen auf diese … Geister warten?« Koronaios war überrascht.

»Ja«, erwiderte Tatsopoulos, »wie jedes Jahr Ende Mai. Dieses wilde Campen ist wie überall in Griechenland eigentlich verboten, aber solange es nicht in laute Partys ausartet, lassen wir sie in Ruhe.«

Koronaios blickte zu den Einheimischen. »Wir sollten mit ihnen reden. Dann wissen sie, dass wir uns um die Sache kümmern.«

Alekos Tatsopoulos nickte und ging auf die Männer zu, die Michalis und Koronaios skeptisch musterten.

»Die Mordkommission aus Chania ist eingetroffen und übernimmt die Ermittlungen. Ihr werdet ihre Arbeit nicht behindern und den Anordnungen Folge leisten!«

Michalis und Koronaios klärten mit einem kurzen Blickwechsel, wer von ihnen reden sollte. Zwar waren sie beide groß gewachsen und in der Lage, sich Respekt verschaffen, doch Koronaios' dröhnende Stimme konnte einschüchternd wirken, wenn er es darauf anlegte.

»Meine Herren!«, rief Koronaios und hob beide Hände. Die Männer verstummten. »Die Spurensicherung und unser Gerichtsmediziner werden in Kürze eintreffen und diese Knochenfunde begutachten. Wir werden Sie danach über unsere weiteren Schritte informieren.«

Die Leute murrten, denn das hatte ihnen bereits der Revierleiter mitgeteilt.

»Bis wir wissen, um was für Knochen es sich handelt« – Koronaios blickte Alekos Tatsopoulos an – »müssen wir einen größeren Bereich um die Fundstelle sichern und fordern Sie auf, weiter zurückzutreten.«

Die einheimischen Männer folgten seinen Anweisungen nur widerwillig. Erst als Tatsopoulos sich einmischte, wichen sie zurück, so dass das Absperrband in einem Radius von zwanzig Metern um das Loch herum gespannt werden konnte.

Michalis nutzte die Zeit, um diese Männer zu beobachten. Einige von ihnen waren, nachdem Alekos Tatsopoulos die Mordkommissare aus Chania vorgestellt hatte, nach hinten getreten und hatten von dort aus zugehört. Zwei Männer, die Mitte vierzig sein mussten, fielen Michalis besonders auf. Während die meisten anderen aufgebracht und empört waren, schienen diese beiden besorgt zu sein. Der eine von ihnen war untersetzt und trug eine beige Windjacke, der andere wirkte mit dunkelblauem Sakko, Sonnenbrille und streng nach hinten gekämmten, grau melierten Haaren wie ein smarter Geschäftsmann.

Während die Einheimischen Platz machten, hatte sich die Gruppe der Urlauber genähert. Einige von ihnen schossen Fotos.

»Wer hat dieses Loch überhaupt gegraben? Und warum?«, fragte Michalis.

»Heute Nacht hat der Wind aufgefrischt, und einer der Familienväter ist auf die Idee gekommen, zum Schutz eine Sandburg zu bauen«, entgegnete Alekos Tatsopoulos.

»Lassen Sie mich raten«, meinte Michalis, »das war ein deutscher Familienvater?«

»Woher wissen Sie das?«, erkundigte sich der Revierleiter.

»Ich war mal im Sommer auf einer Nordseeinsel«, erwiderte Michalis. Tatsächlich war er mit Hannah vor drei Jahren einige Tage auf Norderney gewesen und hatte die Gewohnheit deutscher Urlauber beobachtet, aufwendige Sandburgen zu errichten und als ihr persönliches Revier zu verteidigen.

»Dann wissen Sie ja, wen ich meine«, erwiderte Tatsopoulos und deutete auf einen Mann, der ihnen mit seinen zwei kleinen Söhnen zusah. »Und die zwei dort« – er zeigte auf ein Pärchen – »das sind die Österreicher, deren Hund den Knochen entdeckt hat.«

Der Hund schien eines der vielen herrenlosen, verwilderten Tiere zu sein, in die sich Touristen manchmal regelrecht verliebten. Für Kreter war das nur schwer zu verstehen, wilde Hunde wurden hier eher verjagt als versorgt.

»Die beiden älteren Damen, die barfuß im Wasser laufen, das sind die Engländerinnen. Die mit dem roten Kopftuch ist die Krankenschwester, die glaubt, die Knochen gehören zu einem Menschen. Die beiden Männer hinter ihr sind die Italiener, die dem Hund den ersten Knochen abgenommen und weitere entdeckt haben.«

»Wo sind diese Knochen jetzt?«, erkundigte sich Michalis.

»Wir haben sie wieder in die Grube gelegt. Dort konnten wir sie am besten sichern«, erwiderte Tatsopoulos.

Aus der Ferne waren Martinshörner zu hören. Vermutlich

wollten sich Zagorakis oder Stournaras auf dem Weg durch die engen Kurven von Komitades Platz verschaffen, dachte Michalis. Er übernahm die Befragung der Urlauber, bemerkte jedoch schnell, dass er von ihnen nicht viel mehr erfahren würde, als er von Tatsopoulos bereits wusste, und bat den Revierleiter, die Namen, Telefonnummern und Hotels der Touristen, die bei dem Fund der Knochen dabei gewesen waren, notieren zu lassen.

Michalis ging zu Koronaios, und gemeinsam stellten sie fest, dass Zagorakis tatsächlich seiner gesamten Abteilung einen Ausflug an den Strand gegönnt hatte. Aus zwei Kombis stiegen vier Mitarbeiter, und neben ihnen hielt ein Kleintransporter. Stournaras hatte ebenfalls seine Assistentin, die Michalis noch nie außerhalb des Labors gesehen hatte, mitgebracht. Er lächelte, denn trotz aller Unterschiedlichkeit waren Zagorakis und Stournaras ein eingespieltes Duo. Beide waren sehr selbstbewusst, auch wenn das bei Zagorakis mit seiner kaum verhüllten Eitelkeit offensichtlicher war als bei dem hageren Stournaras.

Der wie meistens gut gelaunte Gerichtsmediziner kam als Erster an den Strand, ließ sich von seiner Assistentin kniehohe Gummistiefel reichen, zog Plastikhandschuhe an und stieg in die Grube. Zagorakis gab die Anweisung, seine drei Wagen über den Schotterweg so nahe wie möglich auf den Strand zu rangieren, warf einen Blick in die Grube und ordnete an, wasserfeste Gummi-Latzhosen mit Stiefeln, wie sie Angler benutzten, auszuladen.

»Und?«, fragte Koronaios ungeduldig, als Stournaras sich nach einigen Minuten aus der Grube helfen ließ.

»Eindeutig.« Stournaras zeigte auf einen länglichen Knochen in der Grube. »Im Labor werde ich ihn später gründlich untersuchen. Aber das dort unten ist ohne Zweifel der Oberarmknochen eines Menschen.«

Michalis und Koronaios traten zu Alekos Tatsopoulos, der hinter der Absperrung gewartet hatte, und berichteten ihm leise, was Stournaras festgestellt hatte.

»Könnte die Situation außer Kontrolle geraten, wenn die Männer erfahren, was wir wissen?«, fragte Michalis.

»Ich will ehrlich sein«, entgegnete der Revierleiter. »Diese Männer respektieren mich, aber ihre Vorfahren sind ihnen heilig.«

»Gut, dann sollten wir sie nicht unnötig provozieren. Ich werde ihnen sagen, dass es noch etwas dauern kann, bis wir Gewissheit haben«, schlug Koronaios vor und blickte Michalis an. Der nickte, und auch Tatsopoulos schien das für das sinnvollste Vorgehen zu halten.

Die Leute waren mit dem, was Koronaios ihnen mitteilte, offenbar unzufrieden, trotzdem gelang es ihm, die Männer zu vertrösten. Die Ersten von ihnen waren vermutlich seit den frühen Morgenstunden hier und verabschiedeten sich, da sie sich jetzt, am späten Vormittag, endlich auf den Weg zur Arbeit machen mussten.

Die beiden Männer, die Michalis vorhin schon aufgefallen waren, blieben jedoch am Strand. Der Untersetzte legte seine beige Windjacke ab, stand jetzt in einem blau-schwarz karierten Hemd und einer schwarzen Stoffhose schwitzend in der Sonne, während der Smarte nur noch sein hellblaues Hemd trug, das Sakko über die Schulter geworfen hatte und leise auf den Untersetzten einredete. Der hörte ihm mit einem misstrauischen Gesichtsausdruck zu.

Beeindruckt verfolgte Michalis, wie Zagorakis und seine Leute ihr weiteres Vorgehen planten. Alekos Tatsopoulos wurde von ihnen aufgefordert, den abgesperrten Bereich noch einmal deutlich zu erweitern, damit sie einen weitläufigen Sichtschutz errichten konnten. Dann legten sie mit Leitern und Brettern einen Zugang zur Grube, zogen ihre Anglerhosen an und kletterten nach unten.

»Kannst du etwas darüber sagen, wie lange die Knochen dort gelegen haben?«, fragte Michalis leise. Er stand mit Koronaios beim Gerichtsmediziner.

»Ich habe an den Knochen kein Weichgewebe mehr feststellen können«, erwiderte Stournaras zurückhaltend. »Bisher kann ich wirklich nur spekulieren ... Aber nehmen wir mal an, die Leiche lag jahrelang in etwa anderthalb Meter Tiefe im Sand, und die Verwesung ist ähnlich wie in einem normalen Erdgrab verlaufen ...«

»Was dann?«, unterbrach Michalis ihn.

»Irgendetwas zwischen fünf und fünfzehn Jahren. Aber das ist wie gesagt der übliche Zeitraum in Erdgräbern. Festnageln lasse ich mich darauf noch nicht.«

»Natürlich nicht. Aber es ist eine erste Orientierung«, erwiderte Michalis.

»Und wenn ihr mit den Einheimischen redet.« Der Blick von Stournaras ging zu der kleiner gewordenen Gruppe hinter der Absperrung. »Dies hier sind nicht die Knochen der getöteten Widerstandskämpfer von 1828. Wir stehen noch ganz am Anfang, und ich habe mich bemüht, nichts zu verändern, um Zagorakis die Arbeit nicht zu erschweren. Aber ich habe gut erhaltene, schmale Knochen bemerkt, vermutlich Fingerknochen. Die wären nach fast zweihundert Jahren nicht mehr in einem so guten Zustand. Dieses Skelett ist sehr viel jünger, davon könnt ihr ausgehen.«

Stournaras blickte zu dem Sichtschutz, hinter dem die Grube verschwunden war.

»Ich würde mir jetzt aber gern ansehen, was der Kollege Zagorakis dort treibt«, sagte Stournaras und ging unter dem Absperrband hindurch. Michalis und Koronaios folgten ihm und sahen, dass Zagorakis dabei war, eine regelrechte Ausgrabungsstätte einzurichten. Seine Leute hatten provisorische Spundwände verankert, um zu verhindern, dass noch mehr Wasser von den Seiten her in die Grube sickerte. Zagorakis hockte mit weißen Handschuhen im Wasser und legte vorsichtig weitere Knochen frei. Einer seiner Mitarbeiter fotografierte jeden der neuen Funde. Obwohl ihm der Spurensicherer mit seiner Eitelkeit oft auf die Nerven ging, so musste Michalis doch immer wieder anerkennen, wie professionell und unbeirrt Zagorakis arbeitete.

Auf Michalis' Smartphone waren neue Nachrichten angekommen. Hannah hatte ihm ein weiteres Foto geschickt, auf dem sie Arm in Arm mit Paula an einem Strand posierte. Im Hintergrund ragte eine sandfarbene Felswand auf, die wie ein Käse mit vielen Löchern durchzogen war. *Weißt du, wo ich bin?*, hatte Hannah dazu geschrieben. Michalis war sicher, diese Felswand schon einmal gesehen zu haben. Während er überlegte, sah er, dass auch Koronaios auf sein Handy blickte, verärgert den Kopf schüttelte und eine Nachricht tippte.

»Jetzt fragt meine Frau mich zum dritten Mal, ob ich schon etwas von Galatia gehört habe. Dabei ist die wie jeden Vormittag in der Schule! Aber meine Frau scheint zu glauben, Galatia sei von ihrem Freund entführt worden, bloß weil sie seit einer Stunde nicht antwortet. Hoffentlich geht das nicht den ganzen Tag so«, schimpfte Koronaios.

In dem Moment, als Koronaios das Wort *entführt* aussprach, fiel Michalis ein, wo Hannah sein musste: am Strand von Matala. In den Höhlen von Matala hatten in den sechziger und siebziger Jahren Hippies aus aller Welt gelebt, doch schon vorher war Matala berühmt gewesen. Denn hier war Zeus in Gestalt eines Stiers mit der von ihm entführten Prinzessin Europa an Land gegangen. *Aber lass dich nicht entführen!,* schrieb er Hannah zurück und erhielt wenig später drei Smileys.

»Wir sollten mit dem Wirt reden.« Koronaios deutete in die Richtung der kleinen Strandtaverne. »Vielleicht betreibt er den Laden schon länger, so dass ihm mal etwas aufgefallen ist.«

Der Tavernenwirt war ein Mann Mitte dreißig mit Vollbart und langen, dunklen Haaren. Er hatte die Taverne von seinem Vater übernommen und arbeitete seit über fünfzehn Jahren hier. Er hätte auch ein Aussteiger sein können, der seine Nächte im Schlafsack am Strand verbrachte, dachte Michalis, als er in seinen ausgetretenen Sandalen angeschlurft kam.

»Es wäre mir aufgefallen, wenn hier ein tiefes Loch gegraben worden wäre, aber ich bin natürlich nur im Sommer hier. Im Winter wohne ich bei meiner Familie oben in Imbros, bei unseren Oliven und Ziegen«, ließ er Michalis und Koronaios wissen.

Der Wirt wandte sich ab und brachte einen Bauernsalat zum Tisch zweier Männer, die holländisch sprachen. Auf dem Tisch lag eine Spiegelreflexkamera, und da die meisten Urlauber mit ihren Handys fotografierten, waren diese Holländer Michalis schon vorhin am Strand aufgefallen.

»Eines noch«, flüsterte der Wirt. Offenbar wollte er etwas sagen, das seine Gäste nicht hören sollten. »Seit einigen Jahren müssen wir unsere Terrasse in jedem Frühjahr abstützen, weil sie im Winter abgesackt ist. Nächstes Jahr wollen wir das Fundament erneuern, denn die Wellen und die Stürme tragen offenbar immer mehr Sand ab. Der ganze Strand scheint sich zu verlagern.«

Der Wirt ging mit ihnen von seiner Terrasse herunter zum Strand, bis er sicher war, dass niemand sie hören konnte.

»Von den Drosoulites wissen Sie ja sicher«, fuhr er leise fort.

»Ja. Selbstverständlich«, erwiderte Koronaios.

»Ich will Sie nicht beunruhigen«, raunte der Wirt, »aber mit den Drosoulites verstehen die Leute hier keinen Spaß. Viele Familien leben seit Jahrhunderten in der Gegend, vor allem oben in den Bergen. Und die wissen genau, wer von ihren Vorfahren damals im Kampf gegen die Türken gefallen und nie wieder aufgetaucht ist.«

»Wir sind ja noch nicht einmal sicher, ob es sich wirklich um menschliche Knochen handelt«, warf Koronaios schnell ein.

Der Wirt lächelte.

»Doch, das sind Sie. Sonst würden Sie mir nicht Fragen stellen, und ihre Kollegen würden keine Absperrungen aufbauen. Da unten liegt das Skelett eines Menschen, und etwas anderes glaubt Ihnen hier sowieso niemand.«

Er musterte Michalis und Koronaios eindringlich.

»Sagen Sie den Leuten so schnell wie möglich die Wahrheit. Es könnte sonst sehr ungemütlich werden.«

»Wie meinen Sie das?«, wollte Koronaios wissen, denn die Worte des Wirts hatten bedrohlich geklungen.

Der Wirt zuckte mit den Schultern. »Die Menschen hier sind misstrauisch. Ein Sfakiote vertraut nur einem Sfakioten. Aber dass wissen Sie ja hoffentlich.«

Ja, die Menschen aus der Sfakia hatten einen berüchtigten Ruf, das wusste Michalis. Sie hatten über Jahrhunderte gegen die Türken und später auch gegen die deutsche Wehrmacht erbitterten Widerstand geleistet, und sie galten bis heute auf Kreta als sehr patriotisch und unberechenbar.

Der Wirt drehte sich um und schlurfte Richtung Terrasse zurück.

»Warten Sie bitte«, hielt Michalis ihn auf und folgte ihm. »Dieser Ort, Frangokastello …«

»Ja?«

»Es gibt keinen Dorfplatz, kein Kafenion, und Häuser nur an einer Straße.«

»Die meisten Häuser wurden erst gebaut, seit die Touristen den Strand entdeckt haben«, erwiderte der Wirt.

»Und vorher? Da hat hier niemand gewohnt?«, wollte Koronaios wissen.

»Früher kamen die Piraten, sobald sich jemand angesiedelt hatte, und haben die Leute ausgeraubt und umgebracht. In den Bergen war es sicherer, dorthin drangen die Piraten nicht vor.«

»Wenn hier im Lauf der Jahre verstärkt Sand abgetragen wird«, überlegte Michalis laut, als sie sich dem Sichtschutz näherten, »dann lagen die Knochen vor einigen Jahren vielleicht sogar noch tiefer im Sand.«

»Und wer auch immer sie dort vergraben hat, ging davon aus, dass sie nie wieder auftauchen würden.«

Sie warfen einen Blick auf die Grube, die deutlich breiter geworden war. Oben, im Sand, lagen auf zwei Planen mehrere Knochen. Eine Pumpe sorgte dafür, dass das nachsickernde Wasser durch einen Schlauch aus der Grube Richtung Wasserkante lief. Das Gelände ähnelte immer mehr einer Ausgrabungsstätte von Archäologen.

Zagorakis kniete in der Grube und schien Michalis und Koronaios nicht zu bemerken. Stournaras trat jedoch zu ihnen.

»Zagorakis braucht noch einen Moment. Aber« – er deutete auf die sorgfältig ausgebreiteten Knochen – »da drüben liegen mittlerweile drei Schulterblätter.«

Michalis und Koronaios sahen Stournaras überrascht an.

»Drei?«, entfuhr es Koronaios, und Michalis spürte, wie sich Unruhe in ihm ausbreitete. Drei Schulterblätter. Also mindestens zwei Tote. Das war eine Neuigkeit, die er nicht erwartet hatte.

»Gebt mir noch etwas Zeit, dann kann ich euch vielleicht mehr über die beiden Toten sagen«, fügte Stournaras hinzu und ging zurück zu den bisherigen Fundstücken.

»Zwei Tote. Mindestens. Und vor einer Stunde waren wir noch nicht mal sicher, ob es sich überhaupt um menschliche Knochen handelt«, meinte Koronaios, und auch er schien alarmiert zu sein.

»Falls Stournaras Hinweise auf Gewalteinwirkung findet, müssen wir mehr über die kretischen Aufständischen von 1828 und diese Drosoulites wissen«, erklärte Michalis.

»Glaubst du jetzt etwa doch, dass diese Knochen seit fast zweihundert Jahren hier liegen?«

»Nein … Aber vielleicht wollte jemand, dass wir genau das denken, wenn die Knochen eines Tages gefunden werden«, erwiderte Michalis.

Etwa zwanzig Minuten später öffnete Zagorakis den Sichtschutz, blickte sich nach Michalis und Koronaios um und winkte ihnen. Dabei achtete er darauf, dass niemand einen Blick auf das werfen konnte, was er und seine Leute bisher geborgen hatten, und schloss den Schutz hinter den beiden sorgfältig.

Die Pumpe, die das Wasser an den Strand beförderte, war noch immer in Betrieb, auch wenn an drei Seiten die provisorischen Spundwände dafür sorgten, dass nur wenig Wasser in die Grube sickern konnte. An der vierten Seite arbeiteten die Mitarbeiter von Zagorakis mit Werkzeugen vorsichtig daran, weitere Knochen zu bergen und die Funde zu fotografieren, bevor sie diese auf der Plane oberhalb der Grube ablegten. Sie alle trugen noch immer ihre Gummihosen und waren schweißgebadet, doch das schien sie nicht zu stören. Denn das, was sie hier zutage förderten, elektrisierte sie regelrecht.

Michalis brauchte einen Moment, um zu begreifen, warum Zagorakis und seine Mitarbeiter fast ehrfürchtig ihre Arbeit verrichteten: Auf den Planen lagen nicht nur zahlreiche längliche Knochen, die die vollständigen Skelette bereits erahnen ließen, sondern auch zwei Schädel, die Stournaras gerade untersuchte.

»Wie ihr seht, handelt es sich um zwei Leichen«, begann Zagorakis. »Ich gehe davon aus, dass wir ihre Skelette vollständig bergen werden.«

»Respekt«, entgegnete Koronaios, »gute Arbeit.«

Zagorakis nickte und tat so, als hätte er das Lob überhört. »Das Wichtigste kann euch Lambros später sagen. Aber ich kann euch versprechen, dass sich die Öffentlichkeit für diese Funde sehr interessieren wird.« Damit stieg Zagorakis über die Leiter wieder in die Grube. Michalis und Koronaios wandten sich Stournaras zu.

»Nach meiner ersten Begutachtung gehe ich davon aus, dass es sich um zwei junge Männer handelt.« Stournaras machte eine Pause und wartete die Wirkung seiner Worte ab.

Michalis verzog das Gesicht. »Zwei junge Männer … Darf ich fragen, warum du das so schnell vermutest?«

»Darfst du, aber fast noch interessanter ist etwas anderes. Hier.«

Stournaras deutete auf die Schädelknochen sowie die Schulterblätter und einige Rippen.

»Ihr seht, was ich sehe?«

Michalis und Koronaios brauchten einen Moment, um zu erkennen, was Stournaras meinte.

»Runde Löcher«, entfuhr es Koronaios beeindruckt.

»Genau. Noch kann ich es nicht endgültig belegen, aber die Anzahl und der offenbar jeweils identische Durchmesser lässt eigentlich nur eine Möglichkeit zu.«

Stournaras sah die beiden herausfordernd und stolz an.

»Einschusslöcher?«, erkundigte sich Michalis.

»Ja. Schussverletzungen. Mit großer Wahrscheinlichkeit.«

»Und du gehst davon aus, dass es sich um junge Männer handelt«, bohrte Koronaios nach.

»Ja.« Stournaras hob spöttisch die Augenbrauen. »Aber nicht, dass ihr jetzt denkt, es könnte sich doch um die kretischen Kämpfer von 1828 handeln. Das ist nicht nur wegen der offenbar vollständig erhaltenen Knochen, sondern auch wegen der Überreste von Kleidung ausgeschlossen. Aber dazu wird euch Zagorakis gleich noch etwas sagen.«

»Und warum junge Männer?«, wollte Koronaios wissen.

»Es gibt Hinweise am Knochenbau. Hier.« Stournaras deutete zunächst auf die Beckenknochen. »Die Darmbeinschaufeln sind eher schmal, und auch der Beckeneingang ist nicht oval, sondern eher herzförmig. Das lässt auf Männer schließen. Und sehr sicher bin ich dank der gut erhaltenen Gesichtsknochen.«

Stournaras zeigte auf die Stirnpartien der beiden Schädel.

»Hier. Die Neigungswinkel. Bei den meisten Frauen wäre die Stirn steiler, diese sind jedoch flach. Außerdem …« Stournaras deutete auf den Bereich unterhalb der Öffnung für die Ohren. »Der Processus mastoideus. Der Warzenfortsatz …« Der Gerichtsmediziner genoss es, dass die beiden keine Ahnung hatten, wovon er sprach. »… gehört zum Schläfenbein und ist bei beiden Männern sehr stark entwickelt. Bei Frauen wäre er deutlich kleiner.«

Stournaras schien sich seiner Sache sicher zu sein, andernfalls würde er ihnen nicht schon in diesem frühen Stadium seine Ergebnisse präsentieren, dachte Michalis.

»Warum glaubst du, dass die beiden Männer noch jung waren?«, fragte Koronaios.

»Auf den ersten Blick fehlen die typischen Hinweise auf ein fortgeschrittenes Alter. Die Zähne weisen kaum Abrieb auf, und an den Knochen habe ich bisher keine Hinweise auf Verletzungen oder Verschleißerscheinungen entdeckt. Beides wäre bei einem Alter über fünfunddreißig Jahre zu erwarten. Aber wie gesagt, dafür muss ich ins Labor.«

»Vielen Dank für die Hinweise. Das wird uns sehr helfen.« Koronaios nickte anerkennend.

»Dann solltet ihr jetzt mit dem Kollegen Zagorakis sprechen. Der hat nämlich auch noch etwas sehr Interessantes für euch.«

Stournaras deutete mit dem Kopf in die Grube, wo Zagorakis sich aufrichtete und die Überreste eines alten Turnschuhs zu anderen Kleidungsstücken in eine Plastikkiste legte. Er sah, dass Michalis und Koronaios auf ihn warteten, stieg über die Leiter wieder nach oben und ließ sich die Kiste reichen. Als Erstes deutete er auf winzige Fäden, die in einem Plastikbeutel gesichert waren.

»Beide Männer dürften Jeans getragen haben. Dies hier sind Faserreste, die zu Gürtelschlaufen passen. An den Schlaufen ist der Stoff verstärkt, deshalb kann es nach etlichen Jahren noch Reste geben. Ansonsten hat sich alles, was aus Baumwolle bestand, zersetzt. Keine Unterwäsche, keine T-Shirts, keine Socken.«

Michalis und Koronaios schwiegen und warteten. Zagorakis hatte noch mehr zu bieten, da war Michalis sicher.

»Ich gehe davon aus, dass die beiden Männer Trainingsjacken getragen haben«, fuhr Zagorakis fort. »Eher billige, aus einfachen Kunstfasern. Vermutlich Polyester. Es dauert ewig, bis das verrottet, sofern es nicht verbrannt wird.«

Er deutete auf etwas, was solche einfachen Trainingsjacken gewesen sein konnten.

»Wir haben auch erstaunlich gut erhaltene Reste von Turnschuhen gefunden.« Zagorakis nickte. »Und ich kann mir gut vorstellen, dass wir noch mehr finden. An Turnschuhen ist nicht viel, was schnell verrotten könnte. Schon gar nicht unter weitgehendem Luftabschluss.«

Zagorakis hielt einen der Turnschuhe hoch. Er war tatsächlich gut erhalten, sogar die Farben waren noch zu erahnen.

»Es sind keine Streifen, keine Sterne oder sonst etwas zu erkennen, das auf eine der bekannten Marken schließen lassen würde«, führte Zagorakis aus. »Ich tippe auf nachgemachten, billigen Asien-Import.«

Das könnte einen ersten Hinweis auf die Identität der Toten liefern. Es war tatsächlich kein Logo der weltweit beliebten Modelle zu erkennen, doch Michalis bemerkte Hinweise auf das Design.

»Interessant sind auch die Sohlen der Turnschuhe«, fuhr Zagorakis fort und präsentierte die Unterseiten von zwei Schuhen. »Bei normalem Gebrauch wären die Sohlen nach einem oder zwei Jahren abgelaufen, an den Fersen oder am Ballen, je nach Belastung. Sind sie aber nicht. Ich vermute, dass die Toten diese Schuhe höchstens drei oder vier Monate lang getragen haben. Wenn überhaupt.«

Zagorakis legte die Schuhe zurück. »Das ist alles, was ich im Moment habe. Ich mach mal weiter.« Ohne abzuwarten, ob Michalis und Koronaios noch etwas wissen wollten, übergab er die Plastikkiste einem seiner Mitarbeiter und stieg wieder in die Grube.

»Dieser Fall scheint unsere Kollegen zu faszinieren«, meinte Koronaios leise. »Ich hab noch nie erlebt, dass Stournaras und Zagorakis so friedlich zusammenarbeiten und sofort mit ihren Erkenntnissen rausrücken.«

Ja, den Eindruck hatte Michalis auch. Zagorakis schien ebenso wie Stournaras zu ahnen, dass dieser Fall sich von allen bisherigen Fällen unterschied.

Die Sonne stand inzwischen senkrecht am strahlend blauen Himmel, und innerhalb des Sichtschutzes staute sich die warme Frühsommerluft. Draußen waren die Stimmen fröhlich am Strand spielender Kinder zu hören.

»Lass uns überlegen, wie wir weiter vorgehen«, schlug Koronaios vor und stapfte los. Michalis hätte schwören können, dass sein Partner auch darüber nachdachte, wann und wo sie etwas essen würden.

»Ich komm gleich nach«, rief Michalis, denn er wollte die Überreste der Jacken sowie die Turnschuhe fotografieren und die Bilder Myrta ins Büro schicken. Vielleicht konnte sie die Marken recherchieren und herausfinden, wann diese Modelle hergestellt worden waren.

Nachdem er die Fotos gemacht hatte, verharrte Michalis neben den beiden Skeletten. Inmitten der konzentriert arbeitenden Kriminaltechniker tat Michalis das, was er beim Auffinden von Toten oft tat: Er verneigte sich. Diese Knochen gehörten zu zwei Menschen, die gelebt, gelacht und geliebt hatten. Sie hatten Eltern und Geschwister, vielleicht auch Frauen und Kinder gehabt, die diese zwei jungen Männer vermissten und vermutlich nach ihnen suchten.

Zagorakis beobachtete ihn skeptisch, doch das war Michalis gleichgültig. In seiner Verbeugung vor Mordopfern lag das Versprechen, alles zu tun, um die Mörder zu finden und den

Familien zu helfen, mit dem Tod ihrer Angehörigen ihren Frieden machen zu können. Es musste grausam sein, auch nach vielen Jahren nicht zu wissen, was mit den beiden Männern passiert war.

Außerhalb des abgesperrten Bereichs wehte bei strahlendem Sonnenschein und angenehmen frühsommerlichen Temperaturen ein leichter Wind. Ein herrliches Urlaubswetter, doch Michalis erkannte mit einem kurzen Blick, dass die Stimmung der Einheimischen immer angespannter wurde

Koronaios kam beunruhigt auf Michalis zu.

»Der Wirt der Strandtaverne hat recht«, sagte er und fuhr sich durch das schüttere Haar, »die Männer gehen davon aus, dass wir Knochen eines Menschen untersuchen. Der Revierleiter bittet uns, mit den Leuten zu reden, damit die Lage nicht eskaliert.«

»Tatsopoulos kann die Einheimischen am besten einschätzen«, erwiderte Michalis. »Was meinst du? Geht auch er davon aus, dass dort die Aufständischen von 1828 liegen?«

»Ich denke nicht, dafür wirkt er zu sachlich. Aber er hat mich gefragt, ob die Knochen zu einem Türken gehören können. Es geht wohl das Gerücht, dass damals ein Türke aus Rache getötet und hier verscharrt wurde.«

»Wir reden mit dem Revierleiter. Vielleicht kennt er ja jemanden, der diese Drosoulites schon mal gesehen haben will«, meinte Michalis.

»Gute Idee. Und vielleicht« – Koronaios grinste, und Michalis wusste, was kommen würde – »vielleicht kann er uns ja auch eine Taverne empfehlen.«

Michalis schmunzelte. Wenn es um dessen Hunger ging, konnte er Koronaios mittlerweile sehr genau einschätzen.

»Ich ruf Myrta an und schick ihr die Fotos«, sagte er. »Wenn wir Glück haben, erfahren wir über das Design der Schuhe, wann sie gekauft worden sind.«

»Mach das. Ich rede schon mal mit Alekos Tatsopoulos. Vielleicht beruhigt es die Situation, wenn die Männer wissen, dass wir zwar die Knochen von Menschen untersuchen, es sich aber auf keinen Fall um ihre Vorfahren handelt.«

»Dass es sich um die sterblichen Überreste von sogar zwei Toten handelt, sollten wir allerdings noch für uns behalten«, fügte Michalis hinzu.

»Sehe ich genauso«, erwiderte Koronaios und machte sich auf den Weg.

Während Michalis mit Myrta sprach, beobachtete er Alekos Tatsopoulos, der mit einem seiner Polizisten an der Wasserkante stand und Anweisungen gab. Als Koronaios sich näherte, kam der Revierleiter ihm entgegen. Er hatte etwas in der Hand, das wie eine kleine Broschüre aussah.

In die Gruppe der Einheimischen kam Bewegung, und Koronaios winkte unruhig in Richtung Michalis. Myrta versprach, sich sofort um die Fotos zu kümmern, und Michalis eilte zu Koronaios und Tatsopoulos. Zwei Männer lösten sich von der Gruppe – der misstrauische Untersetzte und der Geschäftsmann. Während der Untersetzte in einiger Entfernung stehen blieb, ging der smarte Graumelierte auf einen großen Mann mit Halbglatze zu, der sich vom anderen Ende des Strands näherte. Michalis beobachtete die beiden, denn der neu angekommene Mann redete energisch auf den Geschäftsmann ein.

»Einige der Männer sind sehr beunruhigt«, sagte der Revierleiter mit Blick auf die Einheimischen. »Vielleicht können wir ihnen ja schon etwas sagen, das die Situation entschärft.«

»Wir können auf jeden Fall schon sagen«, begann Koronaios, »dass es sich um menschliche Knochen handelt. Aber sie sind auf keinen Fall zweihundert Jahre alt, das schließen unsere Spezialisten aus.«

»Gut, das könnte helfen«, entgegnete Tatsopoulos. »Ich kann allerdings nicht versprechen, dass die Einheimischen das glauben werden. Die Ersten wollen bereits den Strand sperren und umpflügen, um nach den Knochen ihrer Vorfahren zu suchen.«

»Das ist keine gute Idee«, erwiderte Koronaios lapidar.

»Das habe ich ihnen auch gesagt. Wenn hier jemand nach weiteren Knochen suchen wird, dann ist es die Polizei.« Tatsopoulos fuhr sich über den Schnauzbart. »Ich möchte allerdings auch nicht erleben, dass wir von einer aufgebrachten Menge überrannt werden.«

»Das werden wir verhindern«, sagte Michalis entschlossen.

»Soll ich die Männer über das Alter der Knochen informieren, oder wollen Sie das tun?«, erkundigte sich der Revierleiter.

»Das kann ich übernehmen«, entgegnete Koronaios und ging los, um sich mit seiner kräftigen Stimme Respekt zu verschaffen.

Während Koronaios versuchte, die Einheimischen davon zu überzeugen, dass die gefundenen Knochen nicht zu ihren Vorfahren gehören konnten, beobachtete Michalis die Männer. Einige, das war unübersehbar, glaubten Koronaios nicht und waren überzeugt, er würde sie belügen, um zu verhindern, dass sie sich um ihre Vorfahren kümmerten. Andere jedoch schienen erleichtert zu sein, sich wieder ihrem Alltag zuwenden und der Polizei die Arbeit am Strand überlassen zu können.

Jene Touristen, die am Strand übernachtet und die Knochen entdeckt hatten, kamen näher, um zu hören, was Koronaios zu sagen hatte. Michalis fiel auf, dass einige von ihnen ständig

Fotos machten. Auch der Holländer mit seiner Spiegelreflexkamera war unter ihnen.

»Wir müssten mehr über diese Drosoulites erfahren.« Michalis wandte sich an Alekos Tatsopoulos. »Gibt es jemanden, der die Erscheinungen gesehen haben will?«

Tatsopoulos nickte. »Der alte Panagiotis. Er hat früher in Komitades eine Taverne gehabt, die betreibt jetzt sein Sohn. Von Panagiotis sagt man, dass er als junger Mann die Drosoulites vom Meer aus gesehen hat. Er redet allerdings nur selten darüber, aber vielleicht haben wir Glück. Denn das hier« – er hielt Michalis eine kleine Broschüre entgegen – »wird Ihnen nicht viel nützen.«

Michalis nahm die Broschüre, blätterte zu einer markierten Seite und fand dort eine ganzseitige Zeichnung mit der Festung von Frangokastello, vor der riesige schemenhafte Kämpfer, einige davon auf Pferden, zu sehen waren, die die Festung überragten.

»Das gibt vielleicht einen Eindruck davon, wie die Leute sich die Drosoulites vorstellen, aber für unsere Ermittlungen wäre ein Augenzeuge wichtiger. Fahren wir zu diesem Panagiotis, sobald mein Partner fertig ist«, entgegnete Michalis. »Vermutlich wissen Sie, wo wir ihn finden?«

Tatsopoulos nickte. »Panagiotis dürfte in Komitades sein. Vielleicht in der Taverne bei seinem Sohn oder bei dem alten Kloster. Am Wochenende findet dort die Gedenkfeier für den Aufstand von 1821 gegen die Türken statt.«

Koronaios hatte in der Zwischenzeit seine Ansprache beendet. Die Gruppe zerstreute sich, nur ein harter Kern schien am Strand ausharren zu wollen. Michalis blickte sich nach dem misstrauischen Untersetzten und dem Geschäftsmann um, den er allerdings nicht mehr entdeckte. Der Untersetzte stand ein wenig abseits und sah sich unentschlossen um. Als auch er gehen wollte, folgte Michalis ihm. Der Mann bemerkte ihn und beschleunigte seine Schritte, doch Michalis holte ihn ein.

»Michalis Charisteas, Mordkommission Chania«, stellte er sich vor.

»Ja?«, brummte der Untersetzte abwehrend und blieb stehen. Aus der Nähe fiel Michalis das dicke, volle und fast vollständig graue Haar des Mannes auf. Unter buschigen Augenbrauen kniff er misstrauisch die Augen zu schmalen Schlitzen zusammen.

»Wir wissen bisher noch sehr wenig über die Knochen, die hier gefunden worden sind. Ist Ihnen in den letzten Jahren vielleicht etwas aufgefallen?«, erkundigte sich Michalis.

»Warum fragen Sie das ausgerechnet mich?«, erwiderte der Mann leise und aggressiv.

»Zufall«, log Michalis lächelnd. »Wir werden viele Leute hier befragen, und irgendwo müssen wir anfangen.«

Der Mann schwieg. Michalis glaubte, in seinen Augen Angst zu erkennen.

»Also? Ist Ihnen etwas aufgefallen?«, wiederholte Michalis.

»Nein«, erwiderte der Mann ungehalten. »War es das?«

Er wollte sich abwenden, doch Michalis gab ihm eine seiner Visitenkarten.

»Falls Ihnen noch etwas einfallen sollte, können Sie mich gern anrufen.«

Der Mann zögerte, griff wortlos nach der Karte, drehte sich um und entfernte sich. Michalis konnte erkennen, dass er einen Blick darauf warf und die Karte in die Hosentasche steckte.

Michalis ahnte, dass sich der Mann noch einmal umdrehen würde, und behielt ihn im Blick. Tatsächlich verlangsamten sich die Schritte des Mannes, und er wandte den Kopf Richtung Michalis, nickte und ging weiter, ohne sich ein zweites Mal umzudrehen.

»Wusste er etwas?«, fragte Koronaios, und Michalis erschrak, denn er hatte ihn nicht kommen hören.

»Vielleicht«, erwiderte Michalis. »Ich hab ihm meine Karte gegeben. Wenn er nichts wüsste, hätte er sie nicht genommen.«

»Es gibt Leute, die sammeln Visitenkarten …«, spottete Koronaios. »Wie seltene Briefmarken. Hat ja auch nicht jeder, eine Visitenkarte der Mordkommission.«

Michalis warf einen Blick auf die Gruppe der Einheimischen, die offenbar am Strand ausharren wollten.

»Die meisten sind gegangen«, sagte Koronaios. »Diejenigen, die jetzt noch da sind, glauben mir nicht und sind überzeugt, dass wir ihre Vorfahren ausgraben.«

»Ich hab mit Tatsopoulos ausgemacht, dass wir nach Komitades fahren und diesen alten Mann …«

»Ich weiß«, entgegnete Koronaios, »und ich habe mit ihm ausgemacht, dass wir danach etwas essen. Drüben an dem winzigen Hafen gibt es eine sehr gute Taverne.«

»In Ordnung …«, meinte Michalis, und bevor er mehr sagen konnte, drehte sich Koronaios um und ging zu Alekos Tatsopoulos.

Tatsopoulos bot Michalis und Koronaios an, sie in dem Einsatzwagen mitzunehmen.

»Wäre es nicht besser, wenn Sie bei uns mitfahren, damit nicht jeder sofort sieht, dass die Polizei kommt?«, fragte Michalis. Schon oft hatte es ihnen bei Ermittlungen geholfen, im Zivilwagen einzutreffen und nicht sofort als Polizisten erkennbar zu sein.

»Da könnten Sie recht haben.« Der Revierleiter lächelte. »Aber hier in der Sfakia verbreiten sich Nachrichten sehr schnell. Egal, mit welchem Wagen wir fahren, sobald wir hier aufbrechen, wissen die Leute in den umliegenden Dörfern, dass wir auf dem Weg sind. Das ist nicht zu verhindern. Und wenn ich im Dienstwagen am Steuer sitze, haben sie wenigstens Respekt.«

Also könnten sie auch gleich bei Tatsopoulos mitfahren und sich von ihm auf der Fahrt einige Besonderheiten der Gegend erklären lassen, dachte Michalis.

Sie verließen Frangokastello. Wo die großen Olivenhaine endeten, führte die Straße links Richtung Sfakia und Chania und rechts durch die Dörfer am Fuße der Berge über Patsianos und Skaloti nach Agia Galini und Matala durch die Präfekturen Rethimnon und Heraklion. Wenn die Skelette nur drei Kilometer weiter östlich an einem der Strände aufgetaucht wären, dann wäre jetzt die Mordkommission aus Rethimnon zuständig und Koronaios und Michalis würden vermutlich einen ereignislosen Tag in Chania verbringen.

Nach wenigen hundert Metern deutete Alekos Tatsopoulos rechts auf eine Tankstelle.

»Falls Sie länger hier zu tun haben, sollten Sie sich diese Tankstelle merken. Die nächste ist erst wieder in Sfakia, aber hier gibt es sogar nachts Benzin, wenn dem Besitzer danach ist. Und tagsüber macht er auch guten Frappé und verkauft Kleinigkeiten zu essen. Vermutlich hat er dafür keine Konzession, aber es hat mich noch nie jemand aufgefordert, das zu überprüfen.«

Tatsächlich sah Michalis im Vorbeifahren, dass einige Männer in schwarzen Hemden vor dem Eingang um einen Tisch herumsaßen, erregt gestikulierten und an ihren Frappés nippten. Vielleicht wirklich ein inoffizielles Kafenion. Das gab es auf Kreta häufiger, und solange keine Finanzbehörde dagegen vorging, wurde das von allen akzeptiert.

Nachdem sie in dem nächsten Dorf, *Aghios Nektarios*, an drei Kirchen vorbeigekommen waren, erkundigte sich

Michalis nach der auffallend großen Anzahl an Kirchen in der Region.

»Ja, das ist erstaunlich«, erwiderte Tatsopoulos. »Allein in und um Sfakia gibt es etwa fünfundvierzig Kirchen. Es gab wohl schon immer reiche Sfakioten, die Gott danken wollten … für die Genesung der Frau oder der Kinder, für das Überleben im Sturm auf See, für die gute Ernte oder den guten Fang. Die meisten der kleinen Kirchen sind von Privatleuten gestiftet worden.« Er grinste. »Und dann hatten diese Privatleute vielleicht einen Nachbarn, der auch für erfolgreich und glücklich gehalten werden wollte und sich deshalb ebenfalls eine Kirche bauen ließ.«

Auch in den nächsten beiden Dörfern kamen sie an mehreren kleinen Kirchen vorbei.

»Bei Komitades steht das ehemalige Kloster *Panagia Thymiani*. Unter einem Thymianbusch fand man im fünfzehnten Jahrhundert eine Ikone der *Panagia*, der Mutter Jesu, und baute daraufhin an dieser Stelle ein Kloster. 1821 ging von dort der Aufstand gegen die Türken aus. Am nächsten Wochenende ist wie jedes Jahr die Gedenkfeier«, erklärte Tatsopoulos.

In den engen Kurven von Komitades staute sich erneut der Verkehr, doch schließlich hielt Tatsopoulos vor der Taverne des alten Panagiotis. Dessen Schwiegertochter bediente gerade einige Wanderer.

»Die Männer sind unten beim Kloster«, sagte sie und schien sich nicht weiter für die Polizisten zu interessieren.

4

Am Ortsende von Komitades wich das Grün der Olivenhaine, die die Straße gesäumt hatten, einer kargen, nur von dürrer Macchia bewachsenen Felsenlandschaft. Michalis musste an den Schöpfungsmythos denken, den man sich auf Kreta erzählte: Nachdem die Götter Kreta erschaffen und es großzügig mit Wein, Oliven und Orangen ausgestattet hatten, waren für die Sfakia nur noch Steine übrig geblieben. Die Menschen der Sfakia, auch damals schon rebellisch, drohten den Göttern mit einem Aufstand. Erschrocken sorgten die Götter daraufhin dafür, dass die übrigen Kreter für die Sfakioten arbeiten und den Reichtum der Natur mit ihnen teilen mussten.

Hinter Komitades führte links ein gewundener, asphaltierter Weg nach unten Richtung Meer zu der ehemaligen Klosteranlage, die von einer halb hohen weißen Mauer mit schmiedeeisernem Zaun umgeben war. Dominiert wurde das Gelände von einem niedrigen Kirchengebäude, das aus zwei Kapellen mit jeweils eigenem Dach, aber einer gemeinsamen Glocke bestand. Der große Hof dieses doppelten Kirchengebäudes wurde von eindrucksvollen Gräbern aus hellem Marmor sowie einer überdachten langen Tischreihe mit Sitzbänken dominiert. Nur wenige hundert Meter entfernt leuchtete hinter den kargen Felsen der Küste das intensive Blau des Meeres.

»Hier haben sich am neunundzwanzigsten Mai 1821 tausendfünfhundert Sfakioten versammelt und den Aufstand gegen die Türken ausgerufen«, sagte Tatsopoulos voller Stolz.

Vermutlich, dachte Michalis, stammte seine Familie aus der Gegend und war an diesem Aufstand beteiligt gewesen.

Vor dem Klostergelände parkten zahlreiche Wagen, und an der langen Tischreihe saßen vorwiegend ältere Männer, während die Jüngeren Fahnen anbrachten und die Kirchenwände mit weißer Farbe strichen.

»Der Älteste, der mit der *mandíla* auf dem Kopf und der *katsouna* in der Hand, das ist Panagiotis, der Vater«, erklärte Tatsopoulos und deutete auf einen Mann mit kräftigem, grauem Vollbart, der den jüngeren Männern Anweisungen gab. Er trug, ebenso wie zwei andere Männer, die alte kretische Männertracht: schwarze Schaftstiefel bis zu den Knien, weite Pumphose, schwarzes Hemd, und auf dem Kopf ein schwarzes Fransentuch, die *mandíla*. Und in der Hand die *katsouna*, den Hirtenstab mit dem gebogenen Griff aus knorrigem Holz.

Sicherlich wussten die Männer, warum die Polizei hier war, dachte Michalis, auch wenn ihm und seinen Kollegen niemand Beachtung zu schenken schien. Selbst nachdem sie die breiten Stufen zur Kirche hinabgestiegen waren, gingen die Arbeiten der ungefähr zwanzig Männer unbeirrt weiter.

»Der Jüngere, der neben Panagiotis steht, ist sein Sohn«, sagte Alekos Tatsopoulos.

Michalis war der Mann aufgefallen, der eine gewisse Ähnlichkeit mit dem Alten hatte, allerdings stämmiger war und sicher dreißig Kilo mehr wog.

Der alte Panagiotis gab seinem Sohn ein Zeichen, der sich daraufhin den Polizisten in den Weg stellte. Wie sein Vater trug er schwarze Schaftstiefel, ein schwarzes Hemd und auf dem Kopf die *mandíla*.

»Was wollt ihr hier?«, fragte der jüngere Panagiotis den Revierleiter. Die beiden schienen sich zu kennen. Die anderen

Männer hatten mittlerweile ihre Arbeiten eingestellt und musterten sie schweigend.

»Wir müssen mit deinem Vater reden.«

Der stämmige Mann sah Michalis und Koronaios abweisend an.

»Du weißt, dass mein Vater nicht gern redet.«

»Und du weißt, dass wir Polizisten sind.«

»Meinen Vater hat noch nie jemand zu etwas gezwungen«, entgegnete der jüngere Panagiotis hochmütig.

»Das bleibt auch so, wenn du ihm jetzt sagst, dass wir mit ihm reden wollen.«

»Und wenn nicht?«

Tatsopoulos antwortete nicht, doch sein Blick war eindeutig. Er würde Wege finden, ihn zu zwingen. Panagiotis hielt dem Blick stand, dann drehte er sich um und ging langsam zu seinem Vater.

Tatsopoulos blieb ruhig, doch es entging Michalis nicht, dass der Revierleiter mit einem schnellen Blick prüfte, ob nicht nur er, sondern auch Michalis und Koronaios ihre Dienstwaffen dabeihatten.

Nach einigen Minuten kam der jüngere Panagiotis zurück.

»Mein Vater ist bereit, mit den beiden zu reden«, teilte er entschieden mit.

»Ich habe nichts anderes erwartet«, entgegnete Alekos Tatsopoulos und wollte losgehen, doch der junge Panagiotis stellte sich ihm in den Weg.

»Ich habe gesagt, er redet mit den beiden. Nicht mit dir.«

Tatsopoulos und Panagiotis maßen einander mit Blicken. Michalis konnte die Spannung, die in der Luft lag, spüren.

Als Tatsopoulos einen Schritt in die Richtung des alten Panagiotis machte, ließ der Sohn ihn nicht passieren.

»Für das hier« – der junge Panagiotis deutete auf die Klosteranlage – »sind unsere Vorfahren gestorben. Hier haben wir das Sagen.«

Tatsopoulos trat ganz nahe an den jungen Panagiotis heran.

»Panagiotis«, sagte er ruhig, »ich werde jetzt mit meinen Kollegen zu deinem Vater gehen. Die beiden werden mit ihm reden, ich nicht.« Der Revierleiter wartete auf eine Reaktion von Panagiotis, der unsicher wurde.

»Hast du mich verstanden?«, fragte Tatsopoulos leise und machte erneut einen Schritt in Richtung des Alten. Diesmal ließ der Jüngere ihn gewähren. Der Revierleiter ging langsam an ihm vorbei. Michalis und Koronaios folgten ihm und behielten dabei die anderen Männer im Blick, doch keiner von denen rührte sich. Kurz bevor sie den Alten erreichten, blieb Alekos Tatsopoulos zurück. Offenbar genügte es ihm, sich durchgesetzt zu haben, er wollte nicht unnötig provozieren.

Der alte Panagiotis sah Michalis und Koronaios kaum an, als sie vor dem langen Tisch stehen blieben. Die anderen Männer waren zur Seite gewichen, und der Alte forderte die beiden Polizisten mit einer knappen Geste auf, sich zu setzen. Sie nahmen Platz und warteten. Panagiotis, der im Gegensatz zu seinem fülligen Sohn fast hager war, musterte sie zunächst schweigend und misstrauisch, gab dann einem der Männer ein Zeichen und wartete, bis dieser mit einer Flasche und drei Raki-Gläsern zurückkam.

Panagiotis füllte drei Gläser, erhob seines wortlos, trank und schenkte nach, nachdem auch Michalis und Koronaios ihre leeren Gläser wieder auf der langen Tafel abgestellt hatten.

»Ihr wollt etwas über die Drosoulites wissen«, sagte der Alte, ohne dass Michalis und Koronaios danach fragen mussten. Offenbar hatte sich hier nicht nur sofort herumgesprochen, dass sie Polizisten waren, sondern auch, aus welchem Grund sie den Alten aufsuchten.

Koronaios warf Michalis einen kurzen Blick zu, der nickte: Sein Kollege sollte das Reden übernehmen.

»Ja, das würden wir gern«, antwortete Koronaios.

Der alte Panagiotis musterte seine Besucher.

»Ich bin der Letzte, der die Drosoulites gesehen hat«, begann er. »Mit meinem Cousin. Athanasios. Aber Athanasios ist nicht mehr unter uns.«

Er hob den Kopf und kniff die Augen zusammen, als müsse er sich mühsam erinnern.

»Zweimal haben wir die Drosoulites gesehen. Zweimal.« Er nickte. »Ist lange her. Noch vor der Militärdiktatur. Falls euch jungen Burschen das etwas sagt.«

Das Militär hatte 1967 geputscht, rechnete Michalis nach, und wenn der alte Panagiotis jetzt Anfang achtzig war, dann müsste er zu jener Zeit Ende zwanzig gewesen sein.

»Mein Onkel war Fischer, aber er hatte ein schlimmes Bein, deshalb bin ich manchmal mit ihm und Athanasios rausgefahren. Auch an dem Tag. Wir hatten die Netze über Nacht hinter Frangokastello ausgelegt, sie kurz vor der Dämmerung eingeholt, und waren auf dem Rückweg nach Sfakia. Das Boot lag tief im Wasser, so viel Fisch hatten wir an Bord gezogen. Ein enormer Fang. Ein guter Tag.« Wieder kniff er die Augen zusammen.

»Es war vollkommen windstill. Und während Athanasios am Ruder stand und ich die Netze sortierte und die kleinen Fische über Bord warf, sah ich sie plötzlich. Zwanzig oder dreißig Kämpfer, riesengroß. Höher als die Festung. Viel höher.«

Keiner der anderen Männer sagte einen Ton oder bewegte sich. Da der alte Panagiotis sehr leise sprach, konnten sie vermutlich kaum etwas verstehen, doch dass der Alte überhaupt davon erzählte, wie er die Drosoulites gesehen hatte, schien alle zu beeindrucken.

»Sie tauchten auf Höhe der alten Mühle auf, zogen langsam über den Strand und an der Festung vorbei. Athanasios hatte den Motor gedrosselt und stand staunend an der Reling neben seinem Vater. Vor der Festung schienen sich die Gestalten zu versammeln und sich uns zu nähern. Athanasios wollte schon Gas geben, doch da kam der erste Sonnenstrahl über den Horizont, und die Drosoulites lösten sich langsam auf. Sie wurden immer blasser, und plötzlich waren sie verschwunden.«

Der alte Mann schwieg.

»In den nächsten Wochen hatten wir kaum Zeit zu arbeiten«, fuhr er nach einem Moment fort. »Aus allen Dörfern der Sfakia kamen die Leute und wollten hören, was wir gesehen hatten. Und wenn wir es zwanzig Leuten erzählt hatten, dann kamen in den Tagen danach noch mal so viele. Erst nach Wochen wurde es wieder ruhiger.«

Panagiotis schloss kurz die Augen.

»In den nächsten Jahren waren Ende Mai alle Boote, die es in der Gegend gab, morgens vor Frangokastello unterwegs. Aber keiner hat die Drosoulites jemals gesehen. Einige haben behauptet, wir hätten uns das nur ausgedacht. Das hat sich Athanasios aber nicht gefallen lassen, und dann war Ruhe.«

Panagiotis schenkte Raki nach und drängte Michalis und Koronaios, mit ihm anzustoßen.

»Auch ich bin jedes Jahr im Mai mit Athanasios rausgefahren. Da hatte ich schon die Taverne von meinem Vater übernommen, aber Athanasios und ich hatten uns geschworen, so lange rauszufahren, bis einer von uns tot wäre. Irgendwann haben wir nicht mehr damit gerechnet, sie noch einmal zu sehen. Fünfzehn Jahre lang blieben die Drosoulites verborgen.«

Der Alte zögerte. Es strengte ihn an, über die Erscheinungen zu sprechen.

»Beim zweiten Mal waren sie jedoch viel schlechter zu erkennen, blasser, und es waren auch weniger. Ich habe geahnt, dass etwas nicht stimmt. Als würden sie es uns verübeln, dass wir ihr Andenken immer weniger in Ehren halten.«

Michalis hörte, dass sich Autos näherten. Oberhalb des Klosters tauchten zwei Pick-ups auf, nahmen die nächste Kurve fast ungebremst, zogen eine lange Staubwolke hinter sich her und hielten vor der Klosteranlage an.

Auch der alte Panagiotis hatte die Wagen bemerkt. Er warf seinem Sohn einen Blick zu, und der gab einem anderen Mann eine Anweisung. Dieser eilte sofort zu dem schmiedeeisernen Tor und forderte die Männer auf, zu warten und zu schweigen.

»Seit fast zweihundert Jahren liegen unsere Vorfahren jetzt unter dem Strand von Frangokastello«, fuhr der alte Panagiotis fort. Er wollte erneut zur Flasche mit dem Raki greifen, doch seine faltige, von braunen Flecken übersäte Hand zitterte, und er zog sie zurück. »Aber jetzt, wo ihre Ruhe gestört wurde, müssen wir uns um sie kümmern. Wir müssen uns ihrer würdig erweisen.« Er schloss die Augen. »Und das werden wir auch tun«, raunte er kaum noch hörbar, ohne seine Augen zu öffnen. Der jüngere Panagiotis setzte sich neben seinen Vater und legte ihm besorgt eine Hand auf die Schulter.

Michalis war sicher, dass Panagiotis ihnen alles gesagt hatte, was er sagen wollte, und warf Koronaios einen Blick zu. Dann verabschiedeten sie sich und gingen mit Tatsopoulos an den noch immer schweigenden Männern vorbei. Erst als sie das schmiedeeiserne Tor erreicht hatten, hörten sie hinter sich wieder Stimmen.

Die Männer, die mit den Pick-ups angekommen waren, warteten bei ihren Wagen. Unter ihnen war ein schwarz gekleideter, großer und kräftiger Mann mit Bart und Halbglatze, die unter seiner *mandíla* gut zu erkennen war. Michalis glaubte, diesen ungepflegt wirkenden Mann vorhin am Strand gesehen zu haben.

Der alte Panagiotis hatte Michalis beeindruckt. Schon früher hatte er von der Legende der Drosoulites gehört, aber nie darüber nachgedacht, ob es diese Erscheinungen wirklich gegeben haben könnte. Die Schilderungen des Alten waren so eindringlich und detailliert gewesen, dass es daran, zumindest für die Einheimischen, keinerlei Zweifel zu geben schien. Auch wenn es vierzig Jahre her war, dass der alte Panagiotis die Drosoulites zuletzt gesehen hatte.

Alekos Tatsopoulos warf Michalis und Koronaios einen fragenden Blick zu.

»Hilft Ihnen, was der alte Panagiotis erzählt hat?«

»Zumindest ist jetzt klar, wie ernst wir diese Legende nehmen müssen«, entgegnete Koronaios nachdenklich.

»Und die Wahrscheinlichkeit ist groß, dass der Täter von diesen Erscheinungen wusste. Und möglicherweise darauf anspielen wollte«, fuhr Michalis fort und überlegte, ob sie Alekos Tatsopoulos darüber informieren sollten, dass Stournaras Einschusslöcher gefunden hatte und sie von Mord ausgingen. Seit der Revierleiter sich an dem Kloster so unbeirrt gegen den jüngeren Panagiotis behauptet hatte, war Michalis sicher, dass sie ihm vertrauen konnten.

»Oder jemand wollte eine Warnung hinterlassen«, sagte Tatsopoulos.

Als sie *Aghios Nektarios* passierten, klingelte Tatsopoulos' Handy. Er ging ran, hörte zu und legte wieder auf.

»In Frangokastello wird es unruhiger«, sagte der Revierleiter verärgert. »Die Presse ist angekommen. Sogar ein Kamerateam von einem kleinen Sender aus Heraklion.« Er fuhr sich über den Schnauzbart. »So ein Ereignis spricht sich heutzutage einfach zu schnell herum.«

»Es hätte mich auch gewundert, wenn nicht einige der Touristen, die heute früh dabei waren, längst alles in den sozialen Medien gepostet hätten«, merkte Michalis an.

Sie hielten oberhalb des Strandes neben der alten Festung und sahen, dass die Polizisten wieder näher an der abgesperrten Grube standen und von den Pressevertretern bedrängt wurden. Tatsopoulos eilte über den Schotterweg zum Strand voraus, um seine Leute zu unterstützen.

»Der ist ein Guter.« Koronaios nickte anerkennend. »Wie der sich am Kloster nichts hat bieten lassen – Respekt.«

»Ich denke, wir können ihm vertrauen. Und wir sollten ihm sagen, dass wir von Mord ausgehen«, ergänzte Michalis.

»Ja, das sollten wir.«

»Und wir sollten Jorgos über den Stand der Dinge informieren«, fügte Michalis hinzu.

»Ich ruf ihn gleich an«, erwiderte Koronaios.

Auf dem Weg zum Strand brauchte Michalis einen Moment, um zu begreifen, was sich verändert hatte: Die Einheimischen, die Tatsopoulos und seinen Leuten das Leben schwergemacht hatten, waren verschwunden. Vielleicht wollten sie der Presse aus dem Weg gehen, denn wenn es Leute gab, mit denen die Einheimischen noch weniger reden wollten als mit der Polizei, dann waren es Journalisten.

Michalis und Koronaios mussten sich mühsam der Pressevertreter erwehren, nachdem diese erfahren hatten, dass die beiden ermittelnden Mordkommissare aus Chania eingetroffen waren. Koronaios erklärte in einem kurzen Statement lediglich, dass es bisher nichts mitzuteilen gab und sie in alle Richtungen ermittelten. Ihm war klar, dass er, falls es nicht noch interessantere Neuigkeiten geben sollte, es sogar mit dieser mageren Auskunft in die Hauptnachrichten des regionalen Kreta-Senders schaffen würde.

Michalis' Handy klingelte. Kurz hoffte er, es könnte Hannah sein, doch es war Myrta.

»Ein Bekannter meiner Schwester arbeitet in Thessaloniki in einem Sportgeschäft«, berichtete sie, und in ihrer Stimme lag ein ungewöhnlicher Stolz. »Ich hab ihm ein Foto der Turnschuhe geschickt, und er hat das Logo erkannt. Es gehört zu einer Marke, von der ich noch nie gehört hatte. *Stilics Liji*. Das war eine Billigmarke aus China, die gibt es aber seit einigen Jahren nicht mehr. *Stilics Liji* ist wohl umbenannt worden oder aufgekauft, ich weiß nicht, wie so etwas in China läuft. Auf jeden Fall hat sich dieser Bekannte an seinen Großhändler in Athen gewandt. Und der war sicher, dass dieses Modell *Blaue Feder* hieß, das ist in China eine Figur aus einem Kinderbuch, aber so genau wusste der Großhändler das nicht. Was er aber herausgefunden hat: Diese Schuhe wurden zwischen 2010 und 2013 in China produziert.«

2010 bis 2013. Das war immerhin eine zeitliche Eingrenzung.

»In Griechenland sind sie nur ein halbes Jahr lang verkauft worden, und zwar 2010«, fuhr Myrta fort. »Danach wurden sie vom Markt genommen, weil die Qualität der Turnschuhe sogar für eine Billigmarke zu schlecht war.«

2010, und für ein halbes Jahr. Das könnte zu dem passen, was Stournaras über den Zeitraum, bis eine Leiche unter der Erde vollständig skelettiert war, gesagt hatte.

»Vielen Dank. Das hilft uns sehr«, bedankte sich Michalis. »Versuch doch bitte herauszufinden, ob es aus dieser Zeit auf Kreta zwei als vermisst gemeldete, junge Männer gibt.«

»Nur auf Kreta?«, erkundigte sich Myrta.

»Vorerst, ja. Und wenn du nichts findest, dann weite die Suche bitte auf ganz Griechenland aus.«

Myrta versprach, sich sofort an die Arbeit zu machen.

Als Koronaios von den Pressevertretern in Ruhe gelassen wurde, berichtete Michalis ihm, was er von Myrta über die Turnschuhe erfahren hatte.

»Sehr gute Arbeit. Das ist ein erster Schritt«, meinte Koronaios, doch Michalis bemerkte, dass seinen Partner etwas anderes beschäftigte.

»Wollen wir Tatsopoulos fragen, ob er mit uns etwas essen will?«, schlug Michalis deshalb vor.

»Eine sehr gute Idee«, entgegnete Koronaios, »sie könnte von mir sein.«

In dem Moment klingelte Michalis' Smartphone, und eine Nummer leuchtete auf, die er nicht kannte.

»Ich rufe kurz Jorgos an«, sagte Koronaios schnell, als Michalis den Anruf annahm. Der Anrufer sprach sehr leise, und Michalis musste das Handy an sein Ohr pressen, um ihn verstehen zu können.

»Ich möchte mich mit Ihnen treffen«, flüsterte ein Mann. »Um drei an der Kirche hinter Skaloti. Nicht die unten im Ort, sondern die Kirche oberhalb.«

»Gern, aber wer sind Sie?«

Der Anrufer hatte jedoch schon aufgelegt.

Um fünfzehn Uhr an einer Kirche. Tatsopoulos würde ihnen sicherlich sagen können, wo dieses Skaloti war. War der Anrufer der Mann, dem er vorhin seine Karte gegeben hatte? Die Stimme war zu leise gewesen, um sie erkennen zu können.

Skaloti, erfuhren Michalis und Koronaios, als sie mit Tatsopoulos auf dem Weg zum *Limani* waren, war ein nur wenige

Kilometer entferntes Dorf am Fuß der Berge, das problemlos zu finden sein würde.

»Ich könnte Sie dorthin begleiten«, bot Tatsopoulos an.

»Gibt es denn etwas, was Sie hier am Strand oder in Sfakia erledigen müssten?«, fragte Michalis.

»Nein. Meine Leute haben die Lage hier im Griff«, erwiderte Tatsopoulos.

»Dann wäre es gut, wenn Sie in unserer Nähe sind. Wir sollten diesmal jedoch mit zwei Wagen fahren«, meinte Koronaios, und auch Michalis hielt das für sinnvoll. Vielleicht wollte der Anrufer ausschließlich mit ihm reden, und ein uniformierter Polizist könnte ihn verschrecken. Außerdem wussten sie nicht, was sie in Skaloti erwarten würde. Verstärkung in der Nähe wäre deshalb gut.

Michalis rief Myrta an, gab ihr die Nummer des anonymen Anrufers und bat sie, dessen Namen zu ermitteln.

»Die Suche nach den möglichen Vermissten hat aber Vorrang«, fügte er hinzu.

Der Revierleiter schlug die Taverne *Limani* am winzigen Hafen von Frangokastello vor, denn neben dem guten Essen war auch die Lage direkt am Wasser beeindruckend. Einige wenige Boote waren an einer von einem Steinwall geschützten Mole vertäut, und zwei Angler hatten ihre Angeln ausgeworfen. Auch dies war ein Ort, dachte Michalis, den er gern einmal mit Hannah besuchen würde. Er machte ein Bild von der Terrasse der Taverne mit dem Meer im Hintergrund und schickte es Hannah. Kurz darauf bekam er von ihr ein Foto, das sie mit Daniel in einer der Höhlen von Matala zeigte. *Hier haben jahrelang die Hippies gewohnt,* schrieb sie dazu. *Eigentlich wollten wir jetzt zurück nach Chania, aber Daniel hat noch eine Ausgrabungsstätte in der Nähe entdeckt …* Ein Emoji mit verdrehten Augen zeigte Michalis, dass Hannah das Ganze allmählich anstrengend fand. Daniel machte auf diesem Foto den Eindruck, als ob der Ausflug zu historischen Stätten auf Kreta eine überaus ernste Angelegenheit war. Sein Hemd und seine Bügelfaltenhose saßen noch so perfekt wie am Morgen. Michalis kannte Daniel aus Berlin als jemanden, der sich ziemlich wichtig nahm. Er war Architekt und sehr stolz darauf, dass sein Büro an der Sanierung der Neuen Nationalgalerie in Berlin beteiligt war.

»Zwei Ermordete, die jemand hier am Strand vergraben hat«, meinte Alekos Tatsopoulos nachdenklich, nachdem die beiden Beamten ihn auf den aktuellen Stand der Dinge gebracht hatten. »Kaum vorstellbar, dass davon hier niemand etwas mitbekommen oder sie vermisst hat. In dieser Gegend bleibt nie etwas geheim. Allerdings reden die Leute, wie Sie wissen, nicht gern mit der Polizei.«

»Kommen Sie von hier?«, fragte Michalis.

»Ja, ich bin in Anopoli geboren. Oberhalb von Sfakia. Mein Bruder baut dort Gemüse an wie schon unsere Eltern und deren Eltern auch.«

»Können Sie sich erinnern, ob vor zehn Jahren hier irgendetwas Ungewöhnliches passiert ist?«, hakte Koronaios nach.

»Ich bin erst seit fünf Jahren wieder hier, aber ich werde mich umhören. Oft braucht es etwas Zeit, aber irgendwann redet jemand. Es gibt hier mehr als genug offene Rechnungen«, erklärte Tatsopoulos.

Das Essen wurde gebracht. Koronaios hatte *kotópoulo piláfi,* Huhn mit Reis, gewählt, und Tatsopoulos *kolokithákia me avgá sfongáto,* ein Zucchini-Omelett. Michalis hatte sich für *flórines me féta*, gebratene Spitzpaprika mit Fétakäse, entschieden. Dazu bekamen alle *choriátiki salata*, einen Bauernsalat.

»Darf ich fragen, wo Sie waren, bevor Sie hier Revierleiter wurden?«, erkundigte sich Koronaios zwischen zwei Bissen von seinem Huhn.

»Ich war über fünfzehn Jahre in Thessaloniki«, erwiderte Tatsopoulos und klang fast schuldbewusst. »Meine Frau und ich hatten uns in Athen kennengelernt, und ich bekam nach der Polizeischule meine erste Stelle in Thessaloniki. Meine Frau stammt aus Athen und hat sich lange dagegen gesträubt, nach Kreta zu ziehen.«

Das kam Michalis bekannt vor.

»Aber nach der Finanzkrise vor fünf Jahren war sie arbeitslos, und in Sfakia wurde ein neuer Revierleiter gesucht. Und bis heute hat es keiner von uns bereut. Unsere beiden Kinder studieren in Athen und in Ioannina und freuen sich, uns hier zu besuchen.« Ein Lächeln huschte über sein Gesicht.

5

Koronaios hatte das Essen genossen und war guter Dinge, doch Michalis war unruhig, als sie sich auf den Weg nach Skaloti machten. Zunächst führte die Straße an Olivenhainen und vereinzelten Häusern entlang, hinter denen oft blühende Frühlingswiesen lagen. Die in der Ferne aufragenden, kahlen Berge liefen in zahlreichen Hügeln aus, die das in dieser Jahreszeit satte Grün von Thymian, Macchia und der Phrygana zeigten. Kurz vor Skaloti begann der Weg anzusteigen, und je näher sie dem Ort kamen, desto enger wurden die Kurven. Koronaios hatte Jorgos vorhin über die bisherigen Erkenntnisse informiert, und er hatte auch mit seiner Frau und seiner Tochter Galatia telefoniert.

»Meine Frau hat gedroht, dass ihre Schwester noch heute zu uns fährt, damit sie auf Galatia aufpasst, weil ich damit ja offenbar überfordert bin. Ich musste sehr energisch werden.« Koronaios verdrehte die Augen. »Galatia soll jederzeit erreichbar sein. Das kann ein Spaß werden die nächsten Tage.«

Michalis kannte Koronaios gut genug, um zu wissen, dass er ihn schimpfen lassen und sich nicht einmischen sollte. Sein Partner musste Dampf ablassen, das galt bei Ermittlungen ebenso wie bei Familienangelegenheiten.

Skaloti lag in einer kleinen Senke und bestand fast nur aus einer Hauptstraße. Sie fuhren durch den Ort, näherten sich über einige Kurven einer kleinen Anhöhe und hielten an. Der

Revierleiter trat zum Wagen von Michalis und Koronaios und reichte ihnen ein Funkgerät.

»Hinter der nächsten Kurve liegt die Kirche, die der Anrufer meinen dürfte«, sagte er. »Ich schlage vor, dass ich hier warte und Sie sich melden, sobald Sie mich benötigen.«

»Einverstanden«, entgegnete Michalis. Im Rückspiegel sah er, dass Tatsopoulos in einen schmalen sandigen Weg einbog, um von der Straße aus nicht gesehen werden zu können.

Die Kirche lag weithin sichtbar auf dem höchsten Punkt der Anhöhe. Sie war von einer hüfthohen, weiß gestrichenen Mauer gesäumt, das Dach war ebenso wie die Kuppeln in einem kräftigen hellen Blau gestrichen, und auch die Einfassungen der Türen und Fenster leuchteten in diesem markanten Blauton. Der asphaltierte Vorplatz innerhalb der Mauer war für eine kleine Kirche ungewöhnlich groß.

Michalis hielt an einem sandigen Weg, der von Wacholderbüschen und Macchia gesäumt war, im Schatten mehrerer Platanen, die die Kirche weit überragten. Ein zweiter Wagen war nicht zu sehen.

»Es ist zehn vor drei«, sagte Koronaios. »Lass uns einen Blick in die Kirche werfen, falls der Mann dort wartet.«

»Mal sehen, ob sie geöffnet ist«, entgegnete Michalis. »Die meisten Kirchen, die nicht direkt in den Orten stehen, sind ja heutzutage geschlossen.«

Diese war jedoch geöffnet, und in dem hellen, weiß gestrichenen Kirchenraum, dessen Bögen und Pfeiler wie die Fassade blau abgesetzt waren, hätten sie fast eine alte Frau übersehen, die zusammengesunken hinter dem Pult saß, von dem aus die Liturgie als Sprechgesang vorgetragen wurde. Als Michalis und Koronaios schon wieder gehen wollten, erhob sich diese Frau, schlurfte zu einer Ikone, die die Panagia, die Mutter Jesu, zeigte, küsste sie und ging nach draußen.

Ansonsten war jedoch niemand in der Kirche. Koronaios warf sogar einen kurzen Blick in den Altarraum, der durch die Ikonostase vom Kirchenraum getrennt und den Priestern vorbehalten war.

Sie verließen die Kirche und warteten. Ein leichter Wind trug den Duft von Salbei und Oregano zu ihnen; in der Ferne war das Blau des Meeres zu erkennen. Wer auch immer den Platz für diese Kirche gewählt hatte, hatte gewusst, dass dies ein besonderer Ort mit einer bemerkenswerten Aussicht war.

Um kurz nach drei war Michalis sicher, dass der Mann nicht kommen würde. Vielleicht war er aufgehalten worden, vielleicht hatte er es sich anders überlegt.

»Ich frag Myrta, ob sie schon weiß, zu wem die Nummer gehört«, sagte Michalis und rief im Büro an. Myrta unterbrach ihre Recherche nach vermissten jungen Männern und kümmerte sich um die Telefonnummer.

Vielleicht wurden sie aus der Entfernung beobachtet. Ein kleiner Feldweg führte an der Kirche vorbei Richtung Berge, und Michalis folgte diesem Weg, der zwischen stacheligen Wacholdersträuchern verlief und nach einer Kurve endete. Links erhob sich ein kleiner Hügel, rechts lag ein Abhang mit vereinzelten Olivenbäumen. Michalis kehrte um.

Um zwanzig nach drei meldete sich Myrta: Die Nummer gehörte zu einem Vangelis Kitsikoudis, der in Patsianos gemeldet war. Patsianos, das sah Michalis auf der Karte seines Smartphones, war ein Ort in der Nähe der Tankstelle bei Frangokastello.

»Und bevor du fragst«, fügte Myrta hinzu, und Michalis glaubte, ihr Grinsen hören zu können, »nein, es gibt keine genauere Adresse. Dafür ist Patsianos viel zu klein.«

»Dann versuch doch bitte, ein Foto von diesem Mann aufzutreiben«, bat er Myrta, legte auf und blickte Koronaios an. »Wollen wir ihn anrufen oder gleich vorbeifahren?«

»Hinfahren. Wenn wir anrufen, ist er gewarnt. Anrufen können wir ihn dann immer noch«, erwiderte Koronaios.

Sie informierten Alekos Tatsopoulos, der abfahrbereit auf sie wartete.

Patsianos schien auf den ersten Blick menschenleer zu sein, und Michalis war froh, in der Ortsmitte vor einem Haus wenigstens drei schwarz gekleidete, alte Frauen sitzen zu sehen. Wenig später stießen sie dann auch auf vier Kinder, die sich zwei Skateboards teilten. Als sie Tatsopoulos und den Polizeiwagen entdeckten, rannten die vier weg und verschwanden in einem Hauseingang.

Es gab in diesem verlassen wirkenden Ort nicht einmal eine Taverne, aber ein winziges Kafenion. Der Wirt zögerte, als sie ihn nach Vangelis Kitsikoudis fragten, doch dann erklärte er ihnen, wo sein Haus stand.

»Es würde mich aber sehr wundern, wenn Sie ihn jetzt dort antreffen«, fügte der Wirt hinzu. »Vangelis ist Busfahrer und normalerweise um diese Uhrzeit zwischen Sfakia und Chania unterwegs. Aber versuchen Sie es, vielleicht hat er heute frei.«

Sie fuhren ein Stück zurück Richtung Ortsanfang und hielten vor einem allein stehenden weißen Haus, das der Wirt ihnen beschrieben hatte. Es war schlicht, aber gepflegt, auch wenn die Fassadenfarbe an einigen Stellen abplatzte. Hinter dem Haus schien ein größerer Garten zu liegen.

Alekos Tatsopoulos bezog in der Nähe des Hauses Stellung, falls Vangelis Kitsikoudis flüchten sollte.

Bevor sie klingelten, warf Michalis einen Blick auf sein Smartphone und sah, dass Myrta ihm ein Foto geschickt hatte, das den grauhaarigen Mann zeigte, dem er am Strand seine

Karte gegeben hatte. *Ich habe es auf der Internetseite der KTEL, der Busgesellschaft, gefunden,* hatte Myrta dazugeschrieben. *Der Mann scheint dort Busfahrer zu sein.*

Was Michalis auf seinem Display ebenfalls entdeckte, war ein Foto, das Hannah an einem einsamen Strand aufgenommen hatte. *Daniel hat uns nach Kommos geschleppt. Hier sollte eine minoische Hafenanlage ausgegraben werden, doch es ist wohl das Geld ausgegangen. Immerhin ist der Strand sensationell!*

Marilita Kitsikoudis, die Ehefrau, war eine einfach gekleidete Frau Mitte vierzig mit gedrungener Figur und dem gleichen misstrauischen Blick wie ihr Mann. Sie schien bei der Hausarbeit zu sein, denn sie trug einen ausgeblichenen Kittel. Die halblangen Haare der Frau waren grau und nachlässig frisiert.

Michalis hatte erwartet, dass Marilita Kitsikoudis, wie die meisten Leute auf Kreta, den Fragen der Polizei nach ihrem Mann ausweichen würde, doch diese Frau überlegte kurz und bat die Kommissare dann ins Haus. Das war Michalis und Koronaios selten passiert. Meistens mussten sie erst mit einer Vorladung zum Verhör drohen, bevor sie in den Häusern mit den Menschen reden konnten. Es schien etwas zu geben, das Marilita Kitsikoudis Angst machte.

In dem engen, sauberen und aufgeräumten Haus führte die Frau die zwei Polizisten ins Wohnzimmer und entschuldigte sich dafür, dass sie gerade dabei war, *fassolakia* – grüne Bohnen – vorzubereiten.

»Sie nehmen doch bestimmt einen Frappé«, erkundigte sich Marilita Kitsikoudis, und während Michalis und Koronaios sich einen fragenden Blick zuwarfen, rief sie »Sicher metrio. Setzen Sie sich doch!« und verschwand in der Küche.

»Die Frage, ob wir ihren Mann sprechen können, hat sie bisher einfach ignoriert«, sagte Koronaios leise, nachdem er auf dem rot-braunen, abgewetzten Ledersofa Platz genommen hatte. Dort, wo das Leder im Lauf der Jahre durchgescheuert war, waren Flicken aufgesetzt worden.

»Irgendetwas weiß sie«, ergänzte Michalis, blieb stehen und schickte Alekos Tatsopoulos die Nachricht, dass sie jetzt bei Marilita Kitsikoudis waren und er auf abfahrende oder auch ankommende Autos achten möge. Noch während er tippte, sah Michalis sich um. An einer Wand hingen gerahmte Familienfotos, die Marilita mit ihrem Mann Vangelis Kitsikoudis sowie zwei Mädchen zeigten. Michalis fiel jedoch auf, dass zwei Bilderrahmen abgenommen worden waren. Während es von einer der Töchter Fotos als junge Erwachsene gab, entdeckte Michalis von der anderen Tochter nur Fotos bis zur Pubertät.

In der Küche waren Geräusche zu hören, und Michalis beeilte sich, neben Koronaios auf dem Sofa Platz zu nehmen. Kaum hatte er sich gesetzt, tauchte Marilita Kitsikoudis im Türrahmen auf. Ihre Augen waren gerötet, als habe sie geweint.

»Die *kalitsounia* sind selbst gemacht«, sagte Marilita Kitsikoudis mit einem bemühten Lächeln und stellte das Tablett auf dem Sofatisch ab. Tatsächlich lagen auf drei kleinen Tellern einige der Teigtaschen. Erneut fragte sich Michalis, warum diese Frau sie wie willkommene Gäste und nicht wie unliebsame Polizisten behandelte. Sie setzte sich ihnen gegenüber und machte jetzt, wo sie sich nicht mehr ablenken konnte, einen nervösen Eindruck. Als sie nach einem der *kalitsounia* griff, zitterte ihre Hand.

»Wir wollen nicht lange stören«, begann Koronaios, »wir wollten eigentlich nur wissen, wo wir Ihren Mann finden.«

Marilita Kitsikoudis nickte.

»Vangelis ist unterwegs«, antwortete sie und biss ein kleines Stück von der *kalitsounia* ab. Da sie nicht weitersprach, nahm Koronaios ebenfalls einen Bissen.

»Die sind köstlich. Wirklich sehr gut«, sagte er.

Marilita Kitsikoudis nickte erleichtert, als sei der schwierige Teil dieses Gesprächs damit geschafft.

»Wo ist Ihr Mann denn unterwegs? Und können wir ihn erreichen?«, erkundigte sich Michalis.

»Er fährt den Bus zwischen Sfakia und Chania«, erwiderte sie, als sei das selbstverständlich, und blickte auf eine Wanduhr. »Jetzt müsste er gerade in Chania losgefahren sein. Das ist dann seine letzte Tour für heute.«

»Wann war denn heute seine erste Fahrt?«, hakte Michalis nach.

»Wie täglich in der Saison morgens um sieben. Der erste Bus nach Chania. Und dann fährt er am Tag dreimal hin und zurück.«

»Auch heute? Den ganzen Tag?«, wollte Koronaios wissen.

»Selbstverständlich. Mein Mann hat in über zwanzig Jahren noch nie einen Tag versäumt«, entgegnete sie stolz.

»Wir würden ihn gern sprechen«, sagte Michalis. »Wann ist er wieder erreichbar?«

»Eigentlich jederzeit.«

Sie griff nach ihrem Handy und wählte eine Nummer. Michalis hörte, wie es lange klingelte, bevor eine automatische Stimme mitteilte, dass der Teilnehmer im Moment nicht erreichbar sei.

»Vielleicht kann er gerade nicht ans Telefon gehen«, sagte Marilita Kitsikoudis bedauernd. »Dann ruft er aber gleich zurück. Das macht er immer.«

Michalis und Koronaios warfen sich einen kurzen Blick zu. Sie kannten keinen Busfahrer auf Kreta, der während der Fahrt nicht jederzeit und sehr bereitwillig telefonierte.

Es klopfte an der Haustür.

»Marilita? Bist du zu Hause?«, rief eine Frau.

»Einen Moment«, sagte Marilita Kitsikoudis und eilte zur Tür.

Die beiden Frauen flüsterten an der Haustür miteinander, und Michalis ging Richtung Hausflur, um zu sehen, mit wem Marilita Kitsikoudis etwas besprach, das die Polizei offenbar nicht hören sollte. Als er in den Flur einbog, entdeckte er in der Haustür eine schlanke Frau Ende dreißig mit langen, sehr gepflegten blonden Haaren. Sie trug Jeans, Turnschuhe und eine dunkelblaue Bluse, und während Marilita Kitsikoudis den Eindruck machte, als sei ihr Aussehen ihr gleichgültig, kleidete sich diese Frau sehr bewusst und schien dabei auch nicht zu sparen.

Die Frau bemerkte Michalis, warf Marilita Kitsikoudis einen erschrockenen Blick zu, zog die Tür ein Stück zu, so dass Michalis sie nicht mehr sehen konnte, und verabschiedete sich sofort.

Marilita Kitsikoudis blieb, nachdem die Haustür geschlossen war, reglos stehen. Dann drehte sie sich langsam um und wich Michalis' Blick aus.

»Wir müssen uns verabschieden«, sagte Michalis schnell, »unsere Ermittlungen warten auf uns.«

»Ja, selbstverständlich«, erwiderte Marilita Kitsikoudis leise und ging mit gesenktem Kopf an Michalis vorbei.

»Aber Sie haben ja noch gar nicht ausgetrunken!«, rief sie und warf einen empörten Blick in Richtung Michalis.

Koronaios hob seinen leeren Becher hoch. »Ich schon!«, erwiderte er. »Aber mein Kollege ist immer etwas langsamer!«

Michalis beeilte sich, noch einige Schlucke zu nehmen, und reichte Marilita Kitsikoudis dann eine Visitenkarte.

»Rufen Sie uns bitte an, wenn Ihr Mann sich gemeldet hat«, bat er.

»Sie wollte nicht einmal wissen, warum wir ihren Mann sprechen wollten«, stellte Michalis fest, als sie in ihren Wagen gestiegen waren.

»Ja …« Koronaios nickte. »Und sie hat Angst. Sie weiß etwas, und vielleicht würde sie es uns am liebsten sogar sagen. Sonst hätte sie uns nicht zu Kaffee und Kuchen eingeladen.«

»Vangelis Kitsikoudis muss etwas wissen, was mit den beiden Toten zu tun hat«, meinte Michalis. »Er war den gesamten Vormittag am Strand. Dann gebe ich ihm meine Karte, er meldet sich, will uns treffen, taucht nicht auf und geht nicht einmal ans Handy, wenn seine Frau ihn anruft. Sie behauptet zwar, er habe den ganzen Tag gearbeitet, aber vermutlich weiß sie, dass das nicht stimmt.«

»Falls es wirklich seine Nummer war, die sie gewählt hat«, warf Koronaios ein. »Wir sollten nicht ausschließen, dass sie nicht so harmlos ist, wie sie tut. Vielleicht weiß sie ganz genau, was ihr Mann uns sagen wollte, und wollte uns ablenken.«

»Ist Ihnen hier etwas aufgefallen?«, erkundigte sich Koronaios bei Alekos Tatsopoulos, als sie den Polizeiwagen erreicht hatten.

»Eine Frau hat vor dem Haus von Vangelis Kitsikoudis gehalten und ist zur Tür gegangen, aber das wissen Sie ja vermutlich«, erwiderte Tatsopoulos.

»Ja, ich hab sie kurz gesehen, sie ist nicht reingekommen«, sagte Michalis. »Was für einen Wagen fuhr diese Frau?«

»Einen größeren Toyota. Rot.«

Michalis nickte.

»In Frangokastello sind wieder einige Einheimische aufgetaucht. Noch stehen sie ruhig am anderen Ende des Strands und scheinen zu überlegen, was sie tun wollen«, fuhr Tatsopoulos fort.

»Dann fahren wir dorthin. Vielleicht gibt es bereits neue Erkenntnisse.«

Auf der kurzen Fahrt nach Frangokastello hingen Michalis und Koronaios ihren Gedanken nach. Einige hundert Meter vor der Ruine des Kastells wurde Michalis langsamer.

»Kleiner Strandspaziergang? Wenn die Einheimischen an diesem Teil des Strands stehen, würde ich mir die gern mal etwas genauer ansehen«, schlug er vor und hielt auf dem Parkplatz des *Limani*, in dem sie vorhin gegessen hatten. Vor ihnen lag der Strand mit badenden Urlaubern und kreischenden Kindern.

»Du verlangst aber nicht, dass ich hier barfuß laufe, oder?«, fragte Koronaios schon nach wenigen Metern.

»Vielleicht nicht schlecht, wenn du die alten Dinger ausziehst.« Michalis warf einen Blick auf die ausgetretenen dunklen Lederschuhe von Koronaios und grinste. »Hatten dir letztes Jahr deine Töchter nicht diese schicken Turnschuhe geschenkt, mit denen du in der Samaria-Schlucht warst?«, fügte er hinzu. »Zieh doch die in Zukunft an, wenn wir Dienst am Strand haben …«

Koronaios schüttelte den Kopf, behielt die Schuhe an und ging weiter.

Michalis folgte ihm, blieb aber stehen, als er drei Einheimische bemerkte, von denen Tatsopoulos gesprochen hatte. Zwei von ihnen waren ihm bisher nicht aufgefallen, doch den dritten erkannte er: Es war der ganz in Schwarz gekleidete, kräftige Mann mit Halbglatze, der vor dem Kloster in Komitades aufgetaucht war. Das schwarze Fransentuch hatte er allerdings abgenommen. Ohne die *mandíla* wurde das Gesicht dieses Mannes noch stärker von seinem grauen Vollbart und seinen grimmig herabhängenden Mundwinkeln beherrscht.

Dieser Glatzköpfige redete auf die anderen beiden ein. Immer wieder warfen sie Blicke Richtung Kastellruine und Fundort der Knochen, und der Glatzköpfige gestikulierte, als würde er den Strand in Parzellen einteilen. Dann bemerkte er Michalis, straffte sich und gab den anderen beiden Männer Anweisungen. Daraufhin gingen sie entschlossen an Michalis vorbei und verschwanden hinter einer der Pensionen.

»Du kannst sagen, was du willst, aber diese Männer verhalten sich auffällig«, sagte Koronaios, als Michalis ihn eingeholt hatte. Michalis fragte sich, während sie sich an der Wasserkante der abgesperrten Fundstelle näherten, warum das so war.

Was konnten diese Einheimischen wissen? Kannten sie die Toten? Oder waren sie wirklich überzeugt, es handele sich um ihre Vorfahren, deren Würde sie beschützen mussten?

Auf dem Weg zu dem abgesperrten Fundort sank Michalis immer wieder in dem hellen, feinen Sand ein. Noch hatte er keine Vorstellung, was unter der Oberfläche dieses Falls lauerte, und das beunruhigte ihn. Sie mussten so schnell wie möglich etwas Konkretes herausfinden, um nicht länger in diesem Nebel von Legenden, schemenhaften Erscheinungen und Verschwiegenheit herumzustochern.

Stournaras und seine Assistentin packten bereits ihr Material zusammen, doch Zagorakis und seine vier Mitarbeiter arbeiteten noch immer und schwitzten in den Anglerhosen. Michalis konnte sich nicht erinnern, Zagorakis, der auf sein Äußeres größten Wert legte und mindestens einmal die Woche zum Friseur ging, jemals so zerzaust gesehen zu haben.

»Wir werden hier sicherlich noch einige Stunden zu tun haben«, teilte der Chef der Spurensicherung ihnen mit. »Wir finden immer noch kleine Knochenstücke, außerdem gibt es viele Faserspuren. Vor allem« – Zagorakis sah Michalis und Koronaios skeptisch an – »möchte ich sicher sein, dass wir keine Spuren einer möglichen dritten Leiche übersehen.«

»Deutet etwas darauf hin?«, erkundigte sich Koronaios.

»Nein, bisher nicht. Aber wie gesagt, ich will ganz sicher sein. Denn wenn wir hier später abbauen, werden wir die Grube zwar absperren, aber natürlich wird Wasser eindringen, und die Wände werden nach unten sacken. Und dann müssten wir, falls wir in einigen Tagen gezwungen wären, doch noch weiter zu suchen, von vorn anfangen.«

Michalis musste gestehen, dass ihn der Chef der Spurensicherung überraschte. Schweißgebadet, verdreckt und ohne Mittagspause würde Zagorakis sich normalerweise fluchend und schimpfend weigern, Auskunft über das zu geben, was er bisher entdeckt hatte. Doch dieser Fall war so ungewöhnlich, dass er auf seine üblichen Eitelkeiten und Wichtigtuereien verzichtete.

Bevor sie zu ihrem Wagen gingen, bedankte Michalis sich bei Alekos Tatsopoulos für die gute Zusammenarbeit.

»Das ist selbstverständlich. Und wenn wir etwas tun können, sagen Sie Bescheid, und wir werden uns darum kümmern«, erwiderte er.

»Eine Frage noch«, sagte Michalis. »Diese Kirche bei Skaloti, wo Vangelis Kitsikoudis uns treffen wollte. Können Sie sich erklären, warum er ausgerechnet diesen Treffpunkt ausgewählt hat? Skaloti liegt zwar nur wenige Kilometer von seinem Haus entfernt, aber gibt es dort etwas Besonderes?«

Tatsopoulos schüttelte den Kopf. »Nicht, dass ich wüsste. Aber ich werde unseren Priester fragen. Vielleicht fällt dem etwas ein.«

»Könnten Sie sich auch umhören, ob jemand etwas von Vangelis Kitsikoudis gehört hat?«, bat Michalis.

»Das hätte ich auch vorgeschlagen«, erwiderte Alekos Tatsopoulos, »ich bin sicher, dass jemand weiß, wo er ist.«

»Sie können mich jederzeit anrufen, wenn Sie etwas herausfinden«, sagte Michalis, und dann verabschiedeten sie sich.

Michalis war sich sicher, dass sie sich schneller wiedersehen würde, als es ihnen allen lieb war.

Auf dem Weg zurück nach Chania kamen sie hinter Frangokastello an der kleinen Tankstelle vorbei, die Tatsopoulos ihnen vorhin gezeigt hatte. Michalis bremste unvermittelt.

»Was ist? Haben wir kein Benzin mehr?«, fragte Koronaios verwundert. Er war gerade dabei, abwechselnd seine Frau und seine Tochter mit Textnachrichten zu beruhigen.

»Der Tankwart ist einer der Männer, die vorhin am Kloster und gerade eben auch am Strand waren«, antwortete Michalis und deutete auf den kräftigen Mann mit der Halbglatze, der jetzt eine ölverschmierte Armeehose sowie ein olivgrünes Hemd trug. Er unterhielt sich mit drei Männern, die an einer Art Campingtisch saßen und Frappé tranken.

»Ja und?«, meinte Koronaios.

»Der scheint in der Gegend etwas zu sagen zu haben«, entgegnete Michalis. »Ist vielleicht sowieso nicht schlecht, wenn wir tanken.«

Er wendete und fuhr auf den Vorplatz der Tankstelle. Der Tankwart machte einen Schritt auf den Wagen zu und gab Michalis mit einer Geste zu verstehen, an welcher der Zapfsäulen er halten sollte. Dann schien er Michalis zu erkennen, wandte sich um und verschwand in dem kleinen Kassenhäuschen.

Michalis und Koronaios warteten darauf, dass der Mann zurückkommen würde. Die älteren Männer nippten an ihren

Frappés, stritten sich lautstark über die Fehler der Regierung in Athen und ignorierten das Auto.

»Ist der abgehauen?«, sagte Koronaios, als der Tankwart nicht wieder auftauchte.

»Fragen wir doch mal nach«, entgegnete Michalis und stieg aus.

»Meine Herren«, begrüßte er die Männer am Campingtisch. Sie reagierten nicht und taten so, als gäbe es nichts Wichtigeres als ihre Diskussion über steigende Medikamentenpreise.

»Ist es möglich, hier zu tanken?«, fragte Koronaios.

»Wird schon jemand kommen«, erwiderte einer der Männer. Ein anderer blickte kurz in das Kassenhäuschen, wo das Geräusch einer Metalltür zu hören war. Sekunden später trat ein etwa zwölfjähriger Junge aus dem Kassenhäuschen und wischte sich die Hände mit einem dreckigen Lappen trocken.

»Volltanken?«, fragte er gelangweilt.

Michalis und Koronaios warfen sich einen irritierten Blick zu. Der Tankwart war verschwunden, und stattdessen bediente ein Kind sie, als sei es das Normalste auf der Welt?

»Ja, volltanken«, erwiderte Koronaios. »Fünfundneunzig Oktan.«

»Ich weiß«, meinte der Junge.

Die Ähnlichkeit des Jungen mit dem Tankstellenbetreiber war unübersehbar. Der Gesichtsausdruck war wie bei seinem Vater selbstbewusst und entschlossen.

»Bedienst du oft hier?«, erkundigte sich Michalis freundlich und bekam nur ein knappes »Ja« zur Antwort. Der Junge zog den Stutzen aus der Tanköffnung und kassierte.

»Die Sfakia …« Mehr musste Koronaios nicht sagen, als sie wieder unterwegs waren. Die Leute aus der Sfakia galten nicht nur in der Vergangenheit als besonders unerschrocken und zum bewaffneten Widerstand bereit, sondern sie hatten sich diesen schroffen Stolz offenbar bis heute bewahrt. Ein falsches Wort konnte genügen, und ihr Blut würde überkochen, so erzählte man sich. Michalis hatte das bisher für übertrieben gehalten, aber womöglich entsprach es doch der Wahrheit.

6

Es war nach halb sieben, und die Sonne versank bereits hinter den höheren Häusern, als sie vor dem grauen Gebäude der Polizeidirektion hielten. Michalis hatte mit Hannah ausgemacht, sich um acht mit Paula und Daniel im *Athena* zu treffen, und Koronaios hoffte inständig, dass seine Tochter Galatia wie versprochen zu Hause auf ihn warten würde, damit sie gemeinsam mit seiner Frau telefonieren konnten.

»Sonst rückt morgen meine Schwägerin an, oder meine Frau kommt früher zurück als geplant.« Koronaios stöhnte.

»Also …«, setzte Myrta gerade an, um sie über den Stand ihrer Recherchen zu den Vermissten zu informieren. Auf dem Monitor waren zahlreiche Gesichter junger Männer zu sehen, doch in dem Moment tauchte Jorgos, der Leiter der Mordkommission, in der Tür auf.

»Wir sollen hoch zu Karagounis, und zwar sofort.« Jorgos schien irritiert zu sein, weil der Kriminaldirektor schon in diesem frühen Stadium eines so unklaren Falles persönlich informiert werden wollte.

»Haben wir noch Zeit, bis Myrta uns die Ergebnisse ihrer Recherche mitgeteilt hat?«, fragte Koronaios.

»Karagounis klang, als würde er mit *sofort* tatsächlich sofort meinen«, erwiderte Jorgos.

»Dann werde ich euch auf dem Weg dorthin schnell über das Wichtigste informieren«, bot Myrta an.

Als sie das Büro von Karagounis betraten, wussten Michalis und Koronaios, was Myrta herausgefunden hatte: Auf Kreta gab es in den Jahren 2010 und 2011 keine vermissten jungen Männer, die in das Suchprofil passten. Myrta hatte auch noch jeweils zwei Jahre davor und danach gesucht, aber ebenfalls keine Treffer erzielt.

»Für ganz Griechenland und vor allem Athen«, hatte Myrta seufzend gesagt, »sind jedoch in den Jahren 2010 und 2011 einige hundert Vermisste gemeldet, die in Frage kämen.«

»So viele?«, fragte Michalis ungläubig, und auf den letzten Metern vor dem Büro von Karagounis erfuhren sie dann nur noch, dass es in den schlimmsten Jahren der Finanzkrise enorm viele Vermisstenfälle gab.

»Das muss ich euch später erklären. Ich werde auf euch warten«, konnte Myrta noch hinzufügen, denn Jorgos hatte bereits die Klinke zum Büro von Karagounis in der Hand.

Besprechungen mit Kriminaldirektor Ioannis Karagounis waren nie angenehm, für niemanden. Vielleicht nicht einmal für Karagounis selbst. In diesem Büro schien es immer zehn Grad kühler zu sein als in den anderen Räumen der Polizeidirektion, egal, zu welcher Jahreszeit. Unnahbarkeit und Distanz hatte Karagounis offenbar zum zentralen Prinzip seiner Polizeikarriere erhoben. Im Umgang mit Mördern und anderen Schwerverbrechern mochte das sinnvoll sein, doch er verhielt sich auch seinen Mitarbeitern und Untergebenen gegenüber nicht anders. Michalis wusste nicht einmal, ob Karagounis Familie und Kinder hatte, darüber wurde in der Polizeidirektion nicht gesprochen. Als Michalis sich vor einigen Jahren von Athen nach Chania hatte versetzen lassen und Jorgos nach dem Privatleben von Karagounis gefragt hatte, hatte er nur mit den Schultern gezuckt.

»Ich weiß es nicht«, war das Einzige, was Michalis ihm dazu entlocken konnte, »und ich glaube, das ist auch besser so.«

Koronaios hatte noch wortkarger reagiert.

»Interessiert mich nicht«, hatte er leise geantwortet.

Obwohl Michalis schon mehrere irritierende Besprechungen im Büro des Kriminaldirektors erlebt hatte, war der heutige Termin noch ungewöhnlicher. Üblicherweise kam Karagounis mit knappen, schroffen Worten sofort zur Sache und verlangte präzise Auskünfte. Heute jedoch schwieg er, nachdem sie sich gesetzt hatten, und musterte seine Untergebenen. Michalis ging den Tag durch und fragte sich, ob etwas geschehen war, das Karagounis verärgert hatte.

Michalis beobachtete Jorgos und Koronaios, die sich bemühten, ähnlich reglos wie Karagounis zu wirken.

Unvermittelt räusperte sich Karagounis.

»Was haben wir bisher?«

Michalis sah, dass Jorgos Koronaios mit einem Blick aufforderte, ihre bisherigen Erkenntnisse vorzutragen. Sie alle wussten, dass Karagounis von Michalis eine höhere Meinung als von Koronaios zu haben schien, doch Jorgos hatte Michalis bereits mehrfach gewarnt: Sympathie und Lob konnten bei Karagounis abrupt in ihr Gegenteil umschlagen, als könnte er es nicht ertragen, jemandem Anerkennung gezollt zu haben.

Koronaios berichtete, was sie bisher herausgefunden und welche Ergebnisse sie in den nächsten Tagen von der Spurensicherung sowie der Gerichtsmedizin zu erwarten hatten. Karagounis hörte mit undurchdringlicher Miene zu und ließ nicht erkennen, was er von den bisherigen Erkenntnissen hielt.

Als Koronaios fertig war, trat eine Stille ein, die mehrere Minuten andauerte. Eines der Fenster stand offen, und das

Einzige, was Michalis hörte, war das Hupen von Autos. Im Büro von Karagounis gab es nicht das geringste Geräusch, nicht einmal eine Uhr tickte. Michalis hoffte, dass es nicht ausgerechnet das Klingeln seines Smartphones sein würde, das die Stille zerriss.

»Danke, meine Herren«, sagte Karagounis plötzlich. »Bitte halten Sie mich über jeden Ihrer Schritte auf dem Laufenden.«

Karagounis griff zu seinem Telefon, was ein deutlicher Hinweis darauf war, dass die drei Männer sein Büro verlassen sollten.

»Tun Sie mir nur den Gefallen«, fügte Karagounis noch hinzu, bevor er eine Nummer wählte, »und wirbeln Sie nicht unnötig Staub auf. Das könnte sich rächen.«

»Was war denn das?« Koronaios war der Erste, der wieder sprach, als sie zurück in ihrem Büro waren.

»Ich habe keine Ahnung«, erwiderte Jorgos. »So habe ich ihn noch nie erlebt.«

»Und was bedeutet das für uns?«, wollte Michalis wissen. »Wir sollen keinen unnötigen Staub aufwirbeln? Will Karagounis nicht, dass wir diese Morde aufklären?«

Jorgos und Koronaios waren ratlos.

»Das kann ich mir nicht vorstellen …«, meinte Jorgos.

»Hat Karagounis eine Verbindung in die Gegend? Kommt er womöglich aus Frangokastello und weiß etwas, was wir nicht wissen?«

Jorgos und Koronaios sahen Michalis alarmiert an.

»Wenn der Kriminaldirektor uns so deutlich warnt, dass sich unser Vorgehen rächen könnte, dann muss er Gründe haben«, fuhr Michalis verärgert fort.

»Ich denke, er wollte uns nur darauf hinweisen, vorsichtig zu sein«, entgegnete Jorgos.

»Für mich klang das eher wie eine Drohung«, widersprach Michalis.

»Das hat er aber sicherlich nicht gemeint«, wandte Jorgos ein.

Michalis ging kopfschüttelnd zur Tür.

»Ich bin Polizist geworden, um Verbrechen aufzuklären. Und wenn meine Vorgesetzten wollen, dass ich nur halbherzig ermittele, dann muss man mir das sagen. Dann ist das vielleicht nicht der richtige Beruf für mich.« Michalis wunderte sich selbst, wie sehr ihn das Verhalten von Karagounis aufregte.

»Michalis, ganz ruhig«, ermahnte Koronaios ihn energisch. »Niemand hat etwas davon gesagt, dass diese Morde nicht aufgeklärt werden sollen. Auch Karagounis nicht.«

»Morgen bekommen wir die Berichte von Stournaras und Zagorakis, und dann sehen wir weiter.« Jorgos versuchte einzulenken. »Fahr jetzt nach Hause und verbring einen schönen Abend mit Hannah.«

»Ich glaube, Myrta wartet auf uns, und ich würde gern genauer wissen, was sie erfahren hat«, erwiderte Michalis und blickte auf die Uhr. Es war fast halb acht, er würde es nicht pünktlich ins *Athena* schaffen.

Myrta war nicht entgangen, dass im Büro von Karagounis etwas passiert sein musste, doch sie war klug genug, nicht danach zu fragen.

»Ich habe vor allem nach jungen Männern gesucht, die ungefähr zur selben Zeit als vermisst gemeldet wurden.« Sie sah Michalis fragend an. »Da ja beide Skelette zusammen unter dem Sand lagen, bin ich davon ausgegangen, dass die beiden auch gleichzeitig dort vergraben worden sind.«

»Ja, davon gehen wir auch aus. Obwohl wir bisher natürlich keine Gewissheit haben.«

»Ich habe also den Zeitraum etwas ausgedehnt und bin

auf« – sie blickte auf ihren Monitor – »auf 238 Personen in ganz Griechenland gestoßen, die in Frage kommen könnten.«

»238 junge Männer, die seit ungefähr zehn Jahren spurlos verschwunden sind?«, fragte Michalis fassungslos. »238 Menschen, deren Angehörige nicht wissen, was mit ihnen passiert ist?«

»Ja, es kommt mir auch ungeheuer viel vor«, erwiderte Myrta, »und vielleicht wissen in einigen Fällen die Familien ja, was passiert ist. Ab 2010 haben die Sparmaßnahmen wegen der Finanzkrise voll durchgeschlagen, und vor allem in Athen und Thessaloniki herrschte große Armut. Im Nachhinein weiß man, dass immer wieder Verstorbene von ihren Angehörigen entweder nicht als tot oder aber als vermisst gemeldet wurden, damit staatliche Leistungen weiterhin gezahlt wurden«, erklärte Myrta. »Und es gab vor allem Jüngere, die untergetaucht sind, weil sie nichts zu verlieren hatten. Ihre Angehörigen haben sie als vermisst gemeldet, doch etliche sind nie wieder aufgetaucht. Zumindest offiziell nicht.«

Michalis nickte. 238 Schicksale. Vermutlich würden sie morgen all diese Vermisstenanzeigen einzeln überprüfen müssen.

Koronaios brach auf, um pünktlich bei seiner Tochter zu sein, und auch Michalis war es recht, sich zu verabschieden. Seit sie das Büro von Karagounis verlassen hatten, rumorte es in ihm. Auch wenn Koronaios und Jorgos behaupteten, es anders verstanden zu haben: Für Michalis klang die Aufforderung, keinen Staub aufzuwirbeln, wie die Anweisung, den Fall lieber nicht aufzuklären, statt etwas Verborgenes herauszufinden. Dafür musste es einen Grund geben, der vermutlich mit Karagounis zu tun hatte. Irgendetwas veranlasste den Kriminaldirektor, die Mordkommission unter Druck zu setzen und zur Zurückhaltung zu drängen.

Michalis fuhr über die *Odos Apokoronou* Richtung venezianischer Hafen und überlegte, wie er herausfinden könnte, was hinter dem Verhalten von Karagounis steckte. Auch der Kriminaldirektor hatte eine Vergangenheit und ein Privatleben, obwohl die Vorstellung, Karagounis könnte lachend mit seinen Kindern spielen, irritierend war. Womöglich gab es einen wunden Punkt bei seinem obersten Vorgesetzten, den er gern gekannt hätte. Auch wenn es ihm lediglich half, bei zukünftigen Begegnungen besser gewappnet zu sein.

Vor der *Platia Venizelos* nahm der Verkehr zu, so dass Michalis sich konzentrieren musste und nicht länger über den Tag nachdenken konnte. Doch als er in der Seitengasse neben dem *Athena* von seinem Motorroller abstieg, fiel ihm ein, wie er unauffällig etwas über Karagounis in Erfahrung bringen konnte. Sein alter Freund Christos, der bis vor einigen Monaten im Keller der Polizeidirektion als IT-Spezialist gearbeitet hatte, war von einem Tag auf den anderen aus dem Dienst entlassen worden und verschwunden. Niemand wusste, was dahintersteckte. Michalis hatte versucht, ihn anzurufen, doch Christos war nicht ans Handy gegangen. Einige Tage später hatte Christos ihm eine Nachricht geschickt: *Lass Gras über die Sache wachsen. Ist besser für dich, wenn du keinen Kontakt zu mir hast.*

Mittlerweile könnte genug Gras gewachsen sein, dachte Michalis. Vor einem Jahr hatte Christos ihm bei einem Fall sehr geholfen, in dem es um einen toten Bürgermeister und eine beginnende Blutrache zwischen zwei verfeindeten Dörfern mit rivalisierenden Olivenbauern gegangen war. Und seit damals war Michalis sicher, dass Christos sich Zugang zu fast allen Datenbanken verschaffen konnte.

Michalis blickte auf sein Handy: Es war kurz nach acht, also blieb ihm keine Zeit mehr, um Christos anzurufen. Doch schon von weitem sah er, dass Paula und Daniel offenbar noch nicht da waren, denn Hannah spielte mit seinem Vater Tavli. Weil er dabei ohnehin nur störte, ging Michalis an dem kleinen Maritimen Museum und einer Bar vorbei zur Mole, an deren Ende der Leuchtturm von Chania stand. Schon als Kind hatte er sich oft hierhergeschlichen und zwischen die Felsen auf der Seeseite der Mole gelegt, um dem Meer zu lauschen. Bis heute gab es kaum einen Ort, der ihn so sehr beruhigte. Michalis schloss die Augen, hörte den Klang der Wellen und sog den intensiven Duft von Salz, Algen und Meerestieren in sich auf.

Nach einer Weile wählte er die Nummer von Christos.

»Michalis!«, sagte Christos, »schön, von dir zu hören.«

»Wie geht es dir, was machst du?«, wollte Michalis wissen.

»Gut geht's mir«, erwiderte Christos, »aber du rufst doch nicht an, weil du mit einem alten Freund plaudern willst?«

Doch, dachte Michalis, auch das würde ich gern mal wieder tun. Sie kannten sich seit ihrer Jugend, verloren sich aber immer wieder aus den Augen.

»Ich würde dich gern mal wieder treffen«, sagte Michalis, »wo steckst du denn mittlerweile?«

»Chania …«, erwiderte Christos gedehnt, als sei das sein Schicksal.

»Gut. Und arbeitest du wieder …«

»Selbstverständlich«, unterbrach Christos ihn. »Und falls du mal etwas wissen willst, wäre es mir ein Vergnügen. Aber nicht am Telefon und nicht jetzt.«

Michalis hörte Stimmen im Hintergrund, und dann legte Christos wortlos auf. Michalis war sich jetzt sicher, etwas über Karagounis erfahren zu können, wenn es nötig werden sollte.

Michalis warf noch einen Blick auf die träge gegen die Mole plätschernden Wellen und ging dann zum *Athena*, wo Hannah noch immer mit Takis spielte und ein Tisch nahe am Wasser reserviert war.

»Die beiden müssten jeden Moment kommen …«, sagte Hannah und gab Michalis einen Kuss, ohne ihre Augen vom Spielfeld abzuwenden, denn sie hatte kaum noch Steine auf dem Brett und war drauf und daran, gegen Takis zu gewinnen. Vor allem aber wirkte sie aufgekratzt und unbeschwert, und Michalis hoffte, dass ihr der anstrengende Tag mit ihren Berliner Freunden gut getan und gezeigt hatte, wie unkompliziert das Leben auf Kreta sein konnte.

»Beim letzten Mal musste ich Hannah noch gewinnen lassen, damit sie weiter mit mir spielt.« Michalis' Vater lachte. »Sie muss heimlich geübt haben!«

Takis würfelte, und Michalis wusste, dass er sich noch lange nicht geschlagen gab.

»Setz dich doch. Ich habe gehört, du warst heute am Strand«, sagte Takis.

Michalis fragte sich, wie sein Vater bereits davon wissen konnte. Takis deutete auf den Fernseher, der in der oberen Ecke des Gastraums ohne Ton lief.

»Koronaios war in den Nachrichten«, sagte er und reichte Hannah die Würfel. »Und dafür, dass er nur gesagt hat, dass er nichts sagen kann, war es ein ziemlich langer Bericht. Gerüchte über Tote am Strand, und das ausgerechnet in Frangokastello …«

Also kannte auch sein Vater die Legende der Drosoulites.

»Was habt ihr denn gefunden, da am Strand?«, hakte Takis nach. »Unsere Vorfahren? Ich habe mich immer gefragt, ob die wirklich nach zweihundert Jahren noch dort liegen.«

Michalis wollte nicht über die Arbeit reden, denn früher

oder später würde Takis ihm und Hannah erklären, dass die Kreter ihre Angelegenheiten von jeher am besten ohne den Staat geregelt hatten. Zum Glück tauchten in dem Moment Paula und Daniel auf.

»Könntest du schon mal zu ihnen gehen, es ist gerade so spannend«, bat Hannah, und Michalis stand auf, begrüßte die beiden und setzte sich mit ihnen an den reservierten Tisch.

»Hannah kommt gleich. Sie hat gerade die einmalige Chance, meinen Vater im Tavli zu schlagen«, erklärte Michalis und bereute es sofort, denn Daniel stand auf und ging zu Hannah und Takis, um bei diesem wichtigen Augenblick dabei zu sein.

»Wie war euer Ausflug nach Phaistos?«, fragte Michalis.

»Es war fantastisch«, antwortete Paula und fuhr sich lächelnd durch ihre langen dunkelbraunen Locken.

Michalis kannte Paula von seinen Besuchen in Berlin und war noch immer nicht sicher, was er von ihr halten sollte. Da sie eine Freundin und ehemalige Studienkollegin von Hannah war, gab er sich Mühe, sie zu mögen. Doch es fiel ihm schwer, sich in Gegenwart dieser Frau, die immer perfekt geschminkt und sich ihrer Attraktivität bewusst war, wohlzufühlen. Auch Hannah verstand es, sich vorteilhaft anzuziehen, allerdings ohne jede Eitelkeit. Und während Hannah viel Humor hatte und gern über sich selbst lachte, wirkte Paula meistens streng und bemüht, einen perfekten Eindruck zu machen.

Zehn Minuten später setzte sich Hannah mit Daniel zu ihnen.

»Irgendwann werde ich gegen deinen Vater auch mal gewinnen!«, klagte Hannah. Michalis wusste aus eigener Erfahrung, wie schwer das war. Takis war einfach ein ausgezeichneter Tavli-Spieler.

»Ich habe Hunger, meinst du, wir können bald bestellen?«, erkundigte sich Daniel ungeduldig.

»Sotiris kommt sofort, da bin ich sicher«, antwortete Hannah, obwohl Daniel Michalis gefragt hatte, und kurz danach wusste er, was sie meinte: Sotiris kam nicht mit Speisekarten, sondern mit Wasser und Wein, und stellte kurz danach mehrere Teller mit Vorspeisen in die Mitte des Tisches.

»Hast du das bestellt?« Daniel wandte sich irritiert an Paula, die den Kopf schüttelte.

»Heute esst ihr, wie wir Kreter essen«, sagte Sotiris auf Griechisch und blickte Hannah an. Sie übersetzte, und Michalis begriff, dass die beiden sich vorher abgesprochen hatten, denn vor zwei Tagen hatte Paula so bestellt, wie sie es aus Berlin-Charlottenburg gewohnt war: Zu jedem Gericht hatte sie einen Sonderwunsch geäußert. Es durften kein Knoblauch und keine Zwiebeln, keine Milchprodukte und unter keinen Umständen Weizenmehl in den Speisen sein. Und keine grünen Paprika und auf keinen Fall Schweinefleisch. Sotiris kannte diese anstrengende Art deutscher Touristen und hatte die Bestellung stoisch entgegengenommen – und dann heimlich alles so serviert, wie es immer serviert wurde. Paula war zunächst skeptisch, dann aber begeistert gewesen. Und heute hatte Sotiris offenbar entschieden, sich dieses Drama zu ersparen und das aufzutischen, was bei großen Festen üblicherweise gegessen wurde.

»Auf Kreta bestellen wir, wenn die Familie zusammen essen geht, keine einzelnen Gerichte«, erklärte Sotiris, und Hannah übersetzte. »Alles kommt in die Mitte, und jeder nimmt, was er will.«

Paula und Daniel wirkten hilflos.

»Aber wenn mir nicht schmeckt, was uns gebracht wird?«, warf Daniel ein.

»Keine Sorge. Es ist alles köstlich«, erwiderte Hannah und deutete auf die gefüllten Kohlblätter, die frittierten Auberginen und die Hackbällchen, die auf den Tellern lagen.

Michalis wusste, dass die Deutschen sich schwer damit taten, ihren kretischen Gastgebern zu vertrauen und nicht selbst zu bestimmen, was sie essen wollten. Und weil auch Sotiris und Takis das wussten, setzte sich Takis kurz darauf mit einer Flasche Raki und fünf Gläsern zu ihnen.

Den ersten Raki trank Hannah mit einem Loblied auf die kretische Gastfreundschaft mit, doch schon beim Nachschenken warf sie Takis einen fragenden Blick zu, und der deutete mit einem Nicken an, was Hannah bei ihren ersten Besuchen im *Athena* heimlich versucht hatte: den Raki unbemerkt in die Pflanzenkübel zu kippen.

Nach dem zweiten Raki brachte Sotiris Platten mit *fassolakia freska jachnista*, grünen Bohnen in Tomatensauce, *fourikariko vkrasto*, geschmorter Wildziege, *kouneli krasato*, Kaninchen in Weinsauce, *sardeles sto fourno me domata*, Sardellen aus dem Ofen mit Tomaten. Und weder Paula noch Daniel kamen auf die Idee, irgendetwas daran auszusetzen.

»Hannah hat angedeutet, dass du heute als Gespensterjäger unterwegs warst«, sagte Daniel, als er gerade die *koukia xera jachni*, Ackerbohnen mit Minze, probierte. Michalis begriff nicht sofort, was er meinte.

»Diese Drosoulites«, fügte Daniel hinzu, und Takis, der das Wort Drosoulites verstanden hatte, antwortete an Michalis' Stelle.

»Die Drosoulites sind unsere Vorfahren«, erklärte Takis auf Griechisch, und Hannah übersetzte.

»Aber das ist doch ausgeschlossen, das sind höchstens Luftspiegelungen, Fata Morganas, ihr könnt doch nicht ernsthaft glauben, dass es so etwas gibt!«, rief Daniel ungläubig.

»Das hat sogar die deutsche Wehrmacht anders gesehen«, entgegnete Takis energisch. »Die Soldaten haben die Drosoulites so sehr gefürchtet, dass sie auf sie geschossen haben!«

Michalis wusste, dass sich die alten Kreter noch immer erzählten, die Deutschen hätten während ihrer Besatzung nicht nur die kretischen Partisanen, sondern auch die geisterhaften Erscheinungen in Frangokastello gefürchtet und das Feuer auf sie eröffnet. Ob das stimmte, wusste Michalis nicht. Daniel hingegen musste fassungslos akzeptieren, dass für die Kreter, und besonders für die Älteren, die Drosoulites keine Legende, sondern sehr real waren. Und wie Michalis befürchtet hatte, kam Takis sehr schnell von den Drosoulites auf die kretischen Traditionen und die ruhmreichen Aufstände gegen die türkischen Herrscher zu sprechen.

»Uns Kretern ging es immer am besten, wenn wir unsere Angelegenheit selbst geregelt haben! Wir brauchen niemanden aus Athen, der hier für Ordnung sorgt«, behauptete Takis, und Michalis unterbrach ihn lächelnd.

»Wenn es nach dir ginge, bräuchten wir nicht einmal eine Polizei, ich weiß. Aber die Zeiten haben sich geändert, und früher ging es auch auf Kreta sehr viel blutiger zu. Da ist es mir so, wie es heute ist, lieber. Außerdem« – Michalis grinste seinen Vater an – »hätte ich sonst hier keinen Job, und das würde euch auch nicht gefallen.«

»Dann würdest du eben im *Athena* arbeiten wie dein Bruder«, erwiderte Takis und ließ sich erst durch Hannah, die ihn bat, von den Anfängen des *Athena* zu erzählen, von dem Thema abbringen.

Es wurde ein sehr langer Abend, und als Hannah ihn fragte, ob morgen ein anstrengender Tag vor ihm lag, zuckte Michalis mit den Schultern. Tatsächlich aber befürchtete er, dass schon morgen etwas passieren könnte, was den Ermittlungen eine neue Richtung gab. Und Karagounis konnte den Tag zusätzlich erschweren.

Zurück in ihrer Wohnung, hatten Michalis und Hannah es sehr eilig, ins Schlafzimmer zu kommen. Nachdem sie sich geliebt hatten, blieben sie eng umschlungen liegen und schliefen ein.

Michalis erwachte, als die Sonne noch nicht aufgegangen war, und ihm ging zu viel durch den Kopf, so dass er nicht mehr einschlafen konnte.

Hannah hatte ihm den Rücken zugewandt. Er legte sich so nahe wie möglich zu ihr, ohne sie zu wecken. Mit geschlossenen Augen genoss er den Duft ihrer Haut. Eine Spur Mandelmilch, mit dem sie sich nach dem Duschen einrieb, lag in der Luft, vor allem aber ein Hauch von Mango, den Michalis schon öfter an ihr bemerkt hatte, wenn sie sich geliebt hatten und Hannah glücklich war.

Er musste doch noch eingeschlafen sein, denn als Michalis das nächste Mal die Augen öffnete, war es draußen bereits hell. Der Wecker zeigte halb sechs, und auch Hannah schlief nicht mehr so tief. Michalis hauchte ihr einige Küsse auf den nackten Rücken und stand auf, ohne sie zu wecken, bereitete sich in der Küche einen *Elliniko* zu und setzte sich damit auf den Balkon. Die Mauersegler flogen mit ihren sirrenden Rufen um ein Nachbarhaus, und in der Ferne glaubte Michalis, das Meer zu hören, dessen Wellen an die Uferbefestigungen schlugen.

Im Schlafzimmer knarrte das Bett, und Michalis überlegte, ob er sich noch einmal zu Hannah legen sollte, doch da stand sie bereits im Morgenmantel in der Flügeltür des Balkons. Sie lächelte müde und warf einen kurzen Blick auf die leere Mokkatasse.

»Ich mach dir einen, ja?«, bot Michalis an, aber bevor er aufstehen konnte, griff Hannah nach seiner Hand.

»Ich wünschte, es wäre immer so wie letzte Nacht …«, sagte sie leise. »Paula hat mir gestern von einer Frau erzählt, mit der wir studiert haben und die jetzt einen Job in London hat …«

Michalis wusste, was Hannah ihm sagen wollte. Diese andere Frau hatte sich um den Job bemüht, Netzwerke aufgebaut und war vermutlich hartnäckig geblieben. Hannah hingegen verbrachte ihre Tage auf Kreta und damit fernab von allem, was mit ihrer beruflichen Zukunft zu tun hatte. Und das, was Michalis' Schwester und seine Mutter für die Lösung hielten – heiraten, Kinder bekommen und auf Kreta glücklich sein –, war keine Lösung. Nicht für Hannah und auch nicht für Michalis. Hannah war keine Frau, deren einziges Glück darin bestand, ihre Kinder aufwachsen zu sehen, zu kochen und auf ihren Mann zu warten.

»Lass dir Zeit. Irgendwie finden wir einen Weg«, sagte Michalis nachdenklich.

»Van Drongelen hat mir geschrieben, dass ich ihn heute Vormittag anrufen soll. Vielleicht hat er ja etwas gehört«, meinte Hannah. Wenn Hannahs Doktorvater etwas von einem Job für sie wusste, könnte die gemeinsame Zeit auf Kreta sehr schnell zu Ende sein. Dann würde Hannah auch nach London, Madrid, Sydney oder New York gehen, und sie würden sich immer seltener sehen. Es sei denn, Michalis würde ihr folgen, doch er zweifelte, ob er an einem anderen Ort glücklich sein könnte.

»Gib mir Bescheid, wenn du mit ihm gesprochen hast«, bat Michalis.

»Ja, mach ich«, erwiderte Hannah und sah ihn besorgt an. »Am liebsten wäre es mir ja, Paula und Daniel würden heute etwas ohne mich unternehmen, aber ich fürchte, sie wollen mich wieder dabeihaben.«

»Redest du mit den beiden über das, was du beruflich machen willst?«

»Mit Paula, ja, mit Daniel, nein. Ich hab es mal versucht, aber er versteht nicht, warum ich überhaupt hier auf Kreta bin. Wenn es nach ihm ginge, müsste ich noch heute im Flugzeug nach Berlin sitzen und netzwerken. Paula versteht eher, was mein Problem ist. Aber eine Hilfe ist sie trotzdem nicht.«

7

Michalis hatte in der Polizeidirektion kaum das Büro betreten, da klingelte sein Smartphone.

»Tatsopoulos hier«, meldete sich der Revierleiter aus Sfakia und kam sofort zur Sache. »Ein Ziegenhirte hat einen toten Mann entdeckt. Er hat ihn nicht angefasst, ist aber sicher, dass er ein Loch im Kopf hat.«

»Wo ist die Leiche gefunden worden?«, fragte Michalis alarmiert.

»Zwischen Patsianos und Skaloti. Ein Stück oben, Richtung Berge. Neben Bienenkästen. Wir brechen gerade dorthin auf«, entgegnete Tatsopoulos, und Michalis kündigte an, dass sie ebenfalls sofort losfahren würden.

In der Nähe von Skaloti. Also dort, wo sich gestern Vangelis Kitsikoudis mit ihnen hatte treffen wollen, nicht aufgetaucht und danach nicht erreichbar gewesen war.

Michalis besprach die neue Lage mit Jorgos, der sofort Stournaras und Zagorakis informierte und später Karagounis in Kenntnis setzen wollte. Koronaios war heute pünktlich, wirkte aber übermüdet und hätte gern den Frappé, den Michalis mitgebracht hatte, in Ruhe getrunken. Michalis wollte jedoch sofort aufbrechen, und Koronaios nahm seinen Kaffee mit, um ihn während der Fahrt im Polizeiwagen zu trinken. Michalis jagte, anders als sonst, mit Blaulicht und Martinshorn durch Chania und dann über die Schnellstraße.

»Was ist denn los mit dir?«, fragte Koronaios ungehalten,

als er gerade noch verhindern konnte, dass ihm der Frappé über die Hose schwappte. »Jetzt haben wir uns in jahrelanger Arbeit mühsam den Ruf erworben, mit dir am Steuer der langsamste Polizeiwagen Kretas zu sein, und ausgerechnet heute musst du das Rennen deines Lebens fahren?«

Michalis, der sich normalerweise über das Rennfahrergehabe seiner Kollegen ärgerte, wusste, warum er so schnell wie möglich in Skaloti ankommen wollte. Er befürchtete, dass es sich bei dem Toten um Vangelis Kitsikoudis handelte. Wenn er hartnäckiger versucht hätte, ihn zu finden, könnte dieser Mann vielleicht noch leben.

Als hinter Vrisses der kurvigere Teil der Strecke begann, fuhr Michalis langsamer und überholte kaum noch, da ihnen öfter Wagen entgegenkamen.

»Soll vielleicht doch lieber ich fahren?«, erkundigte sich Koronaios. Er hatte Michalis auf den letzten Kilometern immer wieder beunruhigt Blicke zugeworfen und sich sogar einige Male am Türgriff festgehalten.

»Nein«, knurrte Michalis, wie es sonst Koronaios tat, wenn ihm etwas nicht gefiel. Trotzdem fuhr er im nächsten Ort rechts ran und überließ Koronaios das Steuer. Der gab Gas, und Michalis sah ein, dass Koronaios der bessere Fahrer und auch entspannter war, wenn er selbst fuhr.

»Wie war dein Abend?«, erkundigte sich Koronaios, und Michalis begriff, dass sein Partner lospoltern und berichten wollte, wie seine eigene Nacht verlaufen war.

»In Ordnung«, erwiderte Michalis, »und bei dir?«

»Um acht war Galatia pünktlich zu Hause, wir haben zusammen mit meiner Frau geskypt, und alles schien friedlich zu sein.« Koronaios stöhnte. »Doch dann hat meine Frau um halb elf, als ich schon fast eingeschlafen war, noch einmal angerufen. Angeblich, um mir eine gute Nacht zu wünschen, doch mir war klar, dass das ein Kontrollanruf war. Galatia war nicht an ihr Handy gegangen, und ich musste in ihrem Zimmer nachsehen.«

Koronaios machte eine Pause, und Michalis ahnte, was passiert war.

»Galatia hatte sich heimlich aus ihrem Zimmer geschlichen und war weg. Und ich musste mich wieder anziehen, durch Chania fahren und sie suchen, um mir dann, als ich sie gefunden hatte, anzuhören, wie nervig es sei, dass ich ihr nachspioniere. Und damit meine Frau wirklich glaubt, dass Galatia zu Hause ist, mussten wir um kurz vor eins noch einmal skypen.« Koronaios schüttelte den Kopf. »Meine Frau konnte ich am Computer ja leiser stellen, doch Galatia nicht. Aber nach zehn Minuten Streiterei hat sie versprochen, heute brav zu sein. Allerdings bin ich nicht sicher, ob meine Schwägerin nicht längst auf dem Weg zu uns ist.«

Koronaios musste sich konzentrieren, als gleich mehrere Wagen vor ihnen abbremsten, weil eine Ziegenherde in der Morgensonne auf der Straße lag und den Weg blockierte.

»Jetzt hast du aber genug von meiner Familie gehört«, fügte Koronaios hinzu, nachdem sie langsam an den Ziegen vorbeigefahren waren.

In Imbros, dem Eingang zu der bei Wanderern beliebten kleinen Schlucht, entdeckte Michalis einen älteren Priester, der dort in einer der Tavernen beim *Elliniko* saß und sich mit zwei Männern unterhielt. Es war der erste Priester, den Michalis in dieser Gegend sah, und er fragte sich, ob er vielleicht auch für Sfakia zuständig war.

Kurz bevor sie Patsianos erreichten, rief Michalis Tatsopoulos an, um den genauen Fundort der Leiche zu erfahren. Da dieser nur über einen steinigen Feldweg erreichbar war, bot der Revierleiter an, die beiden mit einem Geländewagen an der Hauptstraße in Empfang zu nehmen.

»Gehen Sie von Mord aus?«, fragte Michalis, nachdem Alekos Tatsopoulos zu ihnen an den Wagen getreten war und sie begrüßt hatte.

»Ich möchte Ihnen nicht vorgreifen«, erklärte der Revierleiter souverän.

»Aber uns würde Ihr Eindruck interessieren«, ermunterte Michalis ihn.

»Ein Kopfschuss aus kurzer Distanz, schätze ich.« Mehr ließ Tatsopoulos sich nicht entlocken.

»Kennt jemand den Toten?«

»Ja.« Tatsopoulos nickte betrübt.

»Ist es Vangelis Kitsikoudis?«

»Ja.«

Für einen Moment schwiegen die drei Männer. Auch Tatsopoulos machte sich Vorwürfe, nicht entschlossen genug nach Vangelis Kitsikoudis gesucht und dessen Tod verhindert zu haben. Und es schien noch etwas anderes zu geben, was der Revierleiter bereits wusste.

»Ist Ihnen noch etwas aufgefallen?«, drängte Michalis.

Alekos Tatsopoulos verzog kurz das Gesicht.

»Der Tote hat eine Pistole in der Hand.«

Michalis runzelte die Stirn.

»Selbstmord?«

Tatsopoulos zuckte mit den Schultern. »Oder es soll nach Selbstmord aussehen.«

»Das werden wir herausfinden.«

»Lassen Sie Ihren Wagen hier stehen«, riet Tatsopoulos, »der Weg nach oben ist sehr schlecht.«

Tatsächlich wurde die Strecke, nachdem sie von der asphaltierten Straße abgebogen waren, zu einer von Steinen übersäten Fahrspur. Und während es bisher Olivenhaine und gelegentlich blühende Gärten gegeben hatte, so erreichten sie jetzt den wilden, kaum bewirtschafteten Bereich, hinter dem die schroffen Steilwände der *Lefka Ori* aufragten. An vielen Stellen leuchteten die roten und violetten Blüten des Thymians, und zwischen den kahlen Felsen hatten sich die stacheligen Pflanzen der Phrygana ausgebreitet. Hin und wieder entdeckte Michalis einzelne Ziegen, die nach Fressbarem suchten. *Mono petres,* nur Steine, dachte Michalis. Jahrhundertelang hatten die Menschen hier nur überleben können, indem sie ihre Olivenhaine pflegten und dafür sorgten, dass die Ziegen etwas zu essen fanden – ein entbehrungsreiches Leben. Mittlerweile lebten die meisten Menschen hier wesentlich bequemer von den Touristen.

Je höher sie hinauffuhren, desto beschwerlicher wurde der Weg. Hinter einer Kurve warteten zwei uniformierte Polizisten in der Nähe von zwei etwa sechzigjährigen Einheimischen, die an einem Pick-up lehnten. Einer dieser Männer hatte Krücken dabei, und sein rechter Fuß war eingegipst. Diese Männer nickten ihnen ebenso wie die Polizisten stumm zu, als sie an ihnen vorbeifuhren und kurz darauf anhielten.

Das Erste, was Michalis auffiel, war ein lautes Summen. Er brauchte einen Moment, um zu begreifen, dass dieses Geräusch von Tausenden Bienen kam.

»Wo?«, fragte Koronaios, und Tatsopoulos deutete in die Richtung eines Felsens.

Warum, fragte sich Michalis, während sie zum Leichnam gingen, waren lediglich zwei ältere Männer hier? Wo war die Familie des Toten? Bei einem früheren Fall, als eine Leiche in einem Olivenhain gefunden worden war, hatte ihnen nicht nur die Familie, sondern fast das komplette Dorf die Arbeit erschwert. War Vangelis Kitsikoudis ein Außenseiter, oder hatte er Feinde gehabt?

Sie waren von der unbefestigten Piste nach links auf einen Weg durch die Macchia abgebogen, auf dem Reifenspuren zu erkennen war. Das Summen der Bienen war lauter geworden. Nach fünfzig Metern stand ein älterer kleiner Pick-up direkt auf diesem Weg. Auf der Ladefläche lagen vier leere Bienenkästen sowie Holz und Werkzeug.

Michalis verglich die Reifen des Pick-ups mit den Spuren auf dem Weg. An einigen Stellen sah es so aus, als habe ein weiterer Wagen diese Spur verbreitert. Zagorakis würde sich das ansehen, sobald er eingetroffen war, und Abdrücke der Reifenprofile nehmen.

Hinter diesem Pick-up führte der Weg nach rechts und wurde zu einem Trampelpfad, auf beiden Seiten von etwa fünfzehn Bienenkästen gesäumt, vor deren Fluglöchern unentwegt Bienen herumschwirrten. Dieser Pfad mündete vor einem Feigenbaum, der aus einem etwa fünf Meter hohen Felsen zu wachsen schien. Und vor diesem Felsen lag der Leichnam von Vangelis Kitsikoudis.

Michalis zögerte. In das Mitgefühl, das er für den Toten und seine Angehörigen empfand, mischte sich Wut. Vor über fünf Jahren, in seiner Zeit in Athen, hatte er dieses Gefühl angesichts eines Ermordeten schon einmal gehabt. Damals hatten die Ermittlungen in ein schwer zu entwirrendes Netz von Korruption unter Zulieferern für Klinikartikel geführt, und ein zweiter Mord hatte diese Spur bestätigt. Doch die Morde waren nie aufgeklärt worden, weil seine Vorgesetzten, ähnlich wie jetzt Karagounis, die Fälle nicht konsequent untersuchen wollten. Damals hatte er sich endgültig mit seinen Kollegen in Athen überworfen und war kurz davor gewesen, den Polizeidienst zu quittieren.

Michalis wischte diese Erinnerung beiseite und versuchte, nicht länger an das merkwürdige Verhalten von Karagounis zu denken.

Der Leichnam lag auf dem Bauch, der rechte Arm war unnatürlich verdreht unter den Körper geschoben. Der Mann trug noch immer das blau-schwarz karierte Hemd und die schwarze Stoffhose wie gestern am Strand. Der Kopf war nach links gedreht, der Mund stand offen, die Augen waren geschlossen. Um den Kopf hatte das Blut auf dem Boden seine rote Farbe verloren und war zu einem dunklen Fleck geworden. Der linke Arm war leicht angewinkelt und vom Körper weggestreckt. In der Hand lag eine Pistole. Eine sehr alte Walther P38, wie es sie in vielen Familien auf Kreta gab.

»Hat jemand die Leiche bewegt?«, erkundigte sich Michalis.

»Nein«, erwiderte Tatsopoulos, »zumindest nicht, seit der Ziegenhirte ihn heute früh entdeckt hat. Das beteuert er, und mein Eindruck ist, dass er die Wahrheit sagt.«

»Ist dieser Ziegenhirte einer der beiden Männer da vorn?«

»Nein. Argiris Kalogeraki ist der Sohn des Mannes mit den Krücken. Er arbeitet während der Saison als Kellner in Frangokastello, aber sein Vater hat sich vor Kurzem den Knöchel gebrochen, deshalb ist der Sohn zurzeit für die Tiere zuständig.«

»Und wo ist Argiris Kalogeraki jetzt?«, fragte Michalis.

Alekos Tatsopoulos deutete Richtung Berge.

»Da oben bei seinen Ziegen. Er muss mit seiner Runde fertig werden, bevor er nachher nach Frangokastello fährt. Ich habe ihn bereits angerufen, er wird jeden Moment hier sein.«

»Der kleine Pick-up vorn in der Kurve, gehört der Vangelis Kitsikoudis?«, wollte Koronaios wissen.

»Ja, und das hier sind auch seine Bienen.« Tatsopoulos deutete auf die etwa dreißig Bienenkästen.

Michalis beugte sich zu dem Toten und untersuchte ihn, ohne den Leichnam zu berühren. Die Finger der linken Hand lagen um den Griff der Walther P38. Es war nicht zu erkennen, ob ihm die Pistole nachträglich in die Hand gedrückt worden war, um einen Selbstmord vorzutäuschen. Immer wieder wanderte Michalis' Blick zum Kopf des Toten.

»Denkst du das Gleiche wie ich?«, erkundigte er sich bei Koronaios.

»Das Einschussloch ist recht weit am Hinterkopf. Anatomisch nicht unmöglich, für einen Selbstmord aber untypisch«, erwiderte Koronaios. »Ob es an der Hand Schmauchspuren gibt, werden uns Zagorakis und Stournaras sagen, aber ich wette, sie werden nichts finden.« Er musterte das Gesicht des Toten. »Seine Augenlider sind geschlossen … Auch das wäre ungewöhnlich, wenn er sich selbst getötet hat.«

»Ja …« Michalis nickte. Ohne die Ergebnisse von Stournaras und Zagorakis konnten sie einen Selbstmord nicht ausschließen, ein Mord erschien jedoch wahrscheinlicher. Wer aber tötet einen Mann und schließt, bevor die Totenstarre einsetzt, dessen Augen? Jemand, der den Toten kannte und ihm einen Rest von Würde erhalten wollte? Kannten sich Vangelis Kitsikoudis und sein Mörder?

»Warum ist seine Familie nicht hier?«, fragte Michalis.

»Die Frau und die Tochter waren da, aber sie haben den Anblick nicht ertragen«, erklärte Tatsopoulos.

»Wissen Sie, ob einer der beiden den Leichnam bewegt hat?«, erkundigte Michalis sich.

»Ich war dabei, als sie eingetroffen sind«, erwiderte Tatsopoulos. »Ich konnte nicht verhindern, dass sie ihren toten Ehemann und Vater berühren, aber seine Lage ist unverändert.«

Michalis nickte. Noch besser wäre es gewesen, niemand hätte den Leichnam berührt, doch er wusste, wie aussichtslos es war, das von den Angehörigen zu verlangen.

Koronaios bekam einen Anruf: Zagorakis und Stournaras wollten wissen, wohin genau sie fahren mussten. Alekos Tatsopoulos bot an, auch die beiden und ihr Equipment zum Fundort der Leiche zu bringen.

Von den Bergen her war das Meckern von Ziegen zu hören, und wenig später näherte sich aus dieser Richtung ein Geländewagen.

»Gibt es da oben eine Straße?«, erkundigte sich Michalis.

»Nein. Dort ist lediglich ein alter Ziegenpfad, auf dem die Tiere früher von Kapsodasos nach Aghios Nektarios getrieben wurden. Einige Ziegenhirten benutzen ihn, aber das geht nur mit einem sehr robusten Geländewagen.«

Eine kleine Staubwolke hinter einem Felsausläufer verriet, dass der Wagen dort zum Stehen gekommen war. Wenig später tauchte ein ungefähr dreißigjähriger Mann auf, der offensichtlich gern aß und trank und einen Haarschnitt hatte, der auf regelmäßige Friseurbesuche schließen ließ.

»Argiris Kalogeraki«, stellte er sich vor und vermied es, den Leichnam anzusehen.

»Kannten Sie den Toten?«, fragte Koronaios.

»Kennen …«, erwiderte Kalogeraki, »er lebt … lebte auch in Patsianos, aber ich hatte mit ihm nie viel zu tun. Er ist ja sehr viel älter als ich. Seine beiden Töchter kenne ich besser.« Er blickte kurz zu dem Toten. »Es muss schlimm sein für die Familie, wenn sich der Vater umbringt.«

Michalis und Koronaios warfen sich einen kurzen Blick zu. Wenn Kalogeraki von einem Selbstmord ausging, dann dachten das sicherlich auch die anderen Einheimischen. Und vielleicht war es besser, sie zunächst in dem Glauben zu lassen.

»Wann genau haben Sie ihn gefunden?«, erkundigte sich Michalis.

»Gegen halb acht. Das habe ich der Polizei schon gesagt.« Kalogeraki runzelte die Stirn. Vielleicht fragte er sich, wieso die Mordkommission aus Chania hier war, wenn Vangelis Kitsikoudis sich selbst getötet hatte.

»Und warum waren Sie hier bei den Bienen?«, hakte Michalis nach. »Ihr Wagen und Ihre Tiere sind doch weiter oben, oder?«

»Ich konnte drei unserer Ziegen nicht finden«, erwiderte Kalogeraki, »und ich weiß, dass mein Vater sie manchmal hierhertreibt, auch wenn das nicht sein Boden ist. Und dann hab ich den Wagen gesehen.« Kalogeraki deutete auf den kleinen Geländewagen von Vangelis Kitsikoudis.

Michalis blickte jedoch in die Richtung, aus der Kalogeraki gekommen war, da er von dort den Motor eines anderen Autos zu hören glaubte. Das Geräusch verstummte, doch kein Wagen tauchte auf. Hatte jemand hinter dem Felsausläufer gehalten und versteckte sich?

»Und ist Ihnen etwas Ungewöhnliches aufgefallen? Also, bevor oder nachdem Sie die Leiche entdeckt haben?«, fuhr Koronaios fort.

»Ungewöhnlich …« Kalogeraki dachte nach. »Ich war sofort sicher, dass er tot war.«

»Und Sie haben den Toten genauso vorgefunden, wie er jetzt dort liegt«, wollte Koronaios wissen.

»Ja. Ja, ganz genauso.« Kalogeraki nickte ernst, und Michalis und Koronaios ließen ihn nach noch einigen Fragen, die sie nicht weiterbrachten, zurück zu seinen Ziegen gehen.

Michalis nahm in der Nähe des Felsausläufers eine Bewegung wahr, konnte jedoch niemanden entdecken. Wurden sie beobachtet?

»Wir sollten seinen Vater und den anderen Herrn befragen«, schlug Koronaios vor, doch Michalis reagierte nicht. Sein Blick folgte Kalogeraki, der sich einen Weg durch die dichte Macchia bahnte.

»Da drüben ist jemand«, sagte Michalis leise.

Kalogeraki verschwand hinter dem Felsausläufer, und kurz darauf hörten sie, wie er seinen Wagen startete und sich das Motorengeräusch langsam entfernte.

»Dann sehen wir uns das mal an«, meinte Koronaios.

Sie gingen los, und wenig später wurde hinter dem Felsen ein zweiter Wagen gestartet.

Der schmale Fußpfad führte durch die unwegsame Macchia und wurde erst dort, wo der Wagen von Kalogeraki gestanden hatte, breiter und war mit einem Geländewagen befahrbar. Sie wollten bereits umkehren, als sich vor ihnen plötzlich eine zwanzig Meter tiefe und zehn Meter breite Felsspalte auftat, die aus der Ferne nicht zu erkennen gewesen war. In der Tiefe lag das Wrack eines kleinen Kastenwagens. Von oben sah es so aus, als sei der Wagen ausgebrannt.

»Müllentsorgung auf kretisch«, schimpfte Koronaios.

»Kann sein …«, erwiderte Michalis und musterte das Wrack, das auf dem Dach lag und von dessen Reifen nur Fetzen übrig waren. »Aber dann müsste sich jemand die Mühe gemacht haben, diesen Wagen hierherzubringen«, fuhr er skeptisch fort.

Michalis stieg auf einen kleinen Felsen und suchte vergeblich nach einem Pfad, um zu dem Wrack zu gelangen.

»Da kommt man nicht so einfach runter. Wir sollten abwarten, was Stournaras und Zagorakis herausfinden«, sagte er dann und fotografierte die Felsspalte und das Autowrack, bevor sie zu dem Leichnam zurückgingen. Auf dem Weg dorthin klingelte Koronaios' Handy.

»Jorgos«, sagte er, mit einem Blick aufs Display.

»Unser Herr Kriminaldirektor irritiert mich wirklich«, meinte er, nachdem er wieder aufgelegt hatte. »Er ist vorhin persönlich sowohl bei Zagorakis als auch bei Stournaras aufgetaucht und hat deren aufwendige und erfolgreiche Arbeit am Strand von Frangokastello gelobt.«

»Und woher weiß Jorgos das? War Karagounis auch bei ihm?«, erkundigte sich Michalis.

»Die beiden haben wohl direkt danach Jorgos angerufen. Sie wollten wissen, was los ist, denn sie hatten noch nie gehört, dass Karagounis in einer Abteilung auftaucht und die Arbeit seiner Untergebenen lobt.«

»Und? Hatte Jorgos eine Erklärung?«

»Ich glaube, er ist jetzt wirklich beunruhigt.« Koronaios blickte nachdenklich zu dem Felsen mit dem Feigenbaum, hinter dem die Leiche von Vangelis Kitsikoudis lag. Auch er wirkte besorgt.

Der Geländewagen der Polizei tauchte auf. Stournaras und Zagorakis stiegen aus und sahen sich neugierig um. Nachdem sie gestern an einem ungewöhnlichen Leichenfundort gearbeitet hatten, schienen sie hier am Fuß der Berge einen weiteren spektakulären Einsatz zu erwarten. Noch hatten sie jeweils nur zwei Alukoffer dabei, mehr hatte nicht in den Polizeiwagen gepasst. Der uniformierte Polizist machte sich mit dem Geländewagen sofort auf den Rückweg, um die Assistenten und weiteres Material zu holen.

Nachdem sie Michalis und Koronaios begrüßt hatten, beugten sich beide Spezialisten überraschend einträchtig über den toten Vangelis Kitsikoudis. Das Lob von Karagounis hatte sie offenbar für heute zusammengeschweißt. So unterschiedlich die beiden auch waren – Stournaras lang und dünn, Zagorakis etwas kleiner und mit Bauchansatz –, sie ergänzten sich im Laufe der Zeit immer besser.

Während die beiden mit der Untersuchung der Leiche und des Fundorts begannen, nutzten Michalis und Koronaios die Zeit, um die beiden älteren Männer zu befragen, die noch bei ihrem Wagen standen. Der Hirte mit den Krücken und dem gebrochenen Knöchel war hager und nicht sehr groß, hatte sehr dickes und tiefschwarzes Haar und einen mächtigen Schnurrbart. Der andere trug einen weißen Vollbart, war größer und beleibter als der Hirte und hatte schlohweißes Haar, das in alle Richtungen vom Kopf abstand.

»Pavlos Koronaios«, stellte Koronaios sich vor, »und das ist mein Kollege Michalis Charisteas.«

»Sie sind von der Mordkommission?«, erkundigte sich der Mann mit den zerzausten weißen Haaren, ohne einen der Kommissare anzusehen.

»Ja«, erwiderte Michalis. »Mordkommission Chania.«

»Warum Mordkommission?«, hakte er nach.

»So sind die Vorschriften«, entgegnete Koronaios.

»Auch bei Selbstmord?«

»Auch dann«, erwiderte Michalis. »Wir müssen klären, ob es sich wirklich um einen Selbstmord handelt.«

»Was soll es denn sonst sein?« Der Weißhaarige runzelte die Stirn und sah den alten Hirten fragend an.

»Man sieht ja nicht rein in jemanden«, meinte der Vater von Argiris Kalogeraki zögernd.

»Waren Sie bei dem Leichnam?« Michalis deutete zu dem Felsen, wo Zagorakis in seinem weißen Overall vor einem der Bienenkästen in die Hocke gegangen war.

»Das ist unsere Pflicht«, erwiderte der Weißhaarige. »Wir kümmern uns um unsere Toten.«

»Warum sind Sie dann die Einzigen, die hier sind?«, bohrte Michalis nach und sah, dass die beiden Männer sich verunsichert einen Blick zuwarfen.

»Uns beiden ist das wichtig«, antwortete der Ziegenhirte und fuhr sich durch die dunklen Haare.

»Den anderen in Patsianos nicht?« Michalis ließ nicht locker.

Wieder sahen die beiden einander an, doch diesmal schwiegen sie.

»War Vangelis Kitsikoudis oft bei seinen Bienen?«, fragte Michalis, obwohl er ahnte, dass sie von den beiden nichts Entscheidendes erfahren würden.

»Sooft er konnte«, meinte der Ziegenhirte. »Vangelis hat seine Bienen geliebt. Busfahrer ist er nur geworden, um die Familie zu ernähren. Von Bienen kann niemand leben. Er wollte mit Anfang fünfzig in Rente gehen, dann wäre er jeden Tag bei seinen Bienen gewesen. Davon hat er geträumt.«

Michalis sah, dass Alekos Tatsopoulos sich näherte. »Ich soll Ihnen ausrichten, dass Ihre Kollegen Ihnen die ersten Eindrücke mitteilen können.«

»Das wäre erst einmal alles«, sagte Michalis zu den beiden Männern.

»Euch interessiert doch sicher vor allem, ob der Tote ermordet wurde oder sich selbst getötet hat«, begann Stournaras. »Es ist nur ein vorläufiger Eindruck, aber das hat euch ja noch nie gestört«, fuhr er fort. »Wisst ihr zufällig, ob er Links- oder Rechtshänder war?«

»Das werden wir herausfinden«, entgegnete Koronaios.

»Sollte der Tote sich selbst getötet haben«, fuhr Stournaras fort, »dann mit links.«

»Es gibt an der linken Hand jedoch auf den ersten Blick keine erkennbaren Schmauchspuren. Rechts übrigens auch nicht«, übernahm Zagorakis und deutete mit einer Geste an, dass der Gerichtsmediziner weitermachen könne.

»Es fehlen auch die winzigen Verletzungen an der Hand, die der Rückstoß der Pistole hervorgerufen hätte«, fuhr Stournaras fort, »es ist deshalb davon auszugehen, dass …«

»… dass er nicht selbst geschossen hat«, fiel Zagorakis ihm ins Wort.

So weit, dass er Stournaras die Überbringung der entscheidenden Information überlassen würde, ging die neue Kollegialität doch nicht.

»Das Einschussloch befindet sich zudem zwischen Ohr und Hinterkopf. Der Tote müsste sich sehr verrenkt haben, um sich dort selbst in den Kopf zu schießen«, fügte Stournaras ungerührt hinzu. »Anatomisch nicht ausgeschlossen, aber ungewöhnlich.«

»Könnt ihr schon etwas darüber sagen, wann Vangelis Kitsikoudis getötet wurde?«, hakte Michalis nach.

»Und ob er hier bei den Bienenkästen gestorben ist oder nach seinem Tod bewegt oder transportiert wurde?«, ergänzte Koronaios.

»Der Leichnam ist kalt und steif«, teilte Stournaras mit, »der Mann ist also mindestens vor acht, aber höchstens vor sechsunddreißig Stunden gestorben.«

Das war noch ziemlich vage, dachte Michalis. Vermutlich wusste Stournaras aber bereits mehr, sonst hätte er sie nicht hergebeten.

»Ich habe eben die Erregbarkeit der Gesichtsmuskulatur getestet. Und da sie nur noch direkt an der von mir gereizten Stelle reagiert, dürfte der Tod vor etwa zwölf bis sechzehn Stunden eingetreten sein. Ob der Mann nach seinem Tod bewegt wurde, kann ich noch nicht sagen. Die Totenflecke ergeben darauf keinen Hinweis, wenn der Tote in den ersten Stunden nach Eintritt des Todes bewegt wurde. Dann würden sie sich noch zurückbilden. Allerdings« – Stournaras sah Zagorakis auffordernd an – »gibt es am linken Oberarm kleine Verletzungen, die darauf schließen lassen, dass jemand den Mann dort gepackt hat.«

»Falls ihm diese nach Eintritt des Todes zugefügt wurden, könnte ich dort fremde Hautpartikel finden, die eventuell Hinweise auf den Täter geben«, erklärte Zagorakis.

»Darüber hinaus«, übernahm wieder Stournaras, »gibt es im Bereich des unteren Rückens oberflächliche Verletzungen, die ich mir noch nicht erklären kann. Sie könnten entstanden sein, weil der Mann auf etwas gefallen ist. Aber wir haben noch nichts gefunden, was passen würde.«

»Könnte jemand etwas entfernt und den Leichnam deshalb umgedreht haben?«, überlegte Michalis laut.

»Das wäre vorstellbar. Aber« – Stournaras hob nicht nur die Stimme, sondern auch mahnend den rechten Zeigefinger – »das ist alles nur vorläufig. Genaueres, wenn er bei mir auf dem Tisch liegt.«

Vor zwölf bis sechzehn Stunden, dachte Michalis. Jetzt war es halb elf, Vangelis Kitsikoudis könnte also gestern am Spätnachmittag oder am frühen Abend erschossen worden sein. Vielleicht war er sogar schon tot, als sie bei seiner Frau gewesen waren und versucht hatten, ihn zu erreichen.

»Dass es sich bei der Waffe in seiner Hand um eine Walther P38 handelt, habt ihr ja sicherlich erkannt«, sagte nun Zagorakis. »Neun Millimeter, und das mutmaßliche Projektil habe ich bereits gefunden, davon gehe ich zumindest aus.«

Michalis und Koronaios warteten darauf, dass Zagorakis weitersprach.

»Und? Wo ist es?«

»Der Kollege Zagorakis glaubt, das Projektil im Holz eines Bienenkastens entdeckt zu haben«, warf Stournaras süffisant ein. »Und er sucht nach einer Möglichkeit, es zu bergen, ohne Ärger mit den Bienen zu bekommen.«

»Das hättet ihr mir ruhig sagen können, dass die Leiche neben einigen tausend Bienen liegt.« Zagorakis klang verärgert. »Ich musste extra noch einen weiteren Mitarbeiter anfordern, der mir die Schutzausrüstung bringt.«

»Wenn wir gewusst hätten, dass das Projektil in einem Bienenkasten steckt, hätten wir es dir selbstverständlich sofort mitgeteilt.« Koronaios bemühte sich, bedauernd zu klingen.

»Schon gut«, erwiderte Zagorakis.

»Habt ihr Hinweise auf einen Kampf gefunden?«, fragte Michalis.

»Bisher habe ich nichts entdeckt, was darauf hindeutet«, entgegnete Zagorakis und blickte Stournaras an.

»Können wir denn davon ausgehen«, erkundigte sich Koronaios, »dass der Schuss aus unmittelbarer Nähe abgegeben wurde?«

Stournaras nickte. »Ich werde die Stelle des Einschusses im Labor genauer untersuchen, aber ich halte es für wahrscheinlich, dass das Projektil aus wenigen Zentimetern Entfernung abgefeuert wurde.«

»Und sein Handy? Hast du das entdeckt?«, wandte Michalis sich an Zagorakis.

»Nein. Auch nicht in seinem Wagen. Entweder liegt es hier irgendwo herum« – sein Blick schweifte bis zu den Bergen – »oder der oder die Täter haben es ihm abgenommen. Was ich für wahrscheinlicher halte. Sofern er es dabeihatte.«

»Wir werden seine Witwe fragen«, versprach Michalis.

Vor Michalis und Koronaios lag jetzt eine schwierige Begegnung: Sie mussten zur Frau von Vangelis Kitsikoudis fahren und herauszufinden versuchen, ob sie nicht doch etwas darüber wusste, wo ihr Mann gestern gewesen war.

»Dieser Tankwart aus Patsianos«, sagte Michalis, während der Geländewagen mit Tatsopoulos am Steuer über den steinigen Feldweg rumpelte. »Wissen Sie etwas über ihn? Der war gestern am Strand, und er war auch in Komitades unten beim Kloster.«

»Das ist Sideris Vamvounakis« – Tatsopoulos musste nicht lange überlegen – »er stammt aus einer sehr angesehenen Familie. Ihnen gehört eine der Tavernen am Hafen von Sfakia. Einer seiner Brüder führt die Taverne, der andere vermietet Zimmer. Sideris Vamvounakis hat die Tankstelle seines Schwiegervaters übernommen. Er wohnt mit seiner Frau und seinem Sohn in Komitades, aber ich sehe ihn oft abends in Sfakia.«

Michalis hatte den Eindruck, dass es noch etwas gab, was der Revierleiter über den Betreiber der Tankstelle wusste.

»Sideris Vamvounakis scheint einiges daran zu liegen, dass die alten Traditionen der Sfakia gepflegt werden«, fuhr Tatsopoulos fort und zog die Augenbrauen zusammen. »Als in Sfakia die Kirche der Heiligen Aghios Nikólaos und Aghios Penteleimon renoviert wurde, hat er viel Geld gespendet. Und er hat vor ein paar Jahren in der Taverne seines Bruders in Sfakia eine Ahnentafel der Familie anbringen lassen. Die geht zurück bis ins siebzehnte Jahrhundert.«

Wieder zögerte Tatsopoulos.

»Lassen Sie mich raten. Auf dieser Ahnentafel gibt es Männer, die im Mai 1828 gestorben sind? Hier in Frangokastello im Kampf gegen die Türken?«, sagte Koronaios.

»Ganz genau«, erwiderte Tatsopoulos.

Koronaios' Tochter Galatia hatte während dieser Unterhaltung mehrfach angerufen. Er rief sie zurück, als er mit Michalis auf dem kurzen Weg zum Haus der Familie Kitsikoudis war. Galatia wollte sich am Nachmittag mit einer Freundin treffen, und Koronaios redete ihr energisch ins Gewissen, zu Hause zu bleiben, um zu verhindern, dass ihre Tante noch heute vor der Tür stehen und sie in den nächsten Tagen bewachen würde.

»Mit einer Freundin treffen. Für wie blöd hält die mich denn«, wetterte Koronaios, nachdem er aufgelegt hatte.

Während der Fahrt klingelte auch Michalis' Handy, doch erst, als sie vor dem Haus von Vangelis Kitsikoudis anhielten, warf Michalis einen Blick auf das Display. Es war Hannahs Nummer, aber sie hatte keine Nachricht hinterlassen. Er würde sie später zurückrufen.

Alekos Tatsopoulos hatte ihnen gesagt, dass Marilita Kitsikoudis mit einer ihrer Töchter vorhin bei ihrem toten Mann gewesen war. Wenigstens mussten sie keine Todesnachricht überbringen. Vor dem Haus stand ein Kombi, hinter dessen Windschutzscheibe ein *Arzt im Einsatz*–Schild lag. Kein gutes Zeichen.

Nachdem sie geklingelt hatten, dauerte es fast zwei Minuten, bevor die Tür einen Spalt breit geöffnet wurde und die etwa vierzigjährige, blond gefärbte und gut gekleidete Frau, die gestern hier vor der Tür gestanden hatte, auftauchte.

»Ja?«, fragte sie.

Michalis zeigte ihr seinen Polizeiausweis.

»Wir würden gern Frau Kitsikoudis sprechen«, sagte er.

»Das ist kein guter Moment«, entgegnete die Frau.

Bevor Michalis nachfragen konnte, erschien eine junge Frau von Anfang zwanzig in der Tür.

»Die Herren sind von der Polizei«, erklärte die blonde Frau.

Die junge Frau sagte nichts, sondern musterte Michalis und Koronaios erschöpft. Ihre Augen waren verheult, und Michalis glaubte, sie von den Fotos, die an der Wand im Wohnzimmer hingen, zu erkennen. Ganz in Schwarz gekleidet, musste sie eine der Töchter sein. Anders als ihre Mutter war sie geschminkt und hatte ihre langen, dunklen Haare sorgfältig hochgebunden.

»Unser Beileid«, bekundete Michalis ernst.

»Polizei …«, flüsterte die junge Frau und verzog den Mund.

Michalis hatte den Eindruck, dass sie nicht überrascht war.

»Sie sind die Tochter?«, fragte Michalis die jüngere Frau.

»Ja. Leandra Kitsikoudis.«

»So furchtbar dieser Moment ist … Wir müssten mit Ihrer Mutter sprechen«, fuhr Michalis fort.

Leandra Kitsikoudis sah Michalis mit einem trüben Blick an.

»Meine Mutter ist kollabiert«, erwiderte sie, »der Arzt untersucht sie gerade.«

»Ist sie bei Bewusstsein?«, erkundigte sich Michalis behutsam.

»Ja. Schon. Es war einfach ein … Schock.« Die Stimme der Tochter brach.

»Können Sie vielleicht in einer halben Stunde wiederkommen?«, bat die blonde Frau.

Michalis und Koronaios warfen sich einen Blick zu.

»Sie sind …?«, fragte Michalis die Blonde.

»Ich … ich bin eine Freundin.« Sie bemerkte, dass diese Auskunft nicht genügte. »Despina Vamvounakis«, fügte sie deshalb hinzu.

»Gut, dann sind wir in einer halben Stunde wieder da«, erklärte Michalis, und sofort zog Despina Vamvounakis die Tür zu.

»Die Tochter schien nicht überrascht zu sein, dass die Polizei vor der Tür steht«, meinte Koronaios, als sie wieder im Wagen saßen.

»Entweder ist ihr klar, was Polizeiarbeit bedeutet …«

»… was nicht sehr wahrscheinlich ist …«

»… oder sie weiß oder ahnt etwas«, führte Michalis seinen Gedanken weiter und startete den Wagen.

»Vangelis Kitsikoudis hat gestern mit einem anderen Mann am Strand gestanden. Und es gab einige Touristen, die Fotos gemacht haben. Vielleicht haben wir Glück und finden den anderen Mann auf einem ihrer Fotos.«

»Und wenn ich mich richtig erinnere, gab es am Strand auch eine Taverne«, fügte Koronaios hinzu. Michalis musste nicht nachfragen, um zu wissen, dass Koronaios hungrig war.

8

Sie hielten neben der Ruine des Kastells, und bevor sie zum Strand gingen, rief Michalis im Büro an und bat Myrta, so schnell wie möglich bei der Telefongesellschaft herauszufinden, mit wem Vangelis Kitsikoudis in den letzten Tagen telefoniert hatte.

Anschließend wollte er Hannah zurückrufen, doch dann sah er Urlauber, die panisch von ihren Strandliegen aufsprangen, ihre Sachen zusammenrafften und flüchteten. Zehn Männer in kretischer Tracht und mit Schaufeln und Spaten liefen mit einem Megaphon herum und forderten die Touristen auf, den Strand sofort zu räumen. Hinter diesen Männern tauchte nach ein paar Minuten eine andere Gruppe auf und stritt mit ihnen. Diese zweite Gruppe waren vermutlich Wirte und Vermieter aus Frangokastello. Michalis nahm sein Handy und wählte die Nummer von Tatsopoulos.

»Es gibt wieder Ärger am Strand«, informierte er ihn, doch Tatsopoulos war bereits alarmiert worden und würde mit seinen Kollegen jeden Moment eintreffen.

Wenig später tauchten zwei Polizeiwagen neben der Ruine auf, und vier uniformierte Polizisten eilten auf den Strand. Es folgte ein lautstarker und erbitterter Streit zwischen den Beamten und den Kretern, bis ein alter Mann, gestützt auf seinen Hirtenstab, den Strand betrat. Es war der alte Panagiotis mit seinem Sohn.

Respektvoll hielten die Polizisten, Wirte und Vermieter inne und warteten, was passieren würde.

Panagiotis trug die *mandíla*, und schien zu beschreiben, wo genau damals die Drosoulites aufgetaucht waren. Seine Unterstützer nickten, denn für sie war das der Bereich, den sie sperren und nach Knochen absuchen wollten. Und wenn Michalis die Gesten des Alten richtig deutete, beträfe das fast den gesamten Strand. Weil das die Wirte und Vermieter nicht hinnehmen wollten, wurde die Diskussion feindseliger, doch bevor die Situation gänzlich eskalieren konnte, hielt neben der Ruine des Kastells der Geländewagen der Polizei, und kurz darauf betrat Alekos Tatsopoulos den Strand und zog die Aufmerksamkeit auf sich. Wieder stellte Michalis anerkennend fest, wie souverän Tatsopoulos sich Respekt verschaffte.

Der Revierleiter ging zu dem alten Panagiotis und sprach kurz mit ihm. Der schickte daraufhin seinen Sohn weg und trat mit Tatsopoulos ein paar Schritte zur Seite, so dass sie ungestört reden konnten.

Es dauerte einige Minuten, bis Panagiotis seinen Sohn sowie zwei Wortführer der Einheimischen zu sich winkte. Tatsopoulos entfernte sich ein Stück, ließ die Gruppe jedoch nicht aus den Augen, bis die Einheimischen den Strand verließen und in ihre Wagen stiegen. Michalis sah, dass der alte Panagiotis dem Revierleiter noch einen Blick zuwarf, bevor er wortlos mit seinem Sohn zur Straße zurückging.

»Wie haben Sie das geschafft?«, fragte Koronaios, als am Strand wieder Ruhe eingekehrt war.

Tatsopoulos runzelte die Stirn, bevor er antwortete.

»Ich hoffe, ich habe mich nicht zu sehr in Ihre Arbeit eingemischt«, erwiderte der Revierleiter. »Aber ich war sicher, dass es nur einen kurzen Moment gab, in dem ich den Alten beeindrucken konnte.«

»Ich gehe davon aus, dass Sie das Richtige getan haben«, meinte Michalis. »Was haben Sie mit ihm ausgemacht?«

»Ich habe ihm die Zusage abgerungen, dass er und seine Leute hier am Strand nichts unternehmen, solange die Ermittlungen laufen. Und vor allem nicht vor dem großen Feiertag am nächsten Sonntag.«

»Und was hat er dafür von Ihnen bekommen?«, erkundigte sich Koronaios.

»Sollte sich herausstellen, dass die gestern gefundenen Knochen zweihundert Jahre alt sind und zu den kretischen Aufständischen von 1828 gehören, dann dürfen er und seine Leute im Oktober, wenn die Saison vorbei ist, den kompletten Strand umgraben und nach ihren Vorfahren suchen. Aber« – Tatsopoulos lächelte verschmitzt – »nach allem, was Sie gestern angedeutet haben, ist das ausgeschlossen.«

»Es sei denn, die Kreter haben damals in Trainingsjacken aus Polyester und in Turnschuhen gekämpft«, ergänzte Koronaios grinsend.

»Hatten Sie den Eindruck, Panagiotis wusste vom Tod von Vangelis Kitsikoudis?«, fragte Michalis.

»Ja. Eindeutig. So etwas spricht sich hier schnell herum. Alles Wichtige landet bei Panagiotis, das war schon immer so.«

Da sich die Situation wieder entspannt hatte, verabschiedete sich Alekos Tatsopoulos. Er wollte sicherstellen, dass Zagorakis und Stournaras am Fundort von Vangelis Kitsikoudis ungestört arbeiten konnten.

Die ersten Touristen kehrten zu ihren Strandliegen zurück, und Michalis machte sich auf die Suche nach Urlaubern, die gestern fotografiert hatten. Koronaios blieb zurück.

»Ich komme gleich nach«, erklärte er lapidar und verschwand Richtung Strandtaverne.

Michalis überlegte, schnell Hannah zurückzurufen, doch

kaum hatte er sich den Sonnenschirmen genähert, erhob sich ein Mann und kam auf ihn zu.

»Kalimera«, sagte der Mann, und Michalis erkannte in ihm den Österreicher, dessen Hund gestern den ersten Knochen gefunden hatte. »Ti nea?«, fügte der Mann noch hinzu. Michalis musste lächeln und fragte sich, ob der Österreicher noch mehr auf Griechisch sagen konnte als *Gibt es etwas Neues?* Michalis erkundigte sich auf Englisch nach möglichen Fotos. Der Österreicher konnte ihm nicht weiterhelfen, führte ihn jedoch zu dem Holländer, der gestern ständig mit seiner Spiegelreflexkamera fotografiert hatte.

Während Koronaios am Strand auftauchte und es schaffte, gleichzeitig zu telefonieren, ein Sandwich zu essen und eine Papiertüte mit vermutlich weiteren Sandwiches zu tragen, nahm dieser Holländer sein iPad und zeigte Michalis die Fotos, die er bereits in seine Cloud geladen hatte. Kopfschüttelnd nahm Michalis zur Kenntnis, dass der Mann über sechshundert Fotos gemacht und alle Phasen der Polizeiarbeit sorgfältig dokumentiert hatte. Als der Sichtschutz den Blick auf die Grube versperrte, hatte er die Schaulustigen und die aufgebrachten Einheimischen fotografiert. Michalis entdeckte auf einem der Bilder den skeptisch blickenden Vangelis Kitsikoudis und auch den Mann, der neben ihm stand. Während er sich durch die Fotos klickte, fiel ihm auf, dass Vangelis Kitsikoudis mit niemandem gesprochen, aber die Einheimischen misstrauisch beobachtet hatte.

Michalis ließ sich alle Fotos, auf denen Vangelis Kitsikoudis zu sehen war, schicken. Auf zwei von ihnen entdeckte er sich selbst, denn der Holländer hatte es sich nicht nehmen lassen, auch den Moment, als Michalis auf Vangelis Kitsikoudis zugegangen war, festzuhalten.

»Gar nicht schlecht, diese Sandwiches«, sagte Koronaios, als sie sich an der Wasserkante trafen, und hielt die Papiertüte hoch. »Thunfisch oder Käse-Schinken. Was möchtest du?«

»Danke. Später«, erwiderte Michalis und zeigte Koronaios ein Foto von Vangelis Kitsikoudis, auf dem der andere Mann gut zu erkennen war.

»Wir könnten uns in der Strandtaverne erkundigen«, schlug Koronaios vor, »der Wirt war sehr an unserer Arbeit interessiert.«

Tatsächlich erkannte der Wirt den Mann, der neben Vangelis Kitsikoudis gestanden hatte, sofort.

»Der andere ist derjenige, der sich erschossen hat?«, fragte er jedoch als Erstes und deutete auf Vangelis Kitsikoudis. Dessen Tod hatte sich also bereits herumgesprochen.

»Wir untersuchen gerade die Umstände seines Todes«, erwiderte Michalis vage. »Und diesen Mann? Kennen Sie den?« Michalis zeigte auf den smarten Geschäftsmann mit Sonnenbrille.

Der Wirt zögerte.

»Sagen Sie ihm aber nicht, dass Sie seinen Namen von mir haben.«

»Versprochen.«

Der Wirt sah Michalis prüfend an und schien sich zu fragen, was das Versprechen eines Polizeibeamten wert war.

»Nestor Vamvounakis. An der Hauptstraße links, nach ein paar hundert Metern hat er sein Geschäft. Verleiht Mountainbikes und bietet Touren durch die Berge an.«

»Vielen Dank«, sagte Michalis, und der Wirt beeilte sich, seine Gäste zu bedienen, bevor Michalis weitere Fragen stellen konnte.

Nestor Vamvounakis. Der Betreiber der Tankstelle hatte denselben Nachnamen. Und noch jemand trug den Namen, erinnerte Michalis sich.

»Die Frau, die uns vorhin bei der Witwe geöffnet hat, die hieß doch auch Vamvounakis. Despina Vamvounakis, oder?«, sagte er zu Koronaios.

»Vielleicht ist das ein häufiger Name in der Gegend«, erwiderte Koronaios, »oder sie haben etwas miteinander zu tun.«

»Wir werden es herausfinden«, ergänzte Michalis.

Das Geschäft von Nestor Vamvounakis lag an der Strecke zurück nach Patsianos, deshalb hielten sie auf dem Weg zur Witwe von Vangelis Kitsikoudis dort an. Vom Wagen aus beobachteten sie, wie Nestor Vamvounakis einem jungen Pärchen auf einer Fahrradkarte eine Tour zeigte, während ein Mitarbeiter zwei Mountainbikes für die beiden herrichtete.

Michalis und Koronaios stiegen aus, blieben aber am Wagen stehen. Nestor Vamvounakis warf ihnen einen Blick zu und verschwand sofort in seinem Laden.

»Ist der jetzt der Nächste, der abhaut, sobald wir auftauchen?«, argwöhnte Michalis, denn er war sicher, dass Nestor Vamvounakis ihn erkannt hatte, und befürchtete, dass er genauso verschwinden würde wie Sideris Vamvounakis an der Tankstelle. Doch Nestor Vamvounakis kam nach wenigen Sekunden mit einem weiteren Mitarbeiter wieder nach draußen, der sich um die Kunden kümmerte.

Michalis und Koronaios gingen auf ihn zu.

»Michalis Charisteas«, stellte sich Michalis vor, »das ist mein Kollege Pavlos Koronaios.«

Nestor Vamvounakis sagte nichts, sondern blickte die beiden durch seine Sonnenbrille nur skeptisch an.

»Sie wissen ja, wer wir sind«, fuhr Michalis fort und fragte sich, ob und wie lange Nestor Vamvounakis so tun würde, als hätte er sie noch nie gesehen.

Doch Nestor Vamvounakis überraschte ihn. Er nahm seine

Sonnenbrille ab, nickte und wirkte auf einmal nicht mehr smart, sondern erschüttert.

»Lassen Sie uns drinnen reden«, bot er leise an und ging voran, ohne eine Antwort abzuwarten.

In dem Verkaufsraum gab es nicht nur einen Tresen mit Broschüren und Landkarten, sondern auch einen Nebenraum, in dem regionale Produkte verkauft wurden. Im Vorbeigehen konnte Michalis Honig, Olivenöle, Gewürze und einige T-Shirts mit der Ruine von Frangokastello erkennen.

»Was kann ich für Sie tun?«, fragte Nestor Vamvounakis.

»Wir haben Sie gestern zusammen mit Vangelis Kitsikoudis gesehen«, begann Michalis.

»Ja«, erwiderte Nestor Vamvounakis zögernd.

»Sie wissen, was mit ihm geschehen ist?«

»Schlimme Geschichte.«

»Wie gut kannten Sie ihn?«

»Wie gut ... so gut, wie man sich kennt, wenn man in dieser Region aufgewachsen und ungefähr im selben Alter ist«, entgegnete er vage.

Michalis schwieg und ließ Nestor Vamvounakis nicht aus den Augen.

»Aber nicht gut genug, um damit zu rechnen, dass er ...«, fügte Nestor Vamvounakis unruhig hinzu.

»Dass er was?«, fragte Michalis und machte einen Schritt auf Nestor Vamvounakis zu. Diese kleine Veränderung genügte, um den Mann zu verunsichern.

»Ich habe gehört, dass er ...«, stammelte Nestor Vamvounakis.

»Er soll sich erschossen haben, sagen die Leute.«

»Halten Sie das für denkbar?«

»So gut kannte ich ihn nicht ...«, wich Nestor Vamvounakis aus.

»Sie haben gestern lange mit ihm zusammen am Strand gestanden.« Koronaios übernahm, nachdem er und Michalis sich kurz per Blick verständigt hatten. »Und wenn man über Stunden nebeneinandersteht, dann redet man auch. Hat er irgendeine Bemerkung gemacht, die uns helfen würde, seinen Tod zu begreifen?«

Nestor Vamvounakis runzelte die Stirn. »Er hat angedeutet, dass er Probleme hat«, sagte er zögernd, »aber das haben wir ja alle. Deshalb bringen wir uns ja nicht um ...«

»Und was für Probleme könnte er gehabt haben? Hat er da etwas gesagt?«, wollte Koronaios wissen.

»Nur sehr vage, eigentlich gar nicht, aber ...«

»Ja?«

»Na ja, es gab Probleme mit einer seiner Töchter. Ist sicher nicht angenehm.«

»Und was für Probleme gab es mit der Tochter?«, hakte Koronaios energisch nach.

Nestor Vamvounakis zuckte mit den Schultern und warf einen kurzen Blick zur Decke.

»Die Ältere ... die ist wohl abgehauen. Nach Athen. Und redet nicht mehr mit ihm. Aber« – er schüttelte den Kopf – »Genaueres weiß ich da wirklich nicht. Nur Gerüchte. Die Leute reden viel. Vor allem, wenn der Winter lang war.«

Michalis erinnerte sich, dass im Haus von Vangelis Kitsikoudis Fotos von einer der Töchter zu fehlen schienen.

»Und was sind das für Gerüchte?«, fragte er.

»Angeblich hat Kitsikoudis der Freund seiner Tochter nicht gepasst. Sagt man. Aber mehr weiß ich wirklich nicht.«

Michalis und Koronaios sahen sich kurz an. Natürlich wusste Nestor Vamvounakis Genaueres.

»Haben Sie denn seine Frau schon befragt?«, erkundigte sich Nestor Vamvounakis, und etwas an seinem Tonfall irritierte Michalis. »Seine Frau weiß sicher mehr«, fügte er hinzu.

Aber vielleicht wird sie es uns nicht sagen, dachte Michalis.

»Wie haben Sie davon erfahren, dass Vangelis Kitsikoudis tot ist?«, fragte Koronaios.

Nestor Vamvounakis presste die Lippen aufeinander und atmete tief durch. Er wirkte erschüttert, aber Michalis glaubte ihm das nicht.

»Von meiner Frau.«

»Und woher wusste Ihre Frau davon?«, hakte Michalis nach, denn diese Antwort war irritierend kurz.

»Sie war angerufen worden. Von einer Freundin. Heute früh.«

Michalis und Koronaios wechselten einen Blick.

»Wissen Sie denn, wo er gestorben ist?« Michalis übernahm wieder das Gespräch.

»Ja. Bei seinen Bienen.«

Bei seinen Bienen. Vangelis Kitsikoudis hatte seine Bienenkästen an einem schwer zugänglichen Ort aufgestellt, und Nestor Vamvounakis wusste vermutlich genau, wo diese Kästen standen.

»Haben Sie mit Sideris Vamvounakis etwas zu tun?« Michalis wechselte abrupt das Thema und registrierte, dass Nestor Vamvounakis unruhig wurde.

»Meinen Sie den Sideris mit der Tankstelle?«

»Ja.«

»Das ist mein Cousin. Warum?«

»Er war auch gestern am Strand in Frangokastello.«

»Kann sein«, erwiderte Nestor Vamvounakis nach einer kurzen Pause, in der er nach draußen zu seinem Mitarbeiter geblickt hatte. Dort standen neu eingetroffene Urlauber, die Mountainbikes mieten wollten.

»Sie haben Ihren Cousin gestern am Strand nicht gesehen?«, hakte Michalis nach.

»Da waren sehr viele Leute. Und …« Er zögerte.

»Ja?«

»Sideris ist, wie soll ich es sagen.« Nestor Vamvounakis rieb sich die Nasenwurzel. »Ihm sind die Traditionen wichtiger als mir. Ich respektiere und achte unsere Vorfahren, aber ich bin froh, dass unser Leben nicht mehr so hart und eintönig ist.« Er trat näher zu Michalis und Koronaios und fuhr leise fort: »Für Leute wie Sideris sind Touristen so etwas wie eine moderne Besatzungsmacht. Natürlich angenehmer, und sie töten uns auch nicht. Jemand wie Sideris glaubt jedoch, dass der Tourismus unsere Traditionen ruiniert. Aber ganz ehrlich, ich möchte mein Geld nicht mehr mit Oliven verdienen müssen. Ich musste früher meinem Großvater bei der Ernte helfen und weiß, was das für eine Knochenarbeit ist.« Er wurde noch leiser. »Sideris würde keinen Tag in den Oliven überstehen. Reden kann er, aber mit Reden hat noch niemand seine Oliven geerntet. Das geht nur mit sehr harter Arbeit.«

Nestor Vamvounakis nickte den beiden Kommissaren zu, als habe er ihnen ein großes Geheimnis verraten. Michalis fragte sich, was er ihnen damit sagen wollte. War es ein Ablenkungsmanöver, um der Frage nach seinem Cousin auszuweichen, oder wollte er verhindern, mit Sideris Vamvounakis in einen Topf geworfen zu werden?

Vor dem Geschäft war eine weitere Touristengruppe angekommen, die darauf wartete, bedient zu werden. »Brauchen Sie mich noch? Ich müsste mich um meine Kunden kümmern.«

»Im Moment nicht, nein«, entgegnete Koronaios, und Nestor Vamvounakis wollte sich schon verabschieden und nach draußen gehen.

»Eine Frage noch«, hielt Michalis ihn auf. »Wo waren Sie gestern am Spätnachmittag und am frühen Abend?«

Nestor Vamvounakis erstarrte.

»Warum fragen Sie das?«, wich er einer Antwort aus.

»Routine. Hat nichts weiter zu bedeuten«, erwiderte Michalis und spürte bei Nestor Vamvounakis Erleichterung.

»Ich war hier. Im Laden. Die letzten Kunden« – er ging zu einem Heft und blätterte eine Seite zurück – »haben gegen halb zehn Uhr abends ihre Räder zurückgebracht.«

»Kann das jemand bestätigen?«, wollte Koronaios wissen. »Diese Kunden, noch jemand? Ein Mitarbeiter oder Ihre Frau?«

»Nein … Markos hatte eine Gruppe über die Berge nach Argiroupoli geführt und dort übernachtet und ist erst heute zurückgekommen. Und meine Frau …« Er schien zu überlegen, und erneut hatte Michalis das Gefühl, dass es etwas gab, was Nestor Vamvounakis verunsicherte. Vielleicht hing es ja mit seiner Frau zusammen.

»Meine Frau war zu Hause, unser Haus liegt ein paar hundert Meter entfernt, Richtung Kirche.«

»Gut. Danke, das war's«, erwiderte Michalis und machte sich mit Koronaios auf den Weg nach draußen.

Sie überquerten die Straße und blickten erst wieder zu dem Laden mit den Mountainbikes zurück, als sie ihren Wagen erreicht hatten. Nestor Vamvounakis war noch nicht aufgetaucht. Offenbar gab es etwas Wichtigeres, als sich um seine Kunden zu kümmern.

»Was hältst du von ihm?«, fragte Koronaios, als sie die letzten Häuser von Frangokastello hinter sich ließen.

»Ihn scheint das alles nicht zu überraschen. Weder die Skelette gestern noch der Tod von Vangelis Kitsikoudis.«

»Oder er will sich der Polizei gegenüber keine Blöße geben.«

Aber bei Nestor Vamvounakis ging es noch um etwas anderes, davon war Michalis überzeugt.

»Ich bin sicher, wir werden wieder auf ihn stoßen«, entgegnete er, und Koronaios nickte.

Als sie das Haus von Vangelis Kitsikoudis in Patsianos erreicht hatten, sahen sie gerade noch, wie die blonde, gut gekleidete Frau aus dem Haus kam, zielstrebig in ihren roten Toyota stieg und losfuhr.

»Diese Frau heißt doch auch Vamvounakis, oder?«, überlegte Michalis laut. »Ist sie womöglich die Frau von dem Vamvounakis mit den Mountainbikes?«

»Dürfen wir reinkommen?«, bat Koronaios, als Leandra Kitsikoudis, die Tochter des Toten, geöffnet hatte.

»Ja …«, entgegnete sie, ohne die Tür mehr als nur einen Spalt zu öffnen. »Jetzt ist der Priester da, und zwei Freundinnen. Könnten Sie nicht vielleicht …«

»Tut uns leid«, erwiderte Michalis und versuchte, so sanft wie möglich zu klingen, »aber unsere Ermittlungen können nicht warten. Das wäre auch nicht in Ihrem Interesse.«

»Ermittlungen …«, flüsterte die junge Frau, öffnete die Tür und ging voraus.

Auf dem abgewetzten, rotbrauen Ledersofa, wo gestern Michalis und Koronaios ihren Frappé getrunken hatten, saß jetzt ganz in Schwarz und in sich zusammengesunken Marilita Kitsikoudis. Neben ihr hatte eine sehr schlicht in grauen und braunen Tönen gekleidete Frau von Anfang fünfzig Platz genommen. Anders als die stämmige Marilita Kitsikoudis wirkte diese Frau unscheinbar, zerbrechlich und etwas verhärmt. Sie hatte dünnes, graues halblanges Haar, das ihr glatt bis auf die Schultern fiel. Dazu trug sie eine schwarze Brille.

Ihnen gegenüber saß an einem kleinen Tisch der fast sechzigjährige Priester im schwarzen Talar. Sein grau-weißer Vollbart war penibel gestutzt, und die eckige Brille verstärkte die strenge Ausstrahlung des Geistlichen. Auf dem Kopf trug er sogar hier im Haus die *kalivmaki,* die schwarze runde Kappe mit steifen Kanten. Michalis überlegte, ob der Priester seine Kappe gerade erst aufgesetzt hatte, um die Mordkommissare zu beeindrucken, denn die orthodoxen Priester sahen sich noch immer als die Hüter der Traditionen, die die Gesellschaft zusammenhielten. Im jahrhundertelangen Freiheitskampf gegen die Türken war die orthodoxe Kirche ein entscheidender Rückhalt gewesen, und die heutigen Würdenträger litten darunter, dass die Kirchen nur noch zu den hohen Feiertagen sowie bei Hochzeiten, Taufen und Beerdigungen gut besucht waren. Ein Bedeutungsverlust, der nur schwer hinzunehmen war, und dieser Priester bildete da keine Ausnahme. Er thronte mehr, als dass er saß, auf einem einfachen Holzstuhl und bemühte sich, streng und würdevoll zu blicken.

Eine weitere, knapp vierzigjährige Frau saß dort am Tisch, wo gestern Marilita Kitsikoudis die *fassolakia*, die grünen Bohnen, geputzt hatte. Sie war von ähnlich kräftiger Statur wie Marilita Kitsikoudis, wirkte aber feindseliger und starrte Michalis und Koronaios finster an. Ihre Haare hingen in Strähnen bis zu den Schultern, und sie trug einfache, teilweise fleckige Kleidung, als habe sie ihre Arbeit unterbrochen und keine Zeit gehabt, sich umzuziehen. Leandra Kitsikoudis, die Tochter, war in der Tür zur Küche stehen geblieben.

»Unser Beileid«, sagte Michalis und verneigte sich dabei leicht. Die Witwe von Vangelis Kitsikoudis nickte und nahm auch die Beileidsbekundung von Koronaios ungerührt entgegen.

»Pavlos Koronaios, Mordkommission Chania«, sagte Koronaios dann in Richtung des Priesters, »und das ist mein Kollege Michalis Charisteas.«

Der Priester neigte den Kopf zur Seite. Offenbar wartete er darauf, mit einer unterwürfigen Geste begrüßt zu werden.

»Wir hätten einige Fragen«, fuhr Koronaios, an Marilita Kitsikoudis gewandt, fort. Die Frau blickte hilflos erst den Priester und dann die anderen Frauen an.

»Dann fragen Sie doch«, erwiderte der Priester anstelle von Marilita Kitsikoudis. »Ihre Fragen werden ja sicherlich den Umständen angemessen sein.«

»Selbstverständlich«, entgegnete Koronaios lächelnd, doch Michalis bemerkte, dass die Halsschlagader seines Kollegen zu pochen begann. Koronaios konnte es noch weniger als Michalis leiden, herablassend behandelt zu werden. »Aber wir möchten mit Frau Kitsikoudis allein sprechen.«

»Muss das sein?«, fragte die schmächtige, verhärmt wirkende Frau auf dem Sofa, während sich die Stirn des Priesters verärgert in Falten legte.

»Das ist leider unumgänglich«, fügte Michalis hinzu und bemühte sich, beruhigend zu klingen. Doch weder der Priester noch die Frauen machten Anstalten, sie mit der Witwe allein zu lassen.

»Vielleicht« – die Tochter räusperte sich – »könnte zunächst ich mit Ihnen sprechen.«

Michalis sah, dass sie dem Priester einen fast verzweifelten Blick zuwarf, und der unmerklich nickte.

Leandra Kitsikoudis ging mit ihnen in den Garten hinter dem Haus. Sie wollte offenbar nicht belauscht werden.

»Was möchten Sie wissen?« Michalis sah die dunklen Schatten unter ihren Augen, obwohl die junge Frau stark geschminkt war.

»Zunächst einmal möchten wir Ihnen noch einmal unser tief empfundenes Beileid aussprechen«, sagte Michalis.

Leandra Kitsikoudis presste die Lippen aufeinander.

»Wir stehen ganz am Anfang unserer Untersuchungen«, fuhr Michalis fort, »deshalb ist es wichtig, dass wir so viel wie möglich erfahren, um den Tod Ihres Vaters aufklären zu können.«

Leandra Kitsikoudis sah ihn fragend an.

»Gehen Sie denn nicht von einem Selbstmord aus?«, flüsterte sie und sah sich misstrauisch um.

»Gehen Sie von einem Selbstmord Ihres Vaters aus?«

Die junge Frau kniff die Augen zusammen, und für einen Moment befürchtete Michalis, sie könnte das Gespräch abbrechen.

»Nein«, sagte sie leise.

»Hatte Ihr Vater … Feinde?«

Leandra Kitsikoudis zuckte mit den Schultern.

»Feinde … Es gibt in Loutro eine Familie, mit der Sie sprechen sollten«, entgegnete sie leise und schien zu erschrecken.

Michalis und Koronaios ließen der Frau Zeit.

»Meine Schwester ist seit zwei Jahren mit Timos Karalakis zusammen. Ich wusste die ganze Zeit davon, unsere Eltern nicht.« Leandra Kitsikoudis atmete tief durch. »Vor drei Monaten fand das erste Treffen der Familien statt. Sie kennen das ja sicherlich.«

Michalis nickte. Das traditionelle Kennenlernen der Familien war für verliebte Paare häufig ein unangenehmer Abend. Der Vater der künftigen Braut lud ein, und dann wurde beim Essen geprüft, ob die andere Familie gut genug war. Da sich niemand eine Blöße geben wollte, wurde – anders als sonst bei kretischen Festen – kaum gelacht. Doch erst, wenn am Ende alle zufrieden waren, konnte eine Verlobung stattfinden.

»Mein Vater hatte die Taverne im nächsten Dorf gemietet, in Kapsodasos. Dorthin laden hier alle Väter ihre zukünftigen Verwandten ein. Allerdings hatte mein Vater nicht bedacht, dass die Familie Karalakis in Loutro selbst eine Taverne hat und sehr anspruchsvoll ist.« Leandra Kitsikoudis wandte den Blick ab, und Michalis befürchtete, nichts mehr von ihr zu erfahren. Immerhin hatte sie bereits den Namen dieser Familie in Loutro genannt, das würde ihnen in jedem Fall helfen. Doch dann fuhr sie fort: »Die Karalakis' sind nach dem Essen sofort aufgestanden und gegangen. Kein Raki zum Abschluss, keine Herzlichkeit, keine Umarmungen, nichts. Und kaum waren sie gegangen, da hat mein Vater getobt. Er sei noch nie in seinem Leben so beleidigt worden, die Familie Karalakis halte sich wohl für etwas Besseres, weil er nur ein anständiger, einfacher Busfahrer sei. Meine Schwester hat die ganze Nacht geheult.«

Leandra Kitsikoudis presste die Lippen aufeinander und schwieg.

»Und dann?«, fragte Michalis.

»Timos hat meiner Schwester noch in der Nacht geschrieben, dass seine Familie die Verlobung ablehnt, weil dieses Treffen unwürdig gewesen sei. Die beiden haben daraufhin beschlossen, abzuhauen und zusammen nach Athen zu gehen. Sie sind beide dreiundzwanzig Jahre alt und können tun, was sie wollen.«

Kurz lächelte sie. Vermutlich war sie stolz auf ihre Schwester, dachte Michalis.

»Vor zweieinhalb Monaten sind sie dann über Nacht verschwunden. Ich war die Einzige, die davon wusste.« Wehmütig blickte sie in die Ferne. »Seitdem hassen sich die Männer der beiden Familien und werfen sich gegenseitig vor, das Glück ihrer Familien zerstört zu haben. Der Bruder von

Timos, Fanis, stand sogar einmal abends hier vor dem Haus und hat meinen Vater beschimpft. Ich bin sicher, dass Fanis eine Waffe dabeihatte. Meine Mutter hat meinen Vater ins Haus gezerrt, bevor auch er auf die Idee kommen konnte, seine Pistole zu holen.«

»Ihr Vater hatte eine Waffe im Haus?«, hakte Koronaios nach.

»Kennen Sie eine Familie auf Kreta, die keine hat?«, entgegnete Leandra Kitsikoudis fast spöttisch.

»Wissen Sie, was das für eine Waffe ist?«, erkundigte sich Michalis.

»Eine Glock 17«, erwiderte Leandra sofort. »Mein Vater hätte gern einen Sohn gehabt, aber da er es nur zu zwei Töchtern gebracht hat, mussten eben wir schießen lernen. An meinem zehnten Geburtstag habe ich das erste Mal auf einige Blechdosen gezielt, und danach wurde es ein Geburtstagsritual.« Sie schnaubte. »Ich habe es gehasst«, fügte sie hinzu und erschrak, weil sie über etwas, das ihrem Vater wichtig war, abfällig sprach.

Koronaios' Handy klingelte. Er warf einen Blick auf das Display, drückte den Anrufer weg und schaltete den Klingelton aus. Entweder seine Frau oder seine Tochter, dachte Michalis, doch Koronaios sagte leise *Stournaras*.

Auf der Straße tauchten der Priester sowie die zerbrechliche grauhaarige Frau auf und gingen auf einen Wagen zu. Michalis sah, dass der Priester auf dem Beifahrersitz Platz nahm.

»Wer ist die Frau?«, wollte Michalis wissen.

»Nitsa Doxiadis. Eine Freundin meiner Mutter. Aus Sfakia.«

»Und der Priester? Ist der auch aus Sfakia?«

»Ja. Pater Konstantinos.«

»Und die Frau, die vorhin gefahren ist, als wir ankamen. Wer war das?«

»Die blonde Frau? Despina. Eine gute Freundin meiner Mutter. Sie ist wie eine Tante für mich. Ich helfe ihnen manchmal im Geschäft.«

»Was für ein Geschäft?«

»Ihr Mann verleiht drüben in Frangokastello Mountainbikes und bietet Touren in die Berge an. Sie kommen daran vorbei, wenn Sie zum Strand fahren. Auf der rechten Straßenseite.«

Michalis und Koronaios wurden hellhörig.

»Despina ist die Frau von Nestor Vamvounakis?«, erkundigte sich Michalis.

»Ja. Woher wissen Sie das?« Leandra Kitsikoudis klang beunruhigt.

»Wir sind im Rahmen unserer Ermittlungen auf ihn gestoßen. Reine Routine«, beruhigte Koronaios die junge Frau.

»Pater Konstantinos ist weggefahren. Sie können jetzt mit meiner Mutter reden«, sagte Leandra kurzangebunden und ging zur Haustür.

Michalis und Koronaios folgten ihr. Bevor sie das Haus betraten, beobachtete Michalis einen dunklen SUV mit getönten Scheiben, der auffallend langsam auf der Straße vorbeifuhr und plötzlich beschleunigte.

Marilita Kitsikoudis saß zusammengesunken auf dem abgewetzten, rotbraunen Ledersofa. In der rechten Hand hielt sie eine der *kalitsounia*, von der sie mit geschlossenen Augen winzige Stücke abbiss und langsam kaute. Michalis sah, wie müde und erschöpft sie war.

Den Platz neben ihr hatte die kräftige und ungepflegt wirkende Frau eingenommen, die jedoch in dem Moment, als sie die Mordkommissare bemerkte, sofort aufstand, sich von Marilita Kitsikoudis verabschiedete und das Haus verließ.

Marilita Kitsikoudis blickte, bevor sie auf die Fragen antwortete, zu ihrer Tochter Leandra, und erst wenn diese genickt hatte, sprach die Witwe mit leiser Stimme. Sie hatte ihren Mann seit gestern Nachmittag nicht mehr erreicht, und Michalis und Koronaios erfuhren von ihr nichts anderes als das, was ihnen die Tochter bereits verraten hatte. Immerhin bestätigte sie die geplatzte Verlobung und die gegenseitige Verachtung der beiden Familien. Vor allem aber schien auch sie nicht an einen Selbstmord ihres Mannes zu glauben.

»Ihr Mann wollte sich gestern mit uns bei der Kirche oberhalb von Skaloti treffen. Können Sie sich erklären, warum ausgerechnet dort? Hatte er eine besondere Verbindung zu dieser Kirche?«, fragte Michalis und sah, dass Marilita Kitsikoudis erschrocken die Augen aufriss. Auch Leandra Kitsikoudis musterte ihre Mutter irritiert.

»Nein«, erwiderte Marilita Kitsikoudis zögernd, »das weiß ich nicht. Wir gehen regelmäßig in die Kirche. Aber in Skaloti waren wir nie.«

»Wir haben das Handy Ihres Mannes bisher nicht gefunden. Könnte es hier im Haus sein?«, erkundigte sich Koronaios.

Marilita Kitsikoudis blickte zu ihrer Tochter.

»Das hat er immer bei sich. Vielleicht liegt es ja noch in seinem Wagen«, erwiderte Leandra Kitsikoudis.

Koronaios nickte, war aber sicher, dass Zagorakis dort in der Zwischenzeit mehr als gründlich gesucht hatte.

»Sie wissen vermutlich, wo Ihr Vater seine Glock 17 aufbewahrt«, erkundigte sich Michalis bei der Tochter.

»Natürlich.«

»Dürften wir die Waffe sehen?«

Leandra Kitsikoudis ging wortlos voraus in die Küche,

öffnete dort die Klappe eines Unterschranks, hob einige Geschirrtücher hoch und sah die Polizisten verwundert an.

»Sie ist nicht da.«

»Hat er die Pistole häufig mitgenommen?«, fragte Koronaios.

»Nein ... im Bus, bei der Arbeit, sowieso nicht, aber auch nicht, wenn er zu seinen Bienen gegangen ist.« Leandra Kitsikoudis wirkte alarmiert und zog einige Schubladen auf. »Nichts. Er muss sie dabeigehabt haben.«

»War Ihr Vater eigentlich Linkshänder?«

»Linkshänder?« Sie überlegte. »Nein. Rechtshänder«, erwiderte sie zögernd. »Ist das wichtig?«

»Eine Routinefrage«, gab Koronaios zur Antwort, der ebenfalls bemerkt hatte, wie alarmiert die junge Frau war. Der Gedanke, ihr Vater könnte bewaffnet das Haus verlassen haben, schien sie zu schockieren.

Michalis und Koronaios gingen zurück ins Wohnzimmer, um sich zu verabschieden.

»Für den Moment ist das erst einmal alles«, sagte Koronaios zu Marilita Kitsikoudis, »und ich verspreche Ihnen, dass wir Sie nicht unnötig behelligen werden. Aber wenn sich weitere Fragen ergeben sollten, müssten wir uns melden.«

Marilita Kitsikoudis nickte müde, doch Michalis war nicht sicher, ob sie noch zuhörte.

»Ich bringe Sie zur Tür«, bot Leandra Kitsikoudis an und schien froh zu sein, die Polizisten loszuwerden.

Auf dem Weg blickte Michalis auf das Display seines Smartphones und las eine Nachricht von Hannah. *Meld dich bitte, ich habe eine Frage.* Vielleicht hatte das Gespräch mit van Drongelen ja etwas ergeben.

Bevor er einstieg, musterte Michalis das Haus der Familie

Kitsikoudis sowie die Nachbarhäuser und die Straße. Niemand war zu sehen. Das Dorf wirkte wie ausgestorben.

Sie machten sich auf den Weg zum Fundort von Vangelis Kitsikoudis. Koronaios rief Stournaras zurück und sagte ihm, dass sie gleich bei ihm seien. Der Gerichtsmediziner hatte offenbar etwas gefunden, das er ihnen zeigen wollte.

»Oder sollten wir vorher nach Loutro fahren und uns diese Familie Karalakis ansehen?«, fragte Koronaios, nachdem er aufgelegt hatte.

»Ruf Alekos Tatsopoulos an. Nach Loutro müssen wir mit dem Boot fahren, und er oder seine Leute müssten uns ja ohnehin zum Fundort von Kitsikoudis bringen.«

Der kleine Urlaubsort Loutro war ausschließlich vom Wasser aus zu erreichen, und Tatsopoulos versprach, sofort mit den Kollegen von der Wasserschutzpolizei, die in Sfakia ein Boot hatten, zu reden. In zehn Minuten würde er mit dem Geländewagen an der Straße sein und Michalis und Koronaios abholen.

Auf dem Weg dorthin kamen sie in *Kapsodasos*, dem nächsten Dorf östlich von Patsianos, an einer hellen und modernen Taverne mit einigen Tischen vor dem Haus vorbei.

»Das dürfte die Taverne sein, in der das Treffen der beiden Familien stattgefunden hat«, meinte Koronaios und blickte hungrig zu den Tischen.

Während der kurzen Fahrt zu dem steinigen Feldweg besprachen sie, was ihnen die Tochter von Vangelis Kitsikoudis gesagt hatte, und kamen schnell auf Despina Vamvounakis, die Ehefrau von Nestor, zu sprechen.

»Ihr Mann wollte uns weismachen, er würde Vangelis Kitsikoudis kaum kennen. Und seine Frau taucht gestern dort auf, ist heute eine der ersten Trauergäste und offensichtlich eine enge Freundin der Familie«, meinte Michalis.

»Wollen wir ihn uns noch mal vornehmen?«

»Unbedingt. Aber erst will ich wissen, was mit dieser Familie Karalakis in Loutro los ist. Die Feindschaft der Familien könnte ein Mordmotiv sein.«

9

An der Einmündung zu der steinigen, unbefestigten Piste stand mittlerweile ein regelrechter Fuhrpark der Kriminaltechnik und Gerichtsmedizin.

»Gestern am Strand, da habe ich das ja eingesehen«, spottete Koronaios, »aber heute?«

Alekos Tatsopoulos war noch nicht zurückgekommen, deshalb nutzte Michalis die Gelegenheit, um Hannah endlich anzurufen.

»Gut, dass du dich meldest«, sagte Hannah, und Michalis hörte, dass sie in einem Wagen saß. »Daniel war gestern Abend von den Erzählungen über die Drosoulites so beeindruckt, dass er unbedingt dorthin fahren will.«

»Aber nicht heute, oder?«, erwiderte Michalis.

»Doch, wir sind auf dem Weg nach Chora Sfakion«, sagte Hannah missmutig. »Ich konnte es Daniel nicht ausreden«, fügte sie so leise hinzu, dass Michalis sein Smartphone ans Ohr pressen musste, damit er etwas verstand.

»Gib ihn mir mal!«, sagte Daniel, und als Michalis schon befürchtete, er müsse Daniel erklären, dass seine Angehörigen am Tatort eines unaufgeklärten Mordfalls nichts zu suchen hatten, vernahm er die schrille Stimme von Paula.

»Du wirst nicht während der Fahrt telefonieren! Pass auf! Die Kurve!«

»Tut mir den Gefallen und fahrt sonst wohin, aber nicht nach Frangokastello, und am liebsten überhaupt nicht in die Sfakia«, sagte Michalis energisch. »Hier läuft mindestens ein

Mörder herum, und ich will nicht, dass du in etwas reingerätst! Wir stehen noch ganz am Anfang.«

Hannah schwieg einen Moment.

»Gut, ich werde es Daniel ausreden«, erwiderte sie.

»Danke. Wir haben nämlich schon den nächsten Mordfall, bleibt also bitte weit weg.«

Wenig später erreichten die beiden Kommissare mit Alekos Tatsopoulos den Fundort der Leiche. Der Bereich war weiträumig abgesperrt, obwohl der alte Ziegenhirte Kalogeraki und dessen Bekannter mit den wilden weißen Haaren noch immer die Einzigen waren, die hier ausharrten.

Zagorakis und seine Mitarbeiter trugen ihre weißen Schutzanzüge, und an zahlreichen Fundstellen waren die nummerierten Schilder aufgestellt, um Spurenträger später zuordnen zu können. Zagorakis' Assistent blieb mit einem Smoker, aus dem Rauch quoll, immer in der Nähe seines Chefs. Sobald sich Bienen näherten, vertrieb er sie mit einer Ladung Rauch.

Der Leichnam war auf den Rücken gedreht worden.

»Wie ihr wisst, ist alles, was ich euch hier sage, vorläufig. Genauere Untersuchungen kann ich erst im Labor machen. Aber …«, sagte Stournaras ernst, »ich gehe davon aus, dass jemand den Leichnam nach Eintritt des Todes umgedreht hat. Er dürfte zunächst auf dem Rücken gelegen haben, denn dort finden sich zwar keine Totenflecken, aber eindeutige Druckstellen.« Er warf Zagorakis einen Blick zu. Der nickte. »Im Bereich des Steißbeins habe ich zudem einen ungewöhnlichen Abdruck entdeckt. Der Umriss lässt mich und Zagorakis darauf schließen, dass der Tote eine Waffe dabeihatte, die er unter seinem Gürtel trug. Er scheint auf sie gefallen zu sein und hat nach seinem Tod wohl darauf gelegen.«

»Das könnte bedeuten«, meinte Michalis nachdenklich,

»dass jemand von dieser Waffe wusste. Und weil es nicht wie Selbstmord aussehen würde, wenn wir die Waffe finden, musste er den Toten umdrehen und sie entfernen.«

»Ja, der Gedanke drängt sich auf. Dazu passen auch die Druckstellen an den Armen«, erwiderte Stournaras. »Wisst ihr schon, ob der Tote Linkshänder war?«

»Er war Rechtshänder«, antwortete Koronaios, »das hat uns seine Tochter gesagt.«

»Rechtshänder.« Stournaras nickte. »Dann ist ein Selbstmord endgültig ausgeschlossen. Ich habe noch nie von einem Rechtshänder gehört, der sich mit links erschossen hat. Und mit der rechten Hand hätte er an der Stelle die Waffe nicht aufsetzen können.«

»Habt ihr eine Waffe gefunden?«, fragte Koronaios den Chef der Spurensicherung.

Zagorakis schüttelte den Kopf.

»Nein. Wir haben das Gelände weiträumig abgesucht. Das heißt nicht, dass die Waffe nicht doch noch irgendwo hier sein könnte, aber es erscheint mir plausibler, dass der Täter sie mitgenommen hat.«

»Und habt ihr sein Handy entdeckt?«

»Nein. Weder in der näheren Umgebung noch in seinem Wagen«, antwortete Zagorakis. »Dafür kann ich aber jetzt schon sagen, dass ein zweiter Wagen hier war, der hinter Kitsikoudis gehalten hatte. Die Reifenspuren würde ich als eindeutig bezeichnen.«

»Gut.« Michalis blickte Zagorakis und Stournaras an. »Und vielen Dank, dass ihr uns so schnell informiert habt.«

»Glaubt aber nicht, das machen wir jetzt jedes Mal! Und um sicher zu sein, wartet ihr bitte unsere Berichte ab«, entgegnete Zagorakis.

Michalis sah, dass Alekos Tatsopoulos am Absperrband auftauchte und ihnen ein Zeichen machte. Sie gingen zu ihm und erfuhren, dass das Boot der Wasserschutzpolizei in dem kleinen Hafen von Sfakia bereit lag.

»Würden Sie uns nach Loutro begleiten?«, fragte Michalis.

»Wenn Sie das wünschen, selbstverständlich«, erwiderte Alekos Tatsopoulos.

»Kennen Sie zufällig die Familie Karalakis und ihre Taverne?«, wollte Koronaios wissen.

»Nach fünf Jahren kenne ich tatsächlich alle Tavernen in Loutro. Und das *Karalakis* hat einen sehr guten Ruf. Meine Frau und ich haben dort unseren letzten Hochzeitstag gefeiert, und wir fahren auch mit unseren Kindern gern dorthin, wenn sie uns besuchen. Falls Sie Bedenken haben sollten, ich könnte befangen sein, weil ich die Taverne und ihre Betreiber kenne …«

»Das denken wir auf keinen Fall«, unterbrachen Michalis und Koronaios ihren Kollegen gleichzeitig.

Noch während sie auf dem holperigen Feldweg unterwegs waren, rief Daniel an. Widerwillig ging Michalis ran, denn dieses Telefonat konnte unangenehm werden.

»Michalis!«, rief der Deutsche am Telefon übertrieben freundlich, »Hannah hat gesagt, du möchtest nicht, dass wir nach Frangokastello fahren. Gut, habe ich verstanden. Wir fahren jetzt nach …«

»… ich habe dir gesagt, dass Michalis nicht möchte, dass wir hier in der Sfakia unterwegs sind«, mischte Hannah sich ein. Offenbar hatten sie irgendwo gehalten, denn es gab keine Fahrgeräusche.

»Ja, ja! Michalis! Deshalb wollte ich dich nur informieren«, fuhr Daniel fort, »wir werden jetzt nach Loutro fahren. Das soll toll sein, und ich wollte, dass du das vorher weißt.« Daniel klang so, als würde er Michalis einen großen Gefallen tun.

Loutro. Ausgerechnet Loutro. Und womöglich würden sie sich dort begegnen, und Daniel würde es spannend finden, bei den Ermittlungen dabei zu sein. Innerhalb kürzester Zeit wüssten dann alle Bewohner, dass diese drei Touristen zu dem Kommissar gehörten, der auf der Suche nach einem Mörder in dem kleinen Ort Fragen stellte. Nicht auszudenken, wenn Hannah dadurch in Gefahr geriet.

»Daniel. Ihr fahrt nicht nach Loutro. Ich ermittele in einem Mordfall. Ihr könnt überall hinfahren, aber verschwindet bitte aus der Sfakia! Und ihr fahrt auf keinen Fall nach Loutro!«

Am anderen Ende herrschte Schweigen. Michalis ging davon aus, dass Hannah und Paula mitgehört hatten.

»Aber, Michalis«, begann Daniel wieder, »habt ihr denn Loutro gesperrt? Ist es offiziell verboten, dorthin zu fahren?«

»Daniel! *Ich* habe es dir hiermit verboten! Und jetzt kümmere ich mich um meine Arbeit!« Michalis legte auf und bemerkte die verwunderten Blicke von Koronaios und Tatsopoulos.

»So ein Idiot«, entfuhr es Michalis.

Tut mir leid, dass ich laut geworden bin. Aber dieser Fall ist ernst, schrieb er Hannah und war froh, als sie nicht sofort antwortete oder anrief.

Hinter Komitades folgten sie der kurvigen Straße nach Sfakia und konnten schon von oben den Ort und die Felsenküste sehen. Sie passierten die Polizeistation ebenso wie das Rathaus und erreichten den kleinen Hauptplatz von Sfakia. Rechts lagen zwei Gassen mit vielen Tavernen und Geschäften. Die belebtere der beiden Gassen führte direkt am Hafenbecken entlang.

Sie folgten Tatsopoulos nach links um den gesamten Hafen

herum, an dessen Ende das graue Boot der Wasserschutzpolizei lag.

Tatsopoulos stellte Michalis und Koronaios den Kapitän und die kleine Crew des Polizeibootes vor, und der Kapitän empfahl ihnen, nach vorn zum Bug zu gehen, wo sie einen atemberaubenden Blick auf die Küste mit den steil aufragenden Felsen und den Gebirgszügen der *Lefka Ori* hatten. Ein Wanderweg führte an der Küste entlang, doch er war vom Boot aus nur an wenigen Stellen auszumachen. Nach einigen Minuten fuhren sie am Strand von *Glyka Nera,* dem *Sweet Water Beach*, vorbei, der wegen des Süßwasserzuflusses aus den Bergen von Rucksacktouristen belagert wurde. Da dieser Strand nur zu Fuß oder mit kleinen Badebooten erreichbar war, ließen die Einheimischen diese späten Hippies gewähren. An einem Felsen gelangte man über einen Steg zu einem winzigen Café, dessen Betreiber von den Wanderern und Campern lebte.

Kurz danach tauchte die Bucht von Loutro auf. Strahlend weiße Häuser schmiegten sich in das Halbrund der Bucht, und schon von weitem war zu spüren, wie friedlich dieser Ort war. Der Kontrast der weißen Häuser zu den kahlen, nur von dürrer Macchia und gelegentlichem Thymian bewachsenen Bergen war faszinierend. Michalis konnte verstehen, dass Daniel und Paula gern hierhergefahren wären, und er bedauerte es fast, am Telefon so energisch geworden zu sein. Hannah hatte sich noch nicht wieder gemeldet, hoffentlich war sie nicht sauer.

»Was wissen Sie über die Familie Karalakis?«, fragte Michalis seinen Kollegen Tatsopoulos, als sie sich der Bucht näherten.

»Eigentlich lebt die Familie in Kambia, etwas weiter oben in den Bergen. Dort bauen sie Oliven an und halten Ziegen und Schafe«, antwortete Tatsopoulos.

»Es wohnt also nur ein Teil der Familie in Loutro?«

»Fast niemand lebt hier das ganze Jahr über«, erwiderte

Tatsopoulos. »Im Herbst schließen alle Tavernen, Pensionen und Geschäfte, und erst im März öffnen sie wieder.«

»Und in den Monaten dazwischen?«, erkundigte sich Koronaios.

»In den ersten Novembertagen wird alles gegen die Winterstürme gesichert und nach innen geräumt. Und was transportiert werden muss, wird mit der letzten Fähre nach Sfakia gebracht.«

»Von November bis März gibt es keine Fährverbindung? Zu einem Ort ohne Straße?« Koronaios konnte es nicht glauben.

»Alle, die hier eine Taverne oder ein Geschäft haben, besitzen ein eigenes kleines Boot. Damit kommen sie in den Wintermonaten her, um nach dem Rechten zu sehen und zu renovieren«, erklärte Tatsopoulos.

Das Polizeiboot legte an dem kleinen Kai an, fuhr jedoch sofort wieder weiter, nachdem Tatsopoulos, Michalis und Koronaios an Land gegangen waren.

»In etwa zehn Minuten kommt die Fähre aus Sfakia, da ist dann hier kein Platz mehr für uns«, erklärte Tatsopoulos, der die fragenden Blicke von Michalis und Koronaios bemerkt hatte. »Das Polizeiboot ankert in der Bucht, und sobald ich anrufe, sind sie in wenigen Minuten wieder hier.«

Sich in Loutro zu verirren war unmöglich, denn es gab nur einen Weg, der am Wasser entlang und direkt über die Terrassen der Tavernen und Bars sowie den Auslagen der Geschäfte führte. Durch einige winzige Gassen gelangte man zu vereinzelten Häusern oberhalb des Hauptweges. Michalis und Koronaios folgten Tatsopoulos zum anderen Ende der Bucht.

Das Tempo auf Kreta war schon immer langsamer als im übrigen Griechenland. *Ziga ziga, langsam langsam* war die

Standardantwort, wenn Touristen, die im Urlaub alle Zeit der Welt haben sollten, die Kreter drängten, sich zu beeilen. In Loutro schien das Leben jedoch noch gemächlicher zu verlaufen. Die Urlauber bewegten sich wie in Zeitlupe entlang des Ufers, und auch Michalis und Koronaios schlenderten am Kai entlang, statt sich zielstrebig der Taverne der Familie Karalakis zu nähern.

Für Koronaios musste dieser Weg wie Folter sein, denn er führte direkt über die Terrassen der Tavernen mit ihren Vitrinen voller Doraden, Brassen, Calamari und Fleisch in allen Variationen. Dem Duft der offenen Grills, auf denen sich Ziegen und Hühner am Spieß drehten, konnte auch Michalis kaum widerstehen.

Die Taverne der Familie Karalakis war eine der letzten in der Reihe, bevor die Häuserzeile an den Küstenfelsen endete. Auf dem Weg dorthin konnte Michalis in den Tavernen, Bars und Geschäften immer dasselbe beobachten: Die Männer standen beieinander und versuchten, besonders selbstbewusst zu wirken, während einer von ihnen, meistens der jüngste Sohn, die Polizisten im Blick behielt. Sobald diese sich ihnen mehr als zwanzig Meter näherten, verschwanden die Männer in den Tavernen, und es waren nur noch die Frauen zu sehen, die sich um die Gäste kümmerten und die Polizisten ebenso argwöhnisch beobachteten, wie es ihre Männer und Söhne getan hatten. Und sobald Michalis, Koronaios und Tatsopoulos die Terrassen überquert hatten, kehrten die Männer zurück. Sie alle wussten vermutlich längst, dass mit dem Boot der Wasserschutzpolizei drei Polizisten angekommen waren.

Vor der Taverne *Karalakis* hatte dasselbe Schauspiel wie in den anderen Tavernen stattgefunden: Kurz bevor die Polizisten das *Karalakis* erreichten, waren nur noch die Frauen zu sehen, die Männer waren verschwunden.

»Wir müssen Pavlos sprechen«, wandte Tatsopoulos sich an die ältere der Frauen, die neben einer Vitrine mit Fischen lehnte. »Keine Sorge, wir haben nur ein paar Fragen«, fügte er hinzu, weil die Frau nicht reagierte.

»Pavlos ist nicht da«, entgegnete sie daraufhin und ging zu einem Tisch, an dem zwei Ehepaare saßen, um deren Bestellung aufzunehmen.

»Vielleicht sehen Sie nach, ob Pavlos nicht doch da ist«, sagte Tatsopoulos ruhig zu der Frau, als sie auf dem Weg zur Küche an ihnen vorbeikam. Sie nickte und verschwand in dem dunklen Innenraum. Michalis sah sich um und entdeckte ein kleines offenes Motorboot, das an einem schmalen Steg unterhalb der Terrasse festgemacht war. Vermutlich gehörte es der Familie.

Wenig später kam der älteste der Männer, die bei der Ankunft der Polizisten verschwunden waren, nach draußen.

»Alekos! Was kann ich für euch tun?«, begrüßte er Tatsopoulos und schien bemüht zu sein, so höflich wie nötig und so unbeeindruckt wie möglich zu wirken.

»Wir haben einige Fragen«, erwiderte Tatsopoulos und stellte dem Wirt Michalis und Koronaios vor.

Pavlos Karalakis war etwa Mitte fünfzig, hatte volles schwarzes Haar, ein schmales, von vielen Falten geprägtes Gesicht mit einem schwarzen, gestutzten Vollbart. Sein Blick vermittelte Gleichgültigkeit.

»Dann setzt euch doch«, bot er an. Weil sie sich nicht rührten, ging Pavlos Karalakis zu einem Tisch in der Nähe der Vitrinen, zog drei Stühle zurück und forderte die Polizisten auf, Platz zu nehmen. Michalis und Koronaios setzten sich so, dass Michalis den Wirt und die Taverne, Koronaios die Bucht und ein eventuell davonfahrendes Boot im Blick hatte.

Karalakis gab einer jungen Frau eine Anweisung und setzte sich dann auf den freien Stuhl.

»Also?«

Der Blick von Pavlos Karalakis wanderte prüfend über die Gesichter der drei Polizisten.

»Sie haben sicher von der Sache mit Vangelis Kitsikoudis gehört«, begann Koronaios, und die ohnehin düstere Miene des Wirts verdunkelte sich noch mehr.

»Schlimme Geschichte«, entgegnete Karalakis kühl und sah kurz zu seiner Frau, die an einem Tisch Getränke serviert hatte. Michalis ahnte, was der Blick sagen sollte: Beeilt euch da drinnen. Und tatsächlich trat, als die Wirtin etwas in die Küche gerufen hatte, die junge Frau mit einem Tablett mit vier Frappés, Wassergläsern und einigen Tellern mit *mezedakia* heraus und verteilte diese Vorspeisen auf dem Tisch. Michalis lief angesichts der *spanakotiropita*, *keftedakia*, *kolokithokeftedes*, und der *domatokeftedes* – Pastete mit Spinat und Käse, Hackfleischbällchen, Zucchini- und Tomatenbratlingen – das Wasser im Mund zusammen. Ein Seitenblick zu Koronaios zeigte ihm, wie sehr sein Partner sich zusammenreißen musste, um nicht sofort zuzugreifen.

»*Metrio* für dich.« Karalakis nickte Tatsopoulos zu, »du nimmst ihn doch so, oder? Und *glyko* für die Herren aus Chania.«

Michalis spürte die subtile Verachtung, die in der Annahme lag, den Polizisten aus der Hauptstadt der Präfektur könnte es nicht süß genug sein.

»Sie wissen, dass wir im Dienst sind und nichts annehmen dürfen«, warf Koronaios ein, obwohl er den Blick kaum von den duftenden *mezedakia* wenden konnte.

»Selbstverständlich«, entgegnete Karalakis und bemühte sich um ein dünnes Lächeln, »und ich bin sicher, dass Sie am Ende unseres Gesprächs diese Kleinigkeiten bezahlen werden.«

Damit war alles gesagt, und niemand würde sich etwas vorwerfen lassen müssen. Und natürlich würde nichts bezahlt werden.

»Was haben Sie denn über Vangelis Kitsikoudis gehört?«, erkundigte sich Michalis im Plauderton, nachdem er von dem Frappé genippt und Koronaios sich als Erstes an die *domatokeftedes* gemacht hatte.

»Dass er sich erschossen hat«, erwiderte Karalakis.

Koronaios überlegte, sofort von den *keftedakia* zu nehmen, beherrschte sich jedoch. Stattdessen legte er die Stirn in Falten und blickte Karalakis bekümmert an.

»Wir sind Polizisten, und unser Job verlangt von uns, dass wir in viele Richtungen Erkundigungen anstellen. Unser Herr Kriminaldirektor« – Michalis wurde hellhörig, denn Koronaios hatte bei keiner Befragung jemals Jannis Karagounis erwähnt – »würde es uns kaum verzeihen, wenn wir anders vorgehen würden. Und wer unseren Kriminaldirektor kennt, der weiß, dass es nicht klug ist, sich mit ihm anzulegen.«

Pavlos Karalakis schien unsicher zu sein, worauf Koronaios hinauswollte. Doch der wartete, wie der Wirt reagierte.

»Und was wollen Sie jetzt von mir?«, fragte Pavlos Karalakis schließlich.

»Können Sie sich das nicht denken?« Koronaios ließ ihn zappeln.

»Wenn Sie wissen wollen, ob ich Vangelis Kitsikoudis kannte: Ja. Ein wenig.«

»Und stimmt es, dass es Probleme mit der Familie Kitsikoudis gab?«

»Sie meinen die Sache mit der Verlobung?«

»Ja, die meinen wir«, warf Michalis ein.

»Sie hätten dabei sein sollen. Haben Sie Söhne?«, erwiderte Karalakis verächtlich und wandte sich an Koronaios, den er eher als Michalis für einen Familienvater hielt.

»Töchter«, entgegnete Koronaios.

»Ich habe drei Söhne und eine Tochter«, teilte Karalakis stolz mit. »Und dieses Treffen der Familien war würdelos. Sie würden Ihre Töchter auch nicht in so eine Familie einheiraten lassen, das schwöre ich Ihnen.«

»Was war mit der Familie?«, wollte Michalis wissen.

»Kein Stolz. Keine Ehre. Jede Familienfeier mit diesem Vater wäre peinlich gewesen. Das hätte ich mir nie verziehen.«

»Ihr Sohn sieht das offenbar anders.« Michalis legte den Finger in die Wunde.

Der Wirt lehnte sich zurück und schwieg.

»Stimmt es, dass ihr jüngster Sohn mit der Tochter von Kitsikoudis nach Athen gegangen ist?«, bohrte Michalis deshalb nach.

Der Blick des Wirts wurde düster.

»Müsste ich deshalb so tun, als würde ich den Selbstmord von diesem Mann bedauern?«

Die Atmosphäre wurde feindseliger. Alekos Tatsopoulos blickte unruhig in die Taverne, als befürchtete er, die beiden Söhne könnten auftauchen und Ärger machen.

»Wie gesagt«, übernahm Koronaios wieder, »wir sind gezwungen, in alle Richtungen zu ermitteln.«

»Und?«

»Auch wir«, log Koronaios, »gehen natürlich von Selbstmord aus.«

»Aber?«, fragte Karalakis misstrauisch.

»Wir dürfen andere Möglichkeiten nicht völlig ausschließen.«

»Was sollten das für Möglichkeiten sein?«, erkundigte sich der Wirt ungehalten.

»Können wir davon ausgehen, dass Sie und Ihre Familie gestern den ganzen Tag und Abend hier in Loutro waren?«, fragte Michalis und bemühte sich, möglichst beiläufig zu klingen. Dennoch war unübersehbar, dass Pavlos Karalakis ihn am liebsten aus seiner Taverne gejagt hätte.

»Wollen Sie uns unterstellen, wir würden jemanden töten?«, fauchte Karalakis stattdessen.

»Nein! Selbstverständlich nicht!«, entgegnete Koronaios.

»Dann ist ja gut«, stieß Karalakis zwischen den Zähnen hervor, stand abrupt auf und verschwand in der Taverne.

»Soll ich Verstärkung rufen?«, flüsterte Alekos Tatsopoulos besorgt.

»Sie haben Ihre Waffe dabei?«, fragte Michalis ebenso leise, woraufhin der Revierleiter kurz seine Uniformjacke öffnete und einen Blick auf seine *Beretta* zuließ.

»Gut. Drei bewaffnete Polizisten«, entgegnete Michalis, der seine Waffe ebenso wie Koronaios mitgenommen hatte. »Aber wir werden die Situation nicht eskalieren lassen.« Er sah zu dem Polizeiboot, das in der Bucht vor Anker lag. »Trotzdem sollte der Kapitän wissen, dass er möglicherweise eingreifen oder uns hier abholen muss.«

Tatsopoulos rief den Kapitän an, und Michalis hörte wenig später, wie der Schiffsmotor angelassen und der Anker gelichtet wurde.

Kurz darauf kam der Wirt mit einem seiner Söhne zurück. Ein weiterer junger Mann, vermutlich der ältere Sohn, blieb an den Vitrinen stehen.

»Damit Sie nicht denken, wir hätten etwas zu verheimlichen«, verkündete Pavlos Karalakis und setzte sich, während sein Sohn neben dem Tisch stehen blieb. »Wir brauchen in der Küche einen neuen Geschirrspüler. Fanis war gestern Nachmittag in Chania, um einen zu kaufen.«

Das war also das Eingeständnis, dass einer der Männer der Familie gestern nicht hier in Loutro gewesen war, dachte

Michalis und musterte den Mann. Fanis Karalakis war Ende zwanzig und sehr schlank, trug eine Sonnenbrille und hatte wie sein Vater und sein Bruder, der sie nicht aus den Augen ließ, volles schwarzes Haar und einen Dreitagebart. Trotz der warmen Temperaturen trug er eine schwarze Lederjacke und strahlte die Unberechenbarkeit eines jungen Kampfhundes aus.

»Einen Geschirrspüler.« Michalis lächelte freundlich. »Meine Familie hat in Chania eine Taverne. Da war letzten Sommer auch der Geschirrspüler kaputt. Mein Vater wollte einen *Litsos*, aber mein Bruder hat auf einem Electrolux bestanden. Jetzt sind beide zufrieden. Was für einen haben Sie gekauft?«

Michalis blickte den Sohn an. Der nahm seine Sonnenbrille ab und sah den Vater hilfesuchend an.

»Electrolux«, half der Vater dem Sohn aus.

»Genau. Einen Electrolux«, wiederholte Fanis Karalakis erleichtert und setzte seine Sonnenbrille wieder auf.

»Und haben Sie einen Unterspüler oder einen Haubenspüler?«, fuhr Michalis fort, blickte zum Vater und bemerkte, dass er von Koronaios irritiert gemustert wurde.

»Wir haben einen Unterspüler«, erwiderte Pavlos Karalakis. »Ist einfacher zu transportieren. Auf der Fähre.«

»Ah.« Michalis nickte, als sei das eine Information, die ihn sehr interessierte. »Mein Bruder wollte einen Haubenspüler. Den 504251. Wie gesagt, sie sind sehr zufrieden.«

»Kann ich Ihnen sonst noch helfen?«, fragte Pavlos Karalakis irritiert.

»Ja«, erwiderte Michalis und sah den Sohn direkt an. »Wo haben Sie denn den Unterspüler gestern gekauft? Mein Bruder kauft bei Mantonanakis in der Odos Kissamou.«

Fanis Karalakis nahm genervt seine Sonnenbrille wieder ab

und sah seinen Vater fragend an, der anscheinend auch nicht wusste, was er antworten sollte.

»Sie werden doch wissen, in welchem Geschäft Sie gestern waren?«, griff Koronaios ein. Er hatte längst aufgehört zu essen.

»Ich war auch bei Mantona… «, antwortete Fanis Karalakis unsicher, doch sein Vater unterbrach ihn.

»Ich hatte dir doch gesagt, du sollst zu Skordilakis fahren!«

»Ja, ja da war ich auch. Bei Mantonanakis hatten sie nicht, was wir brauchen«, erklärte der Sohn schnell.

»Ja, der Skordilakis. Die sind gut. Wirklich gut«, erwiderte Michalis und spürte, dass Pavlos Karalakis alarmiert war. Vermutlich hatte er begriffen, dass Michalis und Koronaios dieses Alibi sofort überprüfen würden.

»Skordilakis hatte unseren 400153 aber nicht vorrätig. Fanis konnte ihn nur bestellen«, sagte Pavlos Karalakis.

»Ja, genau«, bestätigte der Sohn schnell. Vermutlich war auch ihm klargeworden, dass ein Blick in die Küche genügen würde, um sein Alibi als falsch zu entlarven. »Ich werde ihn in den nächsten Tagen abholen.«

»Sie sehen«, teilte der Vater mit und stand auf, als sei das Gespräch damit beendet, »wir haben nichts zu verheimlichen. Haben Sie noch Fragen?«

»Sie und Ihr ältester Sohn waren gestern den ganzen Tag hier?«, erkundigte sich Koronaios, und das Gesicht von Karalakis erstarrte.

»Ja. Den ganzen Tag. Die Taverne macht viel Arbeit.«

Er gab seinem Sohn Fanis ein Zeichen, und der verschwand nach drinnen.

»Brauchen Sie mich noch?«, fragte Karalakis unwirsch. »Ich muss wieder arbeiten.«

»Nein. Vielen Dank«, erwiderte Michalis und kam Koronaios zuvor.

»Wagen Sie es nicht, Geld auf den Tisch zu legen«, war das Letzte, was Pavlos Karalakis mit Blick auf den Frappé und die Vorspeisen sagte, ehe er in der Taverne verschwand.

Weder Michalis noch Koronaios hatten vor, den Mann zu kränken.

Auf dem Weg zurück zum Anleger sprachen die drei Polizisten ausschließlich über belanglose Dinge, denn ihnen war klar, dass jedes ihrer Worte in der engen Gasse von einem Einheimischen aufgeschnappt und weitergetragen werden könnte.

»Ich wusste gar nicht, dass du ein Fachmann für Geschirrspüler bist«, meinte Koronaios leise. Diesen Kommentar konnte er sich einfach nicht verkneifen.

»Wir haben im *Athena* wirklich immer einen von Litos gehabt, weil das eine griechische Marke war«, erwiderte Michalis. »Mittlerweile ist nur noch der Name griechisch, und die von Electrolux sind in der Gastronomie einfach besser. Aber das hat mein Vater jahrelang nicht einsehen wollen, und es gab tagelange Diskussionen, als Sotiris einen neuen Spüler haben wollte.«

Koronaios grinste und wechselte das Thema.

»Welche der Tavernen empfehlen Sie in Sfakia?«, erkundigte er sich bei Tatsopoulos. Obwohl es schon halb sechs war, ließ Koronaios der Gedanke, in Ruhe zu essen, bevor er in Chania wieder auf seine anstrengende Tochter traf, offenbar nicht los.

Tatsopoulos lachte. »Da bringen Sie mich in eine schwierige Lage. Aus familiären Gründen empfehle ich Ihnen selbstverständlich das *Barbunia*. Das betreibt ein Cousin von mir, und es ist auch tatsächlich sehr gut.«

»Aber es ist persönlich nicht Ihre erste Wahl«, meinte Michalis.

»Ich sage es sehr vorsichtig und hoffe, dass nie jemand davon erfährt: Meine Frau und ich sind gelegentlich ganz froh, wenn das *Barbunia* im Sommer voll besetzt ist, denn dann müssen wir meinem Cousin zu unserem großen Bedauern leider mitteilen, dass wir ins *Ilios* gehen.«

»Und was empfehlen Sie im *Ilios*?«, erkundigte sich Koronaios.

»Die Ziege in Zitronensauce ist sehr gut. Und die Würste aus Ziegenfleisch sind selbstgemacht. Der Geschmack ist unvergleichlich.«

Das Handy von Tatsopoulos klingelte. »Der Kapitän des Polizeiboots«, sagt er entschuldigend und ging ran. Er nickte und legte eine Hand über das Mikrofon.

»In wenigen Minuten trifft die Fähre aus Agia Roumeli hier ein«, erklärte er, »vom Polizeiboot aus ist sie schon zu sehen. Der Kapitän könnte anordnen, dass sie erst anlegen darf, wenn wir an Bord sind, oder wir warten etwa zwanzig Minuten, bis die Fähre abgelegt hat.«

Michalis sah, dass Koronaios mit sich rang.

»Vielleicht ist es gut, wenn wir mitbekommen, wie es hier so läuft. Wenn alles über die Fähre transportiert wird, werden wir sicherlich sehen, wer hier etwas zu sagen hat«, sagte Koronaios. Michalis war beeindruckt. Er war davon ausgegangen, dass Koronaios alles tun würde, um so schnell wie möglich in Sfakia in eine Taverne zu kommen.

Sie hatten den Anleger noch nicht erreicht, als die Fähre hinter einem Felsen auftauchte und schnell näher kam. In der beschaulichen Bucht mit ihren strahlend weißen, flachen Gebäuden schien das Schiff den Kai fast zu erdrücken, so riesenhaft überragte es Loutro.

Die Fähre würde nur sehr kurz halten, denn sie fuhr senkrecht an die niedrige Hafenmauer und manövrierte mit laufendem Motor, während lediglich zwei dicke Taue an Land über Poller gelegt wurden und das riesige Schiff hielten. Die Bugklappen wurden als Brücke zum Ufer heruntergelassen, und dann kamen zunächst einige Fahrzeuge und danach die Urlauber an Land. Die oberen Decks der Fähre waren voller Menschen, von denen die meisten durch die Samaria-Schlucht gewandert waren und jetzt nach Sfakia wollten, um von dort mit Bussen Richtung Chania und Heraklion gebracht zu werden.

Das Eintreffen der Fähre verwandelte das gemächliche Treiben von Loutro für wenige Minuten in eine hektische Betriebsamkeit. Ungeduldig warteten Einheimische mit Sackkarren darauf, dass die Wagen und die Touristen von Bord gegangen waren. Dann stürmten sie das Schiff, um ein paar Minuten später mit ihren Karren voller Gemüse, Obst und Brot zurückzukommen und zu ihren Tavernen und Pensionen zu hetzen. Einige von ihnen luden ihre Waren auf dem winzigen Platz vor der Fähre ab und halfen dann dabei, einige Pick-ups zu entladen. Wein, Bier und Wasser stapelten sich am Kai, und es gab auch große Kühlboxen mit Milch, Käse und Fleisch. Der Fisch für die Tavernen kam früh morgens mit der ersten Fähre von Chania, wenn es noch kühl war.

Von einem Pick-up wurden, wie Karalakis gesagt hatte, Haushaltsgeräte entladen. Zwar kein Geschirrspüler, aber zwei Mikrowellen und sogar eine Waschmaschine. Nach kurzer Zeit war der Spuk dann wieder vorbei, die Fähre legte ab, und Loutro versank erneut in die friedliche Langsamkeit, für die der Ort von Urlaubern geliebt wurde. Die Geschäftsleute und Angestellten waren mit ihren Waren ebenso verschwunden wie die Touristen, von denen die Ersten bereits duschten und sich auf ein Essen in einer der Tavernen freuten.

Nur die Waschmaschine stand verlassen neben zwei Pollern.

Stehlen würde sie niemand, und Michalis konnte sich gut vorstellen, dass in diesem Augenblick in einer der Tavernen oder Pensionen gestritten wurde, wer das schwere Gerät transportieren musste. Denn selbst mit einer Karre war das in der engen Gasse eine undankbare Aufgabe.

Während der Rückfahrt standen Michalis und Koronaios mit Tatsopoulos am Heck des Polizeiboots und genossen den Blick auf die Bucht, die schon aus wenigen hundert Metern Entfernung wie aus einer anderen Welt zu sein schien. Die untergehende Sonne tauchte die Landschaft in ein warmes, unwirkliches Licht. Es war verständlich, warum jemand wie Daniel dieses Loutro so gern besuchen wollte, aber er sollte sich dafür nicht ausgerechnet den Tag aussuchen, an dem Michalis wegen Ermittlungen in einem Mordfall hier unterwegs war. Hannah hatte ihm geschrieben, dass sie mit ihren Freunden am Strand von *Stavros* sei und dass sie sich sehr freue, ihn heute Abend zu sehen. Gern allein und bei ihnen zu Hause, und sie könnte ja etwas zum Essen besorgen. Daniel würde heute lieber eine andere Taverne ausprobieren, und das war Michalis nur recht.

»Hat es in Loutro in den letzten Jahren schwere Verbrechen gegeben?«, fragte Koronaios, der von der Schönheit der Küste weniger ergriffen zu sein schien. Vermutlich quälte ihn der Hunger.

»Nein …«, erwiderte Tatsopoulos gedehnt, »zumindest nichts, bei dem wir hätten eingreifen müssen.«

»Also gab es doch etwas?«, hakte Koronaios nach.

»Sie wissen, dass die Einheimischen die Dinge lieber unter sich regeln« – der Revierleiter seufzte – »und solange es nicht um schwere Delikte geht, sind wir gut beraten, uns rauszuhalten. Und wenn betrunkene Touristen aufeinander losgehen, die Wirte das dann regeln und alle sich am nächsten Tag mit einem Raki versöhnen, habe ich nichts dagegen.«

»Aber es gab auch andere Fälle?«, wollte Michalis wissen.

»Na ja … Sie wissen ja, dass hier jede Familie Waffen besitzt. Und wenn es Streit gibt, werden diese Waffen auch schon mal rausgeholt. Zum Glück kommt es meistens nur zu Drohgebärden, und alle beruhigen sich wieder. Oder« – er grinste – »sie reagieren sich an den Straßenschildern ab. Die sind dann zwar so durchlöchert, dass sie alle paar Jahre ausgetauscht werden müssen, aber damit kann ich leben. Besser, als wenn es Tote gäbe. Außerdem …«

»Ja?«, fragte Michalis.

»Viele der Familien mit den Tavernen in Loutro stammen aus Anopoli und leben dort auch im Winterhalbjahr. Mein Schwager hat da eine kleine Olivenölmühle und kennt die Familien. Alle haben Olivenbäume und kommen im Winter mit ihren Oliven zu ihm. Manchmal erfahre ich dadurch etwas und kann Probleme lösen, bevor sie in Gewalttätigkeiten ausarten.«

Wieder war Michalis beeindruckt, wie unaufgeregt Alekos Tatsopoulos es verstand, für Ordnung zu sorgen und Konflikte zu entschärfen.

»Soll ich Ihnen noch das *Ilios* zeigen?«, bot Tatsopoulos an, als sie in Sfakia von Bord gegangen waren. »Es liegt am Ende der Gasse oberhalb des Hafens.«

Koronaios schüttelte den Kopf. »Ich fürchte, dafür ist es heute zu spät«, erwiderte er bedauernd, »aber Sie können uns sicher sagen, wo wir etwas zum Mitnehmen für die Fahrt bekommen.«

»Unser Bäcker ist wirklich sehr gut. Von ihm schwärmen sogar meine Kinder, wenn sie hier sind«, erwiderte Tatsopoulos.

»Wunderbar. Wo finden wir den Bäcker?«

»Direkt an dem kleinen Hauptplatz. Ich kann es Ihnen gern zeigen, wir fahren daran vorbei.«

Als sie sich vor der Bäckerei verabschiedeten, zögerte Tatsopoulos.

»Wenn es etwas gibt, womit ich Sie und Ihre Ermittlungen unterstützen kann, lassen Sie es mich wissen«, sagte er.

»Sie sind uns eine große Hilfe«, erwiderten Michalis und Koronaios gleichzeitig. »Wir bekommen morgen früh die Berichte von Spurensicherung und Gerichtsmedizin, und dann entscheiden wir, wie wir weiter vorgehen«, erklärte Michalis.

»Sie können mich jederzeit erreichen«, erwiderte Tatsopoulos.

Michalis hatte Koronaios begleitet und sah amüsiert zu, wie der in der Bäckerei so viele *Spanakopitaki* und *Kolokitinkalitsounia* einpacken ließ, als wollte er die halbe Polizeidirektion in Chania damit versorgen. Besonders die mit Zucchini gefüllten Teigtaschen waren verlockend.

Der Inhaber der Bäckerei war ein großer, sympathischer Mann Anfang fünfzig. Er lachte viel, ließ Koronaios und Michalis die kleinen Spinattaschen probieren und schien seinen Beruf zu lieben. Seine braunen Locken und sein rundes Gesicht unterstrichen die freundliche Ausstrahlung des Mannes. Für einen kurzen Moment, als der Bäcker sich unbeobachtet fühlte, wurde sein Gesichtsausdruck jedoch misstrauisch. Vermutlich wusste er längst, dass die beiden Männer die Mordkommissare aus Chania waren.

Dieser Eindruck verstärkte sich, als eine Frau aus der Backstube kam, die Michalis sofort erkannte. Sie war die unscheinbar wirkende Trauernde, die bei Marilita Kitsikoudis gewesen und mit dem Priester weggefahren war.

Sie drehte sich abrupt um und verschwand in der Backstube. Der Bäcker sah die Polizisten prüfend an, und Michalis bemühte sich um ein freundliches Lächeln, das seine Verwunderung verbergen sollte.

Beim Verlassen der Bäckerei bemerkte Michalis ein Schild mit dem Namen des Inhabers: Ilias Doxiadis. Doxiadis, das war der Nachname, den Leandra Kitsikoudis ihnen vorhin genannt hatte, und jetzt fiel Michalis auch der Vorname ein. Nitsa. Nitsa Doxiadis, so hieß diese Frau. Natürlich konnte es sein, dass sie wie alle Kreter misstrauisch wurde, wenn die Polizei auftauchte. Aber ging es vielleicht noch um etwas anderes?

»Ich kann gern während der Fahrt essen«, bot Koronaios an.

»Nein, iss ruhig«, erwiderte Michalis. »Ich möchte mich hier noch etwas umsehen.«

»Beruflich, oder brauchst du ein Geschenk für Hannah?«, spottete Koronaios.

»Natürlich beruflich«, antwortete Michalis. Doch vielleicht war es ein guter Gedanke, Hannah mit einem Geschenk zu überraschen. »Oder haben wir es sehr eilig?«, fügte er hinzu, da er wusste, dass Koronaios sich um seine Tochter kümmern musste.

»Nein, alles friedlich«, erwiderte Koronaios, der die Anspielung verstanden hatte. »Galatia ist zu Hause, und meine Frau ist sicher, dass sie dort auch bleibt.« Er nahm sich eine der *Spanakopitaki*. »Ich bin allerdings nicht sicher, ob ich dem Frieden trauen kann. Willst du?« Koronaios streckte Michalis die große Tüte aus der Bäckerei entgegen.

»Nein …«, entgegnete Michalis abgelenkt, denn er hatte Fanis Karalakis in einem kleinen offenen Motorboot entdeckt, das mit hohem Tempo in den Hafen fuhr. Erst als er sich den anderen Booten näherte, drosselte Fanis Karalakis den Motor und legte am ersten freien Liegeplatz an. Er vertäute das Boot, stieg auf einen Motorroller und benötigte mehrere Versuche, bevor dieser ansprang. Michalis verlor ihn hinter einem Felsen kurz aus den Augen, doch wenige Sekunden später tauchte Fanis Karalakis dort auf, wo die Hauptgasse am Hafen begann. Er ließ den Motor des alten und rostigen Rollers laufen, verschwand kurz in einem Kiosk und kam mit vier Stangen Zigaretten heraus. Nachdem er diese in einem offenen Plastikkorb hinter dem Sitz verstaut hatte, fuhr er langsam in die Gasse und hupte energisch, wenn Touristen nicht aus dem Weg gingen.

Michalis und Koronaios folgten ihm zu Fuß bis zu einem Geschäft, dessen Ständer mit Badeartikeln und Bekleidung auf beiden Seiten der Gasse standen. Von dort aus beobachteten sie, wie Fanis Karalakis vor einer Taverne abbremste und den Wirt herzlich begrüßte. Dieser warf einen Blick in die Richtung der beiden Polizisten und sagte etwas zu Fanis Karalakis. Der drehte sich kurz um, erkannte die zwei Kommissare und gab energisch Gas. Am Ende der Gasse bog er rechts um die Kurve, und das Motorengeräusch verklang.

»Da wollte jemand nicht noch einmal etwas mit uns zu tun haben«, konstatierte Koronaios.

»Aber ihm muss klar sein, dass ihn das verdächtig macht«, fügte Michalis hinzu. »Und sobald wir bei *Skordilakis* sein Alibi überprüft haben, wissen wir vermutlich auch, warum.«

In dem Moment klingelte Michalis' Smartphone.

»Myrta«, meinte Michalis und hörte an ihrer aufgeregt klingenden Stimme, dass etwas Ungewöhnliches passiert war.

»Es gab einen anonymen Anrufer. In der Zentrale«, begann Myrta fast atemlos. »Und er hat zwei Namen genannt, die angeblich zu den beiden Skeletten in Frangokastello gehören.«

»Wie bitte?«, entfuhr es Michalis überrascht.

»Wir überprüfen diese Namen gerade. Einer von ihnen ist tatsächlich vor zehn Jahren in Athen als vermisst gemeldet worden. Bei dem anderen kommen wir noch nicht weiter.«

»Aber wir wissen nichts über den Anrufer?«

»Er hat mit einer unterdrückten Nummer angerufen und sofort aufgelegt, als er sicher war, dass der Kollege die Namen richtig notiert hatte.«

Michalis atmete tief durch. »Wir fahren gleich in Sfakia los. Leg alles, was du herausfindest, bei uns auf den Schreibtisch, wenn du gehst.«

»Ich werde auf keinen Fall gehen, bevor ihr hier seid, das weißt du genau«, erwiderte Myrta vorwurfsvoll, und Michalis wusste, dass der Gedanke, Myrta könnte in so einem Moment pünktlich Feierabend machen, ihr fast beleidigend vorkommen musste.

»Das weiß ich doch!«, fügte er deshalb schnell hinzu.

»Na, da bin ich ja froh«, erwiderte Myrta, klang aber trotzdem leicht eingeschnappt.

Sie eilten zu ihrem Wagen, doch an der letzten Taverne blieb Michalis abrupt stehen und deutete auf einen Mann, der sich freundlich lachend mit dem Wirt unterhielt.

»Der Tankwart«, meinte Koronaios überrascht. »Offenbar hat er auch nette Seiten.«

Der Mann, der dort saß, war Sideris Vamvounakis. Alekos Tatsopoulos hatte ihnen erzählt, dass seine Familie hier eine Taverne betrieb.

»Vermutlich bedient sein kleiner Sohn jetzt wieder an der Tankstelle«, überlegte Koronaios laut.

»Oder seine Frau. Falls er eine hat«, entgegnete Michalis.

Koronaios ließ sich den Wagenschlüssel geben, stopfte sich noch einen *Kolokitinkalitsouna* in den Mund, und dann ging eine rasante Fahrt nach Chania los. Michalis dachte daran, dass Koronaios in all seinen Dienstjahren noch nie einen Unfall gehabt hatte, und hoffte, das würde auch so bleiben. Immerhin erreichten sie Chania schon nach etwas mehr als einer Stunde.

Michalis' Smartphone klingelte, und er ging ran.

»Lasst euch ruhig Zeit«, teilte Jorgos ihm mit, »unser Kriminaldirektor hat gerade Myrta und mich zu sich zitiert. Ich habe keine Ahnung, warum, aber er klang verärgert.«

Michalis legte verwundert auf.

»Karagounis zitiert Jorgos und Myrta zu sich«, sagte er. »Hast du das schon mal erlebt?«

»Noch nie …«, erwiderte Koronaios, schaltete Blaulicht und Martinshorn aus und fuhr langsamer. »Fahren wir vorher noch bei *Skordilakis* vorbei?«, schlug er vor.

»Ja.« Michalis schüttelte den Kopf. »Was ist denn los mit Karagounis? Der war gestern schon so eigenartig. Will er nicht, dass wir diesen Fall bearbeiten? Oder gibt es irgendetwas im Hintergrund, was wir nicht wissen?«

»Wir werden es ja nachher von Jorgos erfahren. Aber es klingt nicht gut. Überhaupt nicht gut«, meinte Koronaios.

Etwas stimmte nicht, und Michalis wurde den Eindruck nicht los, dass es im Zusammenhang mit den beiden Toten am Strand etwas gab, das Karagounis persönlich betraf.

10

Das *Skordilakis* bestand aus zwei Gebäuden, die sich an der *Odos Markou Botsari* gegenüberlagen. In dem einen Gebäude gab es Fernseher und fast alles, was die Unterhaltungsindustrie zu bieten hatte, und in dem anderen Kühlschränke, Herde und Geschirrspüler.

»Vermutlich kennen Fanis Karalakis oder sein Vater jemanden in dem Laden und haben ihn vorhin angerufen«, sagte Michalis.

»Ja, davon sollten wir ausgehen«, erwiderte Koronaios.

Der Geschäftsführer begrüßte Michalis und Koronaios mit einem breiten Lächeln. Michalis war sicher, dass sie mit dem Verdacht, er könne mit Fanis Karalakis dessen Alibi abgesprochen haben, recht hatten.

»Was kann ich für Sie tun?«, sagte der etwa dreißigjährige Mann, dessen weißes, verschwitztes Hemd über dem Bauch stark spannte.

»Sie kennen einen Fanis Karalakis?« Koronaios hatte seinen Polizeiausweis in der Hand und hielt sich nicht lange mit Höflichkeiten auf.

»Karalakis, Karalakis …« Der Geschäftsführer tat so, als müsste er überlegen.

»Wir haben mit ihm gesprochen. Er sagt, er war hier, um etwas für die Taverne zu besorgen«, fügte Koronaios hinzu.

»Ach! Fanis Karalakis! Aus Loutro!«, rief der Mann. »Ja. Ja, der war hier. Die Karalakis' sind alte Stammkunden von uns.«

»Und wann war er hier?«, fragte Koronaios.

»Wann war der hier …« Er wich dem Blick von Koronaios aus. »In den letzten Tagen. Glaube ich.«

»In den letzten Tagen? Bei einem alten Stammkunden wissen Sie nicht genauer, wann er hier war?« Koronaios wurde ungehalten.

»Doch, natürlich«, gab der Geschäftsführer widerwillig zu und schwitzte stärker. »Gestern. Er war gestern hier.«

»Gestern. Wann gestern?«, hakte Koronaios nach.

»Gestern … äh, am Spätnachmittag. So gegen fünf etwa. Nein, etwas früher. Gegen vier.«

»Und was wollte er hier?«, fragte Michalis und sah, dass der Geschäftsführer jetzt endgültig ins Schleudern kam.

»Was er wollte? Er hat sich umgesehen.«

»Umgesehen. Fanis Karalakis fährt von Loutro nach Chania, um sich bei Ihnen umzusehen. Ist das Ihr Ernst?«, fuhr Koronaios den Mann energisch an. Die Lüge war zu offensichtlich.

»Ja … Fanis war wohl ohnehin in Chania und ist deshalb reingekommen. Und da hat er sich angesehen, was es für neue Geräte gibt.«

Michalis und Koronaios verständigten sich wortlos: Es war besser, den Geschäftsführer im Glauben zu lassen, damit sei alles in Ordnung, um Fanis Karalakis später nachweisen zu können, dass er gelogen hatte.

»Gut, vielen Dank«, sagte Michalis deshalb versöhnlich, und Koronaios nickte. »Das war schon alles.«

»Es freut mich, wenn ich helfen konnte«, erwiderte der Geschäftsführer erleichtert. »Kann ich sonst noch etwas tun? Braucht einer von Ihnen vielleicht etwas für seine Wohnung?«

»Nein, leider nicht. Aber wenn, dann würden wir selbstverständlich zu Ihnen kommen. Wir wissen gute Beratung zu schätzen«, entgegnete Koronaios und verabschiedete sich.

»Denkst du, Fanis Karalakis war gestern wirklich hier?«, fragte Koronaios, als sie sich durch den abendlichen Verkehr auf der *Odos Apokoronou* zur Polizeidirektion quälten.

»Vermutlich haben die beiden sich abgesprochen«, entgegnete Michalis. »Aber wenn er halbwegs bei Verstand ist, dann weiß er, dass er uns nicht belügen sollte.«

Sie schwiegen nachdenklich, bis das graue Gebäude der Polizeidirektion auftauchte.

»Was hältst du von dieser Frau aus der Bäckerei?«, meinte Michalis plötzlich.

»Von wem?«

»Nitsa Doxiadis. Die Frau, die den Priester gefahren hat, nachdem er bei der Witwe Kitsikoudis war.«

»Was soll mit ihr sein?«

»Sie hatte Angst, als sie uns im Laden gesehen hat. Aber ich habe noch keine Idee, warum.«

Koronaios blickte Michalis skeptisch an. Auf den Gedanken, die Frau des Bäckers könnte ihnen weiterhelfen, war er offenbar bisher nicht gekommen.

»Hat Jorgos sich noch mal bei dir gemeldet?«, erkundigte sich Koronaios, als der Pförtner die Schranke öffnete.

»Nein. Aber das kann vieles bedeuten«, entgegnete Michalis.

»Allerdings auch, dass uns der unangenehmste Teil des Tages noch bevorsteht«, meinte Koronaios.

Michalis nickte. Ja, das konnte durchaus sein.

Tatsächlich war das, was sie erwartete, nicht nur unangenehm, sondern sehr irritierend. Jorgos saß bei Myrta im Büro, und beide hatten hochrote Köpfe und wirkten wie ertappt, als

Michalis und Koronaios hereinkamen. Das Fenster stand weit offen, trotzdem schien ihnen heiß zu sein.

»Was ist los?«, fragte Michalis besorgt.

Jorgos sah sich um, als könnten sie belauscht werden, und schloss die Bürotür hinter ihnen.

»In den Jahrzehnten, die ich bei der Polizei bin«, flüsterte er, »war die letzte Stunde vermutlich die … schwierigste.« Er schien für das, was sie erlebt hatten, nach Worten zu suchen. »Und vor allem weiß ich nicht, warum. Ich weiß nicht, was dahintersteckt.«

»Hat Karagounis euch oder uns gedroht?«, fragte Michalis, weil Jorgos nicht weitersprach.

»Gedroht?« Jorgos schüttelte sich. »Ja, er hat uns auch gedroht. Aber er hat uns vor allem eine Reihe von Gesetzen um die Ohren gehauen und uns einen längeren Vortrag gehalten.«

»Ist er laut geworden?«, erkundigte sich Michalis überrascht.

»Nein, ganz im Gegenteil. Aber je leiser er wurde, desto schlimmer wurde es.«

Jorgos schwieg, und Michalis fragte sich, worum es gegangen war. Jorgos riss sich zusammen und sprach wieder mit normaler Stimme.

»Zusammengefasst will unser Herr Kriminaldirektor über jeden Schritt, den wir unternehmen, von jetzt an lückenlos informiert werden. Und zwar, bevor wir diesen Schritt machen.«

Koronaios atmete tief ein und schüttelte ungläubig den Kopf. »Heißt das, wir sollen jedes Mal Karagounis anrufen, bevor wir mit einem Verdächtigen oder einem möglichen Zeugen sprechen?«, sagte er fassungslos.

Jorgos nickte. »Ja, im Grunde heißt es das.«

»Aber dann können wir auch zu Hause bleiben. Wir würden zehnmal länger brauchen, und die Verdächtigen hätten alle Zeit der Welt, Spuren zu verwischen oder abzutauchen«, fuhr Koronaios fort.

»Ich wüsste nicht, wie ich dir widersprechen sollte«, entgegnete Jorgos.

»Was hat Karagounis an unseren Ermittlungen nicht gefallen?« Koronaios regte sich allmählich richtig auf.

»Karagounis hat gestern Abend die Bilder im Fernsehen gesehen und musste sich danach von dem obersten Polizeichef aus Athen anhören, wir wären wohl unter die Archäologen gegangen. Und ob wir noch ganz bei Trost seien, den halben Strand zu einer Ausgrabungsstätte zu machen«, sagte Jorgos.

Michalis wurde hellhörig. Dass Karagounis vom Polizeichef aus Athen mit Spott bedacht worden war, könnte die Verärgerung erklären.

»Aber es war doch unsere Spurensicherung, die dort sehr sorgfältig gearbeitet hat«, entgegnete Koronaios ungläubig. »Und Karagounis hat Zagorakis heute früh genauso wie Stournaras ausdrücklich gelobt, oder?«

»Ja« – Jorgos kniff die Augen zusammen – »und ich befürchte, den beiden ist nicht klar, wie gefährlich ein Lob von Karagounis werden kann. Und für uns ist es ärgerlich, weil jetzt jeder Bericht der beiden erst zu Karagounis gehen muss, und er dann entscheidet, was er an uns weiterleitet.«

Michalis sah, dass Jorgos, Koronaios und auch Myrta ihn musterten, weil er bisher geschwiegen hatte. In seinen Jahren bei der Polizei in Athen war es ein einziges Mal vorgekommen, dass sie sich jeden Schritt vom obersten Chef absegnen lassen mussten. Dadurch ging viel Zeit verloren, bis die Ermittlungen schließlich eingestellt wurden. Erst Jahre später kam heraus, dass der Hauptverdächtige ein entfernter Verwandter des Polizeichefs gewesen war. Aber da hatte der bereits Karriere im Innenministerium gemacht und war nicht mehr greifbar gewesen.

»Könnte es sein«, begann Michalis, »dass Karagounis diese Fälle aus irgendeinem Grund gar nicht aufklären will?«

»Diesen Verdacht dürften wir niemals äußern«, erwiderte Jorgos leise und warf einen Blick zum Fenster, als könnte von dort jemand zuhören. »Außerdem hält Karagounis es nicht für erwiesen, dass es sich überhaupt um zwei Fälle handelt.«

»Sondern? Worum soll es sonst gehen?«, fragte Koronaios fassungslos.

»Stournaras hatte vor uns einen Termin bei Karagounis, nachdem er von den Bienenkästen zurück war«, antwortete Jorgos, und Michalis glaubte, einen süffisanten Unterton zu hören.

»Und?«

»Ich habe den Eindruck, Stournaras bereut es bereits, heute früh so stolz auf das Lob von Karagounis gewesen zu sein.«

»Woraus schließt du das?«, erkundigte sich Koronaios.

»Karagounis will die Möglichkeit, Vangelis Kitsikoudis könnte sich selbst getötet haben, erst ausschließen, wenn es dafür unumstößliche Beweise gibt. Meines Erachtens hat er Stournaras so lange in die Enge getrieben, bis der sich nicht mehr sicher war, ob es vielleicht doch Selbstmord gewesen sein könnte.«

Natürlich konnte es zu diesem frühen Zeitpunkt der Ermittlungen keine Gewissheit geben, das wusste Michalis, doch alles, was Stournaras und auch Zagorakis ihnen bisher gesagt hatten, machte einen Selbstmord unwahrscheinlich.

»Hat Karagounis denn Zagorakis auch schon zu sich zitiert?«, wollte Koronaios wissen.

»Nein, interessanterweise bisher nicht. Und wenn ich den

Kollegen Zagorakis richtig verstehe, ist er darüber mindestens so beunruhigt wie Stournaras.«

Ja, das konnte Michalis sich vorstellen. Karagounis verstand es, Kollegen im Unklaren zu lassen und unter Druck zu setzen.

»Und warum musste Myrta zusammen mit dir bei ihm antreten?«, wollte Michalis wissen, denn von ihr war bisher noch gar nicht die Rede gewesen.

Jorgos schüttelte verärgert den Kopf.

»Myrta hat, und da hat sie meine absolute Rückendeckung, sofort, nachdem der anonyme Anrufer die beiden Namen genannt hatte, alles in Bewegung gesetzt, um diese zu überprüfen. Und sie war dabei sehr erfolgreich«, fügte er zufrieden hinzu.

»Und was ist dann das Problem?«, fragte Michalis.

»Karagounis hat getobt, weil er nicht als Erster von diesen Namen erfahren hat.« Jorgos kratzte sich kurz am Hinterkopf. »Das war auch der Punkt, an dem er tatsächlich gedroht hat. Wenn diese beiden Namen an die Öffentlichkeit gelangen sollten, bevor wir Beweise haben, dann wird das Konsequenzen haben.«

»Hat er gesagt, was für Konsequenzen?«, erkundigte sich Koronaios.

»Nein. Und mein Interesse, das zu erfahren, war auch sehr gering.« Jorgos trat ans Fenster und schien für einen Moment den Blick Richtung *Lefka Ori,* den Weißen Bergen, zu genießen.

»So etwas wie heute habe ich bisher nur ein einziges Mal erlebt, und das ist fast dreißig Jahre her.« Jorgos fuhr sich durch die Haare. »Sollten diese Umgangsformen einreißen, würde ich den Vorruhestand als Möglichkeit in Betracht ziehen.« Er warf einen Blick zur Zimmerdecke, wo zwei Stockwerke weiter oben das Büro des Kriminaldirektors lag. »So werde ich jedenfalls auf Dauer nicht arbeiten.«

Für einen Moment schwiegen alle. Von draußen drang das

Hupen der Autos herein, und unter dem Schreibtisch summte die Lüftung von Myrtas Computer.

»Wäre es sinnvoll, uns von den Fällen abzuziehen?«, fragte Koronaios in die Stille hinein.

»Nein«, antwortete Jorgos entschlossen. »Wir werden uns aber an die Regeln halten, auf die Karagounis pocht, und dürfen uns nicht angreifbar machen.«

»Oder wir finden heraus, warum unser Kriminaldirektor die Ermittlungen behindert. Und wenn wir das wissen …«, sagte Michalis, doch Jorgos fiel ihm ins Wort.

»Wenn du auch nur versuchst, etwas über unseren Kriminaldirektor herauszufinden, werde ich dich sofort abziehen! Denn falls Karagounis davon erfährt, warst du die längste Zeit bei der Polizei in Chania. Dann habe ich keine Chance, dich zu schützen.«

Die Heftigkeit, mit der Jorgos ihn zur Ordnung rief, überraschte und ärgerte Michalis.

»Dürfen wir erfahren, was Myrta herausgefunden hat?«, schlug Koronaios vor.

»Sehr gern«, erwiderte Myrta und wandte sich an Jorgos. »Es wäre allerdings schön, wenn du verhindern könntest, dass ich entlassen werde. Und wenn doch« – sie musterte ihren Vorgesetzten – »dann will ich es vorher wissen. Denn dann kündige ich. Ich werde unserem Kriminaldirektor nicht den Triumph gönnen, mich rausgeworfen zu haben. Mein Mann und mein Sohn wären darüber allerdings froh.«

Michalis musste lächeln und ahnte, wie ernst sie das meinte. Schon ihretwegen würde er diese Fälle aufklären, auch gegen den Widerstand des Kriminaldirektors.

Myrta bewegte den Cursor, so dass der Bildschirmschoner mit der Startseite der Polizei verschwand und mehrere Fotos eines Mannes zu sehen waren.

»Also«, begann Myrta, »der eine Name, den der anonyme Anrufer genannt hat, ist Orfeas Embirikos. Er ist Anfang März 2012 als vermisst gemeldet worden. Der andere Name ist Jordan Stantschew, das klingt bulgarisch. Er taucht bei den Athener Kollegen allerdings nicht im Computer auf. Ich habe versucht, über die bulgarische Botschaft weiterzukommen, konnte jedoch noch nichts erreichen.«

»Und dieser Orfeas Embirikos?«, fragte Michalis.

»Orfeas Embirikos stammt aus Paranesti, das ist eine Kleinstadt im Nordwesten, kurz vor der Grenze zu Bulgarien. Er ist 2010, während der Finanzkrise, nach Athen gegangen, um sich irgendwie durchzuschlagen, und hat seiner Familie auch immer wieder Geld geschickt. Allerdings gibt es bei ihm keine Verbindung nach Kreta.«

»Woher weißt du das?«, erkundigte sich Michalis.

»Ich habe mit der Familie von Orfeas Embirikos telefoniert«, mischte sich Jorgos ein. »Zunächst mit seinen Eltern, die leben noch in Paranesti und wirkten sehr verstört, weil sich die Polizei aus Chania nach so vielen Jahren wegen ihres Sohns meldet. Sie haben mir dann die Nummer seiner Schwester gegeben. Violeta Embirikos. Sie lebt in Athen, hat damals die Vermisstenanzeige aufgegeben und all die Jahre wohl nie locker gelassen und immer wieder nachgehakt.« Koronaios tauschte mit Myrta einen Blick aus. »Die Kollegen in Athen waren übrigens nicht sehr begeistert, als sie den Namen Violeta Embirikos hörten.«

»Warum?«, fragten Michalis und Koronaios gleichzeitig.

»Sie muss ihnen ziemlich auf die Nerven gegangen sein. Sie ist mehrfach ausfallend geworden, weil die Polizei angeblich zu wenig unternimmt, um ihren Bruder zu finden«, erklärte Myrta.

»Und ich hoffe, dass sie uns nicht auch Ärger bereiten wird.

Denn sie dürfte jetzt bereits in Piräus auf die Fähre gehen und morgen früh in Heraklion ankommen«, fügte Jorgos hinzu.

»Dann können wir sie ja gleich zu unserem Herrn Kriminaldirektor schicken«, spottete Michalis.

»Sie darf auf keinen Fall mit der Presse reden. Das muss unbedingt verhindert werden«, erwiderte Jorgos ernst. »Aber ich hatte nicht den Eindruck, dass sich diese Frau darum schert, was die Polizei möchte. Sie scheint uns zu verachten. Aber lasst uns für heute Feierabend machen. Morgen ist ein neuer Tag, und er kann nur besser werden.«

»Willst du noch erfahren, was wir herausgefunden haben?«, bot Michalis an.

»Habt ihr denn schon Hinweise auf Verdächtige?«, erwiderte Jorgos müde. Es war seine Pflicht, sich den Stand der Ermittlungen anzuhören, aber Michalis sah, dass es Jorgos für heute reichte. Vielleicht befürchtete er auch, etwas zu erfahren, was er unverzüglich Karagounis mitteilen müsste.

Michalis und Koronaios fassten das, was sie über den Konflikt des toten Vangelis Kitsikoudis mit der Familie Karalakis wussten, kurz zusammen. Und sie unterrichteten Jorgos auch darüber, dass Nestor Vamvounakis, der Mountainbike-Verleiher, so tat, als würde er den Toten kaum kennen, obwohl er gestern über Stunden mit ihm am Strand gestanden hatte und seine Frau sowohl gestern als auch heute bei der Witwe aufgetaucht war.

Dass ihn das Verhalten von Nitsa Doxiadis, der Frau des Bäckers, irritiert hatte, behielt Michalis für sich. Damit wollte er Jorgos heute nicht belasten.

»Wie weit bist du mit der Aufstellung der Anrufe von Vangelis Kitsikoudis?«, wandte sich Michalis an Myrta. »Wenn wir wissen, mit wem er zuletzt gesprochen hat, kommen wir vielleicht weiter.« Er blickte Jorgos herausfordernd an. »Oder muss unser Herr Kriminaldirektor diesen vorschriftsmäßigen Schritt polizeilicher Arbeit persönlich absegnen?«

Jorgos zuckte mit den Schultern. »Wenn wir uns so etwas genehmigen lassen müssten, dann können wir mit der Arbeit wirklich aufhören.«

»Ich bin dran, keine Sorge«, teilte Myrta mit, »aber wir wissen ja, dass die Telefongesellschaften sich gern taub stellen.«

»Ja, das kennen wir«, erwiderte Michalis nachdenklich.

Myrta fuhr ihren Rechner runter und sah die drei Männer an.

»Wir alle haben schon Schlimmeres erlebt als Probleme mit unserem obersten Vorgesetzten«, sagte sie, »und wir werden auch das überstehen. Und vielleicht« – sie warf einen Blick zu Jorgos und schien nicht sicher zu sein, ob sie zu weit ging – »und vielleicht ist es ja auch unser Herr Kriminaldirektor, der diesen Fall nicht überstehen wird. Vielleicht behindert er die Ermittlungen, weil er etwas mit der Sache zu tun hat.«

Damit überließ Myrta die drei ihrer Überraschung. Keiner von ihnen hätte diese Vermutung so deutlich formuliert. Vielleicht hatte Myrta am wenigsten zu verlieren und wäre tatsächlich ganz froh, mehr Zeit für ihre Familie zu haben. Vor allem aber wusste Michalis jetzt, dass er nicht als Einziger darüber nachdachte, ob Karagounis befangen war und aus persönlichen Gründen eine Ermittlung verhindern wollte.

»So hab ich ihn noch nie erlebt«, flüsterte Koronaios über ihre Schreibtische hinweg, nachdem Jorgos gegangen war und er sich überzeugt hatte, dass kein Kollege mehr auf dem Flur war und sie hören konnte. »Mit Vorruhestand hat dein Onkel noch nie gedroht.«

Ja, auch für Michalis war die Andeutung, Jorgos könnte den Polizeidienst verlassen, irritierend. Ein neuer Vorgesetzter wäre für Michalis eine erhebliche Veränderung. In Athen hatte er sich mit jedem seiner Vorgesetzten angelegt, und ohne Jorgos wäre er vielleicht schon längst nicht mehr bei der Polizei.

»Wer kann dieser anonyme Anrufer sein?«, überlegte Michalis laut. »Der Fund der Skelette dürfte bisher doch vor allem auf Kreta wahrgenommen worden sein. Vermutlich ist es also jemand von hier.«

»Über die sozialen Medien könnte auch jemand auf dem Festland davon erfahren haben«, meinte Koronaios. »Sogar meine Tochter Galatia hat schon davon gehört.«

»Ja, natürlich«, entgegnete Michalis. »Aber könnte dieser Anrufer auch etwas mit dem Mord an Vangelis Kitsikoudis zu tun haben?«, fügte er hinzu.

»Lass uns darüber morgen nachdenken«, schlug Koronaios vor und blickte auf die Uhr. Es war kurz vor acht. »Galatia hat angekündigt, um acht Uhr Pizza zu machen. Natürlich taut sie nur eine auf, und wahrscheinlich wird sie mich danach so lange bearbeiten, bis sie heute Abend ausgehen darf.«

Koronaios schüttelte den Kopf, als sei es sein Schicksal, dass seine Töchter stets ihren Willen bekamen.

Michalis stieg auf seinen Roller und setzte zum ersten Mal seit vielen Wochen seinen Helm nicht auf, auch nicht, als er am Pförtner vorbeifuhr. Heute war es ihm egal, was die Kollegen über ihn dachten. Einige Straßen weiter hielt er an, um Hannah anzurufen, und weil sie beide noch keinen Hunger hatten, schlug sie vor, sich östlich der Altstadt im *Thalassa* oberhalb des winzigen Stadtstrands zu treffen, dort etwas zu trinken und schwimmen zu gehen. Michalis lächelte, denn nach dem Ärger in der Polizeidirektion war es angenehm normal, mit seiner Freundin abends zu baden, später etwas zu essen und vermutlich irgendwann im Bett zu landen.

Während der Fahrt dachte Michalis darüber nach, warum Karagounis sich so sehr in diese Ermittlungen einmischte. Vielleicht gab es tatsächlich eine persönliche Verbindung des Kriminaldirektors nach Frangokastello und entweder zu Vangelis Kitsikoudis oder aber zu der Legende der Drosoulites. Dass Karagounis etwas über die Toten wusste, hielt Michalis für ausgeschlossen.

Als er die schmale Promenade oberhalb des Stadtstrands entlangfuhr, entdeckte er Hannah. Sie trug ein blaues Sommerkleid und saß bereits an einem der Tische vor dem *Thalassa*. Er lächelte. *Goiteftikí*, dachte Michalis, einfach *goiteftikí*. Bezaubernd. Und ihm fiel ein, dass er Hannah in Sfakia ein T-Shirt als Geschenk hätte kaufen können. Vermutlich würde er aber schneller wieder dort sein, als ihm lieb war.

»Hey!« Hannah gab Michalis einen Kuss und deutete auf eine Strandtasche mit Badesachen.

»Wollen wir sofort schwimmen, oder willst du erst etwas trinken?«, fragte Hannah.

»Pfff.« Michalis atmete tief aus. Er wusste, dass er im Wasser am schnellsten alles vergessen würde, was in den letzten Stunden unerfreulich gewesen war, aber er sehnte sich danach, entspannt auf einem Stuhl zu sitzen und Hannah neben sich zu wissen. Im Meer würde sie schon bald viele Meter vorausschwimmen, denn sie war die bessere Schwimmerin.

»Lass uns kurz etwas trinken«, antwortete er und bestellte einen Frappé sowie Feta mit Oliven und Tomaten.

»Wie war dein Tag?«, erkundigte sich Hannah.

»Schwierig …«, erwiderte Michalis vage. »Und deiner?«

»Auch schwierig«, entgegnete Hannah.

»Hab ich euch den Ausflug verdorben, weil ich zu Daniel unhöflich war?«, erkundigte sich Michalis schuldbewusst.

»Daniel sieht das vielleicht so, aber das war nicht das Problem.«

Michalis wurde hellhörig. »Sondern?«

»Paula meint, er ist schon länger komisch«, erklärte Hannah.

»Machst du dir Sorgen um die beiden?«

»Ja ... Daniel war immer Paulas Traummann. Aber im Moment benimmt er sich absolut nicht so.« Hannah musterte Michalis. »Interessiert dich das wirklich?«

»Eigentlich interessiert mich, ob du mit deinem Doktorvater telefoniert hast«, erwiderte Michalis.

»Van Drongelen, ja ...«, meinte Hannah, als müsse sie sich an etwas erinnern, das lange zurücklag. Dann seufzte sie. »Wir haben heute Morgen fast eine halbe Stunde geredet. Er hat sich schon bei Kollegen umgehört, ob irgendwo eine Stelle ausgeschrieben wird, auf die ich passen könnte.«

»Und?« Michalis spürte, dass Hannah zögerte.

»Er meint, es ist noch zu früh, um darüber überhaupt zu reden«, wich Hannah aus.

»Wo wäre das?«, fragte Michalis schnell.

»Weit weg. Aber wie gesagt, es lohnt noch nicht, darüber nachzudenken.«

»Wie weit?«, wollte Michalis wissen. »USA?«

»Noch weiter.«

»Hinter den USA kommt viel Wasser. Oder meinst du ... Russland?«

»Nein. Kanada. Aber ...«

»Kanada«, unterbrach Michalis sie. »Das ist wirklich weit weg. Und kalt ist es da, oder?«

»Ich weiß wenig über Kanada. Im Winter kann es sehr kalt sein, glaube ich, ja.« Sie nickte und nahm Michalis' Hand. »Lass uns von etwas anderem reden. Was war an deinem Tag heute schwierig?«

»Es gab Ärger in der Polizeidirektion ... Aber eigentlich darf ich nicht drüber sprechen«, erwiderte er.

»Auch nicht mit mir …?«, fragte Hannah.

»Auch nicht mit dir …«, erwiderte er leise und küsste sie.

»Du weißt, dass es nie jemand erfahren wird, wenn du mir davon erzählst«, sagte sie, und Michalis wusste, dass sie recht hatte. Auch Jorgos und Koronaios würden ihren Frauen heute erzählen, was mit Karagounis passiert war, und sei es am Telefon. Außerdem hatte Michalis Hannah schon öfter Dienstgeheimnisse anvertraut, und noch nie war davon auch nur eine einzige Silbe nach außen gedrungen.

»Ich weiß …«, antwortete er, rückte näher und erzählte in groben Zügen, was vorhin in der Polizeidirektion passiert war. »Eigentlich müsste ich herausfinden, warum Karagounis sich so verhält, aber wenn er das erfährt, könnte es für mich sehr ungemütlich werden.«

Hannah sah ihn nachdenklich an.

»Wie ich dich kenne, hast du schon eine Idee, oder?«, meinte sie.

»Ja …« Michalis kniff die Augen zusammen. »Wenn ich das tue, könnte ich die längste Zeit bei der Polizei gewesen sein.«

Michalis nahm sich zwei Oliven und etwas Schafskäse. Hannah schwieg.

»Lass uns schwimmen gehen«, schlug Michalis vor, »dann komm ich auf andere Gedanken.«

Hannah schwamm schnell voraus, und Michalis konnte ihre langen blonden Haare im Gegenlicht der untergehenden Sonne kaum erkennen. Schließlich kehrte Hannah um, kam mit kräftigen Schwimmzügen näher und umkreiste Michalis.

»Was würdest du denn unternehmen, um etwas über Karagounis zu erfahren?«, fragte sie unvermittelt.

»Was?«, entfuhr es Michalis, der froh gewesen war, in den letzten Minuten mehr an Hannah als an Jorgos und Karagounis gedacht zu haben. Er sah sich um, ob andere Schwimmer in der Nähe waren und mithören konnten.

»Ich würde Christos anrufen. Du erinnerst dich an ihn?«

»Christos? Das ist der, der dir letztes Jahr geholfen hat, den Tod von diesem Bürgermeister aufzuklären, oder?«

»Genau. Er ist nicht mehr bei der Polizei, aber er weiß mit Sicherheit noch immer, wie er an Informationen herankommt, die andere nicht herausfinden.«

»Weißt du, wie du ihn erreichen kannst?«

»Ich habe eine Nummer von ihm.« Dass er schon gestern kurz mit Christos gesprochen hatte, verschwieg Michalis. Stattdessen kraulte er Richtung Ufer, wurde jedoch mühelos von Hannah überholt.

Sie gingen, die nassen Badesachen in einer Tasche, zurück zum *Thalassa* und warfen einen flüchtigen Blick in die Speisekarte, die ihnen die Bedienung gebracht hatte. Michalis betrachtete gedankenverloren den dunkler werdenden Horizont. Plötzlich nahm Hannah seine Hand.

»Bevor du den ganzen Abend sowieso an nichts anderes denkst, ruf Christos doch einfach jetzt an. Dann hast du es hinter dir, und wir können in Ruhe essen.«

Hannah hatte recht. Michalis entfernte sich so weit vom *Thalassa*, dass ihn die Gäste nicht mehr hören konnten. Da auch die Uferpromade voller Menschen war, nahm er die Treppe nach unten zum Strand und wählte erst dort Christos' Nummer. Er legte auf, als die Mailbox ansprang, doch er hatte kaum die Treppe wieder erreicht, als sein Handy klingelte und jemand mit unterdrückter Nummer anrief.

»Ja?«, meldete sich Michalis.

»Was gibt's?«, fragte Christos, und Michalis deutete an,

dass er etwas Heikles herausfinden müsste. Beide waren sich einig, dass sie darüber nicht am Handy reden sollten.

»Ich habe eine halbe Stelle an der Uni von Chania«, sagte Christos, »und weil es Probleme mit meiner Wohnung gab, hab ich mir hier auch eine Liege hingestellt. Wenn du willst, komm nachher raus und erklär mir, worum es geht.«

Michalis sagte ihm, dass er darüber kurz mit Hannah reden müsste.

»Kein Problem«, entgegnete Christos, »ich bin lange wach. Schick mir ein *Ja* oder *Nein* und ruf mich an, wenn du das Uni-Gelände erreicht hast.«

Michalis berichtete Hannah leise, was Christos gesagt hatte. Die Kellnerin kam, um die Bestellung aufzunehmen, doch Hannah bat noch um etwas Geduld.

»Wenn du willst, dann lass uns jetzt zur Uni fahren, und du triffst Christos«, sagte sie leise. »Ich kann auch in einer Stunde essen.«

Michalis musterte Hannah. Er wusste, dass sie sich für seine Polizeiarbeit interessierte und bisher nie Bedenken gehabt hatte, mit Ermittlungen in Berührung zu kommen. Doch diesmal ging es nicht nur um einen Fall, sondern um mögliche Geheimnisse des Kriminaldirektors, und wenn er etwas herausfand, könnte das zur Folge haben, dass er aus dem Polizeidienst flog. Michalis fragte sich, ob sie sehen wollte, wie weit er gehen und vielleicht riskieren würde, seinen Job zu verlieren.

Er schickte Christos ein »Ja, ich komm in einer halben Stunde«. In dem Moment, als er die Nachricht sendete, war ihm klar, dass er etwas in Gang setzte, was er nicht mehr stoppen konnte.

11

Als sie auf den Roller stiegen, ging das Dunkelblau des Himmels im Osten allmählich in das nächtliche Schwarz über. Die Luft war mild, und immer wieder trieb ein leichter Wind die Düfte von Oleander, Thymian und manchmal auch den zarten Geruch der Feigenbäume zu ihnen.

Michalis hatte Hannah seine graue Lederjacke überlassen, und obwohl sie im Fahrtwind fror, schmiegte Hannah sich nicht wie sonst an ihn, sondern hielt sich nur fest. Vielleicht spürte sie die Anspannung, die ihn vor dem Treffen mit Christos erfasst hatte.

Nach zwanzig Minuten bogen sie auf das Gelände der Uni ein, umkurvten die verwaiste Schranke und passierten die in den Siebzigerjahren gebauten Gebäude, von denen überall die Farbe abblätterte. Michalis hielt vor dem rot-braunen Haus, in dem die Unibibliothek untergebracht war, und sah, dass Hannah lächelte. Im letzten August hatte sie sich während der großen Hitze eine Zeitlang in die Bibliothek, die über eine Klimaanlage verfügte, zurückgezogen.

»Ich werde morgen Katerina anrufen«, sagte Hannah entschlossen. Katerina leitete die Bibliothek, und Hannah hatte sich im vergangenen Sommer, als sie in Chania an ihrer Doktorarbeit gearbeitet hatte, mit ihr angefreundet.

Michalis rief Christos an, beschrieb ihm, wo sie gehalten hatten, und kurz darauf ging Licht an.

Michalis kannte Christos seit ihrer gemeinsamen Schulzeit, danach hatten sie sich jedoch aus den Augen verloren, bis Christos es als Hacker zu einer gewissen Berühmtheit gebracht hatte. Während seines Informatikstudiums war es ihm gelungen, in die streng gesicherten Systeme des griechischen Außenministeriums einzudringen. Zwar war er aufgeflogen und hatte einige Wochen in Haft verbracht, doch danach hatten die Behörden begonnen, seine Fähigkeiten zu nutzen, und er war im Polizeidienst und irgendwann in der Polizeidirektion von Chania gelandet. Dass niemand wusste, warum er dort im letzten Herbst rausgeflogen war, ließ Michalis vermuten, dass er erneut etwas riskiert hatte, was er lieber hätte bleiben lassen sollen.

Christos machte schon immer den Eindruck, sich selten zu bewegen und sich vorwiegend von Pizza und Schokolade zu ernähren, und das schien sich seit letztem Jahr auch nicht geändert zu haben. Offenbar duschte er eher selten und hatte noch seltener Zugang zu einer Waschmaschine. Seine Haare und sein Bart wucherten, und sein Hemd und seine Hose waren voller Flecken. Doch er strahlte, als er Michalis und Hannah entdeckte, und fiel seinem alten Schulfreund zur Begrüßung um den Hals, als hätte er nur wenig Kontakt zu Menschen. Ein Blick zu Hannah verriet Michalis, dass sie einen ähnlichen Eindruck hatte.

Christos hatte am Telefon gesagt, er habe an der Uni eine halbe Stelle, aber im Moment keine eigene Wohnung. Doch was Michalis und Hannah dann sahen, hätten sie sich nicht vorstellen können.

»Da vorn ist mein Büro«, sagte Christos, als sie das Ende eines langen Flurs erreichten, und deutete auf eine Tür. »Dahinter liegt das Rechenzentrum der gesamten Universität von Chania«, fügte er stolz hinzu.

Was sich hinter dieser Tür verbarg, verschlug Michalis den Atem. Es war ein großer, stark heruntergekühlter Raum ohne Fenster, mit langen Reihen von Metallregalen voller Festplatten, die mit Kabeln verbunden waren und deren Lüftungen auf Hochtouren liefen, so dass es eiskalt war. Michalis brauchte einen Moment, um in einer Ecke Christos Privatbereich zu entdecken. An Stahlseilen hingen provisorisch befestigte Fleecedecken, um die Kälte abzuhalten, und dahinter stand nicht nur eine Liege, sondern auch ein kleiner Kühlschrank und ein winziger Tisch mit einem einzigen Klappstuhl.

»Mein Reich«, sagte Christos, und weil er sah, dass Hannah fror, reichte er ihr wortlos eine Decke, die über dem Klappstuhl lag. »Etwas frisch hier, aber man gewöhnt sich dran.«

Christos musterte Michalis.

»Also, was kann ich für dich tun?«

Michalis zögerte. »Karagounis«, sagte er schließlich, und ihm entging das herablassende Lächeln nicht, das über Christos' Gesicht huschte.

»Jannis Karagounis? Du willst etwas über unseren geliebten Kriminaldirektor wissen?«, erwiderte Christos verächtlich.

»Vergiss es. Falls es etwas gäbe, was ich gegen ihn in der Hand hätte, dann säße ich jetzt nicht hier in diesem Loch.«

Michalis warf Hannah einen Blick zu. Wenn sie ihm signalisiert hätte, dass es besser wäre, zu gehen, dann hätte er dieses Treffen sofort beendet. Doch Hannah fror zwar, verfolgte jedoch aufmerksam, was sich zwischen Michalis und Christos abspielte.

»Ich arbeite an einem Fall in Frangokastello. Am Strand sind zwei Leichen aufgetaucht«, fuhr Michalis fort.

»Die Drosoulites. Ja, das habe ich mitbekommen. Die Einheimischen machen euch Ärger, weil die Totenruhe der heroischen Kämpfer von damals gestört wurde.« Christos mustert Michalis. »Und was hat Karagounis damit zu tun?«

»Das weiß ich noch nicht. Aber ich wüsste gern, ob es eine Verbindung von ihm nach Frangokastello oder in die Sfakia gibt.«

Christos runzelte die Stirn.

»Ich habe schon mal versucht, mich mit diesem feinen Herrn zu beschäftigen«, raunte er. »Die einzige Information, die es im offiziellen Netz über ihn gibt, ist die Homepage der Polizei. Dort steht sein Name und dass er der Kriminaldirektor ist. Sonst nichts. Absolut nichts. Als würde er nicht existieren. Wenn ihn Außerirdische auf die Erde gebracht hätten, könnte es nicht weniger über ihn geben.«

»Wie kann so etwas sein?«, meldete sich plötzlich Hannah zu Wort, »über jeden steht doch alles Mögliche im Netz. Und ein Kriminaldirektor ist sogar eine öffentliche Person.«

»Ja, das sollte man denken«, entgegnete Christos. »Aber vermutlich ist er einflussreich und mächtig genug, um alles, was im Netz über ihn auftauchen könnte, blockieren oder löschen zu lassen.«

»Es muss doch einen Grund geben, warum das so ist«, sagte Michalis. »Und genau dieser Grund interessiert mich.«

»Aber ich habe bisher keinen gefunden. Oder was meint ihr« – er ließ den Blick über sein Domizil schweifen – »warum ich es mir hier so gemütlich gemacht habe?«

»Gibt es denn etwas über seine Familie? Immerhin ist er doch verheiratet.«

»Es gibt auch keine Hinweise auf seine Familie. Zumindest habe ich keine gefunden. Wobei ich mich vor allem für Karagounis selbst interessiert habe«, erwiderte Christos.

Michalis begann allmählich ebenfalls zu frieren. Nicht nur, weil es hier so kalt war, sondern auch, weil ihn die Entschlossenheit, mit der Karagounis seine Biographie verschleierte, frösteln ließ.

»Aber wenn der Kriminaldirektor verheiratet ist«, warf Hannah ein, »dann muss er doch irgendwo getraut worden sein. Ich weiß nicht, wie das in Griechenland läuft, aber in

Deutschland sind Standesämter eine heilige Institution. Erst wenn man von denen eine Bescheinigung hat, das man lebt, existiert man offiziell.«

»Das ist in Griechenland ähnlich, nur nicht so perfekt wie bei euch«, erwiderte Christos und sah Michalis an. »Du hast eine sehr kluge Freundin …«

Christos schien sich zu ärgern, weil er nicht selbst auf die Standesämter gekommen war.

»Wie wäre es, wenn ihr einfach mal ein paar Minuten vor die Tür geht«, forderte Christos die beiden auf. »Ist nicht gut, wenn ihr seht, was ich hier mache.«

Auf dem Flur schlug Michalis und Hannah die angenehme warme Frühsommerluft entgegen. Beide fröstelten, und Hannah legte die Decke auch um Michalis.

»Ich kenne Christos, seit er drei war. Damals war er noch völlig normal«, flüsterte Michalis.

»Was für ein Typ. Aber er macht keinen unglücklichen Eindruck.«

Ja, das kam Michalis auch so vor. Vielleicht gab es Menschen, deren Glück darin lag, als Eremit in einem eiskalten Raum zwischen großen Rechnern zu leben und den schnellsten Zugang aller Kreter zu anderen Computer-Freaks, die ihr Leben vor Rechnern verbrachten, zu haben. Für Michalis war das schwer nachzuvollziehen, aber er hatte gelernt, von nichts, womit Menschen ihr Leben verbrachten, überrascht zu sein.

Das Licht auf dem Flur ging aus, und durch die Fenster drang nur der schwache Schein einer Laterne. Michalis und Hannah blieben im Dunkeln hocken und genossen es, einander zu spüren.

Es dauerte eine knappe halbe Stunde, bis Christos seine Tür öffnete.

»Ich hab etwas für dich«, sagte er, und Michalis glaubte, ein kurzes triumphierendes Lächeln zu erkennen, als sie sich um einen seiner Monitore versammelten.

»Ich bin die Melderegister der Standesämter in Griechenland durchgegangen«, verkündete Christos stolz.

»Alle?«, entfuhr es Hannah.

»Das sind doch viele hundert. Mindestens«, fügte Michalis hinzu.

»Ja …«, erwiderte Christos gedehnt. »Aber sie haben alle eine ähnliche Zugangssperre. Und wenn man erst mal eine geknackt hat … Außerdem hatte ich mir die schon mal angesehen, aber mich nicht für die Hochzeiten interessiert.«

Unglaublich, dachte Michalis. Dieser Typ hat sich in zwanzig Minuten mal eben in die Standesämter Griechenlands gehackt. Entweder war er wirklich ein Genie, oder die Standesämter waren katastrophal gesichert.

»Also«, begann Christos, »unser hochgeschätzter Herr Kriminaldirektor Jannis Karagounis hat am achtzehnten Mai 1999 seine Ehefrau Ismini geheiratet.«

»Und wo?«

»In Kozani. Ganz im Norden, nicht mehr weit zur Grenze nach Albanien. Kannte ich vorher auch nicht«, erwiderte Christos spöttisch. »Ich habe natürlich erst in Athen und Thessaloniki gesucht, aber der feine Herr hat lieber in einem winzigen Dorf geheiratet.«

»Kommt Karagounis von dort?«, wollte Michalis wissen.

»Tja. Da enden meine Kenntnisse leider schon wieder. Selbst wenn er von dort stammen sollte, dann ist auch das gesperrt. Aber ich habe immerhin den Mädchennamen seiner Frau gefunden.«

»Und?«

»Seine Frau Ismini ist eine geborene Kampoudakis«, erwiderte Christos.

»Kampoudakis? Könnte ein kretischer Name sein, oder?«, überlegte Michalis. Sehr viele Kreter hatten Namen, die auf -akis endeten.

»Denkbar. Und da du ja nach einer Verbindung von Karagounis in die Sfakia suchst: In Imbros, oberhalb von Sfakia, gibt es eine Familie mit dem Namen Kampoudakis.«

»Ernsthaft?«, entfuhr es Michalis, denn das war mehr, als er erhofft hatte. Wenn die Familie von Karagounis' Frau aus der Sfakia stammte, dann könnte das ein Hinweis darauf sein, warum Karagounis alle Details der Ermittlungen als Erster erfahren wollte. »Und weißt du, was die Familie in Imbros macht und wie groß sie ist?«

»Es scheint in Imbros eine Taverne zu geben, die eine Familie mit diesem Namen betreibt«, erläuterte Christos. »Wenn du es unbedingt willst, könnte ich versuchen, mehr herauszufinden. Aber ich denke, wir sollten es nicht übertreiben. Nicht, dass der Herr Karagounis noch bemerkt, dass jemand sich für die Familie seiner Frau interessiert.«

Ja, da hatte Christos recht, und Michalis konnte nur hoffen, dass nie jemand erfahren würde, was Christos herausgefunden hatte.

»Kann ich mich irgendwie erkenntlich zeigen?«, wollte Michalis zum Abschied wissen.

»Du könntest hier an der Uni eine Dusche einbauen lassen«, spottete Christos, »und dafür sorgen, dass auf dem Campus ein Klamottenladen eröffnet. Aber sonst …«

Christos schien den skeptischen Blick, den Hannah ihm zuwarf, zu bemerken.

»Keine Sorge«, fügte er deshalb hinzu, »ich hab es nur einen knappen Kilometer bis zum Strand. Und da gibt es sogar eine Dusche. Etwas kalt, aber immerhin.«

»Soll ich mich mal umhören, ob ich eine Wohnung für dich finde?«, schlug Michalis vor.

»Och …« Christos wiegte den Kopf skeptisch hin und her, »es ist im Moment besser, wenn niemand eine Adresse von mir hat. Vor allem keine Behörde.«

»Und diese Stelle hier an der Uni?«

»Ich sag es mal so: Karagounis ist nicht der Einzige, dessen Name nirgendwo auftaucht. Außer einem Prof weiß hier niemand, dass es mich überhaupt gibt.« Er schaute an sich herunter. »Der Typ, der hier ungewaschen, schlecht frisiert und mit dreckigen Klamotten rumläuft, hat einen anderen Namen. Vorläufig.«

Michalis hatte bereits vorher gewusst, dass Christos in dem, was er tat, gut war. Doch dass er so gut war, seine eigene Existenz zu verschleiern und trotzdem wenige Kilometer von seinem Geburtsort entfernt einen Job in einer öffentlichen Einrichtung zu haben, das beeindruckte ihn.

»Aber zum Essen darf ich dich mal einladen«, schlug er vor.

»Im *Athena* war ich lange nicht. Hätte nichts dagegen.«

»Sobald diese Ermittlungen abgeschlossen sind, machen wir etwas aus, und du kommst zu uns«, sagte Michalis.

Christos nickte skeptisch.

»Dann lass uns hoffen, dass wir alle heil aus dieser Geschichte rauskommen«, raunte er.

Nachdenklich gingen Michalis und Hannah zu ihrem Roller zurück.

»Hat dich das weitergebracht?« Hannah sprach leise und sah sich um. Auch Michalis vergewisserte sich, dass niemand sie belauschen konnte und sich nirgends etwas bewegte oder ein Licht anging.

»Falls Karagounis in der Sfakia wirklich Familie haben sollte, könnte das sein Verhalten erklären«, flüsterte er und blickte kurz zum dem Halbmond, der aufgegangen war. »Ich müsste allerdings noch herausfinden, was daran das Problem ist.«

»Hast du schon eine Idee?«

»Absolut nicht.« Michalis öffnete den Koffer hinter der Rückbank des Rollers, wo neben den Helmen auch die nassen Badesachen lagen. »Aber ich könnte mir diesen Ort Imbros mal näher ansehen. Vielleicht entdecke ich die Taverne, die einer Familie Kampoudakis gehört.«

»Und wenn Karagounis davon erfährt?«

»Das sollte nicht passieren.« Michalis biss sich missmutig auf die Lippen. »Denn dann bin ich vielleicht die längste Zeit Polizist gewesen.«

»Ein ziemlich großes Risiko«, meinte Hannah und deutete auf die Badesachen. »Wollen wir noch eine Runde ins Wasser? Schwimmen ist gut, um den Kopf klarzubekommen.«

»Aber doch nicht nachts! Ende Mai!«

»Warum nicht? Das Wasser ist warm, wir haben alles dabei …«

Michalis schüttelte fassungslos den Kopf: Diese Deutschen waren verrückt. Ende Mai ins Meer zu gehen war für Kreter absurd genug, doch nachts in nasse, kalte Badesachen zu steigen und hinauszuschwimmen, war unvorstellbar.

»Wir können ja an den Strand fahren, und dann sehen wir weiter …«

»Das ist doch ein Anfang!«, rief Hannah.

Michalis schlug vor, zum Strand von Neo Chora, westlich von Chanias Altstadt, zu fahren. Dort hielten sich tagsüber Familien mit Kindern auf, der Sand war fein, und man musste nicht über Steine balancieren, um ins Wasser zu gelangen. Außerdem gab es in Strandnähe mehrere Tavernen und Bars.

Am Strand angekommen, zog Hannah sofort ihre Schuhe aus, und während Michalis noch die Decke ausbreitete, streckte sie ihre Füße ins dunkle Meer.

»Uuh«, hörte er sie stöhnen.

»Ich brauch noch einen Moment. Ist doch ganz schön kalt«, meinte sie und setzte sich auf die Decke.

»Und wenn wir erst etwas essen?«, schlug Michalis mit Blick auf eine der Tavernen vor.

»Später vielleicht«, erwiderte Hannah und sah ihn ernst an. »Glaubst du wirklich, es könnte dich deinen Job kosten, wenn Karagounis erfährt, dass du dich über ihn erkundigst?«

Diese Frage beschäftigte sie also, dachte Michalis.

»Es hat in der Polizeidirektion Kollegen gegeben, die bei Karagounis in Ungnade gefallen waren und plötzlich versetzt oder suspendiert wurden«, sagte er.

Hannah sah ihn lange an.

»Und was würdest du machen, wenn dir das passiert?«, fragte sie nachdenklich.

Michalis zögerte mit einer Antwort. »Vielleicht ... vielleicht würde ich dorthin gehen, wo du hingehst«, erwiderte er schließlich.

»Das ist nichts, womit du scherzen solltest«, sagte Hannah ernst.

»Aber falls du eine Stelle in Kanada ...«

»Das ist noch so vage, darüber will ich nicht mal nachdenken!«, unterbrach Hannah ihn. »Als du das letzte Mal bei mir in Berlin warst ...«

»Ja? Was war da?«, hakte Michalis nach.

»Du hast dich nicht wohlgefühlt«, sagte Hannah.

»Ja, es war kalt und ...«, erwiderte Michalis ausweichend.

»Nein, es war etwas anderes. Du hast kaum ein Wort gesagt, wenn wir mit meinen Freunden unterwegs waren. Und du hast Kreta vermisst.«

»Ich vermisse vor allem dich, wenn ich hier bin und du in Berlin bist«, entgegnete Michalis schnell.

»Ja, ich vermiss dich dann auch. Sehr. Aber …«

»Ja?«

»Könntest du dir wirklich vorstellen, von Kreta wegzugehen? Mit mir – und womöglich für immer?«, fragte Hannah, und weil Michalis mit einer Antwort zögerte, nahm sie seine Hand. »Als ich mich beim letzten Mal auf dem Flughafen von dir verabschiedet habe, habe ich geweint. Nicht nur, weil wir uns länger nicht sehen, sondern weil ich sicher war, dass du nach Kreta gehörst. Und dass du nie von hier weggehen würdest. Und dass es unsere einzige Chance ist, wenn wir hier leben.« Hannah ließ seine Hand los, hob den Kopf und blickte zum Mond, der über dem Meer aufgetaucht war. »Aber ich weiß nicht, ob ich das könnte …«, fügte sie leise hinzu.

Michalis atmete tief durch, denn diese Frage stand seit Tagen zwischen ihnen. Waren sie doch zu verschieden? War das, was sie seit fast vier Jahren verband, zu wenig, um einem kretischen Kommissar und einer deutschen Kunsthistorikerin ein gemeinsames Leben zu ermöglichen?

»Wenn wir irgendwo zusammen hingehen würden«, begann Michalis. Er war nicht sicher, was er sagen wollte, aber er hoffte, die richtigen Worte zu finden. »Vielleicht könnte ich dort über ein Austauschprogramm als Polizist arbeiten. Und wenn das nicht klappt, dann gibt es in jeder größeren Stadt in Westeuropa und Nordamerika einen Griechen, der eine Taverne hat und mit dem ich über viele Ecken verwandt bin. So ist das bei uns.«

»Und du würdest dann als Kellner arbeiten?«

Michalis bemerkte, dass Hannah ihn skeptisch musterte.

»Warum nicht? Auf Kreta würde ich wohl auch nichts anderes machen, wenn ich nicht mehr bei der Polizei wäre.«

»Und das würde dir gefallen? Wir leben in London oder Madrid, oder …«

»… Kanada …«

»Ja, vielleicht auch in Kanada. Wir leben dort, und du bist Kellner?«

Michalis blickte zum Meer, wo der Mond einen silbernen Schein auf die Wellen warf.

»Natürlich würde ich jeden Tag an Kreta denken und zweimal im Jahr versuchen, hierherzufliegen, damit unsere Kinder sehen, wo ihr Vater aufgewachsen ist und was Familie bedeutet.«

»Bist du sicher, dass das unser Leben sein könnte?«, fragte Hannah. »Und vor allem …«

»Ja?«

»Was passiert, wenn ich nirgendwo einen Job finde? Van Drongelen mag mich, und unser Telefonat war angenehm, aber Kanada ist vollkommen vage. Auf meinem Konto ist noch Geld für zwei Monate, und ich hab keine Ahnung, was danach passiert. Ich war das ganze letzte Jahr sicher, dass ich mit der El-Greco-Ausstellung beschäftigt sein werde und wir beide uns oft sehen, und danach hätte ich einen Einstieg in den Beruf geschafft, und es hätte Kuratoren gegeben, die von mir gehört hätten.«

»Vielleicht …«

»Ja?«

»Vielleicht machst du es dir auch zu schwer. Vielleicht zweifelst du zu viel«, sagte Michalis.

»Ich wäre im Moment verdammt froh, wenn ich weniger zweifeln würde«, erwiderte Hannah.

»Das meine ich nicht.«

»Was meinst du dann?«

Michalis wusste nicht, wie er das, was ihm durch den Kopf ging, ausdrücken sollte, ohne dass es wie ein Vorwurf klang.

»In Berlin. Da bist du anders, als du hier bist.«

»Ich mag mich ja auch nicht, so wie ich im Moment bin«, erwiderte Hannah leise. »Ich wache nachts auf und habe Angst.«

»Du hast Angst?«, fragte Michalis beunruhigt.

»Ja. Diese Angst kenne ich von früher, als sich meine Eltern nur noch gestritten haben. Da saßen mein Bruder und ich nachts leise heulend in unseren Betten, weil unser Vater im Schlafzimmer unsere Mutter angebrüllt hat und wir Angst vor dem hatten, was noch passieren könnte. Und selbst wenn es draußen schon hell wurde, schien alles dunkel und schwarz zu sein. Diese Angst habe ich lange nicht mehr gehabt. Sehr lange nicht.«

»Du brauchst keine …«

»Ich weiß. Aber lass mich bitte weiterreden«, fiel Hannah ihm ins Wort, und Michalis schwieg.

»Ich will keine von denen sein, die aufgibt. Ich kenne genug Frauen, die das Gleiche studiert haben wie ich und die sich mit Jobs irgendwie über Wasser halten. Die kellnern oder auf Messen nett lächeln oder in irgendeinem Büro anfangen und entweder irgendwann Assistentin des Geschäftsführers oder gleich seine zweite Ehefrau werden. Und die dann Kinder bekommen, ihren Mann zu Vernissagen schleppen und mit ihrem Wissen über Kunst angeben. Und am nächsten Tag wechseln sie wieder Windeln und verbringen ihre Nachmittage auf Spielplätzen, wo ihnen die anderen Mütter auf die Nerven gehen. Weil sie eigentlich ja etwas Besseres sind. Ich weiß, dass ist sehr deutsch, und ich bin schrecklich. Aber ich habe Angst, dass ich mein Leben irgendwann nur noch mit Tabletten ertrage. So wie früher meine Mutter.«

Michalis stutzte. So deutlich hatte Hannah noch nie gesagt, wie schlecht es ihrer Mutter gegangen war.

»Das macht es für mich so schwer, und das hast du auch nicht verdient, aber ich habe eine Riesenangst, dass ich mich falsch entscheide«, fuhr Hannah fort. »Ich würde es mir nie verzeihen, wenn ich nicht wenigstens alles versucht hätte, um beruflich Fuß zu fassen. Aber ich würde es mir auch genauso wenig verzeihen, wenn ich deshalb den Mann, mit dem ich so glücklich bin wie noch nie in meinem Leben, verlieren sollte.«

Hannah atmete tief durch.

»Ich kann im Moment alles nur falsch machen«, flüsterte sie dann.

Beide schwiegen bedrückt. Plötzlich griff Hannah nach Michalis' Hand. Er lächelte, doch dieses Lächeln erstarb, als er Hannahs Augen sah.

»Ich … sei mir nicht böse. Ich muss nachdenken«, sagte sie vorsichtig. »Allein«, fügte sie hinzu.

»Jetzt?«

»Ja. Ist das in Ordnung?«

Michalis wusste nicht, was er sagen wollte. Es war kurz vor Mitternacht, am Strand waren Pärchen und lärmende Urlauber, und in den Bars und Tavernen feierten noch einige Leute – und Hannah wollte allein sein?

»Ist das in Ordnung?«, wiederholte Hannah, weil Michalis nicht geantwortet hatte.

»Ja, ja, natürlich. Aber wo willst du hin?«

»Weiß ich noch nicht.«

»Soll ich dich irgendwo hinbringen?«

»Nein. Nein. Danke.«

Sie nahm ihre Schuhe.

»Sei mir nicht böse.«

Michalis wollte nicht fragen, ob Hannah später nach Hause in ihre Wohnung kommen würde. Er hoffte, sie würde sich mit einem *Bis nachher* verabschieden, doch sie gab ihm nur einen flüchtigen Kuss und ging.

Michalis blickte ihr nach, bis nur noch das blaue Sommerkleid, das ihr mit jedem Schritt um die Beine schwang, zu erkennen war. Erst als sie die Uferpromenade erreicht hatte, drehte sie sich kurz um, doch sie war zu weit entfernt, als dass Michalis ihren Gesichtsausdruck hätte erkennen könnten. Und dann ging sie weiter und war von dort, wo Michalis saß, nicht mehr zu sehen.

Michalis starrte eine Weile auf das Meer, ohne das sanfte Plätschern der Wellen und den Glanz des Mondes wahrzunehmen. Als er zu frösteln begann, stopfte er die Badesachen in die Tasche und schleppte sich zu seinem Roller. Immerhin hatte er in der letzten halben Stunde nicht mehr an den Ärger mit Karagounis gedacht.

Ohne darüber nachzudenken, nahm Michalis nicht den Weg in die *Odos Georgiou Pezanou*, sondern fuhr zum Hafen und dem *Athena*. Sein Bruder schien allein zu sein und stellte gerade die Tische zusammen.

»Michalis«, sagte Sotiris nur, als er ihn bemerkte. Er runzelte zwar die Stirn, doch Michalis war sicher, dass er ihn nicht, wie seine Mutter und Schwester, mit Fragen quälen würde. Niemand kannte ihn so gut wie sein älterer Bruder, der sich schon um ihn gekümmert hatte, als Michalis noch ein Baby war und ihre Eltern während der Hochsaison den ganzen Tag im *Athena* arbeiten mussten.

Michalis setzte sich an den Tisch neben der Eingangstür, wo tagsüber ihr Vater saß. Sotiris ging hinein, kam mit zwei Gläsern mit Weißwein sowie zwei Wassergläsern und einem Krug zurück, stellte alles auf den Tisch und setzte sich.

Beide blickten schweigend über den venezianischen Hafen und die nächtlichen Lichter auf dem Wasser. Diesen Anblick kannte Michalis, seit er auf der Welt war, und schon als ganz kleines Kind hatte Sotiris ihn in ihrem Kinderzimmer auf die Fensterbank heben und festhalten müssen. Michalis, hatte Sotiris ihm später erzählt, hatte stundenlang auf die Boote gedeutet. Wenn bei anderen Jungs oft »Auto« das erste Wort war, das sie aussprechen konnten, so war es bei Michalis »Boot«, *karawi*, denn von diesem Fenster aus gab es fast nie Autos, aber immer Boote zu sehen.

»War viel los heute?«, erkundigte sich Michalis, nachdem sie einige Minuten schweigend die Schönheit des Hafens und der frühsommerlichen Nacht genossen hatten.

»Für Ende Mai ganz gut«, erwiderte Sotiris mit seiner beruhigenden, tiefen Stimme und nahm einen Schluck Wein. Michalis wusste, dass Sotiris diese seltenen Momente zu zweit genauso genoss wie er, auch wenn sie dabei oft kaum sprachen.

»Es ist gerade nicht einfach mit Hannah«, begann Michalis. Er wollte darüber reden, war sich aber sicher, dass Sotiris nicht danach fragen würde.

»Ich weiß«, antwortete Sotiris und nickte. Und diese zwei Worte genügten, um Michalis die Gewissheit zu geben, dass seine Familie in den letzten Tagen geschwiegen hatte, obwohl sie mitbekamen, dass etwas nicht stimmte. Vermutlich hatten sie auch seine Schwester Elena dazu verdonnert, sich nicht einzumischen. Michalis wusste, wie sehr seine Familie Hannah liebte und sich wünschte, dass sie endlich heiraten und auf Kreta leben würden. Doch er schätzte es sehr, dass sie sich im Moment offenbar zurückhielten.

Sotiris tat, was Michalis in Gesprächen oft tat: Er hörte einfach nur zu, bewertete nicht, was Michalis ihm anvertraute, und fragte lediglich manchmal nach.

»Wir haben Hannah jetzt fast vier Jahre lang als wirklich tolle Frau erlebt«, sagte Sotiris, als Michalis schließlich schwieg. »Und wenn sie sagt, dass sie Angst hat, eine falsche Entscheidung zu treffen, dann lass ihr die Zeit, die sie braucht. Aber« – Sotiris strich sich über den Bart und blickte Michalis mit gespieltem Ernst streng an – »wenn du den Eindruck hast, dass sie die falsche Entscheidung treffen könnte, dann schleppst du sie hierher, und wir füllen sie so lange mit Raki ab, bis sie sich am nächsten Tag nicht mehr daran erinnern wird, was sie entscheiden wollte!«

Michalis lachte, und es tat ihm gut, dass sein Bruder der Situation etwas von ihrer Schwere nahm.

»Du kannst dich darauf verlassen …«, begann Sotiris.

»Ich weiß«, unterbrach Michalis seinen Bruder schnell, und beide lächelten. Dass nichts von dem, was Michalis Sotiris anvertraut hatte, jemand anders erfahren würde, war selbstverständlich und keiner Erwähnung wert.

Im Haus ging Licht an. Offenbar waren ihre Eltern doch noch wach, und wenig später trat ihr Vater Takis aus der Taverne und setzte sich zu ihnen. Kurz darauf kam auch ihre Mutter Loukia hinzu. Takis ließ es sich nicht nehmen, einen Krug Raki und vier Gläser auf den Tisch zu stellen, und kurz befürchtete Michalis, dass er jetzt doch noch gedrängt werden würde, die Probleme mit Hannah auszubreiten. Aber seine Eltern hielten sich zurück, und wenn Michalis nicht irgendwann selbst davon angefangen hätte, hätten sie nicht einmal gefragt, wo Hannah gerade steckte.

Doch sogar nachdem er angedeutet hatte, dass Hannah zurzeit mit sich rang und sich quälte, erwarteten ihn keine Ratschläge und vor allem keine Neugierde. Das Glücksgefühl, das ihn durchströmte, hatte nichts mit dem milden, wärmenden Raki zu tun. Es war die tiefe Dankbarkeit, so eine Familie zu haben. Eine Familie, die aufdringlich und anstrengend sein konnte – die aber in einem wichtigen Moment wie diesem einfach nur da war und zuhörte.

Es war schon fast halb zwei Uhr nachts, als sie immer noch vor dem *Athena* saßen und Michalis eine Nachricht von Hannah bekam. *Mach dir bitte keine Sorgen. Ich bleib bei Paula im Hotel, sie hat Ärger mit Daniel.*

Michalis bemerkte, dass seine Eltern und Sotiris ihn ansahen. Doch statt zu fragen, was Hannah geschrieben hatte, standen seine Eltern auf.

»Es ist spät, und wir müssen früh raus«, sagte Takis, und Michalis sah, dass seine Mutter Sotiris einen Blick zuwarf und kurz zum ersten Stock hochschaute.

»Wir sehen uns ja vielleicht morgen«, sagte Loukia gähnend zum Abschied, und dann beobachteten die Brüder, wie ihre Mutter den Vater leicht stützte, als sie die Treppe erreicht hatten.

»Sie sind toll, die beiden«, meinte Michalis bewundernd. »Sie werden bis zum letzten Atemzug füreinander da sein.«

Michalis erzählte Sotiris, was Hannah geschrieben hatte und dass sie heute Nacht nicht nach Hause kommen würde, und Sotiris schlug vor, was die Mutter mit ihrem Blick angedeutet hatte.

»Wenn du heute Nacht nicht allein in eurer Wohnung sein magst – ich gehe davon aus, dass oben das Bett frisch bezogen ist.«

Eine halbe Stunde später lag Michalis in seinem ehemaligen Kinderzimmer. Die kleinen Betten, in denen sie früher geschlafen hatten, waren längst verschwunden, trotzdem fühlte er sich in die Zeit zurückversetzt, als alles, was um ihn herum passierte, vertraut und selbstverständlich war.

12

Michalis wachte schon kurz vor sechs Uhr auf. Sein erster Blick ging zum Display seines Smartphones, doch es gab keine Nachricht von Hannah.

Bevor Sotiris zur Markthalle aufbrechen musste, um frisches Gemüse, Fleisch und Fisch für die Gäste zu besorgen, trank Michalis mit ihm einen Frappé und fuhr dann in die *Odos Georgiou Pezanou*. Hannah war tatsächlich nicht da. Er duschte schnell und traf kurz nach sieben in der Polizeidirektion ein. Überrascht sah er, dass Jorgos bereits an seinem Schreibtisch saß.

»Auch schlecht geschlafen?«, begrüßte Jorgos ihn müde.

»Ja. Schwierige Nacht«, erwiderte Michalis. Ein Blick von Jorgos sagte ihm, dass auch er von den Problemen mit Hannah wusste, sie aber mit keinem Wort erwähnen würde.

»Setz dich doch«, forderte Jorgos Michalis auf. Kaum hatte er Platz genommen, als sie den Fahrstuhl hörten und kurz darauf Koronaios in der Tür stand. Heute hatte er vier Frappés dabei, und im Vergleich zu Michalis und Jorgos wirkte er ausgeschlafen und vor allem angriffslustig.

»Sobald wir die Berichte von Stournaras und Zagorakis haben, entscheiden wir, wie wir heute vorgehen. Wissen wir schon, ob die Spurensicherung verwertbare Fingerabdrücke oder DNA gefunden hat?«, erkundigte sich Koronaios.

»Das wird noch dauern«, erwiderte Jorgos. »Unser Herr Kriminaldirektor hat eine Dienstanweisung verschickt. Die Berichte von Gerichtsmedizin und Spurensicherung gehen zunächst ausschließlich an ihn, und er entscheidet, wann sie an uns weitergeleitet werden.«

»Wie bitte?«, entfuhr es Koronaios, »das ist ... das ist Behinderung von Ermittlungen, das verstößt gegen Vorschriften, das ist ...« Er schnaubte vor Wut. »Das könnte ein Fall für die Dienstaufsicht werden!«

In anderen Situationen hätte Jorgos versucht, Koronaios zur Ordnung zu rufen und zu beruhigen. Heute jedoch schwieg er, das war kein gutes Zeichen.

»Sollen wir jetzt rumsitzen und warten, bis der Herr Kriminaldirektor sich überlegt hat, ob wir unsere Arbeit machen dürfen?«, fragte Koronaios aufgebracht.

»Nein. Ihr ermittelt einfach weiter. Wenn es Ärger gibt, dann bekomme ich den«, antwortete Jorgos.

»Und das heißt?«, wollte Michalis wissen.

»Myrta hat mich vorhin angerufen. Violeta Embirikos, die mögliche Schwester von einem der beiden Toten, hat ihr heute Nacht mehrere Nachrichten geschickt. Sie ist auf der Fähre und will von Heraklion aus direkt nach Frangokastello fahren. Es wäre sinnvoll, wenn ihr sie dort trefft«, erwiderte Jorgos.

»Und das dürfen wir, ohne dass der Herr Kriminaldirektor es ausdrücklich genehmigt hat?«, spottete Koronaios.

»Es ist eine Anweisung deines Vorgesetzen in der Mordkommission Chania.« Jorgos deutete auf sich. »Und wenn Karagounis das nicht gefällt, muss er mich vom Dienst suspendieren. Und dann« – er lächelte kurz – »würde sich meine Frau sehr freuen, wenn ich mehr Zeit für die Familie hätte.«

»Ich schlage vor, wir fahren gleich los. Es gibt in der Sfakia einige Leute, die mehr wissen, als sie bisher gesagt haben.« Michalis sah Jorgos an. »Ich werde Myrta bitten, mir die Fotos von Orfeas Embirikos zu schicken. Wenn er wirklich einer der beiden Toten vom Strand ist, könnte es ja in der Sfakia jemanden geben, der sich an ihn erinnert.«

»Gut«, erwiderte Jorgos. »Und sobald Karagounis sich entschließt, mir die Berichte zukommen zu lassen, informiere ich euch.«

»Prüf dann doch bitte als Erstes, ob Zagorakis bei Vangelis Kitsikoudis DNA-Spuren oder Fingerabdrücke gefunden hat. Sobald wir das wissen, können wir entscheiden, ob wir Fanis Karalakis erkennungsdienstlich erfassen«, bat Michalis.

»Falls es unser Kriminaldirektor erlauben sollte, in einem Mordfall gegen einen Tatverdächtigen zu ermitteln«, fügte Koronaios sarkastisch hinzu.

Beim Verlassen des grauen Gebäudes erwischte sich Michalis dabei, nach der Dienstlimousine von Karagounis Ausschau zu halten. Denn auch, wenn Jorgos den Ärger für ihre Ermittlungen auf sich nehmen wollte: Dass Michalis sich gestern illegal Informationen über Karagounis besorgt hatte, würde er ganz allein verantworten müssen.

»Wie wollen wir vorgehen?«, fragte Koronaios, als sie die Schnellstraße erreicht hatten. »Nehmen wir uns den Tankwart vor oder seinen Cousin Nestor Vamvounakis, der den Toten angeblich kaum gekannt hat? Oder fahren wir nach Loutro und fragen Fanis Karalakis, wo er zur Tatzeit wirklich war?«

Michalis zögerte mit einer Antwort. »Ich weiß es nicht, am liebsten …«

»Was?«

»Lass uns nach Sfakia fahren und am Hafen einen Frappé trinken. Und dann sehen wir weiter.«

Koronaios lachte. »Bei jedem anderen würde ich jetzt Jorgos anrufen und sagen, dass ich einen neuen Partner brauche, weil der, den ich habe, spinnt. Aber du …« Er schüttelte den

Kopf. »Du bist der Einzige, bei dem ich so etwas mitmache. Weil du dummerweise zu oft recht hast mit solchem Quatsch.«

»Danke«, entgegnete Michalis. Es gab nicht viele Kollegen, die es hingenommen hätten, dass Michalis für einen Fall ein Gespür entwickeln musste, um erfolgreich ermitteln zu können.

Sie hatten es nicht eilig, deshalb verkniff Koronaios sich jeden Kommentar zu dem Fahrstil von Michalis, der so langsam fuhr, dass er immer wieder einen Blick auf sein Smartphone werfen und auf eine Nachricht von Hannah hoffen konnte.

»Wie war der Abend mit deiner Tochter?«, erkundigte sich Michalis, als sie die Ebene von Askifou erreicht hatten.

»Gut«, antwortete Koronaios nur, und Michalis befürchtete schon, einen wunden Punkt getroffen zu haben.

»Nach der Pizza hat Galatia mir die Ohren vollgeheult, weil sie angeblich ihre beste Freundin im Krankenhaus besuchen musste«, berichtete Koronaios. »Die hätte sich einen Fuß gebrochen, der Vater sei bei der Arbeit, die Mutter mit den kleinen Geschwistern zu Hause, und niemand würde sich um ihre Freundin kümmern.« Koronaios grinste. »Das hab ich natürlich für eine Ausrede gehalten, damit sie aus dem Haus darf. Aber weil sie keine Ruhe gegeben hat, hab ich vorgeschlagen, dass wir zusammen ins Krankenhaus fahren. Ich war davon ausgegangen, dass sie einknickt und zugibt, dass es eine Ausrede war, aber sie hat nur gesagt: Super, Paps, lass uns los.«

»Und, lag ihre Freundin im Krankenhaus?«, erkundigte sich Michalis.

»O ja. In einem völlig überfüllten Zimmer, in dem die anderen drei Frauen Besuch hatten und es unglaublich laut war. Und das abends um halb zehn. Keine Ahnung, wie jemand da gesund werden soll. Na ja, ich hab mich bei Galatia entschuldigt, und sie war glücklich, weil ich so ein toller Vater bin.«

»Also alles gut?«

»Nicht ganz. Denn in der Zeit hat meine Frau versucht, uns zu erreichen. Erst zu Hause und dann auf dem Handy, und das haben wir nicht gehört. Na ja, ich hab später zurückgerufen, es gab großes Theater, meine Schwägerin saß angeblich schon im Wagen, um nachzusehen, was bei uns los ist, und ich konnte meine Frau kaum beruhigen.« Wieder grinste Koronaios. »Aber jetzt ist alles gut, und ich bin der beste Vater der Welt. Und das ist eine kurze Nacht doch wirklich wert.« Koronaios sah Michalis an. »Und bevor du das denkst oder sogar aussprichst: Ich weiß selbst, dass dieser Frieden höchstens bis heute Mittag anhalten wird. Aber bis dahin werde ich ihn genießen.«

»Tu das«, entgegnete Michalis und blickte erneut auf sein Display. Noch immer hatte Hannah sich nicht gemeldet.

Je näher sie Imbros kamen und damit dem Ort, in dem möglicherweise die Familie von Karagounis' Frau eine Taverne betrieb, desto stärker drängte sich Michalis die Frage auf, ob er die Gelegenheit nutzen und sich dort umsehen sollte. Als sie das kleine Zentrum erreichten, in dem die Busse hielten und wo für die Wanderer der Einstieg der Schlucht nach Komitades lag, fuhr Michalis langsamer und sah sich nach einem Parkplatz um.

»Was wollen wir hier?«, fragte Koronaios verwundert.

»Ich« – Michalis zögerte – »ich muss mal Hände waschen.«

»Hat es mit unserem Fall zu tun?«, bohrte Koronaios nach. »Oder mit Hannah?«

»Es ist besser, wenn du das nicht weißt«, entgegnete Michalis.

»Hat es mit Karagounis zu tun?« Koronaios ließ nicht locker. Michalis nahm zur Kenntnis, wie gut ihn sein Partner kannte.

»Falls ich Ärger bekomme, dann hast du nichts davon gewusst, und wir haben nie darüber geredet. Einverstanden?«

»Nein! Natürlich nicht«, entfuhr es Koronaios. »Wie stellst du dir das vor? Ich bleib hier im Auto sitzen, während du rumspazierst?«

»Ganz genau. Ich musste nur mal Hände waschen und wollte Hannah anrufen.«

»Ich hoffe, du weißt, was du tust«, schimpfte Koronaios.

Michalis wusste nicht, was er hier in Erfahrung bringen wollte. Der Name Kampoudakis war das Einzige, was er bisher hatte, sowie sein vages Gefühl, hier könnte ein Schlüssel zum Verhalten von Karagounis liegen. Er rief auf seinem Smartphone eine Karte auf und suchte die Namen der Tavernen. Bei zwei tauchten andere Nachnamen auf, eine dritte hieß wie der Ort. Imbros. Michalis machte sich auf den Weg zu diesem *Imbros* und bestellte dort einen Frappé.

Weder auf der Speisekarte noch an der Tür gab es einen Hinweis auf den Namen des Wirts. Michalis nahm auf der Terrasse Platz, nippte an dem Frappé und sah sich um. Der Wirt bediente in aller Ruhe einige Wanderer, doch trotz dieser Gelassenheit hatte Michalis den Eindruck, aufmerksamer beobachtet zu werden als die Touristen. Ein alter Mann tauchte plötzlich auf und warf wie zufällig einen Blick über die Gäste und Richtung Schlucht. Obwohl dieser Mann sich nichts anmerken ließ, war Michalis sicher, dass sein Blick länger auf ihm als auf den anderen Leuten ruhte.

Michalis bestellte für Koronaios einen Frappé zum Mitnehmen. Als er aufbrach, war er erneut sicher, mit Blicken verfolgt zu werden. Und während er auf ihren Dienstwagen zuging, sah er, dass ein dunkler SUV mit getönten Scheiben langsam vorbeifuhr. Von solchen SUVs gab es auf Kreta Hunderte, doch er verstärkte das Gefühl, beobachtet zu werden.

Während Michalis den Wagen über die Serpentinen oberhalb von Sfakia lenkte, klingelte sein Smartphone. Er ließ es klingeln, da die Kurven zu eng waren, um mit einer Hand zu steuern, und hoffte, dass es Hannah gewesen war. Doch als er auf einem geraden Stück auf das Display blickte, erkannte er die Nummer von Alekos Tatsopoulos.

»Der Revierleiter. Kannst du ihn eben zurückrufen?«, bat Michalis, und wenig später wussten sie, was er wollte: Der Priester von Sfakia hatte sich bei Tatsopoulos gemeldet, weil er etwas mitzuteilen hatte, das die Mordkommission aus Chania interessieren könnte. Was das war, wollte er am Telefon nicht sagen.

Wenig später erreichten sie in Sfakia die Polizeistation, wo der Revierleiter bereits neben dem Einsatzwagen stand, um mit ihnen zu der Kirche, in der Pater Konstantinos auf sie wartete, zu fahren.

An dem kleinen zentralen Platz bog Tatsopoulos in die obere der beiden schmalen Gassen ab, hielt nach zweihundert Metern vor zwei Tavernen an, stieg aus und streckte bedauernd sein Handy in die Höhe.

»Es ist mir sehr unangenehm«, sagte er, »aber Pater Konstantinos hat mir gerade mitgeteilt, dass er zu einem Sterbenden gerufen wurde.«

»Worüber er uns informieren wollte, hat er nicht gesagt?«, erkundigte sich Koronaios.

»Ich habe ihn gefragt, aber er will es nur Ihnen persönlich erzählen und hat angedeutet, dass er Ihnen auch etwas zeigen muss.«

»Hat er gesagt, wann er zurückkommt?«, fragte Michalis.

»Etwa in einer Stunde«, erwiderte Alekos Tatsopoulos.

»Gut. Wir werden uns hier ein wenig umsehen«, erklärte Koronaios.

»Ich gebe Ihnen Bescheid, sobald sich der Pater gemeldet hat. Übrigens musste ich zwei Beamte nach Frangokastello schicken. Der Wirt der Strandtaverne hat sich bei uns gemeldet, weil jemand Touristen von dem Fundort der Skelette vertreibt. Ich hoffe, wir bekommen nicht doch noch Probleme mit den Einheimischen«, berichtete Alekos Tatsopoulos.

»Vielleicht sollten wir dorthin fahren«, schlug Michalis vor.

»Nein«, widersprach Koronaios schnell, »wir bleiben bei deinem Plan von vorhin.«

Michalis unterdrückte ein Grinsen. Koronaios schien hungrig zu sein und am Hafen etwas essen zu wollen.

Alekos Tatsopoulos machte sich auf den Weg, um nachzusehen, wie sich die Situation in Frangokastello entwickelte.

Michalis und Koronaios schlenderten zu der belebteren der beiden Gassen, die direkt am Hafen lag. Koronaios hatte sich für eine Taverne mit Blick auf das Meer entschieden, als Michalis auf einem kleinen Platz laute Stimmen sowie das Hupen von Autos hörte. Er ging in die Richtung und sah zwei Pick-ups, von denen sich ein zerbeulter silbergrauer Toyota Hilux quer vor einen stark verrosteten, dunkelblauen Mitsubishi gestellt hatte. Die Fahrer schienen in eine heftige Auseinandersetzung verstrickt zu sein, und Michalis erkannte, um wen es sich handelte: um Sideris Vamvounakis, den Tankwart, und Fanis Karalakis.

Er näherte sich den beiden. In dem Moment klingelte sein Handy. Er sah, dass Hannah anrief, und schaltete sofort den Klingelton aus, doch als er aufblickte, waren die beiden bereits auf ihn aufmerksam geworden. Sideris Vamvounakis warf Michalis einen verächtlichen Blick zu, ließ von Fanis Karalakis ab und fuhr in seinem Hilux los. Michalis wollte zu Fanis Karalakis laufen, doch der sprang ebenfalls in seinen Pick-up und gab Gas.

»Was war denn das?«, fragte Koronaios, der Michalis gefolgt war.

»Auf jeden Fall scheint keiner der beiden mit uns reden zu wollen«, erwiderte Michalis.

»Was Fanis Karalakis vermutlich bald bereuen wird«, ergänzte Koronaios. »Nehmen wir trotzdem einen Frappé, oder folgen wir ihm?«

»Ich würde gern wissen, was der Priester uns zeigen will. Um Fanis Karalakis können wir uns später kümmern«, schlug Michalis vor.

Kaum saßen sie in der Taverne, als das Handy von Koronaios klingelte.

»Myrta«, sagte er und ging ran.

Michalis warf einen Blick auf sein Smartphone. Es war noch stumm geschaltet, und Hannah hatte ein zweites Mal versucht, ihn zu erreichen. Auch sein Bruder Sotiris hatte es bei ihm probiert. Michalis schüttelte den Kopf. Sotiris rief ihn tagsüber nur im Notfall an. Er wollte ihn gerade zurückrufen, als Koronaios mit gerunzelter Stirn das Gespräch mit Myrta beendete.

»Am Strand von Frangokastello wartet Violeta Embirikos auf uns«, erklärte er. »Myrta meinte, diese Frau sei sehr aufgebracht, weil sich an dem Fundort ihres Bruders Touristen tummeln.«

»Dann ist sie es vermutlich, wegen der Alekos Tatsopoulos nach Frangokastello gefahren ist«, überlegte Michalis laut. »Ich denke, wir sollten auch dorthin.«

»Karagounis weiß übrigens Bescheid«, teilte Koronaios spöttisch mit. »Jorgos hält ihn über unsere Schritte per Mail auf dem Laufenden. Mal sehen, wie lange das gut geht. Und von Myrta soll ich sagen, dass sie dir die Fotos von Orfeas

Embirikos geschickt hat.« Koronaios stand auf. »Der Frappé muss warten. Der Priester auch, falls er noch auftauchen sollte.«

»Es gibt also eine Verbindung zwischen Fanis Karalakis und diesem Tankwart«, sagte Koronaios, als sie Komitades hinter sich gelassen hatten.

»Vermutlich kennen sich hier in der Gegend sowieso alle«, meinte Michalis, »aber es ist auffällig, dass ausgerechnet die beiden heute Streit haben. Ein Mordverdächtiger und ein Mann, der sich ständig vor uns versteckt, jedoch überall auftaucht, wo es um die Drosoulites und die Skelette am Strand geht.«

Wenig später näherten sie sich Patsianos und der Abzweigung nach Frangokastello. Links vor ihnen tauchte die Tankstelle von Sideris Vamvounakis auf.

»Es würde mich interessieren, ob der Herr da ist.« Michalis bog in die Einfahrt ein. »Solange wird sich die Frau am Strand noch gedulden müssen.«

Er hielt neben den Zapfsäulen und sah sich um. An dem kleinen Tisch vor dem Eingang zum Kassenraum saß wie gestern eine Handvoll Männer mit ihren Frappé-Bechern und diskutierte lautstark.

Eine Frau kam aus dem Kassenraum und servierte einem der Männer ein Sandwich. Michalis brauchte einen Moment, bis er begriff, dass sie diese Frau gestern bei der Witwe Marilita Kitsikoudis gesehen hatten. Es war die ungepflegt wirkende Frau mit der kräftigen Statur, die heute eine alte Jeans mit Ölflecken trug.

»Das dürfte die Frau von Sideris Vamvounakis sein«, meinte Koronaios. »Und auch sie scheint eine Vertraute von Marilita Kitsikoudis zu sein, sonst wäre sie gestern nicht dort gewesen.

Eigenartig, dass wir ständig auf die Frauen treffen, die der trauernden Witwe beistehen.«

»Volltanken?«, fragte die Frau unfreundlich, den Zapfhahn in der Hand.

»Ja. Ja, volltanken«, erwiderte Michalis.

»Ist Ihr Mann auch da?«, erkundigte sich Koronaios.

»Warum? Passt es Ihnen nicht, wenn eine Frau Ihren Wagen betankt?«

»Doch, natürlich«, erwiderte Koronaios höflich.

Michalis beobachtete die Frau sowie die Männer mit ihren Frappés, die ihnen verstohlene Blicke zuwarfen. Niemand sprach ein Wort, und sicherlich wussten sie alle, dass sie die Mordkommissare aus Chania vor sich hatten. Der Pick-up von Sideris Vamvounakis war nirgends zu sehen. Kein guter Zeitpunkt, um der Frau Fragen zu stellen.

13

Michalis hielt an der Ruine des Kastells neben zwei Einsatzwagen der Polizei. Die Frage, wie sie Violeta Embirikos erkennen würden, erübrigte sich. Inmitten der Überreste der Absperrung, die vorgestern errichtet worden war, lag eine Frau zusammengekrümmt auf dem Sand. Weiter hinten erkannte Michalis den Revierleiter im Gespräch mit zwei seiner Beamten.

»Das wird sie sein, oder?« Koronaios deutete auf die Frau.

»Sehr wahrscheinlich. Sie liegt genau dort, wo jahrelang ihr Bruder gelegen hat. Wenn es wirklich ihr Bruder war«, meinte Michalis und kniff die Augen zusammen. Die Begegnung mit dieser Frau würde vermutlich kompliziert werden.

Ein leichter, angenehmer Wind trieb den salzigen Geruch des Meeres über den Strand. Michalis überlegte, ob er erst noch Hannah oder Sotiris zurückrufen sollte, doch beim Anblick der gekrümmten Frau hielt er es für ratsam, sich auf die Ermittlungen zu konzentrieren. Er schrieb Hannah *Ich kann gerade nicht, melde mich später. Hoffe, dir geht's gut.*

Die Frau schien die Augen geschlossen zu haben, doch in dem Moment, als Michalis und Koronaios die Absperrung erreicht hatten, drehte sie sich plötzlich um und starrte sie aus müden Augen an. Die Wut, von der Myrta berichtet hatte, schien hinter der Verzweiflung zu lauern.

»Polizei?«, fragte die Frau. Sie war um die dreißig und trug glatte, rot gefärbte halblange Haare sowie eine dunkel eingefasste Brille mit auffällig kleinen Gläsern.

»Ja. Mein Name ist Pavlos Koronaios, und das ist mein Kollege Michalis Charisteas. Mordkommission Chania. Sie sind Violeta Embirikos, nehme ich an?«

Ohne auf die Frage zu reagieren, stand sie langsam auf. Ihre Jeans sowie ihre schwarze Motorradjacke waren feucht geworden, doch das schien sie nicht zu stören.

»Hat er hier gelegen? Genau hier?«, erkundigte sie sich leise.

Michalis räusperte sich. »Wir wissen noch nicht mit Sicherheit, wen wir hier gefunden haben«, begann er und sah das Entsetzen in den Augen von Violeta Embirikos. »Ein anonymer Anrufer hat uns zwei Namen genannt. Einer davon ist der Ihres Bruders.«

»Was genau haben Sie gefunden?«, fragte die Frau.

Michalis und Koronaios warfen sich einen Blick zu. Beiden war klar, wie schwer dieser Moment für Violeta Embirikos sein musste.

»Wir haben Kleidungsreste gefunden und …«

»… kann ich die Sachen sehen?«, unterbrach Violeta Embirikos ihn sofort.

»Die sind in Chania. Bei der Spurensicherung«, erwiderte Michalis. »Ich habe Fotos davon.«

»Zeigen Sie mir die Fotos!«, forderte Violeta Embirikos und stand auf. Ihre Stimme bekam etwas Schneidendes, das keinen Widerspruch duldete.

Michalis rief die Fotos auf, und Violeta Embirikos riss ihm sein Smartphone regelrecht aus der Hand. Sie starrte auf die Reste einer Jacke und wischte, ohne Michalis um Erlaubnis zu fragen, zu weiteren Fotos. Ihr Verhalten gefiel Michalis nicht, aber für den Moment ließ er sie gewähren.

Violeta Embirikos wischte zwischen den Aufnahmen der Turnschuhe und der Jackenreste hin und her, dann ließ sie ihre Hände plötzlich sinken. Michalis begriff: Bis zu diesem Moment hatte sie einen letzten Funken Hoffnung gehabt, ihr Bruder Orfeas würde noch leben und es gäbe Gründe, warum er neun Jahre lang nichts von sich hatte hören lassen. Doch in diesem Augenblick, als Violeta Embirikos die Fotos sah, starb diese winzige Hoffnung.

Das Smartphone glitt der Frau aus den Händen. Michalis konnte es gerade noch auffangen. Violeta Embirikos stand hilflos am Strand, ihre Schultern zuckten, und Tränen liefen ihr über die Wangen. Koronaios machte zwei Schritte auf die Frau zu und streckte die Hände aus, und sofort sank Violeta Embirikos in seine Arme.

»Haben Sie heute schon etwas gegessen?«, fragte Koronaios, als sie sich ein wenig beruhigt und von ihm gelöst hatte.

Violeta Embirikos schüttelte den Kopf.

»Dürfen wir Sie einladen?«, bot er an.

Violeta Embirikos nickte verwirrt.

Koronaios sah Michalis fragend an, und der deutete auf das andere Ende des Strands, wo sie vorgestern gegessen hatten.

»Gut, dann gehen wir«, schlug Koronaios vor und ging voraus, bis er bemerkte, dass die Frau sich nicht rührte.

»Ich kann hier nicht weg«, flüsterte sie, »hier spielen Kinder, und hier kommen Leute mit Hunden vorbei. Ich musste sie vorhin immer wieder vertreiben. Niemand darf auf dem Grab meines Bruders herumtoben. Niemand.«

Koronaios wollte etwas sagen, doch Michalis kam ihm zuvor.

»Der Fundort wird bewacht«, versicherte er und deutete auf Tatsopoulos und seine Beamten. »Sie können sich darauf verlassen«, fügte er hinzu.

Violeta Embirikos nickte skeptisch. Dann ging sie mit Koronaios los, und Michalis gab Alekos Tatsopoulos ein Zeichen.

»Wir haben vorhin in Sfakia einen Streit zwischen Fanis Karalakis und dem Betreiber der Tankstelle beobachtet«, berichtete er dem Revierleiter, nachdem sie die Bewachung der Fundstelle organisiert hatten. »Karalakis ist mit einem Pick-up weggefahren. Könnten Ihre Leute ihn im Auge behalten, wenn er zurückkommt? Uns würde interessieren, mit wem er sich trifft und was er tut. Die Verbindung zu Sideris Vamvounakis überrascht uns.«

»Ich könnte jemanden abstellen, der die Fähre nach Loutro im Blick behält«, schlug Alekos Tatsopoulos vor. »Wenn Fanis Karalakis mit dem Pick-up unterwegs ist, will er vermutlich einkaufen und dazu die Fähre nehmen.«

»Sehr gut«, erwiderte Michalis.

»Meine Kollegen bleiben hier. Brauchen Sie mich noch?«, erkundigte sich Tatsopoulos.

»Nein, vielen Dank«, entgegnete Michalis.

Koronaios und Violeta Embirikos hatten einige hundert Meter Vorsprung, so dass Michalis Hannah anrufen konnte. Er ließ es lange klingeln, doch sie ging nicht ran. Michalis wollte schon Sotiris anrufen und fragen, was los war, als Hannah zurückrief.

»Entschuldige, ich war nicht schnell genug!«, rief sie aufgekratzt.

»Wo bist du denn?«, wollte Michalis wissen.

»Ich, äh, ich bin in der Wohnung. Äh, Loukia ist hier, sie hat mir Wildgemüsetaschen und Fenchelpasteten mitgebracht«, antwortete Hannah. Michalis wunderte sich über Hannahs Gestammel, und dann war auch noch seine Mutter bei ihr? Michalis konnte sich nicht daran erinnern, dass Loukia Hannah je dort allein besucht hatte.

»Und du? Wo bist du, was machst du gerade?«, fragte Hannah.

»Ich bin wieder in Frangokastello. Erzähl ich dir heute Abend.«

»Ja, gern!«

Michalis war nicht sicher, ob Hannah fröhlich klingen wollte, weil Loukia in ihrer Nähe war, oder ob sie tatsächlich gut gelaunt war.

»Ich melde mich, wenn ich ungefähr weiß, wann wir zurück sind«, sagte er.

»Ich freu mich!«, rief Hannah, und Michalis wartete, dass sie auflegt, doch nichts geschah.

»Du musst auflegen«, sagte Hannah leise.

»Gut, ich leg jetzt auf«, erwiderte Michalis.

»Dann leg aber wirklich auf!«

Michalis lächelte. Irgendetwas war mit Hannah passiert seit gestern Nacht.

»Gut, ich leg jetzt auf!«, rief er, und weil er am anderen Ende nur Hannahs Lachen hörte, legte er tatsächlich auf und entschied sich, noch schnell Sotiris anzurufen, denn er wollte wissen, warum seine Mutter bei Hannah war.

»Nur kurz«, sagte Sotiris, »das *Athena* ist voll.«

»Und außerdem fehlt euch Loukia in der Küche.«

»Ah, das weißt du also schon«, entgegnete Sotiris und teilte Michalis dann in Kurzform mit, was am Vormittag passiert war: Weil Hannah Michalis zweimal nicht erreicht hatte, hatte sie bei seinem Onkel Jorgos im Büro angerufen und wissen wollen, wo er steckte. Jorgos hatte daraufhin Sotiris angerufen und ihm unter dem Siegel absoluter Verschwiegenheit gestanden, dass Hannah nach Michalis suchte. Sotiris hatte sich zwar geweigert, Loukia zu sagen, was Jorgos gewollt hatte, doch Loukia hatte Jorgos angerufen und ihn so lange bedrängt, bis er ihr von Hannahs Anruf berichtete. Loukia hatte daraufhin die Wildgemüsetaschen und Fenchelpasteten eingepackt und war sofort zu Hannah gefahren. Und dort saßen die beiden Frauen jetzt seit über zwei Stunden zusammen.

»Ich glaube, es ist ein gutes Zeichen, dass sie schon so lange reden«, fügte Sotiris hinzu.

Zum Glück, dachte Michalis, hatte Hannah sich mit den Jahren daran gewöhnt, dass seine Mutter und seine Schwester davon überzeugt waren, die Angelegenheiten der anderen regeln zu müssen. Doch da Hannah so aufgekratzt geklungen hatte, schien Loukia das Richtige zu tun.

Als Michalis die Terrasse des *Limani* betrat, studierten Koronaios und Violeta Embirikos bereits die Speisekarte.

»Frau Embirikos kann wählen, was immer sie möchte«, teilte Koronaios ihm mit, und Michalis begriff, dass Koronaios' Eindruck, Violeta Embirikos habe lange nichts gegessen, absolut richtig gewesen war. Sie bestellte eine *moussaka*, weil diese am schnellsten serviert wurde, und sie schlang auch das als Vorspeise gereichte Brot mit Olivenöl so hastig hinunter, dass der Kellner fragte, ob er noch Oliven und Schafskäse bringen sollte.

Auch davon ließ Violeta Embirikos wenig übrig, und nachdem sie ihre Moussaka gegessen hatte, warf sie Koronaios einen verstohlenen Blick zu.

»Falls Sie noch Appetit haben«, bot Koronaios an, »ich könnte das *kotópoulo piláfi* sehr empfehlen. Dieses Huhn mit Reis ist wirklich sehr gut.«

Violeta Embirikos nahm tatsächlich noch das Huhn. Vermutlich hatte sie seit dem Anruf von Myrta gestern nichts mehr gegessen.

»Wie ist Orfeas gestorben?«, fragte Violeta Embirikos unvermittelt.

Michalis und Koronaios klärten mit einem kurzen Blick, dass Koronaios das Reden übernehmen würde, da Violeta Embirikos in der letzten halben Stunde anscheinend ein wenig Vertrauen zu Koronaios entwickelt hatte.

»Noch können wir das nicht mit Sicherheit sagen, unsere …«, begann Koronaios, doch Violeta Embirikos fiel ihm ins Wort.

»Warum nicht? Was haben Sie seit gestern unternommen?«

Koronaios verdrehte die Augen, und Michalis war klar, dass sein Partner sich vorgenommen hatte, ruhig zu bleiben.

»Wir arbeiten mit Hochdruck, das garantiere ich Ihnen«, fuhr Koronaios fort, »denn auch wir hätten gern so schnell wie möglich Klarheit, da können Sie sicher sein. Für uns ist das ebenso eine sehr außergewöhnliche Situation.«

»Was ist denn von meinem Bruder übrig, außer den Turnschuhen und seiner Jacke?«

»Wir haben … Sind Sie sicher, dass Sie die uns bisher bekannten Details wirklich hören wollen?«

»Ja! Verdammt nochmal, ja! Ich werde seit neun Jahren von Leuten wie Ihnen hingehalten und belogen!«

Da war sie also, die aggressive und misstrauische Violeta Embirikos.

Koronaios blieb vollkommen ruhig, so dass Michalis sich wunderte, wie sehr sein Partner offenbar entschlossen war, sich nicht provozieren zu lassen, und erwiderte: »Wir haben zwei vollständige …«

»Zwei? Wer ist der andere? Oder ist es eine Frau?«

»Unser Gerichtsmediziner geht davon aus, dass es zwei Männer sind.«

»Sind Sie ermordet worden?«, fragte Violeta Embirikos aufgebracht.

Koronaios atmete tief durch und fuhr fort: »Beide Skelette weisen im Schulter- und Brustbereich Verletzungen auf, die auf Einschüsse schließen lassen. Aber da müssen wir unseren Spezialisten wirklich die Zeit geben, die sie brauchen.«

Violeta Embirikos schüttelte den Kopf.

»Die Polizei hat neun Jahre Zeit gehabt und nichts unternommen. Und jetzt muss ich wieder warten?«

»Leider ja«, entgegnete Koronaios.

»Falls Ihr Bruder ermordet wurde«, mischte sich Michalis ein, »werden wir selbstverständlich alles tun, um den Mörder zu finden.«

Violeta Embirikos fuhr herum und starrte Michalis an.

»So? Und was wollen Sie tun? Nachdem Ihre Kollegen all die Jahre nichts getan haben?«, entgegnete sie schneidend.

»Jeder Täter macht Fehler und hinterlässt Spuren. Dadurch können wir ihn finden.« Michalis und Violeta Embirikos maßen einander mit Blicken. »Für uns ist es deshalb wichtig, auch von Ihnen möglichst viel über Ihren Bruder zu erfahren. Je mehr wir wissen, desto schneller …«

»Alles, was ich weiß, habe ich der Polizei in Athen längst zu Protokoll gegeben! Schon vor Jahren!«, polterte Violeta Embirikos, und dann zählte sie auf, was sie wusste.

»Als diese beschissene Finanzkrise kam, wo sich die Reichen in Griechenland die Taschen noch voller gestopft haben, während wir Armen langsam verreckt sind, ist mein Bruder nach Athen gegangen. Bei uns in Paranesti, kurz vor Bulgarien, da gab es wirklich nichts, womit Orfeas hätte Geld verdienen können. Alle waren arm, ich hätte nicht mal auf den Strich gehen können, weil niemand Geld gehabt hätte, um für Sex zu bezahlen.« Bitterkeit lag in ihrer Stimme. »Ich war gerade mit der Schule fertig, und Orfeas hat meinen Eltern und mir von Athen aus alle paar Wochen ein wenig Geld geschickt. Unseren Eltern hat er erzählt, er hätte kleine Jobs, und ich wusste als Einzige, dass das keine legalen Jobs waren, sondern Einbrüche, Hehlerei, Drogengeschäfte.« Sie schüttelte empört den Kopf und warf Michalis und Koronaios einen herablassenden Blick zu. »Sie haben beide damals wahrscheinlich hier auf Kreta gehockt, und die Touristen brachten genug Geld, damit sie alle prima leben konnten. Na ja«, fügte sie verächtlich hinzu, »Sie arbeiten ja für den Staat, Ihnen kann alles egal sein. Ihr Geld kommt so oder so. Ihr Staatsdiener seid doch Teil des Problems.«

Michalis hätte ihr zu einer anderen Zeit gern erläutert, dass auch den Staatsbediensteten damals die Gehälter massiv gekürzt sowie verspätet und manchmal auch gar nicht ausgezahlt worden waren und dass viele Familien dadurch riesige Probleme bekommen hatten. Aber es war nicht der Moment dafür, und natürlich hatte Violeta Embirikos recht. Auf Kreta gab es in der Finanzkrise nicht die grausame Armut wie in Athen und Thessaloniki oder den Regionen, in die sich kaum Touristen verirrten.

»Mein Onkel Dimos, der Bruder meines Vaters, hat sich damals umgebracht. Aus Scham, weil er die Familie nicht mehr ernähren konnte. Und meine neunjährige Cousine ist gestorben, weil die OP zu teuer war. Sie würde noch leben, wenn in diesem beschissenen Staat nicht nur die Reichen Geld hätten! Oder wenigstens etwas davon abgeben würden, statt auf ihren Yachten Champagner zu saufen!«, empörte sich Violeta Embirikos mit Tränen in den Augen. »Jeden zweiten Tag hab ich mit Orfeas telefoniert. Ich wusste, wie erbärmlich er lebt und dass er alle paar Tage woanders und manchmal auf der Straße übernachtet und dass es Tage gab, wo er leichter an Drogen als an Lebensmittel rankam. Immer, wenn Geld bei meinen Eltern eintraf, haben die sich gefreut und ihren Sohn in den Himmel gelobt, weil er so tapfer arbeitet und für sie sorgt. Aber ich war todunglücklich, denn ich wusste, welchen

Preis er dafür zahlt. Und dass ihm nichts lieber wäre, als wieder bei uns in Paranesti zu sein und nichts mehr mit diesen Kriminellen zu tun zu haben.«

Sie schwieg, und Michalis überlegte, ob dies der Moment war, selbst Fragen zu stellen. Er warf Koronaios einen Blick zu, der denselben Gedanken zu haben schien, denn er schüttelte leicht den Kopf.

»Nach fast jedem Telefonat«, fuhr Violeta Embirikos fort, »habe ich geheult. Ich habe meinen großen Bruder immer bewundert und unendlich vermisst und durfte mit niemandem darüber reden, wie beschissen es ihm geht. Das hatte ich ihm versprochen.« Offenbar gab sie sich selbst eine Mitschuld am Tod ihres Bruders. Vielleicht würde ihr Bruder noch leben, wenn sie damals ihrem Vater oder jemand anderem gesagt hätte, wie es um ihn stand.

»Dann kam der fünfundzwanzigste Februar 2012«, sagte Violeta Embirikos leise.

»Was war an dem Tag?«, fragte Koronaios.

Violeta Embirikos schossen erneut Tränen in die Augen.

»An diesem Tag habe ich zum letzten Mal die Stimme von Orfeas gehört.« Sie schüttelte den Kopf. »Und seit heute weiß ich endgültig, dass ich sein Lachen nie mehr hören und ihn nie mehr sehen werde«, fügte sie kraftlos hinzu.

Februar 2012, überlegte Michalis, das passte zu dem, was sie über die Turnschuhe in Erfahrung gebracht hatten.

»Hat Ihr Bruder Ihnen erzählt, dass er auf Kreta ist?«, fragte er.

»Nein. Nie«, erwiderte Violeta Embirikos. »Er hat Kreta nie erwähnt. Deshalb bin ich auch nicht auf die Idee gekommen, hier nach ihm zu suchen.«

»Und hat er vielleicht mal von einem Freund gesprochen? Einem Bulgaren?«, hakte Michalis nach.

»Er hat ein paarmal gesagt, dass er mit zwei Freunden unterwegs sei. Aber nicht, dass einer von ihnen Bulgare war. Nein.«

»Zwei Freunde? Sind Sie sicher?«, fragte Koronaios nach.

»Ja. Das hat er mehrfach gesagt.«

Michalis überlegte.

»Hat er diese zwei Freunde auch in den Tagen, bevor Sie zum letzten Mal mit ihm gesprochen haben, erwähnt?«, erkundigte er sich.

Violeta Embirikos kniff die Augen zusammen und versuchte, sich zu erinnern.

»Ja, das hat er«, erwiderte sie.

»Hat er sonst jemanden erwähnt, den er kannte?«, fragte Koronaios.

»Nein«, antwortete sie entschieden, »aber nachdem er nichts mehr von sich hat hören lassen, sind mein Vater und ich mit einem Cousin nach Athen gefahren und haben Orfeas gesucht. Ich wusste, dass er sich meistens in Exarchia aufhielt, und wir sind durch das Viertel gezogen und haben den Leuten Fotos von ihm gezeigt.«

»Kannte ihn jemand?«, fragten Michalis und Koronaios fast gleichzeitig.

»Nein ... eigentlich nicht.«

»Eigentlich?«, wiederholte Koronaios.

»Eine Frau erinnerte sich an ihn, aber die stand unter Drogen, und sie hatte ihn nur ein paarmal gesehen, wenn sie bei einem Freund war. Mehr wusste sie nicht.«

»Haben Sie einen Namen von der Frau? Oder etwas anderes, so dass wir sie finden könnten?«

»Vergessen Sie's«, erwiderte Violeta Embirikos, »ich bin drei Monate später noch einmal nach Athen gefahren und habe sie gesucht. Aber da lebte diese Frau schon nicht mehr.«

»Woher wissen Sie das?«, erkundigte sich Koronaios.

»Ich habe sie dort gesucht, wo wir auf sie gestoßen waren. Ein Café in Exarchia.« Sie stockte. »Eine Kellnerin erinnerte sich an sie. Drei Tage vorher war die Beerdigung gewesen. Die Frau war drogensüchtig und verdiente das Geld für den Stoff mit Prostitution. Sie hatte wohl eine Überdosis erwischt, oder jemand hatte ihr das falsche Zeug verkauft.«

Violeta Embirikos atmete tief durch und starrte auf das Meer, das strahlend blau vor ihnen lag.

»Wenigstens hat Orfeas es hier schön gehabt, die letzten Jahre … er hat immer davon geträumt, mit einem eigenen Boot an der Küste zu leben«, raunte sie, und Michalis war sich nicht sicher, ob das Sarkasmus oder ein winziger Trost war, weil ihr Bruder über viele Jahre seine letzte Ruhestätte am Strand gehabt hatte.

»Was ist das eigentlich für ein Quatsch mit Gespenstern, die hier als Riesen über den Strand wandern?«, erkundigte sich Violeta Embirikos so unvermittelt, dass Michalis einen Moment brauchte, um zu verstehen, was sie meinte.

»Die Drosoulites?«, kam Koronaios ihm zuvor.

»Ja, dieser Unsinn, dass nach zweihundert Jahren irgendwelche Freiheitskämpfer wieder auferstehen.«

»Es gibt Einheimische, die glauben daran, dass ihre Vorfahren …«, erklärte Koronaios.

»Ja, das hab ich bemerkt. Zwei Männer mit langen Bärten und gehäkeltem Zeug auf dem Kopf wollten mich vom Grab meines Bruders vertreiben. Denen hab ich aber was erzählt. Und dann kamen die mir mit diesem Schauermärchen.«

Michalis und Koronaios schwiegen.

»Glauben Sie etwa auch daran? Dann wundert mich gar nichts mehr, wenn sich die Polizei schon mit Spukgeschichten beschäftigt.« Sie lachte höhnisch. »Ich bin Wissenschaftlerin, mir müssen Sie mit so etwas nicht kommen.«

Michalis wollte bei diesem Hinweis auf ihre Arbeit einhaken, doch Koronaios deutete mit einer Geste an: Lass gut sein, das erklär ich dir nachher.

»Wo sind die Überreste meines Bruders jetzt?« Violeta Embirikos wechselte abrupt die Tonlage und klang wieder fordernd und aggressiv.

»In Chania«, erwiderte Michalis.

»Kann hier am Strand noch irgendetwas von ihm liegen?«

»Nein. Unsere Spezialisten waren sehr sorgfältig.«

»Dann fahre ich jetzt nach Chania. Ich will ihn sehen«, forderte sie.

»Wir müssten mit unseren Kollegen in Chania besprechen, wann das heute möglich ist«, entgegnete Koronaios, zum ersten Mal etwas schroff. Er schien wie Michalis zu denken, dass es keine gute Idee war, diese aufgebrachte Frau in die Gerichtsmedizin stürmen zu lassen.

»Ich brauch keinen Termin! Das ist mein Bruder, und ich hab jahrelang gewartet, weil Leute wie Sie …«

Der Moment war gekommen, an dem es Koronaios reichte, von der Frau beschimpft zu werden.

»Doch, Sie brauchen einen Termin! Weil wir die Polizei sind und unseren Job machen. Und wir werden den Mörder Ihres Bruders finden, aber wir entscheiden auch, wann welcher Schritt richtig ist!«

Violeta Embirikos sprang auf.

»Ich werde seit neun Jahren von der Polizei hingehalten, ich warte keine Sekunde länger!«, brüllte sie. »Ich fahre jetzt in Ihre beschissene Gerichtsmedizin oder wo immer Orfeas gerade ist, und es wird mich niemand daran hindern, zu ihm zu gehen! Niemand!«

Sie schnappte sich ihre Motorradjacke, stürmte zum Ausgang und riss dabei zwei Stühle um.

»Wollen wir sie aufhalten?«, fragte Michalis.

»Die hält im Moment niemand auf. Ich ruf Jorgos an und warne ihn vor, und bis die Frau in Chania ist, hat sie sich wieder beruhigt«, erwiderte Koronaios.

»Sicher?«

»Nein.«

Koronaios erhob sich und stellte die umgeworfenen Stühle wieder auf.

»Wenn eines der Skelette wirklich die Überreste von Orfeas Embirikos sind, dann wissen wir jetzt immerhin einiges über sein Umfeld«, sagte Koronaios, nachdem er sich wieder gesetzt hatte.

»Sie ist Naturwissenschaftlerin?«, erkundigte sich Michalis.

»Studierte Chemikerin. Arbeitet aber in Athen als Kellnerin, weil es keine Jobs gibt. Ziemlich frustrierend, versteh ich ja.« Koronaios seufzte. »Einer von uns sollte hier zahlen, und der andere Jorgos anrufen«, schlug er vor.

»Ruf du Jorgos an«, erwiderte Michalis, denn er befürchtete, ansonsten mit seinem Onkel über Hannah und seine Familie reden zu müssen. »Und dann überlegen wir die nächsten Schritte.«

Koronaios stand auf und ging Richtung Strand, um zu telefonieren. Michalis zahlte und folgte ihm.

»Jorgos ist gewarnt, und er wird sich mit Myrta um Violeta Embirikos kümmern, sobald sie in der Polizeidirektion auftaucht«, erklärte Koronaios, als er zurückkam. »Außerdem hat unser Herr Kriminaldirektor die Berichte von Stournaras und Zagorakis freigegeben und scheint sich wieder beruhigt zu haben. Jorgos konnte mit ihm vorhin zumindest halbwegs normal reden, versicherte er.«

»Hat Jorgos auch gesagt, was in den Berichten steht?«, erkundigte sich Michalis.

»Weitgehend das, was uns die beiden bereits mitgeteilt hatten. Stournaras ist sicher, dass die Leichen vom Strand erschossen wurden, und er hat sich festgelegt, dass Vangelis Kitsikoudis an der Auffindungsstelle bei seinen Bienenkästen auch gestorben ist und nach seinem Tod bewegt wurde. Möglicherweise, um an eine Waffe zu kommen, auf der er lag, das würde den Abdruck an seinem Rücken erklären, ist aber natürlich reine Spekulation. Zagorakis weiß von der Glock 25, die bei Vangelis Kitsikoudis zu Hause fehlt, und wird das mit Stournaras prüfen.«

»Gehen Zagorakis und Stournaras davon aus, dass Vangelis Kitsikoudis getötet wurde?«, fragte Michalis.

»Laut Stournaras erfolgte der Schuss aus wenigen Zentimetern Entfernung. Der Winkel, in dem die Kugel in den Kopf eingedrungen ist, spricht gegen einen Selbstmord. Kitsikoudis müsste sich akrobatisch verrenkt haben, um die Waffe dort selbst aufzusetzen. Außerdem gibt es an seiner Hand keine Schmauchspuren und auch sonst keine der typischen Verletzungen, wenn er selbst geschossen hätte. Es spricht also nichts für einen Selbstmord. Zagorakis hat neben der Leiche einige Haare gefunden, die nicht zu Vangelis Kitsikoudis gehören. Es ist nicht viel, würde aber für einen DNA-Abgleich mit Verdächtigen ausreichen. Darüber hinaus gibt es einige Textilfasern sowie fremde Schuhabdrücke. Und Fingerabdrücke an der Motorhaube von Vangelis Kitsikoudis, die nicht seine sind.«

Michalis und Koronaios hatten am Strand die Hälfte des Wegs bis zu ihrem Wagen zurückgelegt und konnten sehen, dass der Fundort der Skelette von einem der Polizisten bewacht wurde.

»Violeta Embirikos hat von zwei Freunden gesprochen, mit denen ihr Bruder unterwegs war. Auch in seinen vermutlich letzten Tagen, wohl auch auf Kreta«, meinte Michalis nachdenklich. »Es könnte also einen dritten Mann geben. Womöglich ist das derjenige, der gestern anonym die Namen seiner alten Freunde mitgeteilt hat.«

»Dann hätte er neun Jahre lang geschwiegen. War womöglich er es, der die beiden getötet hat? Wäre denkbar«, meinte Koronaios.

»Ja, das wäre eine Möglichkeit«, erwiderte Michalis. Sein Handy klingelte. Er ging ran und erfuhr von Alekos Tatsopoulos, dass der Priester jetzt wieder in der Kirche sei.

»Ich habe Tatsopoulos gebeten, uns zu der Kirche zu begleiten«, sagte Michalis, nachdem er aufgelegt hatte. »Auf dem Weg dorthin reden wir noch kurz mit dem Mountainbike-Verleiher.«

Michalis und Koronaios hatten kaum gehalten, als Nestor Vamvounakis schon aus seinem Geschäft kam, sich zwischen einigen Mountainbikes hindurchzwängte und an ihren Wagen trat. Vielleicht wollte er verhindern, dass sie auf seine Frau trafen. Die beiden Kommissare stiegen aus.

Nestor Vamvounakis behauptete, er habe Vangelis Kitsikoudis zwar gekannt, allerdings nicht sehr gut. Etwas anderes habe er auch gestern nicht ausgesagt, und dass seine Frau mit Marilita Kitsikoudis befreundet ist, hieße ja nicht, dass Vangelis Kitsikoudis ein Freund von ihm war.

»Ist Ihre Frau denn auch da?«, erkundigte sich Michalis.

»Nein«, erwiderte Nestor Vamvounakis.

»Gut, dann reden wir ein anderes Mal mit ihr«, sagte Michalis und öffnete die Fahrertür. Nestor Vamvounakis ging auf die vielen Fahrräder zu, die vor seinem Geschäft standen.

»Eine Frage noch«, meinte Michalis. »Sie kennen die Bienenkästen von Vangelis Kitsikoudis?«

Nestor Vamvounakis drehte sich beunruhigt um.

»Ja. Das habe ich Ihnen doch gestern schon gesagt«, erwiderte er.

»Es gibt dort eine Felsspalte, in der ein Autowrack liegt. Wie kann das dahin gekommen sein? Wusste Vangelis Kitsikoudis von dem Wrack?«, fragte Michalis und beobachtete, wie Nestor Vamvounakis nervös zurückwich.

»Keine Ahnung. Hat er nie erwähnt. War's das?«, antwortete er schnell.

»Ja, vielen Dank.« Michalis lächelte.

»Lass mich raten«, meinte Koronaios, als sie wieder in ihrem Wagen saßen, »du glaubst, dass dieses Autowrack etwas mit den Fällen zu tun hat, und du würdest es dir am liebsten ansehen.«

Michalis zuckte mit den Schultern. Natürlich wollte er das.

»Dir ist aber klar«, sagte Koronaios, »dass du ziemlich klettern müsstest, um nach unten zu kommen? Und du solltest irgendwie auch wieder heraufkommen.«

»Ich werde mit Alekos Tatsopoulos reden. Vielleicht kann er uns helfen«, entgegnete Michalis.

Sie holten den Revierleiter am Polizeirevier ab und erzählten ihm von dem Autowrack.

»Einer meiner Polizisten hat Erfahrung im Klettern. Wenn Sie wollen, fahren wir nachher mit ihm zusammen zu der Felsspalte, und er kann Ihnen helfen, sich das Wrack anzusehen. Und falls Sie entscheiden, dass es geborgen werden soll, werden wir einen Weg finden.«

»Das machen wir, sobald wir mit dem Priester gesprochen haben«, erwiderte Michalis.

14

Pater Konstantinos verabschiedete zwei alte Frauen, als Michalis und Koronaios mit Alekos Tatsopoulos durch das geöffnete Eisentor den Vorplatz der Kirche überquerten.

»Gut, dass Sie da sind, meine Herren«, begrüßte der Priester sie freundlich und gab Michalis und Koronaios die Hand. Auch Tatsopoulos und der Priester begrüßten einander, doch nachdem sie die Kirche des Heiligen Panteleimon betreten hatten, blieb der Revierleiter im Hintergrund und hielt sich aus dem Gespräch heraus.

Die Kirche bestand aus zwei kostbar und üppig ausgestatteten Kirchenschiffen. Ein Teil war dem Heiligen Panteleimon und der andere dem Heiligen Nikolaos geweiht. Die Wände wurden von großen, neu geschaffenen Fresken mit Darstellungen von Jesus und den Heiligen geziert. Eine für einen kleinen Ort wie Sfakia beeindruckende Kirche.

»Es gibt etwas, das Sie interessieren könnte«, begann der Priester, nachdem er sich bekreuzigt und die Kirchentür abgeschlossen hatte. Es schien dem Geistlichen schwerzufallen, darüber zu reden.

»Einen Moment«, sagte er, seufzte und verschwand hinter der Ikonostase. Wenig später kam er mit einem Paket von der Größe eines Wandkalenders zurück, das in schweres braunes Papier gehüllt, aber geöffnet worden war. Pater Konstantinos stellte das Paket vorsichtig auf zwei Stühle.

»Das hier«, erklärte er, »stand heute früh, als meine Helferin die Kirche geöffnet hat, vor dem Altar. Fest verschnürt.«

Feierlich schlug der Priester das Papier zur Seite. Zum Vorschein kam eine prächtige, vergoldete Ikone, die detailreich und in kunstvoller Ausführung einen Heiligen zeigte.

Pater Konstantinos schien überwältigt zu sein. Michalis war sicher, dass er ihnen mehr zu dieser Ikone sagen würde.

»Dies ist der Heilige Panteleimom«, begann der Geistliche nach einem Moment und flüsterte vor Ergriffenheit. »Vor fast hundert Jahren wurde die Ikone dieser Kirche geschenkt und gab seitdem den Gläubigen Kraft und Mut.« Er schluckte. »Vor neun Jahren ist sie verschwunden. Und heute früh steht sie plötzlich hier, unversehrt. Sie könnte ihre Kraft schon bei unserem nächsten Gottesdienst wieder für uns entfalten.«

»Vor neun Jahren? Wissen Sie noch, wann genau?«, wollte Michalis wissen.

»Nein, das weiß ich nicht mehr, aber vielleicht gibt es darüber Unterlagen. Es gab jedenfalls damals eine Serie von Kirchendiebstählen. Immer wieder sind auch die kleinen Kirchen ausgeraubt worden. Nicht nur die Ikonen verschwanden, sondern alles, was aus Gold oder Messing und leicht zu transportieren war, wurde gestohlen. Es war furchtbar. Die Kirchen standen hier immer offen, und der Gedanke, sie zu schließen, war unerträglich. Gerade die älteren Menschen sollen im Glauben jederzeit Mut und Trost finden können.«

»Was haben Sie unternommen?«, erkundigte sich Michalis, weil der Priester nicht weitersprach.

»Einige Kirchen haben wir tatsächlich geschlossen«, fuhr Pater Konstantinos fort, »und die anderen versuchten wir, zu bewachen oder zumindest im Blick zu behalten.«

»Und?«, hakte Koronaios nach, da der Priester erneut schwieg.

»Die Diebstähle wurden seltener, und nach einigen Wochen hörten sie plötzlich ganz auf. Und dann geschah ein Wunder:

Die meisten der gestohlenen Gegenstände tauchten im Lauf der darauffolgenden Wochen wieder auf. Als hätte es sich der Dieb anders überlegt. In all den kleinen Kirchen standen plötzlich wieder die verschwundenen Weihrauchschwenker, goldenen Kelche und Ikonen, wenn auch nicht immer in den Kirchen, aus denen sie gestohlen worden waren. Aber sie waren wieder da. Nur wenige Gegenstände blieben für immer verschwunden.« Der Priester kniff die Augen zusammen. »Darunter auch diese enorm wertvolle Ikone. Ganz genau weiß es niemand, aber sie wurde vermutlich im siebzehnten Jahrhundert von einem Schüler von Michael Damaskenos gemalt. Sie war das wertvollste Stück, das damals geraubt wurde. Ein ungeheurer Verlust.«

Er atmete tief durch.

»Doch jetzt ist sie wieder da. Unversehrt. Das ist der schönste Moment seit vielen Jahren«, schloss er ergriffen.

»Wann genau hat Ihre Helferin die Ikone heute Morgen entdeckt?«, fragte Michalis nach einer pietätvollen Pause.

Pater Konstantinos überlegte einen Moment.

»Jemand muss sie gestern Abend hinter den Altar gestellt haben«, sagte er und schien zu bemerken, dass er die Frage von Michalis nicht beantwortet hatte. »Meine Helferin war heute als Erste hier. Sie kommt jeden Morgen und reinigt die Kirche«, fügte er hinzu.

»Mit der Frau müssen wir sprechen«, erwiderte Koronaios.

Der Priester nickte, als habe er das befürchtet. »Gern«, sagte er. »Sie haben Nitsa Doxiadis ja gestern in Patsianos bereits kennengelernt. Sie ist eine der Frauen, die der Witwe Kitsikoudis Trost spenden.«

»Nitsa Doxiadis? Die Frau aus der Bäckerei?«, entfuhr es Koronaios überrascht.

»Ja, die Familie betreibt die Bäckerei«, antwortete der Priester.

»Gut, dann werden wir mit ihr sprechen«, sagte Koronaios.

»Das dürfte kein Problem sein«, entgegnete der Priester, »sie wird jetzt im Laden arbeiten.«

»Die Ikone und alles, was an Verpackung dabei war, müssten wir leider von unserer Spurensicherung untersuchen lassen«, erklärte Michalis. »Sie erhalten sie selbstverständlich so schnell wie möglich und unversehrt zurück.«

»Ja« – der Priester seufzte – »damit habe ich gerechnet.«

Pater Konstantinos wollte die Ikone selbst zum Polizeiwagen bringen, doch Koronaios stoppte ihn.

»Diese Ikone ist im Moment leider ein Beweisstück und darf nur von uns angefasst und bewegt werden«, teilte er dem Priester mit.

Michalis sah, dass der Geistliche sich zusammenreißen musste, um nicht verärgert zu erscheinen. Er nahm sein Smartphone und zeigte ihm die Fotos der beiden toten jungen Männer.

»Kommen Ihnen die beiden bekannt vor?«, erkundigte er sich. »Vielleicht aus der Zeit der Kirchendiebstähle?«

Pater Konstantinos nahm seine Brille ab und beugte sich über das Display. Michalis hatte den Eindruck, dass die Aufnahmen bei dem Priester eine Erinnerung auslösten.

Doch dann schüttelte er entschlossen den Kopf.

»Nein. Nie gesehen«, verkündete er. »Brauchen Sie mich noch?«

Und noch bevor Michalis oder Koronaios antworten konnten, wandte er sich dem Ausgang zu, schloss auf und verschwand. Nicht nur Koronaios, sondern auch Alekos Tatsopoulos sahen dem Pater verwundert nach.

Behutsam luden sie wenig später die Ikone mit dem Verpackungsmaterial in den Kofferraum ihres Wagens.

»Wir wissen Ihre Unterstützung sehr zu schätzen«, bedankte sich Michalis bei Tatsopoulos.

»Das freut mich«, erwiderte Tatsopoulos ohne jeden Anflug von Eitelkeit, »ich hoffe, es stört Sie nicht, wenn ich mich bei solchen Befragungen im Hintergrund halte.«

»Auch das wissen wir zu schätzen«, betonte Koronaios.

»Denken Sie, der Priester weiß mehr, als er uns bisher verraten hat?«, wollte Michalis wissen.

Alekos Tatsopoulos zögerte, bevor er antwortete. »Ich kann mir nur schwer vorstellen, dass Pater Konstantinos nicht weiß, wann genau diese wertvolle Ikone gestohlen wurde.«

Michalis nickte. »Das hat mich auch sehr gewundert. Kann es bei Ihnen Unterlagen über diese Raubserie geben?«

»Ich werde im Revier klären, ob diese Kirchendiebstähle damals zur Anzeige gebracht worden sind und ob jemand etwas davon gehört hatte«, erwiderte Alekos Tatsopoulos.

»Könnte die Kirche die Sache geregelt haben, ohne dass jemand etwas erfahren hat?«, überlegte Michalis laut.

Tatsopoulos zuckte mit den Schultern.

»Die orthodoxe Kirche ist eine Welt für sich, hinter deren Mauern vieles verborgen bleibt. Warum nicht auch das.«

Michalis wusste nur zu gut, wie recht der Revierleiter damit hatte. Trotzdem war es sicher kein Zufall, dass diese wertvolle, seit neun Jahren vermisste Ikone unmittelbar nach den Skelettfunden in Frangokastello sowie dem Mord an Vangelis Kitsikoudis wieder auftauchte.

»Würden Sie uns in die Bäckerei zu Nitsa Doxiadis begleiten?«, bat Koronaios den Revierleiter, »vielleicht ist die Frau dann etwas gesprächiger.«

»Das kann ich gern tun«, antwortete Tatsopoulos, doch wenig später mussten sie feststellen, dass Nitsa Doxiadis nicht da war.

»Meine Frau liefert gerade Ware aus«, erklärte Ilias Doxiadis ihnen. »Bis nach Frangokastello und hoch nach Imbros. Dort kommen die ersten Wanderer jetzt aus der Schlucht zurück, und die haben Hunger.«

»Wir müssen dringend mit ihr sprechen. Sie wissen ja sicherlich von der Ikone, die Ihre Frau heute früh in der Kirche entdeckt hat«, entgegnete Michalis, und Ilias Doxiadis nickte. »Ihre Frau hat nichts zu befürchten. Außer, dass wir sie nach Chania vorladen, falls sie das Gespräch verweigert. Und dass will sie sicherlich genauso wenig wie wir.«

Der Bäcker schien zu erschrecken.

»Würden Sie Ihre Frau bitte anrufen?«, forderte Michalis ihn auf, und Ilias Doxiadis griff zu seinem Handy.

»Nitsa ist in einer halben Stunde zurück«, teilte er mit, nachdem er das Gespräch beendet hatte.

»Wo ist Ihre Frau jetzt genau?«, fragte Michalis.

»In Imbros. Sie lädt gerade aus.«

»Wir sind in einer halben Stunde wieder hier«, erwiderte Michalis.

Sie hatten gerade die Bäckerei verlassen, als das Handy von Alekos Tatsopoulos klingelte.

»Meine Leute haben Fanis Karalakis entdeckt«, berichtete er. »Er steht mit seinem Pick-up am Anleger und wartet auf die Fähre.« Er deutete Richtung Meer, wo das große weiße Schiff auftauchte. Silbermöwen umkreisten es und erhofften sich etwas Essbares.

Kurz darauf hielten sie neben Fanis Karalakis, der aus dem rostigen dunkelblauen Pick-up ausstieg, als Michalis und Koronaios auf ihn zugingen. Auch Alekos Tatsopoulos näherte sich. Michalis warf einen Blick auf die Ladefläche des Mitsubishi, auf dem ein verpackter Electrolux 504251 Geschirrspüler mit Seilen und Gurten gesichert war.

»Habe ich etwas falsch gemacht?«, fragte Karalakis, setzte seine Sonnenbrille auf und versuchte, souverän zu klingen.

»Wo kommen Sie gerade her?« Koronaios ignorierte die Frage.

»Na, aus Chania, ich hatte Ihnen doch gesagt, dass wir einen neuen Geschirrspüler …«, erwiderte Fanis Karalakis unsicher.

»Dann würde ich gern mal die Rechnung sehen«, forderte Michalis ihn auf.

Fanis Karalakis schob seine Sonnenbrille nach oben, beugte sich in seinen Wagen und reichte Michalis die Rechnung. Sie war von dem Elektrogeschäft Skordilakis in Chania ausgestellt und trug das Datum von heute.

»Sie haben doch sicherlich nichts dagegen, wenn ich eine Kopie mache?«, sagte Michalis und ging davon aus, dass Fanis Karalakis es nicht wagen würde, zu widersprechen.

»Nein, nein, natürlich nicht«, stimmte Karalakis zu, war aber erkennbar beunruhigt und verdeckte seine Augen wieder mit der Sonnenbrille.

Michalis fotografierte die Rechnung und gab sie Karalakis zurück. Die Fähre hatte inzwischen angelegt, und Urlauber und einige Autos strömten von Bord.

»Brauchen Sie mich noch?«, erkundigte sich Fanis Karalakis. »Ich müsste als einer der Ersten auf die Fähre, sonst tut sich die Besatzung schwer damit, die anderen Wagen einzuweisen.«

»Die werden einen Moment warten müssen«, erwiderte Koronaios. Ohne dass er oder Michalis etwas gesagt hätten, ging Tatsopoulos zur Besatzung der Fähre und ordnete an, die wartenden Autos noch nicht an Bord fahren zu lassen.

»Worum ging es heute Vormittag bei Ihrem Streit mit Sideris Vamvounakis?«, fragte Michalis.

»Was? Was für ein Streit?« Fanis Karalakis klang alarmiert.

»Das wissen Sie genau. Der Herr von der Tankstelle.«

»Das war doch kein Streit«, erwiderte Fanis Karalakis leise.

»Das sah aber anders aus. Zumal Sie danach vor uns geflüchtet sind«, bohrte Michalis nach.

»Ich habe Sie gar nicht bemerkt, heute Vormittag«, entgegnete Fanis Karalakis zögernd. Er nahm die Sonnenbrille ab und wischte sich den Schweiß von der Stirn.

»Herr Karalakis« – die Stimme von Koronaios klang, als würde er demnächst die Geduld verlieren – »wir sind die Polizei und werden nicht gern belogen. Und wenn wir es wollen, dann bewegt sich Ihr Wagen jetzt keinen Meter mehr, sondern Sie steigen in unser Polizeiauto, und wir klären Ihre Angaben in der Polizeidirektion von Chania. Möchten Sie das?«

»Nein«, stammelte Fanis Karalakis.

»Also?«

»Das mit Sideris Vamvounakis, das ist eine private Sache«, sagte Karalakis. »Er verkauft Gebrauchtwagen, und der, den er mir angedreht hat, taugt nichts. Darum ging es.«

»Wir werden das überprüfen«, drohte Koronaios, und Karalakis zog schuldbewusst den Kopf ein. Michalis war sicher, dass Fanis Karalakis entweder log oder aber dass Sideris Vamvounakis illegal gebrauchte Autos verkaufte.

»Dann dürfen Sie jetzt fahren«, teilte Michalis Karalakis mit.

»Danke«, erwiderte Karalakis, stieg in seinen Pick-up und fuhr langsam auf die Fähre.

»Ich ruf Jorgos an. Vermutlich ist er froh, mal das Büro verlassen und den Geschäftsführer von Skordilakis wegen des Alibis in die Enge treiben zu können«, meinte Koronaios.

Während Koronaios telefonierte, schickte Michalis Jorgos und Myrta das Foto der Rechnung für den Geschirrspüler.

Eine halbe Stunde später sahen sie durch das Fenster, dass Nitsa Doxiadis in der Bäckerei bediente. Als Michalis und Koronaios mit Tatsopoulos das Geschäft betraten, lehnte sie sich unsicher an die Rückwand der Kühlung für die Torten. Ilias Doxiadis hängte das *Geschlossen*-Schild an die Tür, schloss die Tür ab und gab einer älteren Frau zu verstehen, dass sie später wiederkommen sollte.

»Einen Augenblick noch«, bat Ilias Doxiadis, nahm sein Handy und verschwand in der Backstube. Das Gesicht von Nitsa Doxiadis war aschgrau. Sie starrte zu Boden und schwieg.

Doxiadis kam mit einem Tablett voller Frappés sowie einem Teller mit Käsetaschen zurück, stellte sie auf einem kleinen Tisch ab und rückte einen zweiten Tisch sowie Stühle heran.

»Setzen Sie sich doch«, lud er die Polizisten mit einer höflichen Geste ein, »ich habe für alle Frappé *metrio* gemacht, ich hoffe, das ist Ihnen recht. Und die *tirópita* sind ganz frisch.«

»Sie haben heute früh das Paket mit der Ikone des heiligen Panteleimon entdeckt«, begann Michalis und sah Nitsa Doxiadis an.

»Ganz kurz noch«, bat Doxiadis, und Sekunden später tauchte Pater Konstantinos im schwarzen Talar und mit seiner *kalivmaki,* der schwarzen runden Kappe, am Eingang auf. Michalis hätte auf die Anwesenheit des Priesters gern verzichtet, doch möglicherweise war Nitsa Doxiadis nur bereit zu reden, wenn der Geistliche dabei war.

Ilias Doxiadis begrüßte Pater Konstantinos mit einem demütigen Handkuss, und auch Nitsa Doxiadis drückte ihre Lippen auf die Hand des Geistlichen.

»Meine Herren«, begrüßte der Priester die Polizisten, nahm sich ungefragt einen Frappé sowie mehrere *tirópites* und blickte in die Runde.

»Können wir dann?«, fragte Koronaios ungeduldig.

»Ja, ich denke, wir können«, erwiderte Ilias Doxiadis, und seine Hand zitterte leicht.

»Frau Doxiadis, Sie haben also heute früh das Paket mit der Ikone des heiligen Panteleimon entdeckt«, setzte Michalis erneut an.

Bevor Nitsa Doxiadis antwortete, warf sie dem Priester und dann ihrem Mann einen fragenden Blick zu. Erst als beide genickt hatten, begann sie zu reden. Ein Vorgang, der sich in den nächsten Minuten bei jeder Frage von Michalis und Koronaios wiederholen sollte.

»Ja«, sagte sie leise, »ich gehe jeden Morgen gegen sieben, wenn wir in der Backstube fertig sind, rüber, schließe auf und mache sauber.« Sie blickte ihren Mann und den Priester an, und wieder nickten beide. Michalis überlegte, ob die beiden ihr vorgegeben hatten, was sie sagen sollte.

»Und heute wollte ich gerade die Ikone des Heiligen Nikolaos auf dem Analogion vor dem Altar reinigen, das mache ich immer als Erstes, und plötzlich sah ich, dass eine der beiden Türen, die in der Ikonostase zum Altarraum führen, offen stand. Ich wollte sie schließen und entdeckte dort das Paket.«

»Kann dieses Paket schon gestern Abend dort gelegen haben? Oder könnte jemand über Nacht in der Kirche gewesen sein?«, unterbrach Michalis, was Nitsa Doxiadis aus dem Konzept brachte. Der Priester nickte ihr aufmunternd zu.

»Ich weiß es nicht«, hauchte sie und zuckte wie ein kleines Kind mit den Schultern.

»Gestern Abend«, übernahm Pater Konstantinos, »ist das Paket zumindest niemandem aufgefallen.«

»Gibt es Hinweise auf einen Einbruch?«, erkundigte sich Michalis.

»Nein, nein, ich habe nichts bemerkt, was auf einen Einbruch hindeutet«, erwiderte der Priester schnell.

»Wer war denn gestern als Letzter in der Kirche und hat abgesperrt?«, fragte Koronaios.

Die Blicke von Ilias Doxiadis und Pater Konstantinos richteten sich auf Nitsa.

»Ich«, sagte sie schließlich.

»Und Sie waren die ganze Zeit im Kirchenraum? Oder könnte sich jemand hineingeschlichen haben, ohne dass Sie es bemerkt haben?«, wollte Michalis wissen.

»Ich war natürlich auch draußen. Hinter der Seitentür haben wir einen Raum mit Putzmitteln und für die Kerzen und Broschüren«, sagte Nitsa Doxiadis, ohne den Blick zu heben.

»Es könnte also jemand in der Kirche gewesen sein, ohne dass Sie es bemerkt haben.«

Nitsa Doxiadis nickte, und Michalis bekam allmählich das Gefühl, dass Nitsa Doxiadis etwas wusste, was nicht nur mit der Ikone zu tun hatte. Auch sein Eindruck, ihre Antworten seien abgesprochen, verstärkte sich.

»Und was ist dann heute früh passiert? Nachdem sie das Paket entdeckt haben?«, fragte Michalis und bemühte sich, freundlich zu lächeln.

»Ich wollte es wegräumen. Aber als ich es anfasste, habe ich gespürt, dass es etwas Besonderes sein musste. Deshalb habe ich die Kirche wieder abgesperrt und meinen Mann gebeten, Pater Konstantinos Bescheid zu sagen. Ich dachte, es könnte wichtig sein.«

»Und Sie haben daraufhin das Paket geöffnet?«, wandte sich Michalis an Pater Konstantinos.

»Ja. Und als die Ikone des heiligen Panteleimon zum Vorschein kam« – er bekreuzigte sich und blickte zum Himmel – »bin ich auf die Knie gefallen und habe unserem Herrn gedankt.

Ich kann mir kaum verzeihen, dass ich die Hoffnung aufgegeben hatte, diese Ikone könnte jemals wieder auftauchen. Doch unser Herr lehrt uns, die Hoffnung nie aufzugeben. Nie«, sagte der Priester ergriffen.

»Gibt es noch etwas, was uns einen Hinweis darauf geben könnte, wer die Ikone in die Kirche gebracht hat? Und wann?«, hakte Koronaios nach.

Sowohl der Priester als auch Nitsa Doxiadis sahen den Bäcker an.

»Du musst es ihnen sagen, Ilias«, forderte der Geistliche ihn auf.

Ilias Doxiadis räusperte sich.

»Ich wollte gestern Abend Nitsa in der Kirche abholen«, begann er. »Das mache ich oft. Manchmal helfe ich ihr noch etwas, und bete dann zu unserem Herrn, und danach gehen wir noch spazieren.«

»Und war etwas anders als sonst?«, fragte Michalis.

»Wo die enge Gasse beginnt, versperrte ein Pick-up den Weg. Es war ein älterer grüner Nissan, den ich nicht kannte. Wir haben oft das Problem, dass Urlauber ihre Wagen einfach irgendwo abstellen.«

Er schnaufte, blickte kurz Richtung Himmel und dann zum Priester. »Der Weg zum Haus Gottes muss frei sein. Junge Menschen können sich vorbeischlängeln, aber älteren Menschen wäre der Zugang zur Kirche verwehrt. Und das darf nicht sein. Das dulde ich nicht.«

»Und?«, hakte Michalis nach und fragte sich, warum der Bäcker das so ausführlich erzählte.

»Ich habe schon oft überlegt, es der Polizei zu melden, wenn solche Wagen den Weg blockieren«, erwiderte Ilias Doxiadis und sah erneut den Priester an. Der nickte.

»Und gestern Abend hat es mir gereicht. Und damit ich beweisen kann, seit wann der Wagen dort steht, habe ich das Autokennzeichen fotografiert. Zur Sicherheit.«

Michalis und Koronaios wurden hellhörig. »Sie haben ein Foto mit dem Kennzeichen?«

»Ja das habe ich«, bestätigte Ilias Doxiadis.

»Vielleicht ist es ja nur ein Zufall«, gab der Priester zu bedenken, doch Michalis war sicher: Das war kein Zufall.

Ilias Doxiadis schickte Michalis das Foto mit dem Autokennzeichen auf sein Handy, und dann ließen Michalis und Koronaios ihn und seine Frau angesichts der vielen Menschen, die vor der Bäckerei warteten, wieder an die Arbeit gehen. Auch Pater Konstantinos verabschiedete sich eilig. Er schien froh zu sein, diese Situation hinter sich gebracht zu haben.

Michalis rief Myrta im Büro an, übermittelte ihr das Foto mit dem Autokennzeichen und bat sie, den Halter umgehend ausfindig zu machen.

»Ich würde mir gern das Autowrack in der Felsspalte ansehen. Vielleicht bekommen wir dadurch einen Anhaltspunkt«, sagte Michalis zu Koronaios und Tatsopoulos.

Koronaios war zwar skeptisch, doch Tatsopoulos griff zu seinem Handy.

»Ich informiere meinen Kollegen, er soll Seile besorgen und sich bereit machen.«

Sie vereinbarten, an welcher Abzweigung hinter Patsianos sie sich treffen würden, und Michalis und Koronaios machten sich auf den Weg.

»Vor etwa neun Jahren«, fasste Michalis die Fakten während der Fahrt zusammen, »werden die beiden jungen Männer getötet und am Strand von Frangokastello verscharrt. Ungefähr zur gleichen Zeit werden in dieser Gegend auch Kirchen ausgeraubt, und wenig später tauchen die gestohlenen Wertgegenstände wieder auf.«

»Bisher haben wir lediglich diesen zeitlichen Zusammenhang«, ergänzte Koronaios, »und auch der ist nur vage. Wir wissen weder, in welchem Zeitraum die Diebstähle stattgefunden haben, noch, wann die beiden Männer genau getötet wurden.«

»Violeta Embirikos hat am fünfundzwanzigsten Februar zuletzt mit ihrem Bruder telefoniert«, warf Michalis ein.

»Aber wir können weder ganz sicher sein, ob sie die Wahrheit sagt, noch wissen wir, warum sich ihr Bruder nicht mehr gemeldet hat. Bisher gibt es lediglich einen anonymen Anrufer, der uns den Namen genannt hat, sowie eine verbitterte Frau, die anhand von fotografierten Resten einer Jacke erkennen will, dass es sich bei einem der Skelette um ihren Bruder handelt.« Koronaios musterte Michalis. »Wüsstest du noch so genau, was deine Schwester vor zehn Jahren für eine Jacke getragen hat?«

Nein, das wusste Michalis natürlich nicht. Aber er hatte gesehen, wie Violeta Embirikos zusammengebrochen war, als er ihr die Fotos von den Überresten der Kleidung gezeigt hatte. Auf jeden Fall würde ein DNA-Abgleich klären, ob einer der Toten der Bruder von Violeta Embirikos war.

»Aber falls die Skelette und die Kirchendiebstähle etwas miteinander zu tun haben«, unterbrach Koronaios Michalis' Gedanken, »warum sollten zwei Männer im Winter von Athen hierherkommen und Kirchen ausrauben? Woher wussten sie, in welchen Kirchen etwas zu holen ist? Und: Wo hätten sie in der Zeit gewohnt? Die Winter sind auch hier nass und kalt.«

»Es könnte jemanden in der Gegend gegeben haben, der die beiden unterstützt hat«, sagte Michalis.

»Du meinst, der anonyme Anrufer? Der dritte Mann? Und hat der die beiden erschossen? Und falls das so war, hat er auch die gestohlenen Sachen zurückgebracht? Und warum behält er dann ausgerechnet die eine Ikone vom Heiligen Panteleimon und stellt sie gestern vor den Altar?«

»Vielleicht gibt es ja noch jemanden. Einen, der den Dieben damals die Ikone abgekauft oder sie ihnen gewaltsam abgenommen hat. Und jetzt, wo die Skelette aufgetaucht sind, hat ihn das schlechte Gewissen gepackt«, erwiderte Michalis. »Aber warum sollte der dann eine Spur legen, bei der er damit rechnen muss, dass wir ihn finden? Will er Buße tun? Oder will er womöglich, dass er gefunden wird?«

»Und was für eine Rolle spielen Vangelis Kitsikoudis und Fanis Karalakis? Vielleicht hat der Tod von Kitsikoudis ja doch nichts mit den beiden Skeletten zu tun, das sollten wir zumindest nicht ganz ausschließen. Auch wenn das bedeuten könnte« – Koronaios zögerte – »dass unser Herr Kriminaldirektor recht hätte. Und das würde mir genauso wenig gefallen wie dir.«

Nein, das würde Michalis nicht gefallen. Aber noch weniger gefielen ihm die vielen offenen Fragen.

Zehn Minuten später stiegen die beiden Kommissare zu dem Revierleiter in den Wagen, und diesmal brachte er sie über einen alten, unbefestigten Ziegenpfad, auf dem der Geländewagen bedenklich ins Schwanken geriet, zu der tiefen Felsspalte mit dem Autowrack.

Dort stiegen sie aus und folgten zu Fuß dem Pfad, der um den Felsausläufer herumführte, bis sie die zwanzig Meter tiefe Felsspalte erreicht hatten.

Michalis überlegte, wo er am einfachsten nach unten gelangen könnte.

»Wir haben Seile im Wagen«, sagte Tatsopoulos. »Mein Kollege könnte mit Ihnen nach unten steigen und Sie sichern.«

»Das wäre gut«, erwiderte Michalis und sah den Kollegen an, der zuversichtlich nickte.

Tatsopoulos und sein Kollege machten in die Seile Knoten, die das Klettern erleichterten, und befestigten sie am Geländewagen. Beim Abstieg war Michalis erleichtert, dass der Mann vor ihm nach unten stieg und ihm sagte, wo seine Füße Halt finden würden.

Die am oberen Rand etwa zehn Meter breite Felsspalte wurde nach unten schmaler und dunkler. Es roch feucht und moderig, und Michalis bemerkte kleine, orange blühende Pflanzen, die er noch nie gesehen hatte.

Er machte Aufnahmen von dem verrosteten Wrack, das er aus der Nähe als Seat Inca identifizieren konnte. Ein Kennzeichen gab es nicht, deshalb nahm er ein Taschenmesser, kratzte am Motorblock die Fahrgestellnummer frei und fotografierte sie.

Wieder oben angekommen, atmete Michalis tief durch und war froh, dass Koronaios sich jeden Kommentar verkniff.

»Myrta soll versuchen, den Besitzer des Wagens zu ermitteln«, sagte Michalis und warf einen Blick in die Tiefe.

»Denkst du, die Spurensicherung würde dort unten etwas finden, was uns weiterhilft?«, erkundigte sich Koronaios.

»Ich hoffe nicht«, erwiderte Michalis und wollte sich lieber nicht ausmalen, wie sehr Zagorakis sich aufregen würde, wenn er am Grund dieser Felsspalte arbeiten müsste.

Er rief Myrta an, schickte ihr die Fahrgestellnummer und fragte nach dem Wagen, den der Bäcker in Sfakia fotografiert hatte.

»An dem Wagen bin ich natürlich dran«, erwiderte Myrta, »aber Violeta Embirikos ist hier eingetroffen und macht mir das Arbeiten nicht leichter.«

Tatsächlich hörte Michalis im Hintergrund eine laute und energische Frauenstimme.

»Sobald ich etwas zu den beiden Fahrzeugen weiß, melde ich mich«, versprach Myrta.

Während Michalis' Telefonat mit Myrta hatte Koronaios einen Anruf bekommen.

»Wie wir es uns gedacht haben«, informierte er Michalis. »Das Alibi von Fanis Karalakis ist erfunden. Jorgos war beim Geschäftsführer von Skordilakis, und der Mann hat ziemlich schnell zugegeben, dass Fanis Karalakis vorgestern nicht bei ihm war, sondern ihn gedrängt hat, ihm ein Alibi zu geben.«

Michalis sah Tatsopoulos an.

»Wir müssen nach Loutro zu Fanis Karalakis. Könnten Sie das Boot organisieren?«, bat er ihn.

»Selbstverständlich«, erwiderte Tatsopoulos und griff nach seinem Handy.

Das Polizeiboot war unterwegs und würde in einer halben Stunde zurück sein. Michalis und Koronaios entschieden, bei einem Frappé in der Hauptgasse am Hafen zu warten, bis Tatsopoulos sie abholte.

Koronaios bestellte zum Frappé zur Überraschung von Michalis lediglich ein paar Nüsse und Oliven, schickte seiner Frau und seiner Tochter Galatia Nachrichten und tat ansonsten so, als würde er die herrliche Aussicht über den kleinen Strand, den Fähranleger und die Mole sowie das im strahlenden Sonnenschein liegende Meer genießen. Michalis entging jedoch nicht, dass Koronaios ebenso wie er sehr genau im Blick behielt, was um sie herum passierte, denn einige der Wirte und Ladenbetreiber standen vor ihren Geschäften und beobachteten sie.

Plötzlich beugte sich Koronaios zu Michalis vor.

»Sieh mal, wer da kommt«, meinte er leise.

Der alte Panagiotis und sein Sohn näherten sich aus Richtung Bäckerei. Der Vater trug auf dem Kopf wieder die *mandíla* und stützte sich auf seinen Hirtenstab. Die beiden gingen langsam durch die Gasse auf Michalis und Koronaios zu, und es war unübersehbar, dass der alte Panagiotis von den Wirten und Ladenbetreibern respektvoll gegrüßt wurde. Der jüngere Panagiotis blieb bei einem Wirt stehen, während sein Vater zu Michalis und Koronaios trat.

»Ich darf doch?«, fragte er.

»Sehr gern«, erwiderte Michalis, und der Alte setzte sich. Der Wirt näherte sich, aber Panagiotis schickte ihn mit einer unwirschen Geste weg.

»Sie stammen doch beide von Kreta«, begann Panagiotis, »und Sie wissen, dass wir unsere Angelegenheiten hier schon immer selbst geregelt haben.«

Er musterte die Kommissare, die nicht reagierten.

»Das sollte auch diesmal so sein. Das wäre für alle das Beste«, fügte er hinzu.

»Wir sind die Polizei. Unsere Aufgabe ist es, Verbrechen aufzuklären«, entgegnete Koronaios. »Und ich bin sicher, es wäre für alle das Beste, wenn Sie uns dabei helfen.«

Michalis nahm sein Smartphone und zeigte dem Alten die Fotos der vermissten Männer, die Myrta ihm geschickt hatte.

»Haben Sie die beiden schon mal gesehen?«, fragte er. »Vielleicht vor einigen Jahren?«

Panagiotis warf nur einen kurzen Blick auf die Fotos. Sein Blick verfinsterte sich.

»Sie haben mich gehört«, entgegnete er, ohne auf die Fotos einzugehen. »Entweder überlassen Sie uns die Sache, und wir werden das regeln.«

»Oder?«, bohrte Koronaios nach.

»Oder es könnte weitere Probleme geben«, erwiderte der

Alte und versuchte, gestützt auf seinen Hirtenstab, aufzustehen. Sein Sohn kam und half ihm.

»Es ist Ihre Entscheidung«, wiederholte er und entfernte sich ohne ein weiteres Wort. Als die beiden etwa dreißig Meter entfernt waren, beobachtete Michalis, dass der alte Panagiotis die *mandíla* vom Kopf nahm und seinem Sohn in die Hand drückte. Hatte der Alte bei dem Gespräch mit den Polizisten vielleicht einen besonders traditionellen Eindruck machen wollen?

»Weiß er wirklich etwas, oder will er nur, dass in der Sfakia wieder Ruhe herrscht?«, überlegte Koronaios laut.

»Ich denke, er weiß etwas. Vielleicht kannte er sogar die beiden Männer auf den Fotos«, erwiderte Michalis. »Mich würde interessieren, ob auch er glaubt, dass der Mord an Vangelis Kitsikoudis und die Skelette am Strand etwas miteinander zu tun haben«, fügte er hinzu.

Kurz darauf holte Alekos Tatsopoulos sie ab und brachte sie zum Polizeiboot, das sofort ablegte. Nachdem sie den Hafen verlassen hatten, sprach Tatsopoulos mit dem Kapitän und trat dann zu Michalis und Koronaios, die am Heck Platz genommen hatten.

»In Loutro könnten wir in der Nähe der Taverne der Familie Karalakis ankern und mit dem Beiboot dorthin fahren«, schlug er vor. »Dann sparen wir uns den Weg zu Fuß durch den Ort.«

»Sehr gut«, sagte Michalis und berichtete Tatsopoulos von der Begegnung mit dem alten Panagiotis. »Sie sollten ihn im Auge behalten«, bat er. »Vielleicht plant er etwas, was uns Probleme bereiten könnte.«

Während er gestern auf der Fahrt den atemberaubenden Anblick des Meeres, der Berge und der strahlend weißen Häuserkette von Loutro genossen hatte, hatte Michalis heute keinen Blick dafür. Fanis Karalakis hatte ein Alibi erfunden, und das machte ihn zum Hauptverdächtigen für den Mord an Vangelis Kitsikoudis. Eine seit zweieinhalb Monaten schwelende Familienfehde konnte ein Motiv sein, aber nach Michalis' Erfahrung brauchte es für so eine Tat einen konkreten Auslöser, und den hatten sie bisher nicht in Erfahrung bringen können.

Mit Hilfe der Ferngläser erkannten sie aus einiger Entfernung, dass der blaue Pick-up von Fanis Karalakis auf dem winzigen Platz am Anleger stand. Sie sahen aber auch, dass das kleine offene Motorboot, das gestern vor der Taverne gelegen hatte, fehlte.

»Das ist kein gutes Zeichen«, knurrte Koronaios, »wenn der Geschäftsführer von Skordilakis und dieser Fanis Karalakis alte Kumpel sind, dann wird er Karalakis sofort angerufen haben, nachdem Jorgos bei ihm war.«

»Und dann ist Fanis Karalakis möglicherweise geflüchtet«, führte Michalis den Gedanken fort, der sich bestätigte, nachdem sie mit dem Beiboot an der Taverne festgemacht hatten und an Land gegangen waren.

»Fanis ist nicht da«, teilte ihnen Pavlos Karalakis, der Vater von Fanis, mit. Er war ihnen auf der Terrasse entgegengekommen. Wie gestern bemühte er sich um den Ausdruck von Gleichgültigkeit, doch Michalis sah ihm an, wie besorgt er tatsächlich war.

»Wo finden wir ihn?«, fragte Koronaios energisch.

»Das weiß ich nicht«, entgegnete Pavlos Karalakis.

»Herr Karalakis«, sagte Michalis, »wir ermitteln in einem Mordfall. Ihr Sohn weiß etwas, das er uns bisher verschwiegen hat. Es könnte sein, dass er in Gefahr ist.« Michalis war der Gedanke gekommen, dass der alte Panagiotis mit seiner

Warnung Fanis Karalakis gemeint haben könnte. Der Vater schien mit sich zu ringen.

»Wir sollten Ihren Sohn finden, bevor ihn andere finden«, fügte Michalis eindringlich hinzu. »Sagen Sie uns bitte, was Sie wissen. Nur dann können wir etwas für Ihren Sohn tun.«

Pavlos Karalakis atmete tief durch und blickte zu der Anlegestelle, wo normalerweise das kleine Motorboot der Familie lag.

»Ich war mit meinem älteren Sohn am Anleger, um den Geschirrspüler hierherzubringen«, erklärte er schließlich leise. »Fanis hat einen Anruf bekommen, und ohne uns zu sagen, was los ist, ist er zur Taverne gelaufen und mit unserem Boot losgefahren.«

»Hat er eine Waffe dabei?«, erkundigte sich Michalis.

»Das würde ich nicht ausschließen«, erwiderte der Vater grimmig.

»Könnten Ihr älterer Sohn oder Ihre Frau mehr darüber wissen, wo Fanis gerade ist?«, fragte Koronaios.

»Es gibt hier nichts, was ich nicht weiß«, erwiderte Karalakis schroff.

»Geben Sie uns die Handynummer Ihres Sohnes«, forderte Koronaios ihn auf.

Pavlos Karalakis sah ihn verärgert an und schrieb eine Nummer auf einen Zettel.

»Sagen Sie Fanis, dass er sich dringend bei uns melden muss.« Michalis reichte dem Vater eine Visitenkarte.

»War's das?«, fragte Pavlos Karalakis missmutig, stand auf und ging, ohne eine Antwort abzuwarten.

Das Beiboot brachte sie zurück zum Schiff, und als sie die Bucht von Loutro verließen, wählte Koronaios die Nummer, die der Vater aufgeschrieben hatte. Nach längerem Klingeln sprang die Mailbox von Fanis Karalakis an.

»Das war zu erwarten«, meinte Koronaios. »Du hattest doch auch den Eindruck, dass sich der Vater Sorgen um seinen Sohn macht?«

»Ja. Und er weiß auch etwas, was er uns bisher nicht gesagt hat«, erwiderte Michalis.

In dem Moment klingelte das Smartphone von Michalis, und er erkannte Myrtas Nummer.

Michalis erfuhr, dass Myrta sowohl den Halter des Autowracks aus der Felsspalte bei Skaloti als auch den des Pick-ups, der gestern vor der Kirche den Weg blockierte, ermittelt hatte. Das ausgebrannte Wrack gehörte zu einem Mann in Vrisses, jenem Ort Richtung Chania, in dem die Touristen in die Busse nach Rethimnon umsteigen mussten. Der Pick-up gehörte zu einer Tischlerei in Therisso, einem Ort in den Bergen südlich von Chania.

»Vielleicht hatte ein Tischler aus Therisso einen Auftrag in Sfakia und hat keinen anderen Parkplatz gefunden«, meinte Michalis, nachdem er Koronaios berichtet hatte, was Myrta erfahren hatte.

Koronaios blickte auf seine Uhr. Es war kurz nach vier.

»Womöglich will uns der Bäcker ja auch auf eine falsche Spur führen. Auch das können wir nicht ausschließen. Deshalb müssen wir nach Therisso und herausfinden, ob dieser Tischler etwas mit dem Fall zu tun hat.«

Beide überlegten einen Moment.

»Ich schlage vor, wir fahren zuerst zur Tankstelle von Sideris Vamvounakis«, sagte Koronaios. »Wenn wir wissen, worum es in seinem Streit mit Fanis Karalakis ging, sind wir vielleicht einen Schritt weiter.«

»Und wir sollten Fanis Karalakis zur Fahndung ausschreiben«, ergänzte Michalis. »Oder muss das unser Herr Kriminaldirektor erst genehmigen?«

»Ich rede mit Jorgos.« Koronaios nahm sein Handy.

»Dann klär doch auch gleich, ob wir das Handy von Fanis Karalakis orten lassen dürfen«, fügte Michalis hinzu.

Für beides hatten sie kurz darauf die Anweisung von Jorgos.

»Dein Onkel gefällt mir nicht«, sagte Koronaios irritiert, nachdem er aufgelegt hatte. »Er gibt uns zwar absolute Rückendeckung, aber er klingt so, als würde er Ärger mit Karagounis gern in Kauf nehmen.« Er musterte Michalis. »Nicht, dass er womöglich seine Versetzung in den Vorruhestand provozieren will.«

Den Gedanken hatte Michalis auch schon gehabt. Und dass sein Partner das ebenfalls befürchtete, war kein gutes Zeichen.

Nachdem sie in Sfakia an Land gegangen waren, überließ Michalis Koronaios wortlos das Steuer, und sie jagten mit Blaulicht und Martinshorn Richtung Patsianos. Myrta hatte sich mit Jorgos darangemacht, eine Genehmigung für die Handyortung zu beantragen, und die Beamten von Tatsopoulos hatten begonnen, sich in Sfakia und der näheren Umgebung nach Fanis Karalakis und seinem Boot umzusehen.

»Es gibt hier in der Region unzählige kleine Buchten, in denen Karalakis sich verstecken und auch an Land gehen könnte«, erklärte Tatsopoulos. »Aus der Luft hätten wir eine größere Chance, aber Sie wissen selbst, dass die einzigen Hubschrauber die Armee in Chania hat.«

Ja, das wusste Michalis nur zu gut, nachdem sie im letzten Hochsommer mit einem Armeehubschrauber zu einem Tatort in die Samaria-Schlucht geflogen waren. Für die Suche nach dem Motorboot eines Verdächtigen würden sie jedoch kaum einen bewilligt bekommen.

In Aghios Nektarios, dem letzten Ort vor Patsianos und der Tankstelle, schaltete Koronaios das Martinshorn aus und nahm das Blaulicht vom Dach.

»Der Herr Tankwart muss ja nicht jetzt schon wissen, dass er Besuch bekommt«, meinte er, bremste erst kurz vor der Einfahrt zur Tankstelle ab und kam hinter einem Wagen, der gerade betankt wurde, zum Stehen. Doch nicht Sideris Vamvounakis, sondern der etwa zwölfjährige Sohn bediente.

Michalis und Koronaios stiegen aus und warteten, bis der Junge kassiert hatte und der andere Wagen abgefahren war. Der Junge sah die Polizisten verunsichert an. Er schien allein zu sein, auch von den Männern, die hier ihren Frappé getrunken hatten, war nichts zu sehen.

»Wir würden gern deinen Vater sprechen«, sagte Michalis.

»Der ist nicht da«, stieß der Junge schnell hervor.

»Und deine Mutter?«

Der Junge zuckte nur mit den Schultern.

»Deine Eltern lassen dich mit der Tankstelle allein?«, wollte Koronaios wissen.

»Die kommen schon wieder«, erwiderte der Junge.

»Wie heißt du denn?«, fragte Michalis freundlich.

»Das muss ich Ihnen nicht sagen.«

»Nein, das musst du nicht«, gab Michalis zu. »Aber es redet sich leichter, wenn man den Namen kennt. Ich bin Michalis, und das ist mein Partner Pavlos.«

Der Junge rang mit sich.

»Ich bin Evros«, sagte er dann.

»Evros. Ein sehr schöner Name«, erwiderte Michalis und warf einen Blick in die kleine Werkstatt neben dem Verkaufsraum. Dort bemerkte er einen älteren Wagen, der auf einer Hebebühne stand.

»Dein Vater verkauft Gebrauchtwagen?«, erkundigte er sich.

»Nein«, antwortete Evros. »Wir verkaufen Benzin und Diesel. Und das, was im Laden steht.«

Michalis vermutete, dass der Junge die Wahrheit sagte. Es musste einen anderen Grund für den Streit zwischen Fanis Karalakis und Sideris Vamvounakis geben.

»Wann kommen deine Eltern denn zurück?«, wollte Koronaios wissen.

Evros runzelte die Stirn. Offensichtlich wurde es ihm unheimlich, mit zwei Polizisten allein zu sein und ihre Fragen zu beantworten.

»Das weiß ich nicht«, erwiderte er unsicher.

»Wir müssen deinen Vater dringend erreichen. Hast du eine Handynummer von ihm?«, bohrte Koronaios nach.

»Nein …«, erwiderte Evros, und diesmal war Michalis sicher, dass er log. Doch er hatte nicht vor, ein zwölfjähriges Kind zu drängen, seinen Vater zu verraten, deshalb verabschiedeten sie sich.

15

Auf dem Rückweg rief Michalis die Nummer des Autobesitzers in Vrisses an, die Myrta ihm gegeben hatte. Es war ein Rentner, der am Telefon einen Moment brauchte, um sich an seinen Wagen, der ausgebrannt bei Skaloti in einer Felsspalte lag, zu erinnern.

»Ja, ich hatte mal einen Inca«, rief er und lachte.

Michalis hörte im Hintergrund Stimmengewirr. Er entlockte dem Mann, dass er in einem der Kafenions an der Hauptstraße saß, wo die Busse hielten. Dort würde er auch in der nächsten Stunde noch sein.

Nach einiger Zeit kamen sie durch Imbros, wo jetzt Wanderer in dem Kafenion saßen, in dem er heute früh einen Frappé getrunken hatte. Obwohl es Nachmittag war und die Sonne am strahlend blauen Himmel stand, erschien ihm der Ort dunkler als am Morgen. Michalis kannte diesen Moment, wenn sich in seinem Körper die Vorahnung von Unheil einzunisten begann und sein Verstand sie noch nicht zu deuten wusste.

»Schau mal.« Koronaios wies plötzlich, nachdem sie Imbros hinter sich gelassen hatten, auf eine Schar Krähen. Sie hüpften am Straßenrand um den Kadaver einer Ziege herum. Der Anblick dieser schwarzen Tiere verstärkte das ungute Gefühl von Michalis nur noch.

Der frühere Halter des ausgebrannten Wagens war ein weißhaariger Siebzigjähriger, der mit anderen älteren Männern vor einem Kafenion saß und viel und gern lachte.

»Ja, der Inca, das gute Stück«, erinnerte er sich, als Michalis und Koronaios sich zu ihm gesetzt hatten. »Der war damals plötzlich weg. Ich bin sofort zur Polizei gegangen, aber die haben nichts gefunden. War ja auch schon sehr alt, der Wagen, und kaum noch etwas wert. Dann hab ich eben den von meinem Sohn genommen.« Der Alte gluckste, als er daran zurückdachte. »Aber das hat ihn gestört, dass ich immer mit seinem Wagen unterwegs war, und er hat mir einen gebrauchten Fiat gekauft.«

»Wann war das?«, wollte Michalis wissen.

»Das ist lange her …« Der Alte schüttelte den Kopf. »Da müsste ich meinen Sohn fragen, wenn es wichtig ist.«

»Es ist wichtig«, entgegnete Koronaios streng.

Der Mann zuckte mit den Schultern, nahm sein Handy und legte nach kurzer Zeit auf.

»Mein Sohn, ich hab ja gesagt, der weiß so was. Damals war gerade meine zweite Enkelin geboren worden, deshalb erinnert er sich daran.« Er runzelte die Stirn. »Was hat er denn jetzt gesagt?«, meinte er, und Michalis fürchtete schon, der Alte habe es vergessen.

»Sie werden doch wissen, wann ihre zweite Enkelin geboren wurde«, half Koronaios ihm auf die Sprünge.

»Genau. Die ist im Februar geboren. Aber welches Jahr …«

»Wie alt ist sie denn?«, warf Michalis ein.

»Anna ist neun«, erwiderte der Mann zögernd.

Im Februar 2012 also. Michalis nickte. Der Wagen war zu der Zeit geklaut worden, als Orfeas Embirikos sich vermutlich auf Kreta aufhielt.

Gegen halb sechs Uhr bogen sie von der Schnellstraße Richtung Therisso ab. Hinter *Perivolia* erreichten sie die Ausläufer der Weißen Berge, eine faszinierende Landschaft, die auch Koronaios beeindruckte.

Die enge Straße führte an steilen Felswänden entlang immer höher ins Gebirge. An einigen Stellen verlief der Weg unter überhängenden Felsen, an anderen Stellen säumten Maulbeerbäume und riesige Platanen die Fahrbahn. Ein weiches, von den hohen grünen Bäumen gebrochenes Licht lag über der Landschaft und ließ sie wie aus einer anderen Welt erscheinen. Die Straße wurde von einem Bach begleitet, und auch wenn er jetzt nur wenig mehr als ein Rinnsal war, ließ er erahnen, wie zu Regenzeiten das Wasser von den Bergen ins Tal schoss. Michalis und Koronaios schwiegen, bis kurz vor Therisso die Bäume weniger und die Felswände monumentaler wurden.

»Wow«, entfuhr es Koronaios beeindruckt, der auf den letzten Kilometern immer langsamer gefahren war.

Therisso lag auf etwa achthundert Metern Höhe und bot einen atemberaubenden Ausblick auf die Berge. Michalis hatte als Kind einen Ausflug mit der ganzen Familie, samt den Großeltern, hierher gemacht. Es war seine erste Erinnerung daran, im Schnee gespielt zu haben, und in Therisso war er damals auch zum ersten Mal Schlitten gefahren. Sotiris und Elena hatten sich sogar auf Skier gewagt, aber für beide war es der einzige Versuch geblieben – ein Kreter gehört nicht auf Skier, hatte der Opa damals gesagt. Skifahren sei etwas für Touristen und Verrückte. Und das war seitdem die feste Überzeugung in der Familie Charisteas.

Myrta hatte ihnen beschrieben, wo die Tischlerei Brokalakis lag, denn wie in allen kleinen Orten auf Kreta gab es auch in Therisso keine Straßennamen. Die Menschen orientierten sich an der Hauptstraße, an der größten Kirche, am Kafenion, an der Taverne eines Verwandten und an der Apotheke. Direkt hinter dem Ortsschild lagen die ersten Geschäfte, und etwas weiter befand sich rechts ein schmuckloses, großes weißes

Gebäude mit einem Vorplatz, auf dem Lieferwagen beladen werden konnten. Die Grundstücke neben diesem Haus waren unbebaut, auf einem von ihnen schnitt ein alter Mann Olivenbäume und musste sich dabei auf einen Stock stützen.

Es gab kein Schild, das auf eine Tischlerei hingedeutet hätte, und es standen auch keine Fahrzeuge auf dem Hof. Doch das Tor zur Werkstatt war geöffnet, und darin entdeckte Michalis große Sägen, Werkbänke, Arbeitsflächen und Werkzeug.

Seit sie Therisso erreicht hatten, war Michalis eine eigenartige Unruhe aufgefallen. Einheimische Männer fuhren mit ihren Autos eilig durch den Ort und riefen sich durch ihre offenen Fenster etwas zu, ohne anzuhalten. Mehrfach wendeten Wagen und folgten dem Fahrer, der ihnen gerade etwas zugerufen hatte, und wenig später rasten weitere Fahrzeuge, die aus dem Nichts zu kommen schienen, in dieselbe Richtung.

»Irgendetwas muss passiert sein«, meinte Koronaios, während sie sich auf dem Grundstück umsahen, aber niemanden entdecken konnten. Eine Klingel gab es nicht, und nachdem sie das Haus umrundet hatten, ohne jemanden zu sehen, gingen sie zu dem alten Mann, der Olivenzweige schnitt.

»Hier ist keiner!«, rief der Mann, der schwerhörig war und nur noch wenige Zähne im Mund hatte. Er deutete mit einer vagen Geste in alle Richtungen des Ortes. »Die sind unterwegs. Alle!«

»Wo wohnt denn der Theo Brokalakis?« Michalis hatte den Eindruck, er müsste schreien.

»Der Alte – hier!« Der Mann zeigte auf das Haus mit der Werkstatt. »Und der Junge da!«, ergänzte er und deutete auf ein Haus, das oberhalb des Orts auf einem Hügel stand.

Michalis und Koronaios fuhren zu diesem allein stehenden Haus, das nur über eine schmale Zufahrt zu erreichen war. Sie ließen den Wagen an der Straße stehen und gingen die letzten zweihundert Meter zu Fuß, bis sie auf ein schlichtes Haus stießen, das über kunstvoll verzierte Fensterläden verfügte, ansonsten aber unfertig wirkte, als würde daran noch gebaut werden.

Sie hatten kaum das Grundstück betreten, als sich die Haustür öffnete und eine Frau, die Mitte fünfzig sein durfte, auf sie zukam. Sie hatte ihre grauen Haare nach hinten gebunden und trug Arbeitskleidung.

»Was wollen Sie?«, fragte sie beunruhigt.

»Wir würden gern Theo Brokalakis sprechen«, sagte Koronaios.

Die Frau schüttelte verständnislos den Kopf. »Was wollen Sie von ihm?«

»Wir haben ein paar Fragen«, erklärte Koronaios und hielt seinen Polizeiausweis hoch.

Schlagartig wich die Farbe aus dem entsetzten Gesicht der Frau, und sie musste sich an der Wand abstützen, um nicht umzukippen.

»Haben Sie … wurde unser Enkel gefunden?«

Michalis und Koronaios sahen sich alarmiert an.

»Nein, nein, wir suchen Theo Brokalakis, und der müsste ein erwachsener Mann sein«, entgegnete Koronaios.

Die Frau nickte düster.

»Wird Ihr Enkel vermisst?«, erkundigte sich Michalis.

»Sehen Sie denn nicht, was hier los ist?«, fauchte sie ihn an und blickte Richtung Straße.

»Was ist denn passiert?«, fragte Michalis.

»Unser Enkel ist verschwunden. Seit drei Stunden. Mit einem Freund. Alle Männer suchen nach ihnen.«

»Ihr Enkel ist der Sohn von Theo Brokalakis?«, wollte Michalis wissen.

»Ja!«, fuhr die Frau ihn ungeduldig an, als sei das selbstverständlich.

»Ist die Polizei eingeschaltet?«, fragte Koronaios.

»Die Polizei wäre keine Hilfe. Wenn, dann finden unsere Männer die Kinder«, entgegnete sie schroff.

In der Tür tauchte eine etwa dreißigjährige Frau mit energischer Ausstrahlung auf. Ihre halblangen, dunklen Haare waren nachlässig frisiert, und sie trug unauffällige braune Alltagskleidung.

»Was wollen Sie?«, erkundigte sie sich.

»Die Herren sind von der Polizei«, sagte die Ältere schnell, bevor Michalis oder Koronaios antworten konnten. »Es geht aber nicht um den Kleinen.«

»Wir würden gern mit Theo Brokalakis sprechen«, sagte Koronaios.

»Mit welchem?«

Michalis begriff, dass der Theo Brokalakis, den sie suchten, den Namen seines Vaters trug. Vielleicht hatte es auch einen Großvater desselben Namens gegeben.

»Wir suchen den Theo Brokalakis, der gestern in Sfakia war.«

Die jüngere Frau runzelte die Stirn und starrte Michalis und Koronaios ungläubig an.

»Aus unserer Familie war niemand in Sfakia«, antwortete sie nachdrücklich.

»Das würden wir Herrn Brokalakis gern selbst fragen«, entgegnete Koronaios.

»Das ist jetzt nicht wichtig! Hier werden zwei Kinder vermisst! Und vielleicht, vielleicht …«, warf die Ältere ein, traute sich jedoch nicht, den Satz zu vollenden. Die Angst, den Kindern könnte etwas zugestoßen sein, war nicht zu überhören.

Von hinten kam ein kleines Mädchen mit langen braunen

Haaren angerannt und umklammerte die Beine der jüngeren Frau. Es wirkte verängstigt und starrte Michalis und Koronaios mit großen Augen an.

»Wir kommen später wieder«, sagte Michalis, »und wir hoffen sehr, dass die Kinder schnell gefunden werden.«

Die jüngere Frau wandte sich ab und ging mit dem Mädchen ins Haus zurück. Die Ältere folgte ihr und warf die Tür hinter sich zu, ohne Michalis und Koronaios noch einmal angesehen zu haben.

Schweigend liefen die beiden Kommissare zurück.

»Wenn Kinder verschwinden … schrecklich. Vielleicht ist es besser, wenn wir morgen zurückkommen«, schlug Koronaios vor.

»Lass uns im Kafenion etwas trinken«, entgegnete Michalis, »ich würde gern erfahren, was passiert ist.«

»Es ist gleich sechs, wir haben noch eine gute halbe Stunde Fahrt nach Chania, und Jorgos wartet auf uns. Wir sollten wirklich erst morgen früh hier weitermachen«, entgegnete Koronaios fast ungehalten. Es war ein langer Tag gewesen, das wusste auch Michalis.

»Falls Theo Brokalakis gestern in Sfakia die Ikone zurückgebracht haben sollte und heute sein Sohn verschwindet, dann könnte es einen Zusammenhang geben.« Michalis sah, dass Koronaios diesen Gedanken zunächst für Unsinn hielt. Doch dann nickte er.

»Das Schlimme ist ja, dass meistens etwas dran ist, wenn du so etwas denkst.«

Das Kafenion lag am Ende der Straße gegenüber eines Denkmals, das die Bewohner dem berühmtesten Politiker Kretas, dem späteren griechischen Ministerpräsidenten Eleftherios Venizelos, errichtet hatten. Er hatte hier in Therisso 1905 den

Aufstand ausgerufen, der 1913 zur Unabhängigkeit Kretas und dann zur Vereinigung mit Griechenland geführt hatte.

Das Kafenion war zwar geöffnet, doch niemand war da. Weder alte Männer, die diskutierend, rauchend und Tavli spielend an den Tischen saßen, noch ein Wirt.

»Es scheint wirklich das ganze Dorf nach den Kindern zu suchen«, meinte Koronaios beeindruckt.

Plötzlich jedoch wich die gespenstische Stille einem Hupkonzert, das schnell näher kam. Parallel waren Schüsse zu hören, und Michalis und Koronaios wollten schon zu ihrem Wagen laufen und ihre Waffen holen, doch dann begriffen sie: Es waren *Balothies,* Freudenschüsse. Zahlreiche Wagen fuhren auf den Platz vor dem Kafenion, und auf einigen Ladeflächen der Pick-ups standen bärtige Männer und schossen mit ihren Gewehren in die Luft. Für einen kurzen Moment war etwas von der revolutionären Stimmung von 1905 zu ahnen.

Schnell kreiste der Raki, die Gewehre wurden weggelegt, und Michalis und Koronaios machten sich auf den Weg zu Theo Brokalakis, bevor sie in die Feierstimmung hineingezogen werden konnten.

»Diese Freudenschüsse kannst du den Kretern einfach nicht austreiben«, sagte Koronaios, als die Einfahrt zum Haus von Theo Brokalakis vor ihnen lag.

Auf der schmalen Zufahrt standen jetzt zwei Wagen: ein kleiner, alter *Strada*, ein Fiat Pick-up, sowie ein grüner, zerbeulter Nissan Pick-up. Michalis überprüfte das Kennzeichen: Es war der Pick-up, den der Bäcker Ilias Doxiadis gestern in Sfakia fotografiert hatte.

Sie mussten zweimal klingeln, bevor jemand öffnete.

»Ja?«, fragte ein Mann, der Anfang sechzig sein mochte. Er hatte volle, graue Haare und einen ebensolchen Bart und trug eine robuste Arbeitshose voller Farbflecke. Sein Blick hatte etwas Sanftes, fast Melancholisches.

»Die Kinder sind offenbar gefunden worden, geht es den beiden gut?«, erkundigte sich Michalis behutsam.

»Ja. Warum interessiert Sie das?«, erwiderte der Mann.

Michalis zeigte ihm seinen Polizeiausweis. »Wir würden gern mit Theo Brokalakis sprechen.«

»Der steht vor Ihnen«, sagte der Mann.

»Waren Sie gestern Abend in Sfakia?«, fuhr Michalis fort und ahnte, dass der falsche Theo Brokalakis, nämlich der Vater, vor ihnen stand, falls es wirklich zwei Männer mit demselben Namen gab.

»Nein.«

»Der Pick-up in der Einfahrt war aber gestern in Sfakia. Wer ist mit ihm dorthin gefahren?«

»Kommen Sie doch rein«, bot der Mann an und wandte sich ab, ohne eine Antwort abzuwarten.

Im Wohnzimmer hockte ein verschwitzter, schmutziger und von Schrammen übersäter, etwa siebenjähriger Junge vor einem Berg von Nudeln und einer riesigen Flasche Cola. Neben ihm hatten die beiden Frauen Platz genommen. Das kleine Mädchen saß auf dem Schoß seiner Mutter.

»Wir sind sehr froh, dass wir Theo und seinen Freund gefunden haben«, sagte der ältere Theo Brokalakis und blieb mitten im Raum stehen.

Michalis fragte sich, warum der Mann sie, statt zu antworten, zur Familie geführt hatte. In Gegenwart der Kinder war es schwieriger, eine polizeiliche Befragung durchzuführen. Und während er noch überlegte, ob sie womöglich abgelenkt werden sollten, bemerkte Michalis vor dem Fenster einen Schatten. Er eilte nach draußen und sah gerade noch, wie ein Mann zu dem grünen Nissan Pick-up lief, sich kurz umdrehte, die Wagentür aufriss und in hohem Tempo rückwärts von der Auffahrt fuhr. Ohne die Geschwindigkeit zu verringern, bog er auf die Straße ein, gab Gas und raste davon.

»Wer ist da gerade vor uns geflüchtet?«, fuhr Michalis, als er ins Wohnzimmer zurückgekehrt war, den Mann an, der schuldbewusst an ihm vorbeiblickte. Der wiedergefundene Junge und das kleine Mädchen waren ebenso verschwunden wie die ältere Frau.

Der Mann presste die Lippen aufeinander und schwieg. Ohne die jüngere Frau aus den Augen zu lassen, griff Michalis unaufgefordert nach einem Stuhl und setzte sich. Auch Koronaios nahm Platz, um zu signalisieren, dass sie erst gehen würden, wenn sie Antworten bekommen hatten.

»Das wird mein Mann gewesen sein«, erklärte die Frau schließlich.

»Dürften wir erfahren, wer Sie sind?«, erkundigte sich Michalis.

»Ariadne Brokalakis«, erwiderte sie.

Michalis musterte die Frau, die besorgt wirkte.

»Ihr Mann heißt auch Theo Brokalakis?«, wollte Michalis wissen.

»Ja. Mein Mann heißt wie sein Vater« – der Blick von Ariadne Brokalakis blieb kurz auf ihrem Schwiegervater haften – »und unser Sohn heißt ebenfalls wie die beiden.«

Michalis wusste, dass in kretischen Familien die Söhne oft nach ihren Großvätern und manchmal auch nach ihren Vätern benannt wurden. Auch sein eigener Großvater hatte Sotiris geheißen, und sein Bruder hatte deshalb diesen Namen erhalten. Dass jedoch drei Generationen denselben Namen trugen, war verwirrend.

»Warum ist Ihr Mann vor uns geflüchtet?«, fragte Michalis die Frau.

»Das weiß ich nicht«, antwortete sie zögernd.

»Rufen Sie ihn bitte an, und wenn er nicht rangeht, geben Sie uns seine Nummer«, forderte Koronaios sie auf.

Sie nahm ihr Handy und wählte. Als die Mailbox ansprang, legte sie auf, schrieb eine Nummer auf einen Zettel und gab ihn Koronaios.

»Sie werden verstehen, dass uns die Umstände seines Verschwindens neugierig machen«, sagte Michalis und reichte der Frau eine seiner Visitenkarten. »Ihr Mann sollte sich dringend mit uns in Verbindung setzen.«

»Ich werde es ihm sagen. Und ich hoffe, er wird es tun«, entgegnete Ariadne Brokalakis beunruhigt.

»Es war ein schwerer Tag für Ihre Familie, das verstehen wir natürlich«, sagte Michalis und erhob sich.

»Aber wir sind die Polizei. Und wenn wir Fragen haben, brauchen wir Antworten. Und früher oder später bekommen wir die auch. Richten Sie das Ihrem Mann aus«, ergänzte Koronaios weniger freundlich als Michalis.

Auf dem Wag zum Wagen ging Koronaios zur Beifahrertür und warf seinem Partner den Wagenschlüssel zu. Michalis glaubte, Koronaios müsse sich um seine Frau oder um seine Tochter Galatia kümmern, doch nachdem sie Therisso hinter sich gelassen hatten, begriff Michalis, dass es Koronaios um etwas anderes ging.

»Unglaublich«, grummelte er und blickte aus dem Fenster. Michalis dachte zunächst, dass sich Koronaios auf das Verschwinden von Theo Brokalakis bezog.

»Ja, Brokalakis wird Gründe haben, nicht mit uns reden zu wollen.«

»Ja, bestimmt«, erwiderte Koronaios und deutete auf ein Tal voller Ahornbäume, das sich nach einer engen Kurve vor ihnen öffnete. »Wenn meine Frau mal wieder Ruhe gibt, werde ich mit ihr hierherfahren. Sie wünscht sich immer, dass wir mehr Ausflüge machen. Und das hier ist einfach … unglaublich.«

Michalis lächelte. Er konnte sich nicht daran erinnern, dass sein Partner je von einer Landschaft geschwärmt hatte.

Sie fuhren schweigend weiter, doch während Koronaios immer wieder beeindruckt nickte, drehten sich Michalis' Gedanken um Theo Brokalakis. Seine Flucht machte es wahrscheinlicher, dass er es gewesen war, der am gestrigen Abend die Ikone in der Kirche abgestellt hatte. Diese Ikone konnte nur jemand in seinem Besitz gehabt haben, der vor neun Jahren in die Kirchendiebstähle verwickelt gewesen war. Gab es tatsächlich einen dritten Mann – Brokalakis? Oder hatte er die Ikone von den Dieben erworben und ein schlechtes Gewissen bekommen?

»Da werden Kirchen ausgeraubt, und einige Wochen später tauchen fast alle gestohlenen Gegenstände wieder auf«, meinte Koronaios, als sie die traumhafte Landschaft hinter sich gelassen und Perivolia erreicht hatten. »War Theo Brokalakis damals einer der Diebe, und sie haben Streit bekommen? Oder hat er sie gejagt, weil er den Kirchendiebstählen ein Ende machen wollte? Und sie dann überwältigt, getötet und am Strand verscharrt?«

»Könnte er auch etwas mit dem Mord an Vangelis Kitsikoudis zu tun haben?«, führte Michalis die Gedanken weiter. »Aber warum würde er dann jetzt die Ikone in die Kirche zurückbringen?«

»Womöglich, um Buße für den Mord an Vangelis Kitsikoudis zu tun«, schlug Koronaios vor.

»Oder der Vater hat die Ikone nach Sfakia gebracht«, spekulierte Michalis. »Wir wissen bisher nur, dass der Wagen in Sfakia war, aber wir wissen nicht, wer ihn gefahren hat.«

»Und hat Fanis Karalakis etwas damit zu tun, oder sind wir auf einer falschen Fährte?«, erweiterte Koronaios die Vielzahl der Fragen, die ungeklärt waren.

Michalis wusste, dass sie all diese Fragen lösen würden, und er wusste auch, dass es einen Zusammenhang gab, den sie bisher noch nicht im Blick hatten.

16

Als sie um kurz vor halb acht hinter der Schranke der Polizeidirektion aus dem Wagen gestiegen waren, klingelte Michalis' Smartphone. Er hatte seit Stunden nichts von Hannah gehört und hoffte, sie wäre es, doch der Anrufer rief mit einer unterdrückten Nummer an. War es womöglich Theo Brokalakis?

»Sie werden jetzt irgendwo hingehen, wo niemand Sie hören kann. Niemand. Haben Sie verstanden?«, sagte eine Stimme, die Michalis nicht sofort erkannte. Noch bevor er etwas sagen konnte, hatte der Anrufer schon aufgelegt.

»Wer war das?«, wollte Koronaios wissen, dem Michalis' Irritation nicht entgangen war.

»Ich weiß es nicht«, erwiderte Michalis, »aber da will jemand mit mir allein telefonieren. Ich soll irgendwo hingehen, wo ich ungestört bin.«

»Soll ich in deiner Nähe bleiben?«

»Nein …«, entgegnete Michalis und sah sich um. »Vielleicht ist es jemand, der uns beobachtet.«

»Theo Brokalakis? Ist der womöglich hierhergefahren, um mit uns zu reden?«

»Denkbar … Wenn etwas Ungewöhnliches passiert, sage ich Bescheid.«

»Und du meldest dich sofort nach dem Telefonat«, forderte Koronaios ihn auf.

»Selbstverständlich.«

»Versprochen?«

»Versprochen.«

Michalis sah Koronaios nach, der auf den Haupteingang zuging, und schickte Hannah schnell eine Nachricht, dass es noch dauern würde, bis er nach Hause kam.

»Sie kommen jetzt sofort in mein Büro«, teilte ihm der Anrufer unmissverständlich mit, nachdem Koronaios in dem Gebäude der Polizeidirektion verschwunden war und Michalis' Smartphone erneut geklingelt hatte. Jetzt erkannte er die Stimme: Es war der Kriminaldirektor Jannis Karagounis, sein oberster Vorgesetzter auf Kreta. »Sie nehmen den Hintereingang und sorgen dafür, dass niemand Sie sieht. Niemand. Und das Gespräch, das wir gleich führen werden, wird nie stattgefunden haben. Haben wir uns verstanden?«

Michalis war zu überrascht, um sofort reagieren zu können.

»Ob wir uns verstanden haben!«, wiederholte Karagounis schroff.

»Ja, selbstverständlich«, sagte Michalis, und dann hatte der Kriminaldirektor auch schon aufgelegt.

Michalis schaltete sein Smartphone stumm und ging langsam zur Rückseite des Gebäudes. Der Hintereingang wurde von mehreren Kameras überwacht, deren Bilder auf den Monitoren des Pförtners erschienen. Da dieser Eingang vorwiegend von Lieferanten genutzt wurde, interessierte sich in der Regel niemand für das, was hier passierte. Und jetzt, stellte Michalis fest, waren die Kameras sogar ausgeschaltet, denn an keiner von ihnen leuchtete das rote Signallicht.

Was kann Karagounis von mir wollen?, fragte sich Michalis, während er in dem kargen und streng riechenden Treppenhaus, das als Notausgang vorgesehen war und abseits der Büros lag, nach oben ging. Hatte der Kriminaldirektor herausgefunden, dass er über ihn Erkundigungen eingezogen hatte? Hatte Christos ihn verraten, oder hatte er digitale Spuren hinterlassen und war womöglich aufgeflogen? War es doch ein Fehler gewesen, heute früh in Imbros auszusteigen?

Normalerweise hörte sich Karagounis die Berichte seiner Untergebenen kühl und ohne erkennbare Reaktionen an. Heute wirkte er jedoch wie jemand, der auf der Lauer lag und seine Beute fixierte. Minutenlang stand Michalis in dem stark heruntergekühlten Büro des Kriminaldirektors vor dessen Schreibtisch und wartete darauf, dass Karagounis beginnen würde. Der musterte ihn ungerührt, und die eisige Stille im Raum wurde lediglich von dem Signalton, der eingehende Nachrichten auf Karagounis' Smartphone meldete, unterbrochen.

Da der Kriminaldirektor keinerlei Anstalten machte, das Gespräch zu eröffnen, nahm Michalis sich schließlich ungefragt einen Stuhl und setzte sich.

»Sie kennen Poliplátano?«, fragte Karagounis unvermittelt.

Poliplátano, das hatte Michalis schon einmal gehört, konnte sich jedoch nicht erinnern, was es war.

»Kein Wort von dem, was ich Ihnen in diesem Gespräch sagen werde, wird jemals nach außen dringen, Herr Charisteas. Niemals, unter keinen Umständen.«

Karagounis schien auf eine Reaktion von Michalis zu warten, doch der verhielt sich jetzt genauso reglos wie sein Vorgesetzter. Eine langsam hochgezogene Augenbraue verriet ihm, dass Karagounis diese Reaktion zur Kenntnis nahm.

»Haben Sie mich verstanden?« Karagounis schien eine Antwort zu verlangen.

»Ja, ich habe Sie verstanden«, erwiderte Michalis.

»Sollte ich je erfahren, dass doch etwas nach außen gelangt ist, werden Sie Poliplátano kennenlernen. Und seien Sie sicher, das wollen Sie nicht.«

Jetzt fiel es Michalis ein. *Poliplátano* war ein bei der Polizei berüchtigter kleiner Ort an der Grenze zu Albanien. In Ungnade gefallene Polizisten, die dorthin strafversetzt wurden, hatten den Tiefpunkt ihrer Laufbahn erreicht. Danach folgte nur noch die unehrenhafte Entlassung oder das freiwillige Ausscheiden aus dem Polizeidienst, was die meisten Kollegen, die dorthin versetzt worden waren, bevorzugten. Das Polizeigebäude war Teil eines ehemaligen Gefängnisses aus der Zeit der Militärdiktatur und nie renoviert oder gar modernisiert worden. Die Unterkünfte, die den Beamten und ihren Familien zur Verfügung gestellt wurden, waren ebenso erbärmlich wie die Keller der früheren Haftanstalt, in denen die griechische Polizei Akten aus den vergangenen Jahrzehnten aufbewahrte und von den strafversetzten Polizisten sichten und sortieren ließ. Eine Versetzung dorthin verstieß nicht gegen Dienstvorschriften, es hatte also keine Aussicht auf Erfolg, dagegen Widerspruch einzulegen. Noch nie hatte es jemand geschafft, wieder in ein normales Revier zurückzukehren, und nur ganz wenige hielten es dort bis zur Pensionierung aus. Die allermeisten gaben auf und arbeiteten lieber als Kellner in der Taverne eines entfernten Verwandten.

»Was ich Ihnen sagen werde, weiß niemand. Und dass Sie es gleich erfahren, wird daran nichts ändern. Denn Sie werden nie darüber sprechen. Und wenn doch, dann wäre eine Versetzung nach Poliplátano noch das Erfreulichste, was Sie erwarten würde.«

Michalis nickte, doch er fragte sich, weshalb Karagounis ihm drohte. Lebte auch in dem Kriminaldirektor von Chania noch ein Rest der alten kretischen Überzeugung, dass Probleme am besten ohne die Polizei zu regeln waren? Michalis musste etwas herausgefunden haben, das Karagounis offenbar gefährlich wurde.

»Und falls Sie auf den Gedanken kommen sollten, Sie hätten mich in der Hand, weil Sie etwas wissen, was sonst niemand auf Kreta weiß, dann täuschen Sie sich. Das Gegenteil ist der Fall. Ich habe Sie in der Hand. Denn wenn auch nur eine Silbe dessen, was Sie gleich erfahren werden, mir zu Ohren kommt, dann können nur Sie es gewesen sein, der es verbreitet hat.«

Karagounis sah Michalis herausfordernd an.

»Ich habe erfahren, dass Ihre Freundin zurzeit nicht glücklich ist und die letzte Nacht in einem Hotel verbracht hat«, fuhr Karagounis fort. »Das ist nicht gut. Sie sollten dafür sorgen, dass Ihre Freundin unbesorgt leben kann.«

Michalis war alarmiert. Woher wusste Karagounis etwas über Hannah? Dass seine Familie mit dem Kriminaldirektor über Hannah sprach, hielt er für ausgeschlossen, aber woher hatte Karagounis dann seine Informationen?

»Ich sehe, wir haben uns verstanden«, meinte Karagounis, der genau registriert hatte, was in Michalis vorging.

»Ja, das haben wir«, entgegnete Michalis und ärgerte sich. Statt aufzustehen, seinem Vorgesetzten dessen Einschüchterungsversuche vorzuwerfen und das Büro zu verlassen, ließ er sich anmerken, wie beunruhigt er war.

»Sie haben doch sicherlich von Zoniana gehört.« Karagounis beugte sich vor.

»Die Polizeiaktion 2007. Ja. Selbstverständlich«, erwiderte Michalis.

Zoniana war ein Bergdorf im Norden des Psiloritis-Gebirges, in dem sich über Jahre ein schwunghafter Drogenhandel entwickelt hatte. Bei der Festnahme eines Dealers in Rethimnon war dessen Komplize geflohen. Die Polizei wollte ihn daraufhin in Zoniana festnehmen, wurde jedoch mit Schüssen vertrieben. Zwei Tage später rückte eine vierhundert Mann starke Antiterroreinheit aus Athen mit Hubschraubern und gepanzerten Fahrzeugen an und nahm das Dorf Zoniana regelrecht ein. Sie trafen zunächst nur auf Frauen, Alte und Kinder, doch nach und nach wurden die Männer verhaftet, die mit den Drogen zu tun hatten. Einige dieser Drogenbarone saßen noch immer im Gefängnis. Ein Polizeieinsatz, der weit über die Grenzen Griechenlands hinaus Aufsehen erregt hatte.

»Ich war damals noch in Athen und wurde als einer der Einsatzleiter nach Zoniana beordert«, erklärte Karagounis, und Michalis glaubte, eine gewisse Unsicherheit, die er noch nie bei dem Kriminaldirektor erlebt hatte, wahrzunehmen. »Ich wusste, wie heikel dieser Einsatz war und dass wir uns damit keine Freunde machen würden. Aber ein Einsatz ist ein Einsatz.« Er nickte. »Einige Jahre später bin ich zum Kriminaldirektor von Chania befördert worden. So eine Beförderung schlägt man nicht aus, doch ich wusste, dass es auf Kreta wegen dieser Aktion in Zoniana Leute gibt, die Rache wollen.« Karagounis schob die Unterlippe vor, was ihm einen spöttischen und aggressiven Ausdruck gab. »Ich bin kein ängstlicher Mensch, aber mir ist klar, dass uns die einflussreichen Männer dort niemals verzeihen werden, dass wir ihr Dorf wie in einem Krieg besetzt haben. Deshalb musste ich Vorsorge treffen, damit meine Familie unbehelligt leben kann. Aus diesem Grund gibt es nirgendwo, ich wiederhole, nirgendwo, einen Hinweis darauf, wer zu meiner Familie gehört und wo diese lebt. Nicht einen Einzigen.«

Michalis zwang sich, ruhig zu bleiben. Christos hatte gestern Abend nicht nur die griechischen Melderegister, sondern auch Zugangsschranken, die der Kriminaldirektor von Chania persönlich veranlasst hatte, geknackt. Michalis war in dem Moment nicht im Raum gewesen und wusste deshalb nicht, was Christos genau getan hatte, und konnte daher auch nicht einschätzen, wo Christos womöglich digitale Spuren hinterlassen hatte.

»Die ersten Männer aus Zoniana, die damals aus dem Verkehr gezogen und verurteilt worden waren, sind bereits wieder aus der Haft entlassen worden«, fuhr Karagounis fort. »Trotzdem war ich bis gestern vollkommen überzeugt davon, dass meine Familie in Sicherheit lebt. Seit heute bin ich das nicht mehr.«

Karagounis sah Michalis aus halb zusammengekniffenen Augen an. »Sie sind nicht der Einzige, der heute früh plötzlich in Imbros aufgetaucht ist. Und wenn es mir schon nicht gefällt, dass Sie, Herr Charisteas, in meinem Leben herumschnüffeln, so gefällt es mir noch sehr viel weniger, dass es Leute aus dem Umfeld ehemaliger Drogenbarone wie zufällig nach Imbros verschlägt.«

Karagounis versuchte, so kühl und beherrscht wie immer zu klingen.

»Und das sollte auch Ihnen zu denken geben.« Für einen Moment blickte Karagounis zum Fenster, während er bisher Michalis nicht aus den Augen gelassen hatte. »Denn bei einem überdurchschnittlich begabten und intelligenten Polizisten wie Ihnen, Herr Charisteas, kann ich mir vorstellen, dass Sie an eine Information gelangen, die in höchstem Maße gesichert ist. Auch wenn es mir ein Rätsel ist, wie Sie das angestellt haben. Dass dies aber auch eher schlichten Männern gelingt, das ist beunruhigender.« Karagounis zog eine Augenbraue hoch. »Gehen Sie davon aus, dass das auch für Sie nicht ungefährlich ist.«

Michalis verstand, und es machte ihm Angst. Denn es konnte bedeuten, dass es Leute gab, die die Schritte von ihm und Koronaios beobachteten – und vielleicht sogar von Hannah. Plötzlich machte er sich Sorgen, weil er seit Stunden nichts von ihr gehört hatte. Sobald er dieses Büro verlassen hatte, würde er sie anrufen und sich vergewissern, dass alles in Ordnung war.

»Sie dürften begriffen haben«, fuhr Karagounis fort, »dass die Mordfälle in Frangokastello und Patsianos mich mehr interessieren als andere Fälle. Deshalb möchte ich Sie auf etwas aufmerksam machen, was Ihnen offenbar bisher entgangen ist.«

Karagounis machte eine Pause, ohne Michalis auch nur für den Bruchteil einer Sekunde aus den Augen zu lassen. Ermittelte der Kriminaldirektor parallel zu ihnen? Was wusste er, was sie nicht wussten?

»Sie haben es bisher versäumt, das Umfeld des toten Vangelis Kitsikoudis in den Blick zu nehmen.« Karagounis klang vorwurfsvoll. »Aber im Licht dessen, was ich Ihnen bisher mitgeteilt habe, könnte es Ihre Sicht auf diesen Mordfall verändern, wenn Sie erfahren, dass Vangelis Kitsikoudis einen Verwandten in Zoniana hat.«

Michalis spürte, wie ihm heiß wurde. Natürlich waren sie bisher nicht auf die Idee gekommen, eine Verbindung nach Zoniana zu suchen. Doch falls es in seinem Umfeld Menschen gab, die von dieser Verwandtschaft wussten, konnte das erklären, warum Kitsikoudis' Tod so wenig Anteilnahme hervorgerufen hatte. Zoniana war auf Kreta berüchtigt, und seine Bewohner galten noch immer als gefährlich. Vielleicht, überlegte Michalis, waren er und Koronaios nicht nur von den Leuten aus der Sfakia beobachtet worden. Ihm fiel der dunkle SUV ein, den er vor dem Haus von Marilita Kitsikoudis bemerkt hatte, als der Priester mit Nitsa Doxiadis abgefahren war. Und ein solcher SUV war heute früh auch in Imbros an ihm vorbeigefahren.

»Der Ururur-Großvater meiner Mutter«, wechselte Karagounis das Thema, »war einer der kretischen Widerstandskämpfer, die sich 1823 in Komitades zum Aufstand gegen die Türken entschlossen haben. Er war auch unter denen, die sich in der Festung von Frangokastello verschanzt und erbittert gegen die türkische Übermacht gekämpft haben.« Der Kriminaldirektor machte eine Pause und blickte Michalis herausfordernd an.

»Ihnen ist klar, was das bedeutet?«

Michalis nickte. Ja, das war ihm klar. Unter den kretischen Männern, die damals am Strand von Frangokastello gestorben und von den Türken liegen lassen wurden, ohne beerdigt zu werden, war ein Vorfahre von Karagounis.

»Das ist jedoch nicht alles. Und ich habe schon vor zwei Tagen versucht, Ihnen das klarzumachen.« Er richtete sich auf. »Die Drosoulites sind nicht irgendwelche Geister oder kretische Folklore. Nein. Sie sind die Seele der Sfakia. Die Drosoulites stehen für all das, was Kreta so besonders macht. Für die Unbeugsamkeit und dafür, dass die Kreter sich nie unterworfen haben und es auch nie tun werden.«

Karagounis war pathetisch und für seine Verhältnisse emotional geworden. Diese Ergriffenheit und der patriotische Ernst passten nicht zu dem sonst so beherrschten Mann.

»Der Ur-Großvater meines Onkels hat sie noch gesehen, die Drosoulites. 1904, im Mai, vom Meer aus. Seine Schilderung wird in unserer Familie von Generation zu Generation weitergetragen. Vergessen Sie das nicht. Behandeln Sie die Leute in der Sfakia anständig.«

Karagounis schien alles gesagt zu haben. Michalis fragte sich, was der Kriminaldirektor mit diesem Gespräch beabsichtigt hatte. Wollte er ihn lediglich einschüchtern? Oder wollte er ihn auch warnen?

»Gehen Sie davon aus, Herr Charisteas« – Karagounis

schien zu wissen, was Michalis dachte – »dass es dieses Gespräch nie gegeben hat und auch kein zweites Mal geben wird. Sie werden ab sofort mit absoluter Diskretion und großem Respekt vorgehen, und Sie werden nie wieder versuchen, etwas über mich in Erfahrung zu bringen. Und jetzt raus.«

Michalis nickte und bemühte sich, beim Aufstehen kein Geräusch zu verursachen. Karagounis wandte sich den eingegangenen Nachrichten auf seinem Smartphone zu und ignorierte Michalis.

Kurz bevor Michalis die Tür erreichte, spürte er Wut in sich aufsteigen. Er hätte nicht sagen können, wie lange er hier gesessen hatte, doch er hatte in dieser Zeit alles hingenommen und nicht widersprochen. Und das verletzte seinen Stolz zutiefst.

Er drehte sich um, ging zurück in den Raum und begann, obwohl sein oberster Vorgesetzter mit seinem Smartphone beschäftigt war, zu sprechen.

»Ich bin Polizist geworden, weil ich will, dass Mordopfern und ihren Hinterbliebenen Gerechtigkeit widerfährt. Ich will Morde aufklären, damit die Täter gefunden und zur Rechenschaft gezogen werden.«

Karagounis hatte die Augen keinen Millimeter gehoben, und Michalis hätte nicht sagen können, ob er ihm zuhörte. Doch dann hob er langsam den Kopf und starrte Michalis feindselig an.

Obwohl er wusste, dass er sich wahrscheinlich gerade um seinen Job brachte, redete Michalis weiter.

»Das Beste wäre, es gäbe keine Morde. Doch weil das nicht so ist, sind wir mit Blut und geschundenen Körpern und manchmal auch nur mit ihren Überresten konfrontiert.«

Michalis hatte jetzt die volle Aufmerksamkeit des Kriminaldirektors. Und da der ihn nicht unterbrach, fuhr er fort: »Vor allem aber ermittele ich, damit die Opfer ihre Würde zurückbekommen. Denn ich weiß, dass die Angehörigen sonst nie Ruhe finden werden. Ein Fall ist für mich erst dann abgeschlossen, wenn ich alles getan habe, um den Angehörigen zu helfen. Alles. Auch wenn das oft deprimierend ist.«

Die Augen des Kriminaldirektors verengten sich, und die Lippen waren nur noch ein schmaler Strich. In diesem Büro hatte es vermutlich noch nie jemand gewagt, sich ungefragt über seine berufliche Ehre auszulassen. Karagounis unterbrach Michalis nicht, und der konnte nicht einschätzen, ob das ein Hinweis auf Wertschätzung war oder ob sein Vorgesetzter gerade am Verstand seines Untergebenen zweifelte.

»Niemals, wirklich niemals«, sprach Michalis weiter, »würde ich etwas tun, was dem Gedenken an die Mordopfer schaden könnte. Niemals. Und wenn ich es auch nur ein einziges Mal täte, würde ich am nächsten Tag meine Kündigung einreichen. Denn dann wäre meine Arbeit als Mordkommissar sinnlos.«

Michalis hatte das noch nie so klar formuliert und vielleicht auch noch nie so klar gedacht. Doch er spürte, dass es richtig war, es auszusprechen, auch wenn es Karagounis provozierte. Denn der hatte ihm ja vor wenigen Minuten vorgeworfen, die Empfindungen der Menschen aus der Sfakia zu verletzen.

Michalis hatte gesagt, was er sagen musste. Karagounis würde ihm nicht antworten, da war er sicher, doch er erwartete eine Reaktion von ihm. Und da der Kriminaldirektor ihn noch immer unbewegt musterte, fixierte Michalis die Augen seines Vorgesetzten und bemühte sich ebenso wie dieser, nicht zu blinzeln. Er hätte nicht sagen können, wie lange dieser absurde Moment andauerte. Als er ein winziges Nicken von Karagounis wahrnahm, drehte Michalis sich um und ging zur Tür.

»Charisteas!«

Michalis blieb stehen und wusste, dass er jetzt alles über sich ergehen lassen sollte, sonst würde die Situation eskalieren. Er hatte in den letzten Minuten eine Grenze weit überschritten, und der Kriminaldirektor hatte das hingenommen.

»Übertreiben Sie es nicht. Kein zweites Mal«, war das Einzige, was Karagounis sagte, bevor er sich wieder seinem Smartphone zuwandte.

Michalis beeilte sich, das Büro zu verlassen.

Michalis lehnte sich an die Wand gegenüber des Büros von Karagounis und schüttelte den Kopf. Schon jetzt erschien ihm diese Begegnung so unwirklich, als habe sie tatsächlich nicht stattgefunden. Ein Blick auf seine Uhr verriet ihm: Er war über zwanzig Minuten bei Karagounis gewesen. Er musste dringend Hannah erreichen.

Aus Gewohnheit wollte Michalis das normale Treppenhaus nehmen, doch dann hörte er Schritte, die sich von unten näherten. Es durfte ihn hier niemand sehen, das hatte Karagounis ihm eindringlich nahegelegt. Also beeilte er sich, die Tür am Ende des Flurs, die als Notausgang zum hinteren Treppenhaus führte, zu erreichen. Unten angekommen, schlich er um das Gebäude herum zum Haupteingang, und sobald er den passiert hatte, nahm Michalis sein Smartphone. Bevor er Hannahs Nummer wählte, sah er, dass Koronaios zweimal versucht hatte, ihn zu erreichen.

Bei Hannah sprang nach langem Klingeln die Mailbox an, und Michalis fragte sich alarmiert, ob Hannah in Gefahr war. Hatte Karagounis geblufft, oder war Michalis wirklich in etwas hineingeraten, das auch für Hannah gefährlich werden konnte? Er bat sie, ihn sofort zurückzurufen, und hoffte, dass sie sich schnell melden würde.

»Wo warst du denn die ganze Zeit?«, fragte Koronaios, als Michalis endlich in seinem Büro eintraf. Jorgos saß auf seinem Platz, und während Koronaios vorwurfsvoll klang, wirkte Jorgos eher beunruhigt.

»Ich, äh, ich musste etwas klären. Mit Hannah und meiner Familie.«

»Ah«, merkte Koronaios an, und an dem Blick, den er mit Jorgos wechselte, konnte Michalis erkennen, dass beide ihm nicht glaubten. Vermutlich hatten sie längst im *Athena* angerufen und erfahren, dass Michalis sich weder gemeldet hatte, noch dort aufgetaucht war. Die Vorstellung, dass er, wie Karagounis verlangt hatte, niemals jemandem von ihrem Gespräch erzählen dürfte, schien ihm schon jetzt eine unerfüllbare Herausforderung zu sein.

»Willst du auf deinen Platz?«, erkundigte sich Jorgos und erhob sich, um Michalis an den Schreibtisch zu lassen.

»Bleib ruhig sitzen«, entgegnete Michalis, der das Büro so schnell wie möglich verlassen wollte.

»Ihr zwei solltet Feierabend machen. Koronaios hat mir berichtet, was ihr heute herausgefunden habt. Es war ein langer Tag, und wir können nur hoffen, dass wir morgen zu Ergebnissen kommen«, stellte Jorgos fest.

»Violeta Embirikos sitzt übrigens nebenan bei Myrta«, warf Koronaios ein. »Weil sie nicht sofort zu den Überresten ihres Bruders durfte, hat sie sich fürchterlich aufgeregt und zunächst hier und später auch drüben in der Gerichtsmedizin einen unglaublichen Aufstand angezettelt. Auch Jorgos hat sie angebrüllt, aber Myrta ist es gelungen, sie zu beruhigen. Frau Embirikos hatte wohl geplant, irgendwo in der Gegend am Strand zu parken und in ihrem Wagen zu schlafen. Wir konnten sie überzeugen, dass sie überall vertrieben werden würde, und Myrta hat ihr ein günstiges Zimmer in der Nähe des Busbahnhofs besorgt.« Koronaios warf Jorgos einen Blick zu. »Und seit Jorgos angedeutet hat, dass die Polizei von Chania die Kosten dieser Übernachtung tragen wird, ist sie ruhiger geworden.«

»Ja. Alles Weitere regelt gerade Myrta, und ihr zwei geht jetzt nach Hause«, warf Jorgos ein.

»Hat sie denn …«, fragte Michalis, »war sie denn bei der Spurensicherung, und hat sie die Turnschuhe und die Jacke ihres Bruders zweifelsfrei erkannt?«

»Ja, hat sie, eindeutig«, bestätigte Koronaios. »Und wir haben Stournaras überredet, dass sie sich noch heute die Überreste ihres Bruders ansehen durfte.« Koronaios zögerte.

»Das war kein einfacher Moment«, erklärte Jorgos. »Frau Embirikos scheint ein sehr emotionaler Mensch zu sein. Sie wollte die Knochen ihres Bruders berühren, und als Stournaras das verhindern wollte, hat sie nicht etwa erneut zu brüllen begonnen, sondern ist zusammengesunken und in Tränen ausgebrochen.« Jorgos warf Koronaios einen Blick zu. »Mir war gar nicht klar, dass unser Koronaios so ein guter Tröster ist.«

»Wenn man zwei Töchter hat …«, knurrte Koronaios, dem es unangenehm zu sein schien, Violeta Embirikos schon zum zweiten Mal beruhigt zu haben. »Und das bleibt auch unter uns. Nicht, dass plötzlich jeder im Haus davon weiß und ich als Frauenflüsterer dastehe.«

»Selbstverständlich.« Jorgos grinste, und Koronaios beeilte sich, das Thema zu wechseln.

»Stournaras hat von Violeta Embirikos eine DNA-Probe bekommen. Sobald die ausgewertet und mit der DNA der Skelette abgeglichen ist, wissen wir, ob dort wirklich die sterblichen Überreste von Orfeas Embirikos liegen.«

»Und sie war ganz sicher, welcher der beiden ihr Bruder ist?

Beide trugen doch Turnschuhe sowie Jacken aus Kunstfasern«, sagte Michalis.

»Ja, da war sie absolut sicher. Die Jacke hatte sie wohl mit ihrem Bruder zusammen gekauft«, erwiderte Koronaios.

»Und Jordan Stantschew? Wissen wir über den mehr?«

»Nein, aber Myrta ist dran. Die Zusammenarbeit mit den Behörden in Bulgarien ist schwierig.« Jorgos blickte Michalis ernst an. »Aber damit ist jetzt auch genug für heute. Ihr beide geht nach Hause. Und ich« – er warf Michalis einen kurzen Blick zu, der verriet, dass er ahnte, wo Michalis in der letzten halben Stunde gewesen war – »ich kümmere mich darum, dass unserem Herrn Kriminaldirektor morgen früh die nötigen Informationen vorliegen. Das ist für alle Beteiligten im Moment das einfachste.«

»Du hast Myrta sicherlich die Handynummer des Tischlers Theo Brokalakis wegen der Aufstellung seiner Anrufe gegeben?«, wandte sich Michalis an Koronaios.

»Selbstverständlich«, entgegnete Koronaios, »und Myrta hatte der Telefongesellschaft auch schon wegen Vangelis Kitsikoudis Druck gemacht. Angeblich bekommen wir die Verbindungen ganz sicher morgen früh.«

»Gut. Dann fahre ich jetzt zu Hannah«, meinte Michalis und wollte schon zur Tür gehen.

»Ich komm mit«, sagte Koronaios schnell. »Die Frau aus der Zulassungsstelle hat sich übrigens vorhin noch mal bei Myrta gemeldet. Ihr war aufgefallen, dass sich heute noch jemand nach der Nummer des Pick-ups von Theo Brokalakis erkundigt hat.«

»Wie bitte?«, sagte Michalis aufgeschreckt und blieb abrupt stehen. »Wusste die Frau denn auch, wer das war?«

»Nein«, erwiderte Koronaios. »Aber falls Sie noch herausfindet, wer das war, sagt sie mir Bescheid.«

Entweder war also noch jemand auf den Wagen aufmerksam geworden, oder Ilias Doxiadis, der Bäcker, hatte jemandem das Kennzeichen gegeben und es ihnen verschwiegen.

Und das war noch beunruhigender.

»Schreibt Jorgos neuerdings unsere Berichte?«, wollte Michalis wissen, während er den Koffer seines Rollers aufschloss. Koronaios hatte ihn schweigend begleitet, und Michalis ahnte, dass er noch etwas loswerden musste.

»Ich habe Jorgos und Myrta über das informiert, was wir herausgefunden haben. Myrta hat sich Notizen gemacht und dann den Bericht formuliert. Jorgos wird dafür sorgen, dass alles morgen früh auf dem Schreibtisch des Kriminaldirektors liegt. Er meint, das sei die Vorgehensweise, die zurzeit am wenigsten Probleme macht.«

Michalis nahm seinen Helm in die Hand, und Koronaios trat sehr nah an ihn heran.

»Ich werde dich niemals fragen, wo du vorhin gewesen bist«, flüsterte er. »Aber wenn du irgendwann mit jemandem darüber sprechen musst und sicher sein willst, dass es ein Geheimnis bleibt …«

»Ich weiß. Danke«, entgegnete Michalis und bemühte sich um ein Lächeln. Selbst wenn er seinem Partner eines Tages von dem Gespräch mit Karagounis erzählen würde, wäre es danach noch immer ein Geheimnis. Da war Michalis sicher, so wie er auch überzeugt war, dass Karagounis nicht von Koronaios oder Jorgos etwas über Hannah erfahren hatte. Was die Tatsache, dass Karagounis von ihr wusste, noch besorgniserregender machte.

Sie verabschiedeten sich voneinander, und Michalis fuhr los. Einige Straßen später, als das Gebäude der Polizeidirektion außer Sicht war, hielt er an und wählte Hannahs Nummer. Es klingelte ein paarmal, dann wurde abgehoben.

»Hey, wo warst du denn, ich …« Michalis bemühte sich, fröhlich zu klingen, bis ihn die Stimme seines Bruders unterbrach.

»Ich bin's, Sotiris, Hannah hat ihr Handy bei uns im *Athena* liegen lassen. Sie müsste zu Hause sein, da wollte sie zumindest hingehen. Ich kann jetzt aber auch nicht lange, der Laden ist voll.«

Michalis fuhr weiter und hoffte, dass Hannah wirklich in der Wohnung war. Und zugleich ärgerte er sich, weil er sich von Karagounis verunsichern ließ und sich Sorgen machte, weil er Hannah nicht erreichen konnte.

Trotzdem stürmte er in den ersten Stock des Hauses in der *Odos Georgiou Pezanou*, und kaum hatte er die Tür geöffnet, rief er schon »*Hannah?*«. Niemand antwortete. Michalis schlich durch die Wohnung und warf einen Blick in das Schlafzimmer. Hannah lag auf dem Bett und schlief tief und fest. Er atmete erleichtert auf, holte sich aus dem Kühlschrank ein Glas Orangensaft und setzte sich auf den Balkon.

Obwohl es erst Ende Mai war, war der Abend sehr warm. Michalis drückte das kühle Glas an die Stirn, schloss die Augen und genoss es, für einen Augenblick an nichts zu denken. Es war ein langer, aufreibender Tag gewesen, und er war müde. Undeutlich hörte er die sirrenden Rufe der Mauersegler, die spielenden Kinder und in der Ferne die Brandung des Meeres. Und dann hörte er, dass Hannah seinen Namen rief. Er stand auf, und als er das Schlafzimmer betrat, lächelte Hannah und streckte ihm eine Hand entgegen.

»Kommst du zu mir?«, bat sie leise und schob das Laken zur Seite. Sie war vollkommen nackt, und die Müdigkeit, die Michalis eben noch verspürt hatte, fiel von ihm ab.

Es war dunkel und tief in der Nacht, als Michalis wach wurde, weil Hannah leise aufstand. Ohne Licht zu machen, verschwand sie im Bad, holte sich ein Glas Wasser und kroch wieder zu ihm unter das Laken.

»Hab ich dich geweckt?«, fragte sie.

»Nicht schlimm«, flüsterte er. »Weißt du, wie spät es ist?«

»Eins oder zwei, spät auf jeden Fall.«

»Wie war dein Tag?«, erkundigte er sich wie meistens, wenn sie sich abends trafen.

»Der war gut … aber wollen wir jetzt wirklich reden?«, antwortete Hannah.

»Nein …«, erwiderte Michalis, beugte sich über sie und begann, sie zu küssen.

17

So schön diese Nacht mit Hannah auch war, Michalis' erste Gedanken, als er sehr früh aufwachte, galten nicht der Frau, die neben ihm lag, sondern dem Kriminaldirektor. Wie konnten Informationen über Hannah bis in die oberste Etage der Polizeidirektion gedrungen sein?

Michalis wäre gern wieder eingeschlafen, doch daran war nicht zu denken. Um Hannah nicht zu wecken, stand er leise auf, zog die Tür zum Schlafzimmer hinter sich zu und machte sich einen *Elliniko*. Mit dem Mocca setzte er sich auf den Balkon und beobachtete, wie die Fassaden der gegenüberliegenden Häuser allmählich von der aufgehenden Sonne angestrahlt wurden.

In den Monaten, als Hannah nicht hier gewesen war, hatte er oft allein hier gesessen und sich gewünscht, sie wäre bei ihm. In den letzten Tagen hatte es ihn dann doch sehr überrascht, dass ihre ungeklärte Zukunft Hannah so sehr zu belasten schien.

Als seine Gedanken zu den Toten in der Sfakia abschweiften, stand Hannah in der Tür zum Balkon.

»Bist du schon lange wach?«, fragte sie.

»Nein, noch nicht lange. Gut geschlafen?«

»Sehr …«

»Willst du einen *Elliniko*?«,

»Gern«, erwiderte Hannah.

»Und auch … Müsli?«, fragte Michalis skeptisch. Noch immer hatte er sich nicht daran gewöhnt, dass Mitteleuropäer morgens ausgiebig frühstückten, und schon gar nicht konnte er sich mit dem Gedanken anfreunden, dass Menschen so etwas wie Müsli aßen. Doch immerhin war er mittlerweile so weit, seiner deutschen Freundin morgens eines zuzubereiten. Und er fürchtete, eines Tages womöglich sogar selbst davon zu essen. Für einen Kreter eigentlich ein grauenhafter Gedanke.

Michalis kochte also einen *Elliniko metrio* – bei ihrem ersten Besuch hatte Hannah darauf bestanden, ihn *sketo*, ohne Zucker, zu trinken, doch das hatte Michalis ihr ausreden können – und schnitt einen Apfel in das Müsli. Beim Blick in den Kühlschrank entdeckte er zwei große Teller mit Fenchelpastete und Wildgemüsetaschen. Vermutlich war seine Mutter gestern mit einer Unmenge zu essen hier aufgetaucht.

Hannah kam aus dem Bad, küsste ihn auf den Nacken und grinste wegen des Müslis.

»Gut macht mein stolzer Kreter das …«, spottete sie und ließ ihn arbeiten.

»Wie war gestern dein Tag?«, fragte Michalis, denn noch immer wusste er nicht, warum Hannah so fröhlich war.

»Es war ein guter Tag«, antwortete Hannah knapp.

»Ist das alles?«, hakte Michalis nach.

Hannah sah ihn ernst an.

»Nein. Nein, natürlich nicht.«

Der *Elliniko* war fertig, und Hannah trug das Müsli auf den Balkon, während Michalis ihr den Mokka brachte.

»Ich hatte eine lange, anstrengende Nacht mit Paula«, begann Hannah. »Daniel hatte ihr am Abend gesagt, dass er wegen seines Jobs zurück nach Berlin muss. Einfach so, ohne es mit ihr zu besprechen. Paula ist ausgerastet, und sie haben sich derart gestritten, dass sie sich in dem Hotel ein eigenes Zimmer genommen hat. Dann bin ich gestern Nacht auch noch aufgetaucht. Wir haben ewig geredet und sind erst am späten Vormittag wieder aufgewacht. Und da saß der gute Daniel tatsächlich schon im Flugzeug.« Hannah schüttelte den Kopf und beobachtete die Mauersegler am gegenüberliegenden Haus.

»Als ich dann in unsere Wohnung gekommen bin, habe ich gesehen, dass du nicht hier geschlafen hattest.«

Sie kniff die Augen zusammen, und Michalis wusste, dass sie sich in dem Moment Sorgen gemacht hatte.

»Ich hab mir zwar gedacht, dass du im *Athena* übernachtet hast, aber ich hab mich nicht getraut, dorthin zu gehen und mich zu erkundigen. Auf dem Handy konnte ich dich nicht erreichen, da hab ich es im Büro versucht. Na ja. Du kennst ja deine Familie. Jorgos wird Sotiris oder Takis angerufen haben, und plötzlich stand Loukia hier in der Tür und hat wohl geglaubt, in der *Odos Georgiou Pezanou* herrsche eine akute Hungersnot.«

Michalis grinste. Er konnte sich lebhaft vorstellen, dass Hannah aus Höflichkeit ein paar *kalitsounia me chorta* probiert hatte, obwohl sie keinen Hunger verspürte, und seiner Mutter versprechen musste, später alles aufzuessen.

»Loukia war bestimmt zwei Stunden hier. Sie hat mir viel über ihr Leben erzählt.«

»Was denn?«, erkundigte sich Michalis.

»Geheimnisse von Frauen …« Hannah lächelte. »Mehr musst du nicht wissen.«

Sie griff nach Michalis' Hand und blickte ihn ernst an.

»Ich weiß nicht, ob ich so werden könnte wie deine Mutter. Vermutlich nicht. Aber eines musst du wissen.« Michalis sah einen feuchten Schimmer in Hannahs Augen. »Ich stelle uns beide nicht in Frage. Das habe ich nie getan, und das werde ich auch nie tun. Das verspreche ich dir.«

Hannah hatte in einem feierlichen Tonfall gesprochen, den

Michalis nicht von ihr kannte, und er spürte: Dies könnte der Moment sein. Vielleicht nicht der romantischste aller Augenblicke, unausgeschlafen, ohne Ringe und kurz, bevor er zur Arbeit aufbrechen musste. Aber vielleicht war es an diesem Morgen nach einer sehr schönen Nacht der richtige Zeitpunkt für einen Heiratsantrag.

Hannah sah ihm in die Augen, und er war sicher, dass ihr dasselbe durch den Kopf ging. Doch bevor Michalis etwas sagen konnte, waren in der Gasse laute Kinderstimmen zu hören, und es klingelte an der Tür.

»Hannah!«, hörten sie Sofia und Loukia, die Töchter von Sotiris, rufen. Hannah beugte sich über die Brüstung und winkte.

»Wir bringen dir dein Handy! Es klingelt ständig, und Papa meint, es könnte wichtig sein!«

»Gut, kommt hoch!«, entgegnete Hannah, doch bevor sie zur Tür ging, um die Kinder reinzulassen, zog sie Michalis zu sich.

»Vergiss nicht, was du gerade sagen wolltest«, flüsterte sie, »denn ich werde es auch nicht vergessen.«

Damit lief sie zur Tür, blieb jedoch stehen und musterte Michalis.

»Aber vielleicht solltest du dich fertig anziehen, oder willst du, dass die Kinder dich so sehen …?«

Sekunden später fegten die beiden Mädchen durch die Wohnung, und als Michalis angezogen aus dem Schlafzimmer kam, standen Sofia und Loukia vor der offenen Kühlschranktür, während Hannah besorgt auf das Display ihres Handys blickte.

»Ich hab ihnen gesagt, sie können sich nehmen, was sie wollen«, verkündete Hannah Michalis.

»Ja, aber ihr habt ja nur gesunde Sachen im Kühlschrank, wenn Hannah da ist! Nichts, was lecker ist! Nicht mal Cola!«

»Ja, weil da zu viel Zucker drin ist. Und das ist nicht gut für euch«, entgegnete Hannah.

»Papa hat gesagt, wir sollen sofort wieder nach Hause kommen, wenn wir Hannah das Handy gegeben haben«, sagte Loukia. Sofia blickte Michalis jedoch herausfordernd an.

»Aber wenn Hannah nicht hier ist, dann hast du doch auch Cola!«, warf sie ihm vor und lief zur Tür.

»Stimmt das? Hier ist Cola im Kühlschrank, wenn ich nicht da bin?« Hannah versuchte, empört zu klingen.

»Nur manchmal, und auch nur wegen der Kinder. Sonst würden die mich ja nie besuchen«, rechtfertigte sich Michalis, während die Mädchen ins Treppenhaus rannten.

»Soso. Kleine Bestechung.«

Dann konzentrierte Hannah sich wieder auf ihr Display.

»Was ist passiert?«, erkundigte sich Michalis.

»Van Drongelen hatte doch gestern schon etwas wegen Kanada angedeutet«, sagte sie und runzelte die Stirn. »Sein Kollege in Toronto hat tatsächlich eine Stelle zu besetzen. Eine Schwangerschaftsvertretung, maximal zwei Jahre. Die Bewerbungsfrist läuft morgen Abend ab. Van Drongelen meint, ich würde vom Profil her passen.«

Beide schwiegen. Eben noch hatte Michalis den Eindruck gehabt, Hannah könnte sich für eine Zukunft auf Kreta entscheiden.

»Toronto … das ist weit weg«, meinte Michalis.

»Ich … Das kommt sehr plötzlich … und ich hätte für die Bewerbung nur Zeit bis morgen.« Hannah stöhnte.

»Eine überstürzte Entscheidung ist selten eine gute Lösung«, erwiderte Michalis.

Hannah nickte nachdenklich. »Ja, auf Kreta ist das sicher so«, entgegnete sie.

»Kreta ist eine alte Kultur. Wir müssen nicht ständig alles neu erfinden. Vieles ist längst da, und einiges war vielleicht auch schon immer da«, meinte Michalis.

»So etwas Ähnliches hat deine Mutter gestern auch gesagt. Eine gute Lösung sei immer eine kretische Lösung. Und je wichtiger eine Sache ist, desto mehr Zeit nehmt ihr euch«, sagte Hannah und warf einen zweifelnden Blick auf das Display. »Wird es bei dir heute sehr spät werden? Ich werde versuchen, mehr über diese Stelle zu erfahren, dann könnten wir am Abend darüber reden.«

»Wir haben zwei Tatverdächtige und viele ungeklärte Fragen. Und ich kann nicht beschwören, dass nicht noch einige dazu kommen.«

»Auch weitere Morde?«, erkundigte sich Hannah.

Michalis zögerte. Dieser Tag bereitete ihm Sorgen, und vielleicht hing das mit einem weiteren Mord zusammen.

Und dann war da auch noch die vage Andeutung von Karagounis, Hannah könnte in Gefahr sein. Sollte er sie warnen? Aber was sollte sie dann tun? Sich den ganzen Tag in der Wohnung oder im *Athena* verschanzen?

»Woran denkst du?«, fragte Hannah, weil Michalis schwieg.

»Die Fälle sind kompliziert, und ich bin vielleicht ein paar Leuten auf die Füße getreten. Hoffentlich haben wir die Morde bald aufgeklärt.«

»Bist du in Gefahr?«

»Nicht mehr als sonst.«

»Worum geht es denn?«, wollte Hannah wissen.

»Darüber darf ich nicht reden«, erwiderte Michalis. Hannah stutzte. »Und vielleicht … ich kann nicht ausschließen, dass sich jemand für das, was ich tue, mehr interessant als bei anderen Fällen.«

Hannah ahnte, was er sagen wollte.

»Könnte es sein, dass jemand irgendwo auftaucht, wo er nichts zu suchen hat?«, fragte sie.

»Wie gesagt, ich kann es nicht ausschließen.«

»Sollte ich dann auch vorsichtig sein?«

Michalis fuhr sich durch den Bart und kniff die Augen zusammen.

»Ich kann mir beim besten Willen nicht vorstellen, dass das passiert. Aber wenn dir irgendetwas eigenartig vorkommt, ruf mich an. Oder Sotiris oder Jorgos. Nur zur Sicherheit.«

»Nur zur Sicherheit … An was für einer Geschichte bist du denn dran? Gibt es die Mafia auf Kreta?«

»Nein, es gibt hier keine Mafia. Aber auch andere Leute können sehr unangenehm werden, wenn man ihnen zu nahe kommt.«

Hannah musterte ihn ungläubig. Von der romantischen Stimmung, die noch vor einer Viertelstunde geherrscht hatte, war nichts mehr übrig. Darüber, ob Hannah sich für die Stelle in Toronto bewerben sollte, hatten sie kein Wort mehr verloren.

Michalis war froh, als er den morgendlichen Stau vor der Markthalle hinter sich gelassen und auf der *Odos Apokoronou* freie Fahrt hatte. Wie sollten sie heute vorgehen? Weder Theo Brokalakis, der Tischler, noch seine Frau Ariadne hatten sich bei ihm gemeldet und vermutlich auch nicht bei Koronaios oder im Büro bei Myrta. Und wenn Alekos Tatsopoulos eine Spur von Fanis Karalakis gefunden hätte, wüssten sie das sicherlich längst, also ging Michalis davon aus, dass Karalakis weiterhin flüchtig war.

»Kalimera«, begrüßte Michalis Myrta und stellte einen Becher Frappé auf ihren Schreibtisch. »Ich weiß, ich muss das nicht fragen, aber …«

Myrta lächelte müde.

»Nein, das musst du nicht«, erwiderte sie, »sobald ich die Aufstellung der Anrufe von Vangelis Kitsikoudis habe, hast du sie auch.«

»Danke«, sagte Michalis schuldbewusst. Es war unnötig, Myrta daran zu erinnern.

»Und ich melde mich auch, sobald wir die richterliche Genehmigung haben, das Handy von Fanis Karalakis orten zu lassen«, rief sie Michalis nach, der bereits auf dem Flur war.

»Wir sollten nach Therisso fahren und herausfinden, ob Theo Brokalakis da ist«, schlug Michalis vor, nachdem die übrigen Frappés verteilt waren und auch Jorgos sich zu ihnen ins Büro gesetzt hatte.

»Ja, das sollten wir als Erstes tun«, stimmte Koronaios zu. »Und entweder haben wir bis dahin die Aufstellungen der Anrufe und wissen, ob es Brokalakis war, der anonym die Namen der beiden Verschwundenen durchgegeben hat, oder wir erfahren es von ihm.«

»Oder von seiner Frau oder dem Vater. Denn die wissen alle garantiert etwas.«

Bevor sie aufbrachen, ließ sich Michalis von Alekos Tatsopoulos darüber informieren, dass Fanis Karalakis nach wie vor verschwunden war und sich seine Familie inzwischen große Sorgen zu machen schien.

»Es gibt einen Mann aus Sfakia, der mit Karalakis gestern Nacht noch in einer Taverne Tavli gespielt hat«, teilte der Revierleiter von Sfakia Michalis am Telefon mit. »Er beteuert, Karalakis sei danach mit seinem Moped zum Hafen gefahren, und er glaubt auch, dass er kurze Zeit später gesehen hat, wie das Boot von Karalakis ausgelaufen und Richtung Loutro verschwunden ist.«

Doch selbst wenn Fanis Karalakis tatsächlich nachts mit seinem Boot aufgebrochen war, war er nicht in Loutro angekommen. Sein Vater hatte sich heute früh bei Tatsopoulos erkundigt, ob sie seinen Sohn inzwischen gefunden hätten.

»Diesen Mann, der Fanis Karalakis gestern Nacht gesehen hat, müssen wir nachher sprechen«, kündigte Michalis an.

»Ich hoffe, wir erwischen ihn. Er hat seine Ziegen oberhalb von Anopoli, und da fährt er nachher hin. Noch sitzt er im Kafenion.«

»Und, wie war gestern der Abend mit Galatia?«, erkundigte sich Michalis, als sie Richtung Therisso unterwegs waren und die ersten Berge erreichten.

Koronaios schwieg einen Moment.

»Ich hab meine Frau und Galatia schon von der Straße aus brüllen hören«, sagte er dann.

»Deine Frau? Ich denke, die ist in Thessaloniki?«

»Ja, das dachte ich auch. Aber weil sie mir und Galatia nicht traut, ist sie einen Tag früher zurückgekommen, ohne uns vorzuwarnen«, fuhr er fort. »Galatia hat jetzt eine Woche Hausarrest. Also, sie darf das Haus nur noch vor Sonnenuntergang und in Begleitung meiner Frau verlassen.« Koronaios seufzte. »Aber ich werde das Gefühl nicht los, dass Galatia darüber gar nicht mal so böse ist. Vielleicht ist ihr das ständige Feiern auch zu viel geworden. Und vielleicht ist etwas passiert, was ihr nicht gefallen hat.« Er blickte aus dem Fenster und schüttelte den Kopf. »Sie hat natürlich nichts gesagt. Aber es ist ein väterlicher Instinkt.«

»Also doch Frauenflüsterer«, spottete Michalis.

»Sag so was nie wieder«, fauchte Koronaios grinsend.

Michalis steuerte in Therisso zunächst die Werkstatt von Vater und Sohn Brokalakis an. Dort stand nur der alte Strada, der Fiat Pick-up, doch der große Wagen, mit dem Theo Brokalakis vorgestern in Sfakia gewesen sein musste, fehlte. Daraufhin fuhren sie zur Einfahrt des Hauses von Theo Brokalakis, doch auch dort war kein Pick-up zu sehen.

Auf dem Weg dorthin hatte Michalis bemerkt, dass der Fiat ihnen von der Werkstatt aus gefolgt war. Kaum hatten sie die Einfahrt erreicht, hielt der Strada neben ihnen, und der alte Brokalakis stieg aus.

»Sie suchen meinen Sohn«, sagte er. »Kommen Sie mit. Ich fürchte, es gibt etwas, das Sie wissen sollten.«

Im Wohnzimmer saßen die Frau des alten Brokalakis sowie Ariadne Brokalakis mit dem Jungen und dem kleinen Mädchen. Doch anders als gestern stand die Großmutter sofort auf und verließ mit beiden Kindern das Haus. Dabei, und das war eigenartig, fiel kein einziges Wort. Weder von den Erwachsenen, noch von den Kindern.

»Frappé?«, bot Ariadne Brokalakis an, nachdem Koronaios eingetreten war, und verschwand in der Küche.

Der alte Brokalakis schwieg, als sei er nicht anwesend, und Michalis und Koronaios hatten viel Zeit, um die Einrichtung zu betrachten. Schon außen war zu sehen, dass dieses Haus in Eigenarbeit errichtet wurde, und hier im Wohnzimmer war endgültig die Handschrift von Tischlern zu erkennen. Die Einrichtung bestand komplett aus Holz, und jedes Teil schien ein selbst geschreinertes Unikat zu sein. An den Schränken, den Regalen und sogar an den Stühlen fanden sich gedrechselte oder geschnitzte Verzierungen. Der Esstisch war kunstvoll aus verschiedenen Holzarten hergestellt.

Als die Frappés verteilt waren und Ariadne Brokalakis sich gesetzt hatte, räusperte sich der Vater von Theo Brokalakis.

»Wir machen uns Sorgen um meinen Sohn«, begann er,

presste die Lippen aufeinander und sah Ariadne Brokalakis an. Seine Schwiegertochter schluckte, dann atmete sie tief durch und nickte.

»Ich habe all die Jahre gespürt, dass Theo ein Geheimnis mit sich herumträgt«, begann sie stockend. »Es gab immer einen Teil von ihm, an den ich nicht herankam. Als läge ein dunkler Fleck auf seiner Seele, den niemand sehen darf. Vielleicht nicht einmal er selbst.«

Michalis sah, wie schwer es der Frau fiel, über ihren Mann zu sprechen.

»Manchmal schien es verschwunden zu sein. Dieses Dunkle. Für Wochen, Monate, für ein halbes Jahr.« Ariadne Brokalakis kniff die Augen zusammen. »Meistens wurde es zu Beginn eines Jahres schlimmer. Nach Neujahr, nach dem Fest der Theophanie und der großen Wasserweihe Anfang Januar. Dann wurde Theo immer unruhiger, hat schlecht geschlafen, ist manchmal nachts schreiend aufgewacht.« Sie schüttelte sich. »Wir haben alle mal Albträume, aber … bei ihm kamen sie regelmäßig. Die Kinder haben Angst bekommen, weil ihr Papa sooft nachts geschrien hat.« Ariadne Brokalakis schwieg.

»Wurde es Ende Februar am schlimmsten?«, erkundigte Michalis sich, denn Ende Februar 2012 hatte Violeta Embirikos zum letzten Mal mit ihrem Bruder Orfeas telefoniert.

Ariadne Brokalakis schien durch Michalis hindurchzusehen.

»Sie wissen also bereits etwas. Das ist gut. Sie sind die Polizei. Sie sollten mehr wissen als wir.« Die Frau nickte.

In dem Moment klingelte Michalis' Handy. Er sah auf dem Display, dass Alekos Tatsopoulos der Anrufer war, und schaltete den Ton aus. Vielleicht war es wichtig, doch das musste warten.

»Entschuldigung«, sagte Michalis und sah, dass Ariadne Brokalakis ihren Schwiegervater musterte.

»Vor drei Tagen am Abend«, sagte der Alte und fuhr sich mit der Hand über die Augen. »Wir waren gerade dabei, den Tisch zu decken. Der Fernseher lief, aber wir hatten den Ton leise gedreht. Es kamen die Nachrichten. Ich hatte gar nichts mitbekommen, aber Theo stand plötzlich vor dem Gerät und begann zu brüllen, weil er die Fernbedienung nicht finden konnte, um den Ton laut zu stellen.«

»Damit hatten die Kinder gespielt, sie lag auf dem Sofa, unter den Kissen«, warf Ariadne Brokalakis ein.

»Bis wir die Fernbedienung gefunden hatten, hat Theo rumgeschrien und den Blick nicht von dem Fernseher abgewandt. Und als endlich der Ton laut genug war, da stand gerade dieser Herr am Strand von Frangokastello und wurde interviewt.« Der alte Theo Brokalakis deutete auf Koronaios. »Sie haben eigentlich nur gesagt, dass Sie noch nichts sagen können, aber das hat genügt. Theo war den ganzen Abend nicht mehr ansprechbar und hat ständig zwischen den Programmen hin und her geschaltet, ob nicht noch ein anderer Sender darüber berichtet. Doch es war wohl nur dieser eine Sender vor Ort gewesen.«

»Theo hat in der Nacht fast nicht geschlafen. Wann immer ich wach geworden bin, starrte er mit offenen Augen an die Decke«, erklärte Ariadne Brokalakis. »Und am nächsten Tag ist er sehr früh in die Kirche gegangen. Er ist sehr religiös, aber dass er an einem normalen Arbeitstag unter der Woche morgens in die Kirche geht, das kenne ich nicht von ihm. Mir war klar, dass das nichts Gutes zu bedeuten hat.«

Die Frau sah ihren Schwiegervater unsicher an. In dem Moment klingelte das Handy von Koronaios. Er drückte den Ton sofort weg, blickte auf das Display und warf Michalis einen fragenden Blick zu.

»Entschuldigung«, sagte Koronaios.

»Am Nachmittag hätte Theo zu einem Kunden fahren sollen, aber er hat mich gebeten, das zu übernehmen«, fuhr der alte Brokalakis fort. »Warum, das wollte er mir nicht sagen, und das kam mir verdächtig vor. Ich habe das Werkzeug auf unseren großen Pick-up geladen und so getan, als würde ich losfahren, doch ich bin leise zurückgegangen. Und was ich gesehen habe, konnte ich nicht glauben. Theo hatte hinten in der Werkstatt, wo unser Holz in großen Regalen gelagert und getrocknet wird, einen Teil der Wandverkleidung aufgestemmt.« Er blickte zwischen Michalis und Koronaios hin und her und schüttelte den Kopf. »Er hielt eine Art Paket in der Hand, rechteckig und verschnürt. Vielleicht vierzig mal fünfzig Zentimeter.«

Michalis war sicher, dass in diesem Paket die Ikone gewesen war, die dann in der Kirche von Sfakia auftauchte.

»Dieser Moment schien für Theo sehr aufwühlend zu sein. Er wusste nicht, dass ich ihn beobachte, und« – der Vater wirkte fassungslos – »und dann küsste Theo dieses Paket immer wieder. Und er hatte dabei Tränen in den Augen.« Der Vater Theo Brokalakis sah zur Decke. »Plötzlich hat er mich bemerkt«, fuhr er fort, ohne einen der Anwesenden anzusehen, »und in seinen Augen – das werde ich nie vergessen. Da war etwas … etwas Fremdes, etwas Verstörtes, etwas Gefährliches. Etwas, was ich an Theo noch nie gesehen hatte. Und er ist mein Sohn.«

»Was ist dann passiert?«, fragte Koronaios.

Der alte Theo Brokalakis lachte verzweifelt. »Es war … beängstigend. Theo ist plötzlich auf mich zugestürmt, als würde er mich zu Boden werfen wollen. *Steckt der Schlüssel, steckt der Schlüssel!* hat er dabei immer wieder geschrien. Ich war nicht in der Lage, etwas zu sagen, und habe nur meine leeren Hände gehoben. Theo ist nach draußen gerannt und mit dem

Pick-up losgefahren. Mit dem Werkzeug und dem Material. Einfach weg.«

»Theo kam an dem Abend sehr spät nach Hause, weil er angeblich lange bei einem Kunden gewesen war«, übernahm Ariadne Brokalakis. »Das kommt häufiger vor, seit die Geschäfte der Tischlerei gut laufen. Vor einigen Jahren war das noch anders.« Sie nickte heftig. »Theo wirkte erleichtert und wie befreit. Auch wenn es spät war, war er so fröhlich wie lange nicht, und weil die Kinder am Abend ohne ihren Papa nicht einschlafen konnten, haben wir alle etwas gespielt. Es war ein sehr schöner Abend.« Sie lächelte.

»Doch gestern Nachmittag« – das Gesicht von Ariadne Brokalakis verdunkelte sich – »kam Theo plötzlich hierher und wollte wissen, wo die Kinder sind. Die beiden waren bei Freunden, und hier im Dorf findet sich immer ein Erwachsener, der ein Auge auf die Kinder hat, da passiert nie etwas.« Sie seufzte erschöpft. »Theo bekam Panik und wollte, dass wir die Kinder suchen. Sofort. Er ist losgefahren und kehrte nach zehn Minuten nur mit der Kleinen zurück.« Sie erschauerte. »Maria weinte, weil sie spürte, dass etwas Schlimmes passiert war. Denn unser kleiner Theo war verschwunden. Mit seinem besten Freund.« Sie blickte Michalis und Koronaios an und atmete tief durch. »Theo hatte im Dorf einen Mann gesehen und ihn erkannt. Das hat er mir heute Nacht gestanden. Deshalb war er so aufgelöst, als die Kinder nicht hier waren.«

»Den Rest kennen Sie«, fuhr der Vater fort. »Das ganze Dorf hat die beiden gesucht und schließlich gefunden. Und Theo ist geflüchtet, nachdem Sie hier ins Haus gekommen waren.«

»Wann ist Ihr Mann zurückgekommen?«, erkundigte sich Michalis.

»Kurz nachdem Sie gefahren waren. Er hatte sich in einem

Weg hinter den Hügeln versteckt und gewartet«, erwiderte der Alte.

Ariadne Brokalakis verzog den Mund, als würde ihr das, was sie sie jetzt noch sagen musste, Schmerzen bereiten. »Unser Sohn Theo hat uns dann verraten, dass er und sein Freund sich in den Bergen verirrt hatten, weil sie vor einem Mann weggelaufen waren. Er hatte sie verfolgt und ihnen Angst gemacht. Und das war der Mann, den Theo hier im Ort gesehen hatte.«

Ariadne Brokalakis schwieg erschüttert.

»Frau Brokalakis. Wo ist Ihr Mann jetzt?«, bohrte Michalis nach.

Ariadne Brokalakis schüttelte den Kopf und schwieg weiter.

»Herr Brokalakis. Wissen Sie, wo Ihr Sohn ist? Was hat er vor?« Michalis wandte sich an den Vater. Der blickte zur Seite und fuhr sich durch die Haare.

»Es kann sein, dass Ihr Sohn in Gefahr ist!«, erklärte Michalis energisch.

»Theo hat Ariadne nachts gestanden, dass er diesen Mann, der den kleinen Theo verfolgt hatte, kennt«, sagte der Alte. »Und dass er sich um ihn kümmern muss. Weil der sonst unsere Familie nie wieder in Ruhe lassen wird.«

»Hat Ihr Sohn gesagt, wer dieser Mann ist?«, fragte Michalis.

»Nein. Aber Theo hat seine Waffe mitgenommen. Und Munition. Und er ist wieder nach Sfakia gefahren«, erwiderte Ariadne Brokalakis. »Das hat er mir heute früh noch gesagt. Und dass es für uns alle das Beste sei und ich mir keine Sorgen machen soll.« Sie schüttelte verzweifelt den Kopf. »Aber wie soll ich mir keine Sorgen machen, wenn mein Mann bewaffnet nach jemandem sucht, der unseren Sohn bedroht hat!«

»Ich weiß, das ist schwierig, aber es ist wichtig. Könnte Ihr

Sohn diesen Mann beschreiben? Oder seinen Wagen?«, erkundigte sich Michalis.

»Unser Sohn war gestern Abend so aufgewühlt, den konnten wir gar nicht beruhigen, und er hat auch von nichts anderem gesprochen. Der Mann war groß, hatte eine Halbglatze, war schmutzig, und er sah gemein und böse aus.« Ariadne Brokalakis lächelte kurz. »Wie sich ein Kind eben erinnert.«

»Der Vater von dem anderen Jungen war heute früh bei mir in der Werkstatt«, ergänzte der alte Theo Brokalakis. »Der kleine Kostas ist ein Autonarr. Schon immer. Und er ist sicher, dass dieser glatzköpfige Mann einen etwas zerbeulten, silbergrauen Toyota Pick-up hatte. Einen Hilux, schon ein paar Jahre alt.«

Ein großer Mann mit Halbglatze und einem etwas älteren Toyota Hilux. Das passte auf Sideris Vamvounakis, den Tankstellenbetreiber aus Patsianos. Wenn das stimmte, dann war Vamvounakis gestern hier aufgetaucht, weil er etwas mit den beiden Toten vom Strand in Frangokastello zu tun hatte. Sie mussten Sideris Vamvounakis finden und ihn befragen.

»Vielen Dank. Sie haben uns sehr geholfen«, sagte Koronaios. »Wir werden Ihren Mann finden, und wir werden ihn schützen und die Sache aufklären. Aber diesmal« – Koronaios sah Ariadne Brokalakis und ihren Schwiegervater eindringlich an – »melden Sie sich bitte umgehend bei uns, sobald Ihr Mann wieder auftaucht oder anruft.«

»Ja. Selbstverständlich. Das werden wir tun«, erwiderte Ariadne Brokalakis.

»Haben Sie oder Ihr Sohn in der Werkstatt, wo dieses Paket versteckt war, noch etwas entdeckt oder verändert?«, fragte Michalis den Vater.

»Nein, ich nicht und Theo auch nicht. Glaube ich zumindest«, antwortete er.

»Gut. Wir müssten uns dort umsehen, bevor wir fahren«, sagte Michalis zu dem alten Theo Brokalakis.

»Warum?«, wollte er wissen.

»Vielleicht finden wir etwas, das uns hilft.«

»Wer hat bei dir angerufen? Auch Tatsopoulos?«, erkundigte sich Michalis, als er mit Koronaios zu ihrem Wagen ging.

»Jorgos«, erwiderte Koronaios, »sogar zweimal. Du fährst, und ich ruf ihn zurück.«

Auf der Fahrt zur Werkstatt erfuhren sie, dass das Boot von Fanis Karalakis in der Nähe von Sfakia in einer Grotte neben einer Badebucht entdeckt worden war.

»Zagorakis ist mit seinen Leuten auf dem Weg dorthin, und Jorgos überlegt, ebenfalls hinzufahren. Tatsopoulos hat dafür gesorgt, dass das Boot nicht berührt und nicht bewegt wird. Er selbst hat sich vom Polizeiboot aus mit einem Beiboot hinbringen lassen und Spuren entdeckt, die Blut sein dürften«, erklärte Koronaios.

»Wir fahren sofort los, sobald wir hier fertig sind«, meinte Michalis.

Der Vater Brokalakis war vorausgefahren, und sie erreichten die Werkstatt kurz nach ihm. Brokalakis schloss das große Tor auf und schob es zur Seite. Obwohl sie die Halle der Tischlerei eilig durchquerten, fiel Michalis auf, wie akribisch diese Werkstatt eingerichtet war. Hier arbeiteten und lebten Vater und Sohn für einen Beruf, den sie liebten, das war unübersehbar.

An der Rückwand fehlte, wie der alte Theo Brokalakis gesagt hatte, ein Teil der Holzverkleidung. Michalis untersuchte die Stelle und glaubte, in der Verkleidung etwas zu erkennen, was dort nicht hingehörte.

»Könnten Sie diese zwei Bretter entfernen?«, bat Michalis den Alten und deutete neben das bereits bestehende Loch.

Brokalakis nahm ein Stemmeisen und hebelte die Bretter von der Wand weg, bis Michalis ein etwa zwanzig mal dreißig Zentimeter langes Stück verwittertes Holz mit unebenen Kanten zu fassen bekam.

»Ein Teil der Planke eines Bootes«, sagte der alte Theo Brokalakis überrascht.

Noch erstaunlicher war, was auf dieser Planke zu sehen war, denn jemand hatte dieses Holzstück zum Schnitzen benutzt. In der Mitte war eine Art Säule zu erkennen, während links und rechts davon zwei Menschen zu sitzen schienen. Um diese Figuren und die Säule herum gab es eine ovale Begrenzung, und in der Mitte verlief eine Linie.

»Was kann das sein?«, fragte Michalis den Vater von Theo Brokalakis.

»Ich habe keine Ahnung«, erwiderte er.

»Könnte Ihr Sohn das geschnitzt haben?«, wollte Koronaios wissen.

Der alte Theo Brokalakis nahm das Holz und betrachtete es eingehend.

»Theo hat schon als Kind geschnitzt. Er hatte immer irgendein Messer dabei, und ein Stück Holz gab es auch überall.« Der Mann nickte. »Ja, das könnte von ihm sein.«

»Wir müssen diese Planke mitnehmen. Vielleicht ist sie ein Beweisstück«, erklärte Michalis, und dann gingen sie eilig zu ihrem Wagen zurück. Er legte gerade das geschnitzte Holz in den Kofferraum, da fuhr Ariadne Brokalakis auf den Hof der Tischlerei.

»Mir ist noch etwas eingefallen«, sagte sie. »Wenn das hier alles vorbei ist, hat Theo heute beim Abschied gesagt, dann fährt er mit mir und den Kindern an die Südküste. Dann machen wir uns dort einen richtig schönen Tag, und er wird uns etwas zeigen. Ich weiß nicht, was das zu bedeuten hat.«

»Das werden wir sehen«, erwiderte Michalis. »Aber er hat keinen Ort genannt?«

»Nein. Aber …« Ariadne Brokalakis überlegte. »Letztes Jahr war meine Schwester mit ihrer Familie ein paar Tage in Matala. Theo hat ihnen danach viele Fragen gestellt, als ob er Matala kennen würde. Aber zusammen waren wir dort noch nie.«

»Gut. Alles, was wir wissen, kann wichtig werden«, sagte Michalis. »Mir ist übrigens auch noch etwas eingefallen. Solange die Ermittlungen laufen, könnten wir Ihnen Polizeischutz anbieten. Dann wären Sie und Ihre Kinder sicher. Falls hier erneut jemand auftauchen sollte.«

Über das Gesicht von Ariadne Brokalakis glitt ein spöttisches Lächeln, das Michalis sich nicht sofort erklären konnte. Dann zog sie die Beifahrertür auf.

»Wir können uns hier in den Bergen sehr gut selbst beschützen«, sagte sie und deutete auf eine Pistole, die auf dem Sitz lag. »Hier wird es so schnell nicht wieder ein Fremder wagen, unsere Kinder zu bedrohen.«

»Aber Sie können ja nicht überall sein. So wie jetzt zum Beispiel«, entgegnete Koronaios.

»Meine Schwiegermutter ist bei den Kindern«, erwiderte Ariadne Brokalakis. »Und die ist auch hier oben aufgewachsen und weiß, was zu tun ist.«

18

Zwischen Therisso und der Bucht, in deren Nähe das Boot von Fanis Karalakis entdeckt worden war, lagen die Gipfel der *Lefka Ori*, der Weißen Berge. Deshalb mussten sie zunächst zurück zur Schnellstraße bei Chania, um von dort über Vrisses und Imbros nach Sfakia zu gelangen.

»Ich fahr. Und du sprichst mit Tatsopoulos«, sagte Koronaios, und Michalis wusste, dass ihm eine rasante Fahrt an die Südküste Kretas bevorstand.

Für die Schönheit der Landschaft hatten diesmal weder Michalis noch Koronaios ein Auge, denn der jagte an den weißen Mietwagen der Urlauber ebenso vorbei wie an den großen Pick-ups, mit denen die Ziegenhirten unterwegs waren. Michalis telefonierte während der Fahrt mit Tatsopoulos, mit Jorgos und auch mit Zagorakis, dem Chef der Spurensicherung, und zwischendurch wäre ihm fast entgangen, dass Hannah ihm geschrieben hatte, wie schön die letzte Nacht gewesen sei und dass sie sich später mit Katerina, der Leiterin der Uni-Bibliothek, treffen würde. Toronto erwähnte sie mit keinem Wort.

»Alekos Tatsopoulos wird Zagorakis, sobald der in Sfakia eingetroffen ist, mit dem Polizeiboot zu der Grotte bringen lassen«, informierte Michalis Koronaios. »Sie haben bereits Pavlos Karalakis, Fanis' Vater, dorthin gefahren, und der hat bestätigt, dass es das Motorboot der Familie ist. Von Fanis Karalakis fehlt jedoch jede Spur.«

»Sehen wir uns dieses Boot auch an, oder wollen wir als

Erstes versuchen, Sideris Vamvounakis zu finden und mit ihm zu reden?«, fragte Koronaios.

»Zagorakis wird vor uns dort sein, und ich würde gern von ihm erfahren, wie er die Spuren an dem Motorboot einschätzt«, erwiderte Michalis. »Tatsopoulos könnte einen seiner Leute unauffällig an der Tankstelle vorbeifahren und prüfen lassen, ob er dort ist. Außerdem …«

»Ja?«

»Jorgos hat sich auch auf den Weg gemacht. Bei deiner Fahrweise dürften wir kurz nach ihm ankommen.«

»Fahr ich dir zu langsam?«, spottete Koronaios und gab Gas. Michalis musste sich in der nächsten Kurve festhalten, verkniff sich jedoch einen Kommentar. Stattdessen rief er Tatsopoulos an und bat ihn, einen seiner Leute loszuschicken, um zu prüfen, ob Sideris Vamvounakis an der Tankstelle war.

»Wenn wir aber davon ausgehen«, sagte Koronaios und stellte das Blaulicht und kurz das Martinshorn an, damit zwei Pick-ups mit Schafen auf den Ladeflächen an den Fahrbahnrand auswichen und ihn überholen ließen, »dass die Brokalakis' uns die Wahrheit gesagt haben, dann war Sideris Vamvounakis gestern in Therisso, hat den Kindern Angst gemacht, und Theo Brokalakis ist heute früh bewaffnet losgezogen, um ihn zu suchen.«

»Das heißt, die beiden kennen sich«, pflichtete Michalis seinem Partner bei. »Das heißt aber auch, dass wir womöglich bald den nächsten Toten haben könnten.«

Als sie die Serpentinen oberhalb von Sfakia erreichten, meldete sich Tatsopoulos. Einer seiner Polizisten war nach Frangokastello gefahren und hatte im Vorbeifahren einen Blick auf die Tankstelle geworfen.

»Vamvounakis arbeitet offenbar ganz normal an seiner Tankstelle«, informierte Michalis Koronaios. Entweder war die Situation zwischen Brokalakis und Vamvounakis doch nicht so bedrohlich, oder Brokalakis wusste nicht, wo er Vamvounakis finden könnte. Möglicherweise braute sich aber auch gerade erst etwas zusammen.

Am Hafen von Sfakia erwartete Alekos Tatsopoulos sie bereits, und sie gingen sofort an Bord des Polizeiboots.

»Ihren Vorgesetzten haben wir gerade an der Grotte abgesetzt, und ihr Kollege von der Spurensicherung ist bereits etwas länger vor Ort«, informierte der Revierleiter die beiden Kommissare.

»Und kann es sein, dass Zagorakis nicht gerade begeistert davon war, ein kleines Boot in einer Grotte untersuchen zu müssen?«, erkundigte sich Michalis.

»Sie scheinen Ihren Kollegen gut zu kennen«, entgegnete Tatsopoulos ein wenig spöttisch.

»Der soll sich nicht so anstellen«, entfuhr es Koronaios, »das ist sein Job, und wir können uns auch nicht aussuchen, wo und wann wir auf Mordopfer stoßen.«

Außerdem, dachte Michalis, war ja Jorgos vor Ort. Wenn Zagorakis wirklich verärgert war, dann hatte der Chef der Mordkommission das sicherlich längst zu hören bekommen.

»Pavlos, der Vater von Fanis Karalakis, war vorhin nur kurz bei der Grotte. Nachdem er das Boot identifiziert hat, wollte er zurück nach Sfakia gebracht werden«, berichtete Alekos Tatsopoulos. »Ich habe auch versucht, den Mann, mit dem Fanis Karalakis gestern Nacht Tavli gespielt hat, zu erreichen, doch der war schon auf dem Weg zu seinen Ziegen.«

»Schade. Aber vielleicht erwischen wir ihn später«, erwiderte Michalis.

Die restliche Fahrt verlief schweigend, und der leichte Wind, der über das strahlend blaue Meer zog, schien für einen kurzen

Moment die ungeklärten Fragen zu vertreiben. Michalis schloss die Augen und spürte die Kraft der Maisonne.

Zagorakis untersuchte von einem Beiboot aus das kleine Motorboot, das in einer Grotte lag. »Warum sollte Fanis Karalakis ausgerechnet in dieser Grotte von Bord gegangen sein?«, überlegte Koronaios laut. »Er hätte schwimmen müssen, um an Land zu kommen. Und er war doch sicherlich nicht zum Baden hier.«

»Vielleicht ist das Boot von dem Wind und der Strömung in diese Grotte getrieben worden, und Karalakis ist an einer anderen Stelle an Land gegangen«, erwiderte Michalis. Ihm war der Strand, der etwa hundert Meter weiter westlich lag, aufgefallen. Dort badeten und sonnten sich zahlreiche Menschen, und oberhalb dieser Bucht schien eine Straße zu verlaufen, von der ein Weg zum Meer herunterführte.

»Ich würde mir gern diesen Strand ansehen«, wandte sich Michalis an Tatsopoulos und deutete auf die Urlauber. »Und falls wir dort Spuren entdecken, müssten wir ihn sperren.«

»Dann schicke ich zwei Polizisten los, die schon mal so nah wie möglich an den Strand fahren sollen.«

In der Grotte lagen zwei Beiboote. In einem von ihnen hing Zagorakis fluchend über der Bordwand, nahm am Motorboot von Karalakis Proben und ließ sich von seinem Assistenten Material anreichen. In dem zweiten Boot saß Jorgos. Beide Boote wurden von Besatzungsmitgliedern der Wasserschutzpolizei gesteuert.

Das Polizeiboot drosselte den Motor, und das Beiboot mit Jorgos näherte sich. Michalis sah, dass sein Onkel sich ein Grinsen nicht verkneifen konnte.

»Sagt zu Zagorakis heute bloß kein falsches Wort«, warnte

Jorgos leise. »Er schwört, dies sei der unwürdigste Ort für einen Spurensicherer, von dem er jemals gehört hat. Er wollte schon einen Tauchtrupp der griechischen Marine anfordern und hat gedroht, unseren Herrn Kriminaldirektor persönlich anzurufen, wenn ich nicht tue, was er verlangt.« Wieder grinste Jorgos. »Beides konnte ich ihm ausreden.«

Das Beiboot mit Jorgos legte an der abgesenkten Plattform des Hecks an, so dass Michalis, Koronaios und Tatsopoulos einsteigen und mit Jorgos zu Zagorakis gebracht werden konnten. Zagorakis' Flüche ignorierte Michalis, dafür vergewisserte er sich, dass es tatsächlich keine Möglichkeit gab, von der Grotte aus an Land zu gelangen, ohne zu schwimmen.

»Lassen Sie uns in Richtung Strand fahren«, bat Michalis den Mann an der Pinne.

»An den Strand fahren?«, rief Zagorakis ihnen verärgert nach. »Habt ihr auch Badehosen dabei? Ich hänge hier an diesem Boot, und ihr macht Strandurlaub!«

»Wir machen unseren Job, und du machst deinen!«, brüllte Koronaios Richtung Zagorakis, als das Beiboot Fahrt aufgenommen hatte. »Und niemand zwingt dich, dieses Boot auf dem Wasser zu untersuchen! Ihr habt doch garantiert Fotos gemacht, dann kannst du es auch an Land schleppen lassen!«

Zagorakis rief ihnen etwas nach, das wenig freundlich klang, aber nicht mehr zu verstehen war.

»Das hatte ich ihm auch schon vorgeschlagen«, meinte Jorgos süffisant, »aber Zagorakis hat so schlechte Laune, dass er lieber flucht und dann später allen erzählt, wie katastrophal die Arbeitsbedingungen bei der Polizei in Chania sind.«

»Dann soll er sich doch nach Heraklion versetzen lassen. Oder nach Rethimnon. Wenn es ihm bei uns nicht gefällt«, knurrte Koronaios.

Noch bevor sie sich dem Strand näherten, rief Myrta an.

»Ich habe die Aufstellung der Anrufe von Vangelis Kitsikoudis bekommen«, sagte sie.

»Ja, und?«, fragte Michalis ungeduldig.

»Ich scanne die Liste gerade ein, in ein paar Minuten müsstest du sie haben«, erwiderte Myrta. »Und wenn du mir sagst, welche Nummern am wichtigsten sind, ermittele ich die Teilnehmer.«

»Wann hat er denn zuletzt telefoniert?«, wollte Michalis wissen.

»Der letzte Anruf, den er selbst gemacht hat, war um sechzehn Uhr fünf«, antwortete Myrta. »Allerdings war dieser Anruf sehr kurz. Über die angerufene Nummer könnte ich herausfinden, ob der Teilnehmer überhaupt rangegangen ist.«

»Gut. Wir brauchen den Teilnehmer zu dieser Nummer« – Michalis überlegte – »und dann vor allem die Teilnehmer in den zwei Stunden davor.«

»Da ist er viermal von derselben Nummer angerufen worden. Immer für einige Minuten, also hat er wohl auch gesprochen«, sagte Myrta. »Ich melde mich, sobald ich die Namen der Teilnehmer habe.«

»Danke.« Michalis legte auf und sah Koronaios an. »Er hat um sechzehn Uhr fünf zuletzt jemanden angerufen. Also eine Stunde, nachdem er uns treffen wollte. Ich bin sehr gespannt, wer das war.«

Michalis bat den Mann an der Pinne, langsam den Strand entlangzufahren. Sie beobachteten die Wasserkante genau, und er entdeckte das, was er gesucht hatte: An einer Stelle gab es eine auf den Strand führende Spur, die von einem Boot stammen konnte.

»Dort könnte jemand an Land gegangen sein, ohne schwimmen zu müssen. Und dann hat sich das Boot entweder losgerissen, oder jemand hat es ins Meer zurückgeschoben.« Michalis blickte Tatsopoulos an. »Es steht zu befürchten, dass die meisten Spuren längst durch die Badenden zerstört wurden. Aber vielleicht haben wir Glück. Auf jeden Fall müssen wir diesen Strand jetzt leider sperren.«

»Das wird sofort geschehen«, entgegnete der Revierleiter und deutete auf einen Polizeiwagen, der an der Schotterpiste aufgetaucht war. Wenig später betraten die Polizisten den Strand und informierten die Badegäste entschlossen, dass sie diese Bucht jetzt verlassen mussten.

Um an Land zu gelangen, zog Michalis Schuhe und Socken aus und krempelte seine Hose hoch. Koronaios zögerte. Für ihn war es mit der Würde eines Mordkommissars schwer vereinbar, barfuß und mit nackten Unterschenkeln durch das Wasser zu waten.

»Wir könnten Sie mit dem Polizeiboot nach Sfakia bringen«, bot Tatsopoulos an, dem die verkniffene Miene von Koronaios nicht entgangen war. »Von dort aus würde Sie einer meiner Kollegen zu unserem Polizeiwagen fahren.«

»Das dauert doch sicher eine halbe Stunde«, mutmaßte Koronaios, und Tatsopoulos nickte.

Missmutig legte Koronaios ebenfalls Schuhe und Socken ab und folgte Michalis an den Strand. Jorgos kehrte mit dem Beiboot um und wollte Zagorakis darüber informieren, dass das Boot von Fanis Karalakis möglicherweise am Strand gelegen hatte.

Tatsopoulos ersparte es sich, barfuß an Land zu gehen, und fuhr mit Jorgos zurück zur Grotte. Vermutlich sorgte er sich um seine Autorität, wenn er mit hochgekrempelter Uniformhose aus dem Beiboot steigen würde, zumal Michalis und Koronaios feststellen mussten, dass sie die Wellen unterschätzt hatten. Sie erreichten den Strand mit nassen Hosen, die bei den frühsommerlichen Temperaturen jedoch schnell wieder trocknen würden.

Noch bevor die Füße von Michalis und Koronaios trocken genug waren, um den Sand abstreifen und Socken und Schuhe wieder anziehen zu können, hielt oberhalb des Strands neben dem Polizeiwagen ein dunkelblauer Mitsubishi. Pavlos Karalakis, der Vater des vermissten Fanis, stieg aus, blieb neben seinem Pick-up stehen und beobachtete die Polizisten.

Michalis nahm den Bereich des Strandes, an dem möglicherweise ein Boot angelandet war, in Augenschein. Das Ende der Spur, die der Bootsrumpf hinterlassen hatte, war noch gut zu erkennen, und direkt daneben entdeckte Michalis Fußabdrücke, die jemand beim Aussteigen hinterlassen haben musste.

Das Beiboot mit dem schimpfenden Zagorakis tauchte auf, und in einigem Abstand folgte das Boot mit Jorgos und Tatsopoulos. Zagorakis brachte den Mann an der Pinne dazu, das Beiboot so hoch auf den Strand zu setzen, dass er trockenen Fußes vom Bug an Land springen konnte. Die Polizisten, die die Urlauber vertrieben hatten, sahen kopfschüttelnd zu und halfen dann dabei, das Beiboot wieder ins Wasser zurückzuschieben, damit es zum Polizeiboot fahren konnte.

Zagorakis ging auf Michalis zu. Koronaios ignorierte er. Der blieb ebenfalls auf Distanz.

»Gutes Auge, Michalis«, lobte Zagorakis, dem die Spur am Strand ebenfalls aufgefallen war. Üblicherweise verdächtigte der Spurensicherer in solchen Moment seine Kollegen eher, Spuren ruiniert zu haben. Aber offenbar hatte Zagorakis sich für einen Vormittag genug geärgert und suchte keinen weiteren Streit, sondern machte sich an die Arbeit.

Michalis hatte die ganze Zeit über Pavlos Karalakis im Blick behalten, der neben seinem Mitsubishi stand und das Geschehen am Strand beobachtete.

»Wir sollten zu ihm gehen«, schlug er vor.

»Aber nur korrekt angezogen«, entgegnete Koronaios, setzte sich auf einen Stein, wischte sich den Sand von den Füßen und zog Socken und Schuhe wieder an. Michalis folgte seinem Beispiel.

Pavlos Karalakis konnte sich einen abfälligen Blick auf die nassen, verknitterten Hosen nicht verkneifen, als sich die beiden Mordkommissare über die steile Schotterpiste näherten. Bereits auf dem Weg zu ihm hatte Michalis bemerkt, dass jemand auf dem Beifahrersitz des verrosteten Pick-ups saß. Aus der Nähe erkannte Michalis Karalakis' ältesten Sohn.

Der Gesichtsausdruck von Pavlos Karalakis war finster.

»Ist Fanis tot?«, fragte er unvermittelt.

»Warum denken Sie, er könnte tot sein?«, erkundigte sich Michalis und vermutete, dass Pavlos Karalakis mehr wusste als die Polizei.

Karalakis starrte ihn und Koronaios an, als seien sie nicht in der Lage, das Offensichtliche zu begreifen.

»Mein Sohn ist seit gestern verschwunden. Heute wird unser Boot gefunden. Ich habe das Blut an der Bordwand gesehen«, fuhr er sie an. »Wo soll Fanis denn sein?«

»Wir werden alles tun, um ihn zu finden«, erwiderte Koronaios. »Dafür müssen wir aber auch alles wissen, was er in den letzten Tagen getan hat.«

»Vor drei Monaten hatte ich noch drei Söhne. Einen habe ich an diese Familie aus Patsianos verloren«, sagte Pavlos Karalakis und blickte über das Meer in die Ferne. »Einer treibt vielleicht irgendwo da draußen, und hoffentlich finden wir ihn, bevor ihn die Fische entdecken.« Er sah zum Wagen, wo sein ältester Sohn seinem Blick auswich. »Den dritten will ich nicht auch noch verlieren. Reden Sie mit ihm.«

Damit hatte Pavlos Karalakis gesagt, was er sagen wollte, und ging mit schweren Schritten Richtung Strand.

Michalis blickte zum Wagen.

»Fahrersitz oder Rücksitz?«, fragte Koronaios.

»Fahrersitz«, entgegnete Michalis. »Du wirkst einschüchternder. Ich kann ihn vom Rücksitz aus verunsichern.«

Koronaios öffnete die Fahrertür, sagte: »Wir dürfen doch?« und setzte sich neben den Mann, der um die dreißig Jahre alt und wie alle Männer der Familie Karalakis schlank war und einen gestutzten Vollbart hatte und die schwarzen Haare kurz trug.

Der Wagen rostete außen stark, und auch im Innenraum war deutlich, dass der Pick-up nicht sonderlich gut gepflegt wurde. Überall lag etwas herum, und das Armaturenbrett war von einer Staubschicht bedeckt.

Michalis beobachtete den Mann, der erkennbar nervös war.

»Wir haben das Boot gefunden, mit dem Ihr Bruder unterwegs war«, begann Michalis. »Nicht mehr, aber auch nicht weniger. Wir hoffen, Ihren Bruder zu finden. Dafür ist es wichtig, dass Sie uns sagen, was Sie wissen.«

»Je mehr Anhaltspunkte wir haben, desto größer ist die Chance, dass Ihr Bruder wieder auftaucht«, ergänzte Koronaios, weil der älteste Karalakis-Bruder noch zu überlegen schien, was er sagen sollte.

Plötzlich richtete sich der Mann auf. »Fanis hat diesen Vangelis Kitsikoudis nicht umgebracht«, begann er. »Er war vor drei Tagen in Chania, allerdings nicht wegen der Spülmaschine.«

»Etwas genauer bräuchten wir das schon«, drängte Koronaios.

»Wenn mein Bruder lebend wieder auftaucht, können Sie ihn das fragen. Wenn nicht, ist es sowieso egal.«

»Warum sollte Ihr Bruder nicht wieder lebend auftauchen?«, fragte Michalis vom Rücksitz aus.

»Sie verdächtigen meinen Bruder, Vangelis Kitsikoudis umgebracht zu haben. Das ist Blödsinn, aber Sie haben Fanis damit unter Druck gesetzt«, entgegnete der Älteste.

»Was bedeutet das?«, fragte Koronaios.

»Die Sfakia hat große Ohren. Fanis hat sich umgehört.« Der Bruder atmete tief ein. »In der Sfakia bleibt kaum etwas verborgen. Hier wissen viele Leute etwas, was die Polizei nie erfahren wird.«

»Und das wäre?«, bohrte Koronaios nach.

»An dem Tag, als Vangelis Kitsikoudis getötet wurde, stand ein Wagen in der Nähe seiner Bienenkästen.« Der Bruder machte eine kurze Pause. »Ein silbergrauer Pick-up. Ein Toyota Hilux.«

Michalis richtete sich auf und sah, dass auch Koronaios hellhörig wurde. Ein silbergrauer Toyota Hilux. Davon gab es auf Kreta Hunderte, vielleicht Tausende. Aber einen davon fuhr Sideris Vamvounakis, der Betreiber der Tankstelle. Mit ihm hatte Fanis Karalakis sich vorgestern heftig gestritten und später behauptet, es sei um einen defekten Gebrauchtwagen gegangen.

»Hat Ihr Bruder in letzter Zeit von Sideris Vamvounakis einen Gebrauchtwagen gekauft?«, erkundigte sich Michalis.

Der Bruder schnaubte höhnisch.

»Von dem würden wir nicht mal eine Radkappe kaufen. Keiner von uns. Sideris Vamvounakis wäre zwar gern ein großer kretischer Patriot. Aber im Grunde ist er nur ein Versager, der für nicht mehr taugt, als Leuten Benzin und Diesel zu verkaufen.«

»Ihr Bruder wusste also, dass der Wagen von Sideris Vamvounakis in der Nähe der Bienenkästen gesehen worden ist«, hakte Michalis ein. »Wusste Vamvounakis, dass Fanis das weiß?«

»Ja«, erwiderte der Bruder sachlich, doch Michalis hörte aus dieser einen kurzen Silbe das heraus, was den Vater und den Bruder von Fanis beunruhigte. »Wie gesagt, die Sfakia hat große Ohren.«

Michalis überlegte, ob Vater und Sohn Karalakis vielleicht nur ablenken wollten, indem sie Sideris Vamvounakis als Verdächtigen hinstellten, aber zur gleichen Zeit Fanis halfen, unterzutauchen.

Von oben näherte sich der Geländewagen von Alekos Tatsopoulos und fuhr langsam an ihnen vorbei. Michalis sah, dass Jorgos auf dem Beifahrersitz saß.

»Ich habe Ihnen gesagt, was ich sagen musste.« Der Bruder hielt den Zeitpunkt für gekommen, an dem die Mordkommissare den Wagen verlassen sollten. »Wenn mein Bruder nicht wieder auftaucht, oder wenn er tot gefunden wird. Und Sie Sideris Vamvounakis bis dahin nicht erwischt haben.« Er machte eine kurze Pause. »Dann erwischen wir ihn. Und daran wird uns niemand hindern.«

Damit was das Gespräch für den ältesten Bruder beendet. Er öffnete die Beifahrertür und stieg aus, lehnte sich an den Wagen und zündete sich eine Zigarette an.

Koronaios drehte sich zu Michalis nach hinten. »Schon wieder Sideris Vamvounakis.«

»Wir sprechen kurz mit Zagorakis und Jorgos, und dann fahren wir zur Tankstelle«, erwiderte Michalis.

»Wenn Vamvounakis nicht dort ist, schreiben wir ihn zur Fahndung aus«, ergänzte Koronaios.

Zagorakis ließ den Bereich, in dem ein Boot angelandet hatte, großflächig mit Absperrband sichern. Er und sein Assistent trugen jetzt weiße Schutzanzüge und hatten ihre kleinen Schilder mit Nummern großflächig verteilt.

Michalis und Koronaios informierten Jorgos über das, was der Bruder von Fanis Karalakis ihnen gesagt hatte.

»Denkt ihr«, erkundigte sich Jorgos skeptisch, »dass Fanis Karalakis tot ist?«

»Seine Familie scheint davon auszugehen, dass ihm etwas zugestoßen sein könnte. Hat sich Zagorakis schon zu den Spuren am Strand geäußert?«, wollte Michalis wissen.

»Er hält sich noch zurück«, antwortete Jorgos und blickte in die Richtung der Spurensicherer, die sich in ihren weißen Anzügen wie in Zeitlupe über den Strand zu bewegen schienen, »aber ich habe immerhin aus ihm herausbekommen, dass die Fußabdrücke vermutlich nur von einer Person stammen.«

In dem Moment klingelte Michalis' Handy. Er sah Myrtas Nummer.

»Der letzte Anruf, den Vangelis Kitsikoudis getätigt hat, ging zu einem Nestor Vamvounakis«, teilte sie mit.

Nestor Vamvounakis, dachte Michalis. Also mussten sich die beiden doch besser gekannt haben.

»Und wer hat Vangelis Kitsikoudis davor mehrfach angerufen?«, fragte er.

»Ein Sideris Vamvounakis«, erwiderte Myrta und wollte noch etwas hinzufügen, doch Michalis unterbrach sie.

»Sideris Vamvounakis!«, rief er und sah Koronaios an. »Schick mir alles, was du hast!«, bat er Myrta und legte auf.

»Ihr fahrt sofort zu der Tankstelle von Vamvounakis. Aber seid vorsichtig«, ordnete Jorgos an.

»Brauchen wir dafür nicht die Genehmigung unseres Kriminaldirektors?«, fragte Koronaios spöttisch.

»Ich entscheide, was ich mit Karagounis kläre«, erwiderte Jorgos gereizt. »Und ihr beide fahrt jetzt dorthin!«

Tatsopoulos brachte die Kommissare zu ihrem Dienstwagen am Hafen von Sfakia.

»Könnte es womöglich eine Verbindung zwischen der Familie Karalakis und dem alten Panagiotis geben?«, sagte Michalis während der Fahrt. »Beide scheinen etwas über den Mord an Vangelis Kitsikoudis zu wissen, und beide haben angekündigt, dass sie das Problem auch selbst lösen können.«

»Der alte Panagiotis hat hier überall seine Finger mit drin. Und die Familie von Pavlos Karalakis lebt seit Generationen in der Sfakia. Dass die sich kennen, ist sehr wahrscheinlich. Die Frage ist allerdings …« Alekos Tatsopoulos zögerte.

»Ja?«, ermunterte Michalis ihn, weiterzusprechen.

»Genauso wie sich hier Familien seit Generationen unterstützen« – Tatsopoulos kratzte sich am Hinterkopf –, »gibt es auch Feindschaften, die seit Generationen bestehen. Ich werde mich umhören, ob jemand etwas weiß, wie es bei diesen beiden Familien aussieht.«

Michalis schüttelte den Kopf. *Feindschaften, die seit Generationen zwischen Familien bestehen.* Nicht grundlos war die Sfakia im übrigen Kreta und darüber hinaus berüchtigt. Wenn es eine Region gab, in der die Blutrache nie endgültig aufgehört hatte, dann war es die Sfakia.

»Könnten Sie versuchen, von Fanis Karalakis eine DNA-Probe zu bekommen? Es gibt bei ihm zu Hause doch sicherlich eine Zahnbürste oder etwas anderes, woran DNA-Material zu finden ist«, bat Michalis den Revierleiter.

»Ja. Selbstverständlich«, erwiderte Tatsopoulos.

Nachdenklich verließen Michalis und Koronaios den Hafen und passierten den Busparkplatz, das Rathaus und das Polizeirevier, bevor sie oberhalb der Küste die Abzweigung nach Frangokastello und Patsianos erreichten. Viele Male waren sie diesen Weg in den letzten Tagen gefahren, doch noch nie in so angespannter Atmosphäre.

»Müssen wir uns um Jorgos Sorgen machen?«, fragte Koronaios unvermittelt.

»Auf mich wirkt er kämpferisch. Als wollte er sich von Karagounis nicht alles gefallen lassen«, erwiderte Michalis. Koronaios nickte.

Michalis beschäftigte jedoch noch etwas anderes: War die Information, die der Kriminaldirektor ihm gestern über die Verbindung des toten Vangelis Kitsikoudis nach Zoniana gegeben hatte, für diese Ermittlungen wichtig? Machte er einen Fehler, wenn er sie für sich behielt? Was, wenn eine Information für die Suche nach dem Täter von Bedeutung war? Er steckte in einem ziemlichen Dilemma.

»Wir wissen beide, wie die Dienstvorschriften in so einem Fall lauten«, sagte Koronaios, als sie Aghios Nektarios, den letzten Ort vor der Tankstelle, erreicht hatten. »Unsere kugelsicheren Westen liegen im Kofferraum, und da liegen sie auch gut«, fuhr er fort. »Aber falls ich als der Dienstältere anordne, dass du die Weste anlegst, dann legst du sie auch an. Verstanden?«

»Ja. Verstanden«, erwiderte Michalis verwundert. So hatte Koronaios noch nie mit ihm geredet, und er schien auch keinen Widerspruch zu dulden.

»Wir werden beide verdeckt unsere Waffen tragen, und wenn der Herr Vamvounakis Schwierigkeiten machen sollte, bekommt er Handschellen angelegt und wird nach Chania gebracht. Ist das klar?«

»Ja. Ist klar«, bekräftigte Michalis und bog in eine kleine Seitenstraße, damit sie ihre Holster und Waffen anlegen konnten, ohne beobachtet zu werden.

Die Tankstelle wirkte verlassen. Die Tür zum Kassenraum war geschlossen, es schien kein Mensch da zu sein. Mehrere Wagen standen im Bereich der Zapfsäulen, doch es waren keine Fahrer oder Insassen zu sehen, und auch niemand, der sie bedient hätte. Kein Sideris Vamvounakis, keine Ehefrau, kein Sohn. Und auch kein silbergrauer Toyota Hilux.

Michalis fuhr langsam an der Tankstelle vorbei, wendete und hielt in der Einfahrt, von der aus sie den Kassenraum im Blick hatten.

»Was ist hier los?«, flüsterte Koronaios, obwohl sie noch im Wagen saßen und niemand sie hören konnte. »Ist Vamvounakis ausgeflogen? Vorhin soll er doch noch normal gearbeitet haben?«

»Das ist fast zwei Stunden her«, erwiderte Michalis. Und plötzlich glaubte er, im Innenraum der Tankstelle Bewegungen wahrzunehmen.

»Da ist jemand«, sagte er.

»Gefällt mir nicht«, erwiderte Koronaios. »Vielleicht sollten wir Tatsopoulos um Unterstützung bitten.«

»Lass uns einen Moment warten«, widersprach Michalis.

»Aber du wirst da nicht einfach reingehen. Weder mit Waffe, noch ohne. Und das ist keine Empfehlung, sondern eine Anweisung«, entgegnete Koronaios streng.

In dem Moment fuhr ein Wagen an ihnen vorbei und hielt neben einer der Zapfsäulen.

»Mal sehen, ob jemand zum Bedienen rauskommt«, meinte Koronaios.

Es tauchte niemand auf, doch als sich die Wagentür öffnete, erkannten sie die Frau, die vorgefahren war: Es war Marilita Kitsikoudis, die Frau des erschossenen Vangelis Kitsikoudis. Sie warf besorgt einen Blick zu Michalis und Koronaios, die sie offensichtlich im Vorbeifahren erkannt hatte.

Marilita Kitsikoudis ging zielstrebig auf die Eingangstür zu, die von innen geöffnet wurde, noch bevor sie sie erreicht hatte. Die Frau, die die Tür hinter Marilita Kitsikoudis sofort wieder schloss, war Despina Vamvounakis, die blonde Frau von Nestor, dem Fahrradverleiher, die bisher jedes Mal aufgetaucht war, wenn sie mit der Frau des Toten reden wollten.

»Ich fahr näher ran. Vielleicht sehen wir, wer noch da drinnen ist«, sagte Michalis und hielt bei den Zapfsäulen. Von dort aus erkannten sie, dass hinter dem Fenster des Kassenraums vier Frauen nebeneinanderstanden und den Wagen mit den Polizisten misstrauisch beobachteten. Außer den beiden, die sie bereits gesehen hatten, waren Stavroula Vamvounakis, die Frau von Sideris, sowie Nitsa Doxiades, die gottesfürchtige Gattin des Bäckers zu erkennen.

»Die sind doch garantiert nicht zum Kaffeeklatsch hier«, meinte Koronaios. »Du fährst jetzt ein Stück aus dem Sichtfeld, wir legen die Westen an, und dann versuchen wir unser Glück«, ordnete er an.

Doch bevor Michalis etwas hätte einwenden können, öffnete sich die Tür erneut. Marilita Kitsikoudis trat heraus, sah sich ängstlich um und gab den beiden Kommissaren ein Zeichen, dass sie reinkommen sollten. Dann verschwand sie wieder, ließ die Tür jedoch offen stehen.

»Wir gehen da jetzt rein. Wir haben unsere Waffen dabei, und die vier Frauen werden uns schon nicht über den Haufen schießen«, entschied Koronaios und stieg aus.

Sie betraten den Kassenraum und vergewisserten sich, dass außer den Frauen niemand hier war. Auf dem Tresen stapelten sich Unterlagen und Belege, an den Wänden hingen ausgeblichene Schwarz-Weiß-Fotos, die kretische Männer mit Waffen und in traditioneller Tracht zeigten. Alles war staubig und unaufgeräumt. Auf einigen Regalen lagen Ersatzteile und Werkzeug, aber auch Haushaltsartikel, Kinderspielzeug und haltbare Lebensmittel. Es roch nach Motorenöl, Metall, Farbe, altem Staub und abgestandenem Frappé.

»Was wollen Sie?«, fragte Stavroula Vamvounakis, die Ehefrau von Sideris, barsch.

»Wir möchten mit Ihrem Mann sprechen«, erwiderte Koronaios höflich.

»Der ist nicht da«, entgegnete sie.

»Dann können Sie uns doch sicherlich sagen, wo er ist.«

»Nein.« Das klang unmissverständlich.

»Dann werden wir warten«, erwiderte Koronaios ebenso entschlossen.

Die Frauen sahen einander verunsichert an.

»Unsere Kollegen fahnden nach Ihrem Mann. Und entweder taucht er hier auf, oder sie werden ihn finden. Wir haben Zeit«, fuhr Koronaios fort.

Michalis ging zwei Schritte auf Stavroula Vamvounakis zu. Sie wollte zurückweichen, doch ein Regal hinderte sie daran.

»Der Junge, der hier sonst die Wagen betankt. Evros ist sein Name, oder?«, sagte Michalis freundlich. »Ich gehe davon aus, dass das Ihr Sohn ist?«

Die Augen von Stavroula Vamvounakis weiteten sich. Die Erwähnung ihres Sohns schien ihr Angst zu machen.

»Wo ist Evros jetzt?«, hakte Michalis nach.

»Der ist bei einem Freund. Sie spielen«, antwortete Stavroula Vamvounakis schnell, und es war unverkennbar, dass sie log.

»Frau Vamvounakis«, sagte Michalis eindringlich, »wir ermitteln in mehreren Mordfällen. Und wenn Sie jetzt schweigen, kann es zu weiteren Morden kommen. Wollen Sie das?«

In dem Raum schien sich ein Gefühl von Panik auszubreiten. Die Frauen sahen einander an, doch keine traute sich, in Gegenwart der Polizei etwas zu sagen.

»Weiß vielleicht eine von Ihnen, wo Herr Sideris Vamvounakis sein könnte?«, wandte sich Michalis an die anderen drei Frauen, doch die schwiegen und wichen seinem Blick aus.

In dem Moment klingelte das Handy von Nitsa Doxiades, der Frau des Bäckers. Sie wollte schnell nach draußen gehen. Koronaios stellte sich ihr in den Weg.

»Sie bleiben hier«, sagte er barsch.

Nitsa Doxiades blickte zwischen den Frauen und den Polizisten hin und her. Aus ihrem Handy drang eine aufgeregte Stimme. *Nitsa, wo bist du?*, glaubte Michalis zu verstehen.

Nitsa Doxiades presste das Handy an ihr Ohr und legte die Hand auf das Mikrophon. Trotzdem hörte Michalis, wie sie leise »Ich kann jetzt nicht, die Polizei ist hier« sagte, und dann erschrocken den Mund aufriss, während sie ihrem Mann zuhörte. Nach nicht einmal einer Minute legte sie auf und sah Stavroula Vamvounakis alarmiert an.

»Bist du sicher, dass Evros bei einem Freund ist?«, fragte sie aufgeregt, und Stavroula Vamvounakis stockte der Atem.

»Ich muss los!«, rief Nitsa Doxiades schrill, und die zarte, unscheinbare Frau ließ sich von Koronaios kein zweites Mal aufhalten, sondern drängte an ihm vorbei nach draußen. Koronaios folgte ihr. Michalis konnte durch die Scheiben sehen, dass Nitsa Doxiades zu ihrem Wagen stürmte und losfahren wollte, obwohl sich Koronaios vor das Auto stellte.

»Wenn Sie verhindern wollen, dass es weitere Tote gibt«, drängte Michalis die verbliebenen drei Frauen, »dann sagen Sie uns, was Sie wissen.« Er blickte Stavroula Vamvounakis direkt an. »Ihr Sohn Evros ist ein toller Junge. Er bedient die Kunden sehr souverän. Wenn das mein Sohn wäre, wäre ich sehr stolz auf ihn.« Michalis machte eine kurze Pause. »Und ich würde alles tun, um ihn zu beschützen«, fügte er hinzu und sah, wie Stavroula Vamvounakis mit sich rang.

Von draußen war lautes Hupen zu hören. Das Auto von Nitsa Doxiades war verschwunden, und Koronaios stand mit dem Dienstwagen direkt vor dem Eingang und winkte hektisch. Michalis war jedoch sicher, dass er jeden Moment etwas Entscheidendes erfahren würde, deshalb signalisierte er, dass er noch einen Moment brauchte.

Und er sollte recht behalten.

Es war Marilita Kitsikoudis, die Ehefrau des toten Vangelis, die das Schweigen brach. Sie näherte sich Michalis und nahm ihn regelrecht ins Visier.

»Für meinen Mann ist es zu spät«, sagte sie bitter und blickte Despina und Stavroula Vamvounakis an, »aber wenn sie einen der anderen drei Männer finden, dann fragen sie ihn, wo er am fünfundzwanzigsten Februar 2012 war.«

Sofort wandte sie den Blick wieder ab und schaute betreten zu Boden. Stavroula Vamvounakis und Despina Vamvounakis starrten sie entsetzt an. Im nächsten Moment stürmte Marilita Kitsikoudis nach draußen, als hätte sie Angst vor der Rache der Frauen.

25. Februar 2012. Das war der Tag, an dem Violeta Embirikos zum letzten Mal etwas von ihrem Bruder Orfeas gehört hatte. Die Frauen wussten also, was damals passiert war.

Marilita Kitsikoudis lehnte draußen mit geschlossenen Augen an ihrem Wagen. Michalis nahm eine Visitenkarte aus seiner Tasche und legte sie auf den Kassentresen.

»Falls es noch etwas gibt, das wir wissen sollten, um weiteres Blutvergießen zu verhindern, dann rufen Sie mich an. Jederzeit.«

Michalis ging nach draußen, wo Koronaios mit laufendem Motor wartete, und hatte die Beifahrertür noch nicht ganz zugezogen, als sein Partner bereits Gas gab. Sekunden später sah Michalis im Rückspiegel, dass die blonde Despina Vamvounakis aus dem Kassenraum trat, auf Marilita Kitsikoudis zuging und sie in den Arm nahm.

Koronaios fuhr mit eingeschaltetem Blaulicht und ließ sich weder von Urlaubern, noch von Einheimischen und schon gar nicht von den vielen Schlaglöchern daran hindern, mit Vollgas Richtung Sfakia zu jagen. Nur in den Dörfern reduzierte er ein wenig das Tempo, schaltete dafür aber das Martinshorn ein, um die Bewohner zu warnen.

Als sie Komitades erreichten, den letzten Ort vor Sfakia, sahen sie den Wagen von Nitsa Doxiadis. Koronaios schaltete das Blaulicht aus und hatte sich bis auf dreißig Meter genähert, als die Frau des Bäckers laut hupend um die scharfe Kurve in der Ortsmitte bog und aus seinem Blickfeld verschwand. Koronaios wollte ihr folgen, wurde jedoch zu einer Vollbremsung gezwungen, um nicht gegen einen entgegenkommenden Pick-up zu prallen, auf dessen vergitterter Ladefläche Ziegen standen und der die enge Kurve sehr langsam nahm. Hinter diesem Wagen folgte eine Kolonne weiterer Autos, und obwohl Koronaios wütend das Martinshorn einschaltete, dauerte es eine gute Minute, bis er endlich vorwärtskam. Mit aufheulendem Motor erreichten sie den letzten Hügel, bevor sie auf die breitere Straße, die rechts Richtung Chania und links nach Sfakia führte, abbogen. Bis zum Ortskern holten sie Marilita Kitsikoudis zwar nicht mehr ein, doch auf dem Platz, von dem die Gassen zum Hafen abzweigten, stand ihr Wagen schräg in zweiter Reihe geparkt, als sei die Frau in großer Eile ausgestiegen.

Koronaios ließ das Blaulicht auf dem Dach stehen, parkte im Halteverbot, und dann rannten die beiden Kommissare zur Bäckerei.

An der Tür hing das *Geschlossen*-Schild, und es war niemand im Verkaufsraum zu erkennen.

»Zur Kirche.« Michalis rannte los. Koronaios folgte ihm.

Die Kirchentür war zugezogen. Niemand hielt sich auf dem Vorplatz oder dem Friedhof hinter der Kirche auf.

»Sind wir falsch?«, fragte Koronaios.

»Vielleicht ist sie drinnen«, erwiderte Michalis, ging zur Eingangstür und drückte auf den Griff. Die Tür ließ sich öffnen.

19

Michalis brauchte einige Sekunden, um sich an die Dunkelheit in der Kirche zu gewöhnen. Dann erkannte er drei Personen. Eine von ihnen saß vornübergebeugt auf einem der Stühle. Es war Ilias Doxiadis, der Bäcker. Seine Frau saß neben ihm und hatte ihm den Arm um die Schultern gelegt. Ihnen gegenüber stand Pater Konstantinos. Er und Nitsa Doxiadis blickten auf, als die Polizisten die Kirche betraten und die Tür hinter sich schlossen.

Eine tiefe Stille lag über dem großen, zweigeteilten Kirchenraum, bis der Priester auf Nitsa Doxiadis zuging und wortlos eine Hand in ihre Richtung ausstreckte. Sie stand auf, blickte ihren Mann an und nickte, doch er reagierte nicht.

Der Priester ging zur Hintertür, und Nitsa Doxiadis folgte ihm. Der Klang der ins Schloss fallenden Tür durchbrach die Stille. Sie waren jetzt mit Ilias Doxiadis allein. Der hob langsam den Kopf, schien jedoch durch Michalis und Koronaios hindurchzublicken.

»Ich bin mit meinen Eltern und meinen Geschwistern hier in der Gegend, in Vraskas, aufgewachsen«, begann er leise. »Als ich Kind war, war die Straße nach Frangokastello noch eine Schotterpiste. Der Bus kam alle zwei Tage. Strom gab es erst seit wenigen Jahren, aber manchmal war die Leitung auch tagelang unterbrochen. Immerhin hatten wir fließendes Wasser. Meine älteren Cousins sind noch mit einer Zisterne groß geworden.«

Ilias Doxiadis nickte, ohne Michalis und Koronaios anzusehen.

»Wir waren arm und haben von dem gelebt, was unsere Oliven, unsere Ziegen und Schafe und unser Boden hergaben. Viel war es nicht.« Er hob den Kopf und musterte die Polizisten. »Aber wir waren zufrieden. Und glücklich. Das meiste, was wir heutzutage haben, brauchen wir eigentlich gar nicht.« Sein Blick ging erst zum Altar und dann zur Kirchendecke. »Schon meine Eltern waren sehr religiös. Wann immer es in der Sfakia einen Gottesdienst gab, haben wir ihn besucht. Meistens zu Fuß, auch wenn der Weg einige Stunden dauerte. Manchmal auf Mauleseln.«

Michalis fragte sich, warum Ilias Doxiadis so weit ausholte, doch er ließ ihn reden.

»Die Winter waren oft hart. Immer wieder heftiger Sturm und manchmal tagelanger Regen. Und in den Bergen Schnee.« Er kniff die Augen zusammen, als würde ihn die Erinnerung schmerzen. »Ich habe erst viel später begriffen, wie schwer es unseren Eltern fiel, uns Kinder zu ernähren. Ich habe drei Brüder und zwei Schwestern. Nicht immer gab es für alle genug zu essen, und ich bin nachts oft hungrig aufgewacht. Und die erste Hose, die nicht schon meine beiden älteren Brüder getragen hatten, bekam ich mit dreizehn. Keinen Tag früher.« Seine Augen wanderten zwischen Michalis und Koronaios hin und her. »Sind Sie religiös? Hat das, was unsere Kirche verkündet, für Sie Bedeutung?«, wollte er wissen, und Michalis begriff nicht sofort, dass diese Frage ernst gemeint war. Doch Ilias Doxiadis erwartete eine Antwort.

»Meine Familie hat eine Taverne in Chania am Hafen …«, erwiderte Michalis, doch Ilias Doxiadis unterbrach ihn.

»… das weiß ich. Danach habe ich aber nicht gefragt.« Er klang energisch.

»Unsere Taverne ist sieben Tage die Woche geöffnet«, rechtfertigte sich Michalis. »Meine Eltern hatten wenig Zeit, in die

Kirche zu gehen. Meine Großeltern sind mit mir und meinen Geschwistern jedoch oft am Sonntag beim Gottesdienst gewesen.« Sehr häufig hatten diese Kirchenbesuche zwar nicht stattgefunden, doch so genau musste Ilias Doxiadis das nicht wissen.

»Und Sie?«, wandte sich Ilias Doxiadis an Koronaios, der sich um eine Antwort lieber gedrückt hätte.

»Ich bin Polizist, und auch mein Vater war Polizist. Und das, was wir in den all den Jahrzehnten erleben und sehen müssen, lässt sich mit dem, was unsere geliebte orthodoxe Kirche verkündet, nur schwer vereinbaren.« Michalis ahnte, dass diese Antwort Ilias Doxiadis nicht gefiel. Koronaios schien dasselbe zu befürchten. »Aber ich wäre gern religiöser. Meine Frau und ich bemühen uns, unsere Töchter im Glauben an Gott zu erziehen und sie zu Ehrfurcht und Demut der Kirche gegenüber anzuhalten«, fügte er deshalb hinzu.

Vor der Kirchentür waren zwei laute Frauenstimmen zu hören, und deutlich leiser die Stimme des Priesters. Michalis glaubte, die Stimme von Despina Vamvounakis, der Frau von Nestor, erkannt zu haben.

Auch Ilias Doxiadis hatte die Frauen gehört und wusste, dass er sich beeilen musste.

»Manchmal war der Hunger im Winter so schlimm«, fuhr er fort, »dass mein Vater morgens mit dem Maulesel aufbrach, und am Nachmittag mit dem Priester und einem Sack Mehl, getrockneten Bohnen und etwas Gemüse zurückkam. Erst später habe ich begriffen, dass der Priester andere Gläubige in den Dörfern dazu anhielt, Lebensmittel für diejenigen, die zu wenig hatten, zu spenden. Und wenn es uns dann im nächsten Winter besser ging, brachten wir das, was wir nicht benötigten, zum Priester nach Komitades.«

Von draußen war erneut eine aufgebracht klingende Frau zu hören. Michalis war jetzt sicher, dass es Despina Vamvounakis' Stimme war.

»Unser Priester ist gestorben, als ich acht Jahre alt war.« Kurz lachte er auf. »Für mich als Kind war es unvorstellbar, dass ein Priester sterben konnte, selbst wenn er alt war. Den Tod meines Großvaters, den hatte ich erlebt. Aber ein Priester war für mich damals ja kein normaler Mensch. Also konnte er auch nicht sterben, dachte ich. Doch als ein neuer Priester kam und sich genauso um uns kümmerte, war ich beruhigt.«

Direkt vor der Kirchentür schien es einen Streit zu geben, die Stimme des Priesters klang energisch.

»Vor neun Jahren« – Ilias Doxiadis begann, schneller zu sprechen – »fehlten in unseren Kirchen plötzlich die Kelche, die Ikonen und manchmal sogar sehr wertvolle kleine Kreuze. Ein unfassbarer Verlust, das begriffen wir, und es war für mich unvorstellbar, dass Menschen so etwas tun konnten. Die Gegenstände in einer Kirche sind heilig. Viele Leute in der Gegend waren wütend, denn es kamen immer neue Meldungen über ausgeraubte Gotteshäuser. Die meisten Kirchen blieben daraufhin nachts zugesperrt. Das hatte es früher nicht gegeben.«

Er atmete tief durch. In dem Moment wurde die Kirchentür aufgerissen. Nitsa Doxiadis kam herein, und Michalis konnte sehen, dass draußen der Priester Despina Vamvounakis fast mit Gewalt daran hinderte, in die Kirche zu stürmen, und die Tür hinter Nitsa Doxiadis wieder schloss.

»Bist du endlich fertig!«, rief Nitsa Doxiadis energischer, als Michalis es ihr zugetraut hätte.

»Fast«, erwiderte Ilias Doxiadis. »Es ist nicht leicht.«

»Aber du hast keine Zeit! Sideris ist mit Nestor und Evros unterwegs!«, rief sie aufgeregt.

Ilias Doxiadis stöhnte. »Mitte Februar vor neun Jahren«, fuhr er dann fort, »wollte ich am Abend gerade die Bäckerei absperren, als Sideris vor mir stand. Sie wissen« – er blickte die Kommissare an – »Sideris Vamvounakis, der mit der Tankstelle.«

»Ja, wir hatten Kontakt mit ihm«, bestätigte Michalis.

»›Du steigst sofort ein‹, befahl er mir und deutete auf seinen Wagen, in dem bereits Vangelis und Nestor saßen. Was blieb mir anderes übrig. Ich hätte nicht Nein sagen können. Er war bewaffnet, und wir hatten schon damals Angst vor ihm.«

Von draußen wurde an die Tür geklopft.

»Ilias!«, hörte Michalis die Stimme des Priesters.

»Ja! Einen Moment noch!«, entgegnete der Bäcker und stand auf. »Nächtelang haben wir uns vor den Kirchen, die noch nicht ausgeraubt worden waren, auf die Lauer gelegt. Doch die Diebe müssen gerochen haben, wo wir waren, denn wenn wir am Ende der Nacht hofften, die Raubserie wäre beendet, dann erfuhren wir, dass eine andere Kirche aufgebrochen und ausgeraubt worden war.«

»Sag Ihnen endlich, was am fünfundzwanzigsten Februar passiert ist!«, fauchte seine Frau ihn an.

»Ja. Der fünfundzwanzigste Februar. Es hatte schon am Tag gestürmt und geregnet, und nachts hatte der Sturm noch zugenommen.« Er schüttelte den Kopf.

»Die Kirche oberhalb von Skaloti war bisher verschont geblieben. Und dort haben wir sie erwischt. Auf einer Schotterpiste, die nach oben führte, hatten wir einen versteckten Wagen entdeckt und waren sicher, dass er zu den Dieben gehörte. In der Kirche glaubten wir Licht zu sehen, haben uns vor dem Eingang auf die Lauer gelegt und gewartet, bis zwei Männer herauskamen. Sie waren zu Tode erschrocken, das habe ich erkannt.« Ilias Doxiadis schloss die Augen. Seine Frau trat zu ihm und legte ihm kurz eine Hand auf die Schulter.

»Erzähl alles. Dann hast du es hinter dir«, drängte sie ihn.

»Sideris hat gebrüllt. Ein Wutgeheul, ein Triumphgeheul. Es war schrecklich. Bis er plötzlich mitbekam, dass bei dem fremden Wagen noch jemand war und flüchtete.«

Dieser Wagen war der ausgebrannte alte Seat Inca aus der kleinen Schlucht, da war Michalis sicher.

»Sideris ist diesem Mann nachgerannt und hat trotz des Sturms blind in die Nacht geschossen«, fuhr Ilias Doxiadis fort. »Vangelis, Nestor und ich haben die anderen beiden bewacht. Ohne Sideris wussten wir nicht, was wir mit ihnen tun sollten.« Doxiadis blickte Michalis an. »Wir hätten sie entkommen lassen sollen. Das weiß ich heute. Und das wusste Vangelis auch, und Nestor sieht es genauso. Das war der größte Fehler meines Lebens, und es gibt seitdem keinen Tag, an dem ich es nicht bereut habe, sie an der Flucht gehindert zu haben. Die beiden hätten nie wieder eine Kirche ausgeraubt, da bin ich sicher.«

Ilias Doxiadis schüttelte erneut den Kopf.

»Sideris war außer sich, weil ihm der dritte Mann entkommen war. Einer der beiden, die wir erwischt hatten, winselte um Gnade und schwor, die Beute sei im Wagen. Sideris schoss noch ein paarmal in die Richtung, in die der andere abgehauen war, und in diesem Moment wollten die beiden Diebe wegrennen. Doch sie kamen nicht weit.«

Doxiadis seufzte und wischte sich über die Augen.

»Sideris hat sofort geschossen, er hat keine Sekunde gezögert. Der eine stürzte und wälzte sich vor Schmerzen auf dem Boden, und den anderen hatte Sideris wohl nur leicht erwischt, denn er humpelte weiter und flehte um Gnade. Das war sein Fehler.« Das Entsetzen und die Fassungslosigkeit schienen für Ilias Doxiadis unerträglich zu sein. »Der Mann hatte einen deutlichen bulgarischen Akzent«, fuhr er fort. »Sideris hat gebrüllt, dass er auf Kreta nichts zu suchen hat und dass das die Rache für die jahrhundertelange Unterdrückung der Kreter durch fremde Herrscher sei, und dann hat er abgedrückt. Immer wieder. Er hatte drei Waffen dabei, und er hat erst aufgehört zu schießen, als die Magazine leer waren, obwohl die beiden Männer längst tot am Boden lagen. Ich habe immer nur zu den Platanen geblickt, die im Sturm wie unwirkliche Riesen schwankten.« Ilias Doxiadis lehnte den Kopf an die Schulter seiner Frau.

»Sideris hat Nestor dessen Waffe aus der Hand gerissen und ist in die Richtung gerannt, in die der dritte Mann verschwunden war. Er hat ihn nicht gefunden, aber wir hörten die Schüsse. Vangelis, Nestor und ich haben es nicht gewagt, etwas zu sagen oder uns auch nur zu bewegen. Nach einigen Minuten kam Sideris zurück und hat uns befohlen, die Leichen in den Kofferraum zu legen und einzusteigen. Erst als er an dem kleinen Hafen von Frangokastello anhielt, habe ich geahnt, was er plant.«

Der Streit draußen vor der Kirche war in der letzten Minute wieder lauter geworden. Jetzt wurde die Tür aufgerissen, und Despina Vamvounakis stürmte herein.

»Herr Charisteas!«, rief sie und riss die Augen auf, um sich zu orientieren. »Es ist dringend! Mein Mann …«

»… du wirst jetzt noch für zwei Minuten Ruhe geben!«, schrie Nitsa Doxiadis. In dem Moment war sich Michalis endgültig sicher, dass man diese unscheinbar wirkende Frau nicht unterschätzen durfte. »Einfach nur Ruhe geben!«

Despina Vamvounakis war so verblüfft, dass sie tatsächlich schwieg. Sie blickte sich um und sah ebenso wie Michalis, dass Marilita Kitsikoudis, die Frau von Vangelis, mit dem Priester die Kirche betrat.

»Sideris wollte, dass wir mit den beiden Toten weit raus aufs Meer fahren und sie über Bord werfen und den Fischen überlassen. Nestor hatte damals ein kleines Boot dort liegen, doch der Sturm war so heftig geworden, dass wir es kaum aus dem Hafen geschafft hätten und draußen vermutlich in Seenot geraten wären.«

»Herr Charisteas!«, versuchte es Despina Vamvounakis erneut, und diesmal brachte der Priester sie zum Schweigen.

»Sideris hat entschieden, die beiden Leichen am Strand zu vergraben. Möglichst weit entfernt von den Apartments und den Tavernen, wo im Sommer die Kinder im Sand buddeln.« Wieder schüttelte er den Kopf. »Drei Stunden lang haben wir gegraben, bis nur noch Wasser in die Grube nachsickerte, sie aber endlich breit und tief genug war. Wir waren bei der Taverne so nah wie möglich auf den Strand gefahren, haben die beiden Toten in die Grube gelegt und sie mit dem Sand bedeckt. Ab und zu brach der Mond durch, ansonsten war es eine sturmumtoste, dunkle Nacht. Sideris hat nur Anweisungen gegeben, wir anderen drei haben schweigend gegraben und sind zu Boden gesunken, als die Grube endlich wieder gefüllt war.«

»Herr Charisteas!«, versuchte es Despina Vamvounakis erneut, und diesmal wurde sie von niemandem zum Schweigen gebracht.

»Ja?« Michalis sah die aufgebrachte Frau an.

»Sideris war vorhin bei uns und hat meinen Mann gezwungen, in seinen Wagen zu steigen. Evros, der Sohn von Sideris, saß dort auch. Sideris wollte, dass auch unser Sohn mit einsteigt, aber das habe ich verhindert.« Sie zog ein Handy aus ihrer Handtasche. »Vor ein paar Minuten hat Nestor mir eine Nachricht geschickt.« Sie wischte über das Display. »*Ruf die Polizei. Sideris bedroht mich und Evros.*« Despina Vamvounakis blickte Michalis und Koronaios hilflos an. »Tun Sie etwas. Bitte.«

»Hat er geschrieben, wo sie sind?«, wollte Koronaios wissen.

»Nein …«

Michalis wandte sich an Ilias Doxiadis.

»Was kann Sideris Vamvounakis vorhaben?«, fragte er ihn.

»Er war vorhin bei mir in der Bäckerei«, entgegnete Ilias Doxiadis, »und er wollte, dass ich mitkomme. Er hätte den dritten Mann von damals gefunden, und wir müssten ihn erledigen. Dann wäre endgültig Ruhe.« Er schüttelte hilflos den Kopf. »Ich bin durch die Backstube geflohen und hab mich hier in der Kirche versteckt.«

»Wissen Sie, wo er jetzt sein kann?«, erkundigte sich Koronaios.

»Nein … vielleicht werde ich der Nächste sein, den er tötet. Weil ich geredet habe. Er wollte damals Rache, und er will jetzt Rache«, erwiderte Ilias Doxiadis erschöpft.

»Hat Sideris Vamvounakis auch Vangelis Kitsikoudis getötet?«, fragte Michalis.

Der Bäcker antwortete nicht, doch er nickte.

»Und falls Sie Sideris finden sollten«, fügte er düster hinzu, »dann müssen Sie wissen, dass er sich niemals der Polizei ergeben wird. Niemals. Seien Sie vorsichtig.«

Die Warnung war deutlich. Michalis wandte sich an Despina Vamvounakis.

»Warum hat er Evros mitgenommen? Ein Kind?«, fragte er.

Despina Vamvounakis schüttelte resigniert den Kopf.

»Evros soll so werden wie sein Vater«, erklärte sie. »Vermutlich will Sideris ihm zeigen, wie ein echter kretischer Mann so etwas regelt.«

Michalis überlegte.

»Sie kennen Fanis Karalakis, den Wirt aus Loutro?«, fragte er Ilias Doxiadis und hoffte, dass er etwas über dessen Verschwinden wusste. Vielleicht würde ihnen das einen Hinweis darauf geben, wo sie Sideris Vamvounakis suchen mussten.

»Er kommt jeden Tag, um bei mir Brot für die Taverne zu holen.« Ilias Doxiadis sah Michalis an. »Ist er tot?«

»Das wissen wir nicht«, entgegnete Michalis. »Hat er etwas mit der Sache zu tun? Mit den Morden damals, und jetzt mit dem Mord an Vangelis Kitsikoudis?«

»Nein ...«

»Aber?«, hakte Michalis nach, weil Ilias Doxiadis offenbar noch etwas sagen wollte.

»Ich habe mitbekommen ...«

»Was haben Sie mitbekommen?«

»Fanis hat sich hier in Sfakia umgehört. Ob jemand etwas über den Tod von Vangelis weiß«, sagte der Bäcker leise.

»Und?«

»Das hätte er nicht tun sollen. Das war nicht klug.« Offenbar ging er ebenso wie der Vater von Fanis Karalakis davon aus, dass er tot war.

»Es wusste also jemand etwas?« Michalis versuchte, mehr zu erfahren.

»Hier in der Sfakia weiß immer jemand etwas. So ist das.«

Ilias Doxiadis musste sich an einem Stuhl festhalten, plötzlich sackte er langsam zu Boden und fasste sich an die Brust.

»Ilias? Alles in Ordnung?«, rief Nitsa Doxiadis besorgt. Auch Michalis befürchtete, dass das Geständnis Ilias Doxiadis überfordert hatte.

»Sollen wir einen Arzt rufen?«, fragte er.

»Nein. Nein, das ist nicht nötig«, erwiderte Ilias Doxiadis matt.

In dem Moment klingelte Michalis' Smartphone. Er erkannte die Nummer von Tatsopoulos und ging ran.

»*Parakalo*? Bitte?«

»In der Nähe von Komitades ist aus einem Wagen geschossen worden. Eine Frau meinte, sie habe Sideris Vamvounakis erkannt. Meine Leute sind dorthin unterwegs.«

»Gut. Wir machen uns auf den Weg. Und könnten Sie einen Krankenwagen zur Kirche schicken? Möglicherweise hat Ilias Doxiadis einen Herzinfarkt erlitten«, fügte Michalis hinzu.

»Ist gleich unterwegs«, entgegnete Tatsopoulos.

Michalis legte auf. Hatte Sideris Theo Brokalakis, den Tischler, entdeckt und machte Jagd auf ihn? Oder war es umgekehrt? Brokalakis hatte Sideris Vamvounakis ausfindig gemacht und wollte den Mord an seinen Freunden rächen?

»Du fährst«, sagte Michalis zu Koronaios und eilte Richtung Dienstwagen, als Despina Vamvounakis aus der Kirche kam.

»Herr Charisteas!«, rief sie, und Michalis blieb stehen.

»Der kleine Evros hat mir geschrieben. Sie verfolgen jemanden. Und sie erreichen gleich Patsianos.«

»Danke«, erwiderte Michalis. »Sie haben meine Nummer. Wenn Sie noch mehr erfahren, rufen Sie mich sofort an.«

20

Normalerweise hoffte Michalis, Koronaios würde langsamer fahren, doch jetzt konnte es ihm nicht schnell genug gehen. Blaulicht und Martinshorn waren ohnehin eingeschaltet, doch vor der engen Kurve in Komitades hupte Koronaios zusätzlich und schaffte es, entgegenkommende Fahrzeuge zum Halten zu zwingen.

Kurz bevor sie die Tankstelle von Sideris Vamvounakis passierten, meldete sich Despina Vamvounakis: Ihr Mann Nestor hatte nur ein Wort geschrieben. Skaloti.

»Will Sideris Vamvounakis zu der Kirche, an der er damals die beiden jungen Männer erschossen hat?«, spekulierte Michalis. »Oder will Theo Brokalakis ihn dorthin locken, um genau dort Vergeltung zu üben?«

Doch noch bevor sie Skaloti erreicht hatten, war diese Überlegung hinfällig.

»In *Kato Rodhakino* hatte eine Urlauberfamilie einen Unfall«, informierte Tatsopoulos Michalis telefonisch. »Sie sind unverletzt, doch der Fahrer beteuert, dass es eine Verfolgungsjagd zwischen zwei Wagen gegeben hat und er gerade noch ausweichen konnte, dabei aber an einer Hauswand entlanggeschrammt ist. Und er ist sicher, dass der hintere Wagen ein silbergrauer Toyota Hilux war. Der vordere Wagen war ein grüner Pick-up, vermutlich ein Nissan.«

Also war es Sideris Vamvounakis, der Theo Brokalakis verfolgte.

»*Kato Rodhakino*«, sagte Michalis, »das liegt bereits in der

Zuständigkeit der Präfektur Rethimnon. Offiziell dürfen wir dort nicht ermitteln.«

»Du kannst dir denken, wie gleichgültig mir das ist«, erwiderte Koronaios konzentriert, denn er überholte gerade einen mit Futtersäcken beladenen Wagen und konnte vor einem entgegenkommenden Auto gerade noch einscheren. Michalis presste sich in den Sitz und atmete tief durch, als die Straße vor ihnen wieder frei war.

»Weißt du, wie oft die Airbags in unseren Dienstwagen geprüft werden?«, fragte er und setzte sich wieder aufrecht hin.

»Die werden wir nicht brauchen. Ich bin ja nicht lebensmüde«, entgegnete Koronaios entschlossen. Vermutlich meinte er, was er sagte, dachte Michalis und rief Jorgos an. Der wusste bereits durch Alekos Tatsopoulos, dass sie die Verfolgung von Sideris Vamvounakis aufgenommen hatten. Michalis informierte ihn, dass sie gleich die Präfektur Rethimnon erreichen würden.

»Da ist Gefahr in Verzug. Ihr habt meine ausdrückliche Anordnung, den Wagen weiterhin zu folgen. Wenn es Ärger gibt, übernehme ich den. Aber sag Koronaios, er soll vorsichtig fahren!«, sagte Jorgos.

»Ich bin noch nie in meinem Leben so vorsichtig gefahren!«, rief Koronaios, der mitgehört hatte.

Jorgos kündigte noch an, dass er sowohl den Kriminaldirektor Karagounis, als auch die Kollegen von der Mordkommission in Rethimnon informieren würde.

Nachdem sie *Kato Rodhakino* passiert hatten, führte die Straße einen Höhenweg entlang, der nach rechts immer wieder beeindruckende Blicke auf das blaue und manchmal türkisfarbene Meer bot. Die karge Landschaft machte schon jetzt,

Ende Mai, einen verdorrten Eindruck. Alle paar Kilometer gab es einen bewässerten Olivenhain, und gelegentlich säumten rot und weiß blühende Oleandersträucher die Straße.

»Wo will Theo Brokalakis hin?«, fragte Koronaios, als von dem Ort *Selia* aus die traumhaft schöne Bucht von *Plakias* mit ihrem langen Sandstrand zu sehen war. »Würde er nach Plakias abbiegen?«

»Ich glaube nicht«, erwiderte Michalis. »Die Straßen sind eng, und wenn der Verkehr stockt, säße er in der Falle. Vielleicht will er nach Rethimnon oder nach Heraklion und dort untertauchen.« Michalis dachte nach. »Oder er will zu einem Ort, den er gut kennt und an dem er Sideris Vamvounakis überlegen ist.«

»Aber wir wissen nicht, was für ein Ort das sein könnte«, gab Koronaios zu bedenken.

Michalis rief Alekos Tatsopoulos an und erfuhr, dass die Polizeidirektion in Rethimnon zwei ihrer Einsatzwagen losgeschickt hatte. Zusätzlich war auch die Polizeidirektion von Heraklion eingeschaltet worden, denn hinter Plakias endete bereits die Präfektur Rethimnon, und dann waren die Kollegen aus Heraklion zuständig.

Oberhalb von Plakias erreichten sie die Schlucht von *Kotsifou,* in der die Straße an einer nur zwanzig Meter breiten Stelle zwischen steil aufragenden Felswänden hindurchführte. Michalis hatte den Eindruck, dass Koronaios kurz abbremste und diesen atemberaubenden Anblick genoss, bevor er wieder beschleunigte und zum nächsten gewagten Überholmanöver ansetzte.

Nach einer halben Stunde näherten sie sich der Kreuzung, an der sie entscheiden mussten, Richtung Norden nach Rethimnon zu fahren oder der Straße nach Süden zur Küste zu folgen. Michalis überlegte, Ariadne Brokalakis anzurufen und sie zu fragen, ob ihr Mann sich gemeldet hatte oder ob sie wüsste, wohin er fliehen könnte. Doch dann fiel ihm ein, was Ariadne Brokalakis ihnen gesagt hatte.

»Matala«, verkündete Michalis.

Koronaios sah ihn an. »Matala ist doch der Ort, wo früher die Hippies in den Höhlen gewohnt haben? Und noch viel früher schon unsere kretischen Vorfahren?«

»Genau«, erwiderte Michalis. »Die Frau von Theo Brokalakis hat gesagt, dass er mit ihr und den Kindern einen Ausflug an die Südküste machen will, wenn das hier vorbei ist. Und er hat sich mal nach Matala erkundigt.«

Michalis schien recht zu haben, denn er erfuhr eine Viertelstunde später von Alekos Tatsopoulos, dass Sideris Vamvounakis an der Strecke, die nach Matala führte, den Wagen eines jungen Hotelwirts fast gerammt und von der Straße gedrängt hatte. Der hatte ihn daraufhin wütend einige Kilometer verfolgt, bis Vamvounakis aus dem Fenster heraus in die Luft geschossen und der Hotelwirt aufgegeben und die Polizei alarmiert hatte.

Kurz vor Matala passierten sie ausgedehnte Olivenhaine, und unvermittelt öffnete sich der Blick auf den kleinen Küstenort, der mit seinen Höhlen Sehnsuchtsort einer ganzen Generation gewesen war. Bis heute wurde Matala im Sommer von alt gewordenen Hippies und Leuten, die gern Hippies gewesen wären, bevölkert.

Das Martinshorn hatte Koronaios ausgeschaltet, da die Straße in Matala endete und er Sideris Vamvounakis oder auch Theo Brokalakis nicht warnen wollte. Sie fuhren an mehreren schmalen Parkbuchten und einem kostenpflichtigen Parkplatz vorbei und in den Ort hinein. Koronaios kam wegen der umherschlendernden Urlauber kaum noch voran.

»Vielleicht sind wir ja doch falsch«, meinte Koronaios und

betrachtete kopfschüttelnd die vielen Souvenirläden und Boutiquen, die sich auf die Späthippies eingestellt hatten.

Auch Michalis kamen Zweifel, ob sie richtig waren.

»Am Ortsanfang hätten wir die Wagen eigentlich sehen müssen«, sagte er, »Theo Brokalakis und Sideris Vamvounakis liefern sich doch nicht über eine Stunde eine wilde Verfolgungsjagd, um dann in Matala brav an der Schranke eines Parkplatzes ein Ticket zu ziehen. Spätestens da hätte doch einer von denen geschossen.« Er sah sich skeptisch um. Vor ihnen machten immer mehr Leute diese einzige Straße, die in den Ort hineinführte, unpassierbar. Plötzlich schien unter den Touristen jedoch Hektik auszubrechen.

»Da vorn ist was passiert«, meinte Michalis, denn die Leute rannten durcheinander, und einige kamen ihnen mit weinenden Kindern entgegen. Er riss die Seitentür auf und wollte schon loslaufen, als ihn die energische Stimme von Koronaios zurückhielt.

»Michalis!«, brüllte Koronaios.

»Was ist?«

»Kugelsichere Weste! Ich hab es dir gesagt! Jetzt!«

Michalis schnaufte ungläubig, wusste aber, dass sein Partner recht hatte. Sideris Vamvounakis war es nicht wert, sein Leben zu riskieren.

Koronaios hatte den Kofferraum von innen geöffnet, stieg ebenfalls aus und legte wie Michalis die Weste mit der Aufschrift *Elliniki Astymonia* – griechische Polizei – an. Mit gezogenen Waffen bahnten sie sich den Weg durch die Menge und entdeckten die Wagen von Sideris Vamvounakis und Theo Brokalakis. Der Anblick, der sich ihnen bot, als sie die beiden Pick-ups erreichten, war erschreckend. Der grüne Nissan von Brokalakis war an einem Poller, der die Straße für den Durchgangsverkehr blockierte, zum Stehen gekommen, quer dahinter stand der silbergraue Hilux von Sideris Vamvounakis.

Auf dem Boden lag blutüberströmt Nestor Vamvounakis. Ein Mann kniete neben ihm, presste ein blutgetränktes Hemd auf dessen Unterleib und redete auf ihn ein. Michalis und Koronaios rannten zu ihnen, und der Mann, der die Blutungen von Nestor Vamvounakis zu stoppen versuchte, sah sie an.

»Er ist geflüchtet«, sagte er.

Michalis sah den Mann an und wusste, wer er war.

»Sie sind Theo Brokalakis?«, fragte er.

Der Mann nickte. »Ja, das bin ich. Eigentlich müsste ich hier liegen und verbluten.«

Michalis überlegte, was passiert sein konnte. Sideris Vamvounakis hatte seinen Cousin Nestor gezwungen, sich an der Verfolgung von Theo Brokalakis zu beteiligen, und jetzt war Nestor Vamvounakis schwer verletzt, und Brokalakis versuchte, dessen Leben zu retten. Sideris Vamvounakis schien verschwunden zu sein. Und wo war Evros, der Junge?

Koronaios beugte sich zu Nestor Vamvounakis, während Michalis seinen Polizeiausweis in die Höhe hielt und in die Menge rief: »Ein Arzt! Ist unter Ihnen ein Arzt?«

»Es wird schon am Strand nach einem gesucht!«, erwiderte ein etwa vierzigjähriger Mann. »Notarzt und Polizei habe ich auch informiert!«

»Kann jemand Verbandszeug besorgen! Alles, was Sie finden können, egal, was!«, rief Michalis den Leuten zu und sah, dass eine blonde Frau in einer der umliegenden Boutiquen verschwand.

»Haben Sie gesehen, was hier passiert ist?«, fragte Michalis den Mann, der Notarzt und Polizei alarmiert hatte.

»Mir gehört die Taverne da drüben«, erwiderte er und deutete zur anderen Straßenseite, »ich habe gerade Gäste bedient, als diese beiden Wagen viel zu schnell durch die Straße fuhren und kurz darauf Leute zu schreien begannen. Und plötzlich hörte ich einen Schuss. Ich hab meine Pistole geholt und meiner Frau gesagt, sie soll die Polizei rufen.«

»Und dann?«, fragte Michalis ungläubig. Er wusste, dass es in fast allen Haushalten auf Kreta Waffen gab, aber dass dieser Wirt in eine Schießerei eingegriffen hatte, überraschte ihn dennoch.

»Ein Junge hat gekreischt, und der blutende Mann« – der Wirt deutete auf Nestor Vamvounakis – »lag stöhnend am Boden. Ein anderer mit Halbglatze stand neben dem Hilux, fuchtelte mit einer Pistole herum und brüllte das Kind an. Und plötzlich war ein zweiter Mann hinter ihm, presste ihm eine Pistole in den Rücken und forderte ihn auf, die Waffe fallen zu lassen.«

»Wo ist dieser Mann mit der Halbglatze jetzt?« Michalis sah sich besorgt um.

»Er hat die Waffe in der Hand behalten. Deshalb hab ich in die Luft geschossen und gedroht, dass er den nächsten Schuss abbekommt, wenn er die Waffe nicht fallen lässt«, sagte der Tavernenwirt ernst. »Daraufhin hat er seine Waffe auf die Motorhaube gelegt und ist Richtung Strand gelaufen, obwohl der andere geschrien hat, er soll stehen bleiben.«

Michalis nickte beeindruckt. »Das war … mutig von Ihnen.«

»Kann sein. Der andere ist dann zu dem Verletzten gelaufen und hat sich um ihn gekümmert«, entgegnete der Wirt.

»Und der Junge? Was ist mit dem?«, erkundigte sich Michalis.

»Der Junge … den hab ich nicht mehr gesehen. Kann ich Ihnen nicht sagen.«

»Haben Sie mitbekommen, wer auf den Mann, der am Boden liegt, geschossen hat?«

»Nein. Da war ich noch in meiner Taverne. Die Leute haben mir aber gesagt, dass es der mit der Halbglatze war.«

Das würde bedeuten, dass Sideris Vamvounakis seinen Cousin Nestor niedergeschossen hatte. Hatte der womöglich verhindern wollen, dass Theo Brokalakis getötet wird?

»Die Waffe von dem Mann mit der Halbglatze, wo ist die?«, fragte Michalis.

»Bei mir in der Taverne. Da ist sie sicher.«

»Okay. Wir kommen zu Ihnen, sobald die Situation überschaubarer ist.«

»Sie wissen, wo Sie mich finden«, antwortete der Mann.

In dem Moment bahnte sich ein Mann in Badehose, T-Shirt sowie Flip-Flops den Weg durch die Menge.

»Ich bin Arzt!«, rief er auf Englisch mit italienischem Zungenschlag. »Wer braucht Hilfe?«

»Polizei. Kommen Sie«, sagte Michalis und führte den Mann zu Nestor Vamvounakis. Noch immer versuchte Theo Brokalakis mit bloßen Händen und seinem blutdurchtränkten Hemd, den Blutverlust zu stoppen. Koronaios hielt Nestors Kopf, sprach mit ihm und schlug ihm immer wieder leicht ins Gesicht, um ihn bei Bewusstsein zu halten.

Der italienische Arzt schob Brokalakis zur Seite.

»Ich brauch etwas gegen die Blutung!«, rief er und riss sich sein T-Shirt vom Leib, nahm das blutgetränkte Hemd weg und presste sein T-Shirt auf die stark blutende Bauchwunde. Dann hob er kurz den Kopf, denn er hörte die sich rasch nähernde Sirene eines Krankenwagens. Gleichzeitig kam aus der Boutique die blonde Frau mit einem Verbandskasten gerannt.

»Öffnen!«, ordnete der Italiener an, und die Frau klappte den Kasten auf und reichte ihm das gesamte Verbandsmaterial. Der Arzt schüttelte verzweifelt den Kopf, denn damit war die Blutung nicht zu stoppen.

Die Sirene wurde lauter. Der Krankenwagen schien Matala erreicht zu haben.

Michalis sah sich um und stutzte. Evros, der zwölfjährige Sohn von Sideris Vamvounakis, stand starr einige Meter hinter den Autos, hatte die Augen weit aufgerissen und schien unter Schock zu stehen. Mit der linken Hand hielt er seinen rechten, unkontrolliert zitternden Unterarm umklammert. Michalis näherte sich langsam dem Jungen. In dem Moment fiel ihm etwas anderes auf: Theo Brokalakis war verschwunden. Er sah sich um, doch von dem Tischler fehlte tatsächlich jede Spur.

Vorsichtig ging Michalis vor Evros in die Hocke.

»Wir kümmern uns um dich«, sagte Michalis und bemühte sich zu lächeln. »Und wir müssen deinem Vater helfen. Weißt du, wo er ist?«

Evros starrte Michalis an. Der Junge musste ihn gehört und verstanden haben, doch er war nicht in der Lage zu reagieren. Als Michalis schon wieder aufstehen wollte, deutete Evros mit dem Kopf auf einen Durchgang, der zwischen einem Buchladen und einer Taverne über einen Parkplatz zum Strand und den Höhlen führte.

»Ist dein Vater dorthin gelaufen?«, fragte Michalis und glaubte, ein Nicken zu erkennen.

Die Menschen bildeten eine Gasse, und die Sirene des Krankenwagens verklang. Sekunden später sprangen ein Arzt und ein Sanitäter aus dem Wagen und übernahmen die Versorgung von Nestor Vamvounakis. Noch lebte er, doch Michalis musste kein Arzt sein, um zu begreifen, dass er mit dem Tod rang.

Koronaios trat zu Michalis.

»Hast du schon herausgefunden, was hier passiert ist?«, fragte er.

»Möglicherweise hat Sideris Vamvounakis auf Brokalakis geschossen, und Nestor Vamvounakis ist dazwischengegangen. Sideris Vamvounakis ist offensichtlich Richtung Strand gelaufen. Theo Brokalakis ist verschwunden. Der Sohn von Sideris Vamvounakis« – Michalis deutete auf den noch immer bewegungslos dastehenden Evros – »hat anscheinend gesehen, was passiert ist, und steht unter Schock.«

Eine weitere Sirene näherte sich, und Michalis hoffte, dass es ein Polizeiwagen war.

»Wenn die beiden am Strand aufeinandertreffen, könnten sie schießen. Schlimmstenfalls könnten auch Touristen getroffen werden«, meinte Koronaios.

»Sideris Vamvounakis hat wahrscheinlich keine Waffe mehr. Aber Theo Brokalakis könnte eine haben. Vielleicht will er sich jetzt rächen«, erwiderte Michalis. »Wir müssen zum Strand, aber vorher informiere ich Jorgos. Er soll dafür sorgen, dass wir alles an Verstärkung bekommen, was möglich ist. Und es muss sich jemand um den Jungen kümmern.«

»Ich mach das mit Jorgos«, erwiderte Koronaios schnell. »Besorg du jemanden für den Jungen.«

Die Frau aus der Boutique lehnte an dem Krankenwagen und sprach mit dem Fahrer. Michalis ging auf sie zu und zeigte dem Mann seinen Ausweis.

»Sie sehen den Jungen dort drüben?« Er deutete auf Evros. »Könnten Sie bitte dafür sorgen, dass er betreut wird? Er scheint einen Schock zu haben.«

»Ich bin aber kein Arzt ...«, stammelte der Fahrer und wirkte überfordert.

»Der Junge hat gesehen, wie geschossen wurde. Er braucht Hilfe, und Sie sind hier die einzige Person in einer offiziellen Funktion, die nicht mit dem verletzten Mann beschäftigt ist«, sagte Michalis energisch.

»Ich kümmere mich um ihn«, bot die blonde Frau an. »Wir können ihn ja nicht so stehen lassen.«

Der Fahrer des Krankenwagens wirkte erleichtert.

Michalis sah sich nach dem Wirt um und entdeckte ihn hinter den Schaulustigen.

»Der Mann, der dem anderen mit der Halbglatze die Waffe abnehmen wollte«, fragte Michalis schnell, »kann der seine eigene Waffe noch bei sich haben?«

Der Wirt überlegte. »Es ging alles sehr schnell ... aber ich glaube, ja. Er hat die Waffe in seinen Gürtel geschoben, als er zu dem Verletzten gegangen ist.«

»Danke.«

Hinter dem Krankenwagen hielt ein Einsatzwagen der Polizei. Michalis eilte auf die Kollegen zu, gab sich als Mordkommissar aus Chania zu erkennen und berichtete knapp, worum es hier ging.

»Wir brauchen Ihre Unterstützung. Vermutlich muss ein Teil des Strands gesperrt werden, damit es kein Blutbad gibt«, erklärte er und konnte sehen, wie die beiden Polizisten regelrecht Haltung annahmen. Einen Strand sperren, weil eine Schießerei drohte, das war vermutlich aufregender als alles, was sie bisher erlebt hatten.

»Einen kleinen Moment, ich fordere Verstärkung an«, sagte der eine, ging zu seinem Wagen, nahm das Funkgerät und kehrte kurz darauf zurück.

»Die Kollegen aus Heraklion müssten jeden Moment eintreffen ...«, begann er.

»Dann kommen Sie bitte mit uns, und die Kollegen können dann hier übernehmen«, unterbrach Michalis den Polizisten, ging zu Koronaios und hoffte, dass die beiden Beamten ihm folgten.

»Jorgos wäre es lieber, die Kollegen von der Mordkommission aus Heraklion würden das hier erledigen«, sagte Koronaios und blickte zu dem Notarzt, der um das Leben von Nestor Vamvounakis kämpfte. »Ich habe ihm gesagt, dass wir selbstverständlich unsere Westen angelegt haben, aber nicht warten könnten, bis die Kollegen eintreffen.«

»Dann hoffen wir, dass wir die beiden finden, bevor noch mehr passiert. Theo Brokalakis ist wahrscheinlich bewaffnet«, sagte Michalis.

»Denkst du, er will sich an Sideris Vamvounakis rächen?«, fragte Koronaios.

»Kann gut sein. Vielleicht will er ihn auch nur überwältigen. Aber wir dürfen es nicht darauf ankommen lassen.«

Sie sahen, dass die beiden Polizisten ebenfalls kugelsichere Westen angelegt hatten.

»Wir sind bereit«, sagte einer von ihnen.

»Mein Kollege Koronaios und ich leiten den Einsatz. Und selbstverständlich werden wir äußerst vorsichtig vorgehen«, erwiderte Michalis.

Sie machten sich auf den Weg zu dem Durchgang, der zum Strand und zu den Höhlen führte. Auf dem Weg dorthin bemerkte Michalis, dass die blonde Frau aus der Boutique genau die Richtige war, um Evros zu betreuen: Sie hatte ihm ein Eis besorgt und saß mit ihm auf einem Treppenabsatz vor dem Buchladen. Noch immer schien Evros nicht zu reden, doch es war der Frau gelungen, ihn aus seiner Erstarrung zu lösen.

In dem Durchgang führte der Weg über eine Treppe an einem Parkplatz entlang zu der berühmten sandfarbenen Felswand, die am Ende des Strands etwa hundert Meter aufragte. Bewohner Kretas hatten schon vor vielen Jahrhunderten Höhlen in den weichen Stein geschlagen. Diese Felswand wirkte noch beeindruckender als auf den Fotos, die Michalis kannte. Im unteren Bereich, der zum Meer hin flach abfiel, lagen auf drei Ebenen die Höhlen, die in dem hellen Gestein wie dunkle, geheimnisvolle Augen aussahen. Nachdem die Hippies viele Jahre hier gelebt hatten und für die Bewohner von Matala immer mehr zur Belastung geworden waren, wurde vor den Höhlen in den frühen Achtzigerjahren eines Tages ein großer Zaun errichtet – sie wurden abgesperrt und waren nur noch gegen Eintrittsgeld zu besichtigen. Auch die Späthippies mussten von nun an im Ort Zimmer mieten, an Tischen essen und Toiletten benutzen.

Je näher Michalis, Koronaios und die Polizisten der Felswand kamen, desto imposanter wirkten die Höhlen. Auch wenn sie nicht sehr tief zu sein schienen, war klar, dass in den größten von ihnen Menschen stehen konnten und im Sommer vor der Sonne und im Winter vor Regen und Sturm geschützt waren.

»Wie gehen wir vor?« Koronaios sah sich fragend um.

»Da«, meinte Michalis und deutete auf das Kassenhäuschen am Eingang des Höhlengeländes. »Ist das Vamvounakis?« Er hatte einen Mann bemerkt, der von hinten Ähnlichkeit mit dem Tankwart hatte und, als er die Kasse erreichte, kurz stehen blieb und sich umsah.

»Ja, das ist er«, bestätigte Koronaios. »Aber wo ist dann Brokalakis?«

»Vielleicht hatte sich Vamvounakis versteckt und auf Brokalakis gewartet. Und wenn der zu den Höhlen gegangen ist, hofft Vamvounakis, ihn dort zu erwischen«, erwiderte Michalis. Ihm war aufgefallen, dass Vamvounakis das Kassenhäuschen passiert hatte, ohne dass jemand von ihm Eintritt verlangte. Als sie mit den beiden uniformierten Polizisten den Eingang erreichten, näherte sich der Mann, der normalerweise an der Kasse saß. Er trug ein dunkles Polohemd mit einem offiziellen Logo und hatte sich in der Nähe hinter einigen Pinien versteckt.

»Vor ein paar Minuten ist ein Mann durchgegangen«, sagte er verstört. »Er war halb nackt und voller Blut. Er hat ganz normal Eintritt gezahlt, aber auch das Geld war blutverschmiert. Ich hab so getan, als hätte ich nichts gemerkt, und er ist reingegangen. Dabei habe ich gesehen, dass unter seinem Gürtel eine Pistole steckte.« Der Mann biss sich auf die Lippe. »Ich bin drüben zu Kostas in die Taverne gerannt und habe die Polizei gerufen. Jetzt wollte ich die Leute auffordern, das Gelände zu verlassen, aber …«

Der Mann zuckte hilflos mit den Schultern.

»Sie haben das Richtige getan. Wir übernehmen das jetzt«, beruhigte Koronaios ihn und wandte sich an die beiden Uniformierten.

»Sie kümmern sich darum, dass alle Besucher das Höhlengelände verlassen.« Er blickte zu den Höhlen. »Sehr viele scheinen es zum Glück nicht zu sein. Und sobald die Besucher in Sicherheit sind, beginnen Sie damit, den Strand zu räumen. Alles bitte sehr ruhig, damit keine Panik ausbricht. Die Verstärkung müsste ja bald eintreffen.« Er musterte die Kollegen. »Schaffen Sie das?«

Die Männer zögerten, und es war klar, dass sie lieber weit weg gewesen wären. Dennoch nickte der Größere der beiden.

»Ja, das bekommen wir hin.«

»Und sobald die Kollegen von der Kripo aus Heraklion eintreffen, informieren Sie sie bitte und schicken sie zu uns. Wir kommen hoffentlich solange allein zurecht«, fügte Michalis hinzu. Bei der Vorstellung, dass Sideris Vamvounakis ein Messer oder eine andere Waffe bei sich haben könnte und den bewaffneten Theo Brokalakis verfolgte, wurde ihm mulmig.

Sie betraten das Höhlengelände, dessen unterster Bereich aus einer ebenen Fläche mit einfach zugänglichen Höhlen bestand. Hier hielten sich die meisten der Besucher auf, denn zu den oberen Ebenen gab es nur an den Seiten Zugänge, die mit Seilen gesichert und für Urlauber in Flip-Flops kaum erreichbar waren.

Leise und entschlossen brachten die Uniformierten diese Besucher dazu, das Gelände unverzüglich zu verlassen, während Michalis und Koronaios die oberen Ebenen mit Blicken absuchten. Hier unten konnten sich weder Theo Brokalakis noch Sideris Vamvounakis aufhalten, denn diese Höhlen waren gut einsehbar. Die oberen Höhlen schienen jedoch tiefer in die Felsen hineinzuführen.

Michalis und Koronaios warteten, bis nur noch zwei Männer auf der nächsten Ebene waren, stiegen hinauf, zeigten ihre Polizeiausweise und forderten die beiden leise auf, das Gelände sofort zu verlassen.

»Hoffentlich waren das wirklich die letzten Touristen«, raunte Koronaios. »Nicht, dass wir es auch noch mit einer Geiselnahme zu tun bekommen.«

Michalis nickte angespannt.

Sie suchten die Höhlen auf dieser zweiten Ebene ab, bis sie sicher waren, dass sich niemand hier versteckt hatte. Der Aufstieg zur nächsten, höchsten Ebene war schwieriger. Mit einer Hand an einem Seil, mussten sie über einige Felsen klettern, zudem lag der schmale Weg, der an den Höhlen vorbeiführte, voller Geröll.

Die ersten dieser Höhlen waren leer, und es waren nur noch drei übrig, bevor ein hoher Zaun das begehbare Gelände von dem Rest der Felswand, die ins Meer abfiel, trennte. Immer wieder blieben sie stehen, lauschten und hofften, dass sich Vamvounakis oder Brokalakis durch Geräusche verraten würden.

Die drittletzte Höhle war sehr groß und hatte im hinteren Bereich einen Durchstieg in eine weiter unten gelegene, kleine Höhle. Ein Felsen stützte wie eine Säule das Gewölbe.

»Die Schiffsplanke«, flüsterte Michalis, denn diese Säule wirkte wie jene, die Brokalakis in das Holz geschnitzt hatte, das sie in der Werkstatt in Therisso gefunden hatten.

Koronaios war zu konzentriert, um sich dafür zu interessieren. Er näherte sich diesem Durchstieg, als plötzlich draußen der Aufprall von Steinen zu hören war. Sie eilten vor die Höhle und sahen, wie in der Tiefe auf einer ebenen Fläche zwei Geröllbrocken ausrollten.

»Ziegen?«, meinte Koronaios und blickte an der Felswand nach oben. »Nichts zu sehen.«

Sie wollten schon weitergehen, als Michalis hinter dem Durchstieg eine Bewegung wahrnahm. Kurz wandte er sich zu Koronaios um, der seine Waffe gezogen hatte, und ging zurück. Er erreichte die untere kleine Höhle, schaute hinein – und entdeckte Theo Brokalakis. Blutverschmiert hob Brokalakis sofort die Hände. Er wirkte erleichtert, gefunden worden zu sein. Vor ihm, etwa einen Meter entfernt, lag seine Pistole.

Während Koronaios seinen Kollegen sicherte, kroch Michalis durch den Durchstieg zu Brokalakis und nahm dessen Waffe an sich.

»Keine Sorge«, sagte Theo Brokalakis leise, »ich habe nicht vor, mich zu wehren. Ich will nur, dass Vamvounakis zur Rechenschaft gezogen wird.«

Dieser Teil der Höhle war sehr viel dunkler als die anderen Höhlen, denn es gab nur den Durchstieg und keine Öffnung nach außen. Lediglich durch einen schmalen Spalt drang ein wenig Licht herein.

Während auch Koronaios in diesen Teil der Höhle kroch, musterte Michalis den Mann, den sie zwei Tage lang gesucht und verfolgt hatten. Er war unrasiert und hatte zerzauste, halblange dunkle Haare. Von der Nase bis zu den Mundwinkeln zogen sich tiefe Falten. In den Augen dieses Mannes lag der Ausdruck unendlicher Trauer und Verzweiflung.

»Stehen Sie langsam auf«, forderte Koronaios ihn auf, und Brokalakis tat es, ohne die Arme sinken zu lassen. Koronaios tastete ihn auf weitere Waffen ab, fand jedoch keine.

»Sie können Ihre Arme jetzt runternehmen«, sagte Michalis. Als seine Hände die Höhe der Brust erreicht hatten, hielt Theo Brokalakis inne.

»Ich weiß nicht, wie viel Sie bereits wissen«, sagte er leise, »aber hier haben wir wochenlang gelebt. Ich und die beiden Männer, deren Skelette Sie am Strand gefunden haben. Orfeas und Jordan.«

Brokalakis atmete ruhig ein und aus. Seine Stimme hatte einen vollen und dunklen Klang.

»Manchmal war es erbärmlich kalt, wenn der Sturm den Regen in die Höhlen trieb«, fuhr er fort, »aber es war immer noch besser, als in Athen zu verhungern. Oder dort Menschen zu überfallen und auszurauben.«

Michalis spürte, dass Brokalakis sich all das, was sich in ihm aufgestaut hatte, gern von der Seele geredet hätte. Doch in dem Moment hörten sie erneut Gesteinsbrocken, die unten aufprallten.

»Vamvounakis muss in einer der beiden nächsten Höhlen sein«, erklärte Brokalakis. »Er sucht mich. Ich hab ihn da oben vorbeischleichen sehen.« Er deutete auf den Spalt. »Er müsste unbewaffnet sein. Die Pistole, mit der er auf diesen anderen Mann geschossen hatte, hat ihm jemand abgenommen.«

»Hat er ein Messer dabei?«, erkundigte sich Michalis.

»Ich glaube nicht. Ich habe zumindest keines gesehen«, erwiderte Brokalakis.

»Sie kennen sich hier aus«, meinte Michalis, »könnte Vamvounakis von einer der nächsten Höhlen über diese Felswand entkommen?«

Brokalakis schüttelte den Kopf.

»Damals gab es den Zaun noch nicht. Heute müsste sich ein geübter Kletterer über einen Felsvorsprung bis zu einer Stelle hangeln, von wo aus er es über diesen Felsrücken schaffen könnte. Dafür« – er lächelte wehmütig – »müsste er jedoch springen und sich sofort wieder festkrallen. Das halte ich bei Vamvounakis für ausgeschlossen.«

In dem Moment hörten sie draußen ein leises Fluchen und dann Geräusche, als würde jemand auf Geröll ausrutschen.

Michalis und Koronaios sahen einander an.

»Wir gehen da jetzt raus. Sie bleiben hier und rühren sich nicht vom Fleck«, sagte Koronaios zu Brokalakis. »Demnächst werden die Kollegen eintreffen und sich um Sie kümmern.«

Theo Brokalakis nickte.

Vorsichtig stiegen Michalis und Koronaios zurück ins Freie. Der Blick von oben zeigte ein Urlaubsparadies mit türkisfarbenem Meer und hellem Sandstrand. Doch in einer der beiden Höhlen, die vor ihnen lagen, musste sich der Mann verstecken, der vermutlich mehrere Menschen getötet und heute seinen Cousin vor den Augen seines eigenen Sohns niedergeschossen hatte.

Die nächste Höhle war leer, davon überzeugten sich Michalis und Koronaios mit gezogenen Waffen. Sie erreichten die letzte Höhle, doch auch die schien ebenfalls leer zu sein. Während Koronaios ihn von außen sicherte, machte Michalis einen Schritt in die Höhle, und als er niemanden sah, ging er tiefer hinein – sie war tatsächlich leer.

»Er muss hier sein«, sagte Michalis leise, als er wieder bei Koronaios stand.

»Vielleicht haben wir in den unteren Höhlen etwas übersehen«, erwiderte Koronaios.

»Brokalakis hat gesagt, er wäre in diese Richtung gelaufen.«

»Aber wir sollten nicht zu sicher sein, dass wir ihm wirklich glauben können«, entgegnete Koronaios.

Michalis sah sich um. Obwohl sein Partner recht hatte und Theo Brokalakis gelogen haben konnte, war er sicher: Sideris Vamvounakis steckte hier irgendwo. Er ließ seinen Blick über das Gelände gleiten und hoffte, etwas zu entdecken, was ihm ungewöhnlich vorkam. Schließlich bemerkte er auf einem Felsvorsprung vor der Höhle einen halb vertrockneten Strauch, dessen Zweige frisch abgeknickt zu sein schienen. Michalis versuchte, sich diesem Strauch zu nähern, um das zu überprüfen, doch dazu hätte er einen Sprung von etwas mehr als einem Meter machen und auf dem Vorsprung sicher landen müssen.

Michalis zögerte. Wenn er falsch aufkam und das Gleichgewicht verlor, würde er abstürzen und mehr als zwanzig Meter weiter unten aufschlagen. Doch plötzlich glaubte er, auf dem Felsvorsprung einen schwarzen Schuh zu sehen. Er machte zwei Schritte zur Seite und war sicher: Hinter dem Strauch hatte sich jemand in eine Felsspalte gezwängt und versteckte sich.

Michalis machte Koronaios mit einer Kopfbewegung auf seine Entdeckung aufmerksam.

»Herr Vamvounakis!«, rief Koronaios, die Waffe im Anschlag, »kommen Sie langsam und mit erhobenen Händen heraus!«

Zunächst tat sich nichts, doch plötzlich trat Sideris Vamvounakis hinter dem Strauch hervor. Statt jedoch in die Richtung von Michalis und Koronaios zu steigen, hangelte er sich weiter um den Felsen herum und erreichte einen winzigen Vorsprung, auf dem seine beiden Füße kaum Platz fanden. Mühsam presste er auf der Suche nach einem Halt die Finger in kleine Ritzen. Michalis ahnte, dass dies der nur für geübte Kletterer geeignete Weg war, von dem Theo Brokalakis gesprochen hatte.

»Herr Vamvounakis! Bleiben Sie stehen! Dort kommen Sie nicht weiter!«, rief Michalis ihm zu und sah, dass auch Sideris Vamvounakis begriff, dass er in der Falle saß. Weiterzuklettern war lebensgefährlich, und auch der Weg zurück war nicht einfach. Vamvounakis blickte nach unten, stöhnte und schien plötzlich etwas am Strand zu entdecken. Michalis folgte seinem Blick und sah, dass sich uniformierte Polizisten näherten. In ihrer Mitte ging Evros, der seinen Vater offenbar bereits entdeckt hatte.

In den Augen von Vamvounakis lag Panik. Michalis wusste, dass Evros seinen Vater weder hilflos in einer Felswand hängen noch abstürzen und zerschmettert in der Tiefe liegen sehen durfte. Vamvounakis konzentrierte sich, um von Michalis und Koronaios weg und um den Felsvorsprung herum zu gelangen. Doch bevor er springen konnte, hörten sie die Stimme von Brokalakis.

»Nicht«, brüllte er, »Vamvounakis! Auf keinen Fall! Sie werden abstürzen!«

Sideris Vamvounakis hielt in der Bewegung inne und starrte Theo Brokalakis verwirrt an.

»Wir hatten befohlen, dass Sie in der Höhle bleiben sollen!«, herrschte Koronaios Brokalakis an.

»Er wird sich umbringen! Wollen Sie das zulassen?«, entgegnete Brokalakis und starrte auf den Mann, der seinen schweren Körper anspannte und dann tatsächlich einen Satz um den Felsvorsprung herum machte. Für einen Moment verschwand er aus dem Blickfeld von Michalis, doch dann sah man, wie er mit einem Fuß vergeblich nach einem Halt am Felsen suchte.

Michalis überlegte fieberhaft, was sie tun konnten, um zu verhindern, dass Sideris Vamvounakis vor den Augen seines Sohns in die Tiefe stürzte. In dem Moment drängte Theo Brokalakis an ihm vorbei, sprang zu dem niedergetretenen Strauch und landete auf der Stelle, von der aus Vamvounakis gesprungen war.

Michalis und Koronaios eilten einige Meter zurück, bis sie Sideris Vamvounakis wieder im Blick hatten und begriffen, wie aussichtslos seine Lage war. Sein linker Fuß stand auf einem winzigen Felszacken, von dem er immer wieder abrutschte. Seine Finger hatte er in eine Spalte gekrallt, konnte sich jedoch kaum halten.

Auf der untersten Ebene, wo Vamvounakis aufprallen würde, wenn er abstürzte, standen die beiden uniformierten Polizisten und starrten entsetzt nach oben.

»Schaffen Sie Sprungtücher her!«, brüllte Michalis, »oder etwas, was den Sturz auffangen kann!«

Die Uniformierten sahen sich ratlos um, dann griff einer von ihnen zum Handy und der andere zum Funkgerät. Doch was immer sie auch auftreiben würden, es würde zu spät kommen.

»Vamvounakis!«, rief Theo Brokalakis. »Schauen Sie nach rechts! Nicht nach unten, nur nach rechts! Sie sehen dort die Kante. Dort muss ihr rechter Fuß hin!«

»Das ist zu weit weg!«, rief Sideris Vamvounakis panisch.

»Ganz ruhig! Ich helfe Ihnen!«, entgegnete Theo Brokalakis.

Michalis traute seinen Ohren kaum und versuchte zu erkennen, was Brokalakis vorhatte. Auf dieser Kante könnte der rechte Fuß von Vamvounakis Halt finden, doch um dorthin zu kommen, musste er eine Hand umsetzen – und das, während dieser schwere, untrainierte Mann ungesichert fast senkrecht in der Felswand hing.

»Ich kann nicht mehr!«, rief Vamvounakis.

Aus Richtung des Kassenhäuschens war ein entsetzter Schrei zu hören.

»Papa!«, kreischte Evros, der wie alle anderen befürchtete, dass sein Vater jeden Moment abstürzen würde. Nicht nur zahlreiche Polizisten standen dort, sondern auch staunende Urlauber, von denen einige ihre Handys hervorgeholt und auf die Felsen gerichtet hatten.

Auch Sideris Vamvounakis hatte den Schrei seines Sohnes gehört. Er mobilisierte seine Kräfte und zog sich ein wenig hoch.

»Vamvounakis!«, brüllte Brokalakis, und Michalis sah fassungslos, dass der sich um den Felsen herumbeugte und seine linke Hand ausstreckte, während er mit der rechten Hand an einem Felsen einen sicheren Griff hatte. Seine Füße schienen stabil zu stehen. »Das ist Ihre einzige Chance! Steigen Sie auf die Kante und packen Sie meine Hand! Ich ziehe Sie zu mir!«

Michalis und Koronaios sahen sich ungläubig an. Wollte Theo Brokalakis mit dem Mann, der seine Freunde getötet hatte und vor dem er heute stundenlang geflohen war, gemeinsam in die Tiefe stürzen und sich schwer verletzen oder gar sterben? Oder glaubte er, diesen Mann tatsächlich retten zu können?

Michalis beobachtete, dass die beiden sich in die Augen sahen. Auch Sideris Vamvounakis schien nicht zu begreifen, was der Mann, den er vorhin noch hatte töten wollen, plante. Kurz blickte er in die Tiefe, doch sofort schrie ihn Theo Brokalakis an.

»Nicht nach unten sehen! Schauen Sie nur mich an!«

Vamvounakis tat, was Theo Brokalakis verlangte, und starrte ihn an. Doch ihn schien endgültig die Kraft zu verlassen.

»Nicht aufgeben! Der rechte Fuß! Jetzt!«, brüllte Theo Brokalakis.

Wann immer Michalis später an diesen Moment dachte, erlebte er ihn wie in Zeitlupe. In unerträglicher Langsamkeit schwang Vamvounakis sein freies Bein durch die Luft, während unten sein Sohn Evros aufschrie und alle Menschen am Strand ihnen zusahen. Gleichzeitig krallte Vamvounakis seine linke Hand dorthin, wo er sich bisher mit der rechten Hand in einer Felsspalte gehalten hatte, und im nächsten Moment tat er, was Theo Brokalakis ihm befahl: Er verlagerte seinen Körper so weit nach rechts, dass der freie Fuß Halt fand, während seine rechte Hand hilflos in der Luft hing.

Dies war der Augenblick, wo in Michalis' Erinnerung die Zeitlupe abbrach, denn in diesem Moment packte Theo Brokalakis den rechten Arm von Vamvounakis und riss ihn zu sich, so dass beide auf dem winzigen Felsvorsprung landeten, wo bisher nur Theo Brokalakis gestanden hatte. Sie schwankten und drohten, aneinandergeklammert in die Tiefe zu stürzen – bis Michalis sich ihnen, ohne nachzudenken, so weit wie möglich näherte, sich einen festen Halt suchte und den linken Arm über den Abgrund ausstreckte. Es gelang Theo Brokalakis, die Hand von Michalis zu packen, und dann zogen sie gemeinsam den entkräfteten, zitternden Sideris Vamvounakis zu sich, der keuchend zu Boden sank und sich an einen Stein lehnte.

»Bist du wahnsinnig!«, hatte Koronaios gebrüllt, doch jetzt brandete vom Strand Beifall auf. Ungläubig standen die Menschen dort und riefen und klatschten vor Erleichterung.

Es waren etwa zehn Uniformierte sowie zivile Mordkommissare aus der Präfektur Heraklion, die in dieser Sekunde losstürmten, die Felsen mit den Höhlen erklommen und sich vor Michalis, Koronaios, Theo Brokalakis und Sideris Vamvounakis aufbauten.

»Sollen wir beide verhaften?«, erkundigte sich ein Kollege in Zivil.

»Verhaften Sie ihn.« Koronaios deutete auf Sideris Vamvounakis und trat vor ihn. »Sideris Vamvounakis, wir verhaften Sie wegen des Mordes an Orfeas Embirikos und Jordan Stantschew sowie an Vangelis Kitsikoudis. Möglicherweise werden wir Sie auch noch mit weiteren Verbrechen in Verbindung bringen.«

Sideris Vamvounakis starrte Koronaios fassungslos an und ließ sich dann abführen, ohne ein Wort zu sagen. Auch auf die Frage, was mit Fanis Karalakis passiert war, reagierte er nicht.

»Mit diesem Herrn« – Michalis wies auf Theo Brokalakis – »würden wir gern ein paar Worte reden. Wir werden Ihnen dann mitteilen, ob er sich vor der Justiz verantworten muss«, wandte Michalis sich an einen der Kommissare aus Heraklion.

»Ich lasse Ihnen zwei Männer zur Unterstützung hier«, entgegnete der und begleitete Sideris Vamvounakis nach unten. Evros stürmte seinem Vater entgegen, und obwohl es die Polizisten zu unterbinden versuchten, umarmten sich Vater und Sohn lange.

»Warum haben Sie das gemacht? Sie hätten abstürzen und sterben können!«, fragte Michalis Theo Brokalakis.

»Orfeas und Jordan sind tot, und das ist schlimm genug. Ich will, dass Vamvounakis gesteht. Er soll zugeben, dass er die beiden ermordet hat. Ich will Gerechtigkeit. Und ich will, dass deren Familien endlich erfahren, was damals passiert ist«, erwiderte Theo Brokalakis ernst.

Brokalakis erzählte Michalis und Koronaios, dass die drei Freunde vor neun Jahren während der Finanzkrise in Athen in erbärmlicher Armut gelebt und gehungert hatten. Sie hielten sich mit Kleinkriminalität über Wasser und gerieten an einen Hehler, der ihnen vorschlug: Besorgt mir alles, was in Kirchen an Edelmetallen und Ikonen zu finden ist, und ihr werdet keine Sorgen mehr haben. Theo Brokalakis wusste, dass auf Kreta die meisten Kirchen immer offen standen, und so setzten sie mit der Fähre von Athen aus über und gingen hier für einige Wochen auf Diebestour. In Vrisses hatten sie den Seat Inca gestohlen und mit ihm die gestohlenen Stücke transportiert. Wochenlang lebten sie, auch bei Kälte und Regen, in den Höhlen von Matala.

»Ich war von uns dreien der Einzige, dem die erbeuteten Gegenstände etwas bedeuteten. Mir blutete das Herz, wie achtlos die beiden mit den Ikonen, Kreuzen und wertvollen Messkrügen umgingen. Ich wusste, wie schlimm der Verlust für die Gläubigen in der Gegend war.« Theo Brokalakis verzog das Gesicht. »Und ich wusste auch, dass wir genug geraubt hatten und aufhören sollten. Skaloti, machten wir schließlich aus, sollte die letzte Kirche sein. Am nächsten Tag wollten wir die Fähre nach Piräus nehmen.« Er schüttelte sich. »Ich habe gesehen, wie er die beiden abgeknallt hat. Ich bin gerannt, einen Abhang hinuntergestürzt und liegen geblieben. Vamvounakis ist nur wenige Meter an mir vorbeigelaufen, während ich auf dem Boden kauerte. Hätte er mich bemerkt, wäre ich auch tot.« Kurz lächelte er. »Aber es gab einen Gott, der nicht wollte, dass Vamvounakis mich findet. Dieser Gott wollte, dass ich überlebe, eine Familie gründe und ein gottesfürchtiges Leben führe. Und das tue ich.«

»Die Ikone, die Sie in die Kirche des Heiligen Panteleimon nach Sfakia zurückgebracht haben – warum war die Vamvounakis und seinen Leuten nicht in die Hände gefallen?«, erkundigte sich Michalis.

»Ich wusste, dass die Ikone aus der Schule von Michael Damaskenos stammte und für die Gemeinde von ungeheurem Wert war. Aber das haben Orfeas und Jordan nicht verstanden. Deshalb hatte ich sie immer im Blick und wollte nicht, dass sie in Athen für ein paar Euro verschwindet.« Er blickte kurz zum Strand, wo das normale Urlaubsleben wieder einsetzte. »In Skaloti sollte ich draußen Wache schieben, während die beiden die Kirche ausraubten. Doch als sich ein Wagen näherte, langsamer wurde und direkt auf uns zukam, war mir klar, dass wir in der Falle saßen. Ich hab mir die Ikone des Heiligen Panteleimon geschnappt und wollte die beiden noch warnen. Doch so weit kam ich nicht mehr, denn Orfeas und Jordan wurden überwältigt, und ich konnte nur noch flüchten.« Theo Brokalakis kniff die Augen zusammen. »Die Ikone habe ich nicht mehr losgelassen. Auch nicht, als ich mich auf den Weg nach Therisso gemacht habe. Durch die Schluchten und über die Weißen Berge habe ich Tage gebraucht, bis ich dort angekommen bin. Meistens bin ich nachts gegangen, um weniger aufzufallen.« Er fuhr sich über das Gesicht. »Meine Eltern wussten nichts davon, dass ich auf Kreta war. Ich hatte ihnen erzählt, ich sei in Athen und es gehe mir gut. Aber sie haben auch kaum Fragen gestellt. Wahrscheinlich hatten sie längst vermutet, dass etwas nicht stimmt.« Brokalakis schwieg einen Moment. »Orfeas und Jordan waren tot, doch ich lebte. Wochenlang habe ich die Zeitungen durchforstet und jede Nachrichtensendung angesehen. Aber die beiden wurden nie erwähnt. Irgendwann war mir klar, dass ihre Leichen so beseitigt worden waren, dass sie nicht wieder auftauchen würden. Und spätestens, als ich dann selbst Kinder hatte, konnte ich ermessen, wie schlimm es für die Familien sein musste, nie wieder etwas von ihren Söhnen und Brüdern zu hören. Schrecklich.«

Er blickte Michalis und Koronaios an.

»Ich habe hier damals etwas versteckt«, sagte er. »Darf ich nachsehen, ob es noch da ist?«

Michalis und Koronaios nickten. Brokalakis stieg zu dem Felsvorsprung, auf dem der Strauch wuchs. Er schabte am Boden, hebelte einige Geröllbrocken und kleinere Steine aus einer Spalte, holte Pflanzenreste und Sand heraus und zog schließlich etwas hervor, das sorgfältig in Plastikfolie eingewickelt war. Brokalakis wickelte die Folie ab, bis zerfallenes Packpapier zum Vorschein kam.

»Es ist noch da.« Er lächelte, ließ die Papierreste zu Boden fallen und hielt ein kunstvoll geschnitztes Kreuz hoch. Eine Jesus-Figur hing in der Mitte und war an den vier Enden des Kreuzes jeweils von Aposteln umgeben.

»Das haben wir damals im Kloster von Preveli gestohlen. Es ist unglaublich schön«, meinte Brokalakis. »Falls ich ins Gefängnis muss – würden Sie dafür sorgen, dass dieses Kreuz in das Kloster zurückgebracht wird?«

Michalis versprach es, nahm das Kreuz an sich und verschwieg, dass Theo Brokalakis vermutlich sogar straffrei davonkommen würde. Die Kirchendiebstähle waren verjährt, und bisher sprach nichts dafür, dass Brokalakis etwas mit den damaligen Morden oder mit dem Mord an Vangelis Kitsikoudis zu tun hatte.

21

Michalis und Koronaios übergaben Theo Brokalakis den beiden Kripobeamten aus Heraklion. Dann konnten sie endlich ihre kugelsicheren Westen ablegen und nach unten zum Ausgang des Höhlenareals steigen. Michalis genoss den leichten Wind, der sein verschwitztes Hemd schnell trocknen würde.

Unter den Polizisten, die sie an dem Kassenhäuschen erwarteten, war auch ein vertrautes Gesicht: Jorgos.

»Gute Arbeit«, sagte er und blickte auf die kugelsicheren Westen. »Ich will sehr hoffen, dass ihr die Dinger erst in den letzten Minuten ausgezogen habt.« Ein anerkennendes Lächeln glitt über sein Gesicht.

In der Hauptstraße von Matala, wo Sideris Vamvounakis auf seinen Cousin geschossen hatte, war die Spurensicherung aus Heraklion bei der Arbeit. Michalis und Koronaios erfuhren, dass Nestor Vamvounakis ins Krankenhaus von Heraklion gebracht worden war und die Ärzte Hoffnung hatten, dass er überlebte.

Koronaios warf seinem Partner den Wagenschlüssel zu.

»Du fährst«, verkündete er, »und wehe, ich höre heute nur noch ein einziges Mal unser Martinshorn.«

Als sie gerade in ihren Wagen steigen wollten, entdeckte Michalis eine große Limousine mit verdunkelten Scheiben. Ein Mann stieg aus, der Michalis bekannt vorkam. Es war der Fahrer von Kriminaldirektor Karagounis. Michalis legte das Kreuz, das Brokalakis ausgegraben hatte, zu der geschnitzten

Schiffsplanke in den Kofferraum. Der Fahrer kam auf sie zu und bat auch Jorgos zu sich.

»Der Herr Kriminaldirektor möchte gern ein paar Worte an Sie richten. Wenn Sie mir bitte folgen würden«, forderte der Mann die drei Kommissare auf. Michalis spürte, dass sowohl Koronaios als auch Jorgos ihn ungläubig musterten, als sei er der Grund dafür, dass der Kriminaldirektor zum ersten Mal seit Jahren persönlich an einem Tatort auftauchte. Und das auch noch über hundert Kilometer von Chania entfernt in der Präfektur Heraklion.

Der Fahrer ließ die Türen der Limousine aufspringen. Karagounis saß hinten rechts, und Koronaios ging sofort zur Beifahrertür. Von dort aus würde er Karagounis nicht sehen müssen, und da Jorgos sich der Fahrertür näherte, blieb Michalis nur der Platz, den alle meiden wollten: Auf der Rückbank direkt neben dem Kriminaldirektor.

»Bringen Sie mich auf den aktuellen Stand«, verlangte Karagounis, nachdem die Wagentüren wieder geschlossen waren.

Jorgos warf Koronaios einen Blick zu, und der übernahm es, den Kriminaldirektor zu informieren.

»Wir konnten Sideris Vamvounakis festnehmen und legen ihm die Morde an Orfeas Embirikos und Jordan Stantschew, den beiden Toten am Strand von Frangokastello, sowie an Vangelis Kitsikoudis zur Last. Er wird jetzt erkennungsdienstlich behandelt, und danach werden wir wissen, ob er auch mit dem Verschwinden von Fanis Karalakis zu tun hat.«

»Noch etwas?«, hakte Karagounis nach.

»Sollte sein Cousin Nestor Vamvounakis nicht überleben, wäre Sideris Vamvounakis auch für dessen Tod verantwortlich.«

»Sideris Vamvounakis …«, wiederholte Karagounis, und Michalis ahnte, dass sein oberster Vorgesetzter diesen Namen längst hatte überprüfen lassen. Und sofern es keine Verbindung zur Familie von Karagounis und auch keine zu dem Einsatz damals in Zoniana gab, dürfte es Karagounis gefallen, wenn es nur um diesen Namen ging.

»Gute Arbeit, meine Herren«, lobte Karagounis, ohne dass es wie ein Lob klang. »Sehr gute Arbeit.«

Das Gespräch schien beendet zu sein, und auf ein Zeichen hin öffnete der Fahrer von außen die beiden vorderen Türen. Da der Fahrer nicht zu ihm kam, wollte Michalis seine Tür selbst öffnen, doch sie war verriegelt. Koronaios und Jorgos warfen ihm einen besorgten Blick zu und stiegen aus. Der Fahrer ließ die Türen hinter ihnen wieder ins Schloss fallen.

Karagounis musterte Michalis.

»Es ist eine Freude, mit Ihnen zu arbeiten«, erklärte Karagounis dann in einem so kühlen Ton, als wollte er Michalis über seinen Rauswurf informieren. Michalis deutete ein Nicken an, das Karagounis ungerührt zur Kenntnis nahm.

»Ihre Freundin war heute in Knossos«, fuhr Karagounis fort, und Michalis erstarrte. Ließ der Polizeichef von Chania ihn und Hannah überwachen?

»Offenbar sucht sie einen Job«, fuhr Karagounis fort. »Wundern Sie sich nicht, wenn sie in den nächsten Tagen einen Anruf bekommt.«

»Was hat das zu bedeuten?«, entfuhr es Michalis, und er klang verärgerter, als er es beabsichtigt hatte.

»Ich weiß Ihre Diskretion zu schätzen«, erwiderte Karagounis. »Und ich gehe davon aus, dass das auch so bleibt.«

Dieser Satz war eine Drohung, auf die Karagounis eine Antwort zu erwarten schien.

»Ja«, erwiderte Michalis zögernd, »darauf können Sie sich verlassen.«

»Ich meine es gut mit Ihnen. Wenn ich helfen kann, tue ich

es gern«, fügte Karagounis hinzu. Dann öffnete sich Michalis' Tür.

Er stieg aus und ging auf den Dienstwagen zu, wo Koronaios und Jorgos auf ihn warteten.

»Können wir?«, fragte Koronaios, und Michalis ahnte, dass er und Jorgos ausgemacht hatten, keine Fragen zu stellen.

»Ja …«, erwiderte Michalis. »Aber ich muss eben noch Hannah anrufen.«

»Dann gib mir den Schlüssel«, sagte Koronaios. »Ist vielleicht doch besser, wenn ich fahre.«

Hannah berichtete aufgekratzt, dass sie mit Katerina in Knossos gewesen und jetzt mit ihr auf dem Rückweg nach Chania war. Sie freute sich auf Michalis, und der traute sich nicht, sie zu fragen, ob sie einen Anruf bekommen hatte, der mit Karagounis zu tun haben könnte.

Michalis wusste, dass er nicht vor acht Uhr zurück sein würde, und wünschte sich einen ruhigen Abend. Sie machten aus, zu Hause eine Kleinigkeit zu essen und vielleicht noch schwimmen zu gehen.

Die Rückfahrt nach Chania verlief anders als üblicherweise. Obwohl Koronaios es nicht leiden konnte, wenn das Radio lief, schaltete er es bereits beim Einsteigen ein und summte gelegentlich sogar einen Song mit.

»Hältst du es für denkbar, dass Fanis Karalakis noch lebt?«, fragte Michalis nach einer Weile.

Koronaios zögerte, stellte die Musik leiser und rieb sich die Augen.

»Wenn ich ehrlich bin … nein. Alles spricht dafür, dass Vamvounakis ihn getötet und über Bord geworfen hat.«

Das befürchtete Michalis auch. »Ich bin sicher, dass Zagorakis DNA-Spuren von Vamvounakis an dem Boot von Karalakis gefunden hat. Und dann dürfte es keinen Zweifel mehr geben«, ergänzte er.

Koronaios drehte die Musik wieder lauter. Kein Wort fiel über das, was Karagounis von Michalis gewollt hatte, dafür fing Koronaios aber immer wieder davon an, was es bei dem Streit zwischen seiner Frau und seiner Tochter Galatia Neues gab. Michalis wusste, dass sein Partner zu dem, was sie in Matala erlebt hatten, Abstand brauchte.

Sie näherten sich Rethimnon, als das Smartphone von Michalis zum ersten Mal klingelte. Es war Loukia, seine Mutter, und am liebsten wäre Michalis nicht rangegangen. Aber womöglich hatte sie von Jorgos gehört, was in Matala geschehen war, und er musste sie beruhigen.

»Wann kommt ihr denn heute Abend?«, wollte Loukia jedoch lediglich wissen, als sei es ausgemacht und selbstverständlich, dass sie den Abend im *Athena* verbringen würden. »Ich habe *kolokitholoulouda gemista* gemacht, die mag Hannah doch so gern.«

»Mama, ich bin noch bei der Arbeit, und es wird spät werden«, erwiderte Michalis, obwohl die gefüllten Zucchiniblüten wirklich verlockend klangen. »Morgen wäre es günstiger oder übermorgen, falls es morgen auch wieder so spät wird.«

»Nein, nein«, widersprach Loukia energisch, »ihr wart gestern schon nicht hier. Und du musst auch mehr essen. Du hast gar nicht gut ausgesehen in den letzten Tagen.«

Michalis hatte gerade aufgelegt, da leuchtete die Nummer seiner Schwester Elena auf. Diesmal schaltete Michalis den Klingelton aus, und keine zwei Minuten später las er die Nummer seines Vaters Takis auf dem Display.

»Die machen mich noch wahnsinnig.«

Koronaios grinste.

»Deine Mutter macht sich Sorgen, und du weißt, dass das nicht gut ist«, ermahnte Takis seinen Sohn unverblümt, und kaum hatte er aufgelegt, da rief Hannah ihn an.

»Sotiris hat sich gerade gemeldet«, sagte sie und schien sich über die Aufdringlichkeit der Familie zu amüsieren. »Loukia macht sich wohl Sorgen um dich und möchte unbedingt …«

»… dass wir heute Abend ins *Athena* kommen«, unterbrach Michalis seine Freundin. »Vielleicht sollten sie sich lieber Sorgen machen, weil ich einen anstrengenden Job und einen sehr langen Tag hinter mir habe.«

Aber Michalis wusste, dass es sinnlos war, der Entschlossenheit seiner Familie widerstehen zu wollen. Und da Hannah sich darauf zu freuen schien, am Abend seine Familie zu treffen, willigte Michalis ein. Er legte auf und sah, dass Koronaios spöttisch den Mund verzog.

»Ich weiß, dass deine Familie auch nicht einfach ist«, sagte Michalis, »aber du hast manchmal wenigstens ein paar Wochen Ruhe.«

»Ja …«, erwiderte Koronaios gedehnt, »das hat aber auch Jahre gedauert. Und im Moment …«

Beide grinsten. So sehr sie gelegentlich auch schimpften: Sie würden es unendlich vermissen, wenn sie keine Familien hätten, die ihnen hin und wieder gewaltig auf die Nerven gingen.

Sie erreichten Vrisses, und noch immer lief das Radio. Keiner von ihnen hatte bisher den dramatischen Verlauf der Verhaftung von Sideris Vamvounakis erwähnt. Erst jetzt wandte sich Koronaios an Michalis.

»Wir werden morgen die vorläufigen Berichte von Stournaras und von Zagorakis bekommen«, sagte er. »Und wir werden vermutlich viele Stunden mit unseren Berichten verbringen.«

Michalis ahnte, dass Koronaios sich dem Thema Kriminaldirektor zu nähern versuchte.

»Es würde die weitere Zusammenarbeit im Haus erleichtern, wenn wir uns dabei gut absprechen. Nicht, dass aus unserer Abteilung Widersprüchliches nach außen dringt. Und vor allem« – Koronaios musterte Michalis – »sollten keine Details nach ganz oben gelangen, die Probleme bereiten könnten.«

Das war der deutliche Hinweis, dass Koronaios und vermutlich auch Jorgos Michalis vor Karagounis schützen würden – dass sie dafür aber sein Vertrauen erwarteten.

»Du kannst dich auf mich verlassen«, entgegnete Michalis, und fügte leise »Danke« hinzu.

Koronaios lächelte und tat, was er fast nie tat: Für einen kurzen Moment nahm er die rechte Hand vom Steuer und legte sie Michalis auf die Schulter.

»Du warst gut heute«, sagte er.

»Und du warst heute sogar noch besser als sonst«, erwiderte Michalis, und Koronaios musste lachen.

»Jetzt reicht es aber«, rief er und hatte recht. Mehr Worte brauchte es nicht, um zu wissen, wie sehr sie einander schätzten.

22

Hannah war schon ins *Athena* gegangen, doch Michalis wollte vorher noch duschen und sich umziehen. Als er in der vollbesetzten Taverne seiner Familie ankam, war Hannah längst von Sotiris' und Elenas Kindern umlagert. Ihm fiel auf, dass Elena am Tisch neben Hannah saß, und anders als sonst nicht dabei half, die Gäste zu bedienen. Vermutlich hatte Elena erfahren, dass Loukia gestern bei Hannah gewesen war, und wollte nun ebenfalls gern die Rolle einer Vertrauten und Ratgeberin einnehmen.

»Hast du Elena von deinem Gespräch mit Hannah erzählt?«, fragte Michalis seine Mutter leise, als er sie in der Küche allein antraf.

»Natürlich nicht!«, erwiderte Loukia empört, als sei schon der Gedanke eine Beleidigung. »Worüber Hannah und ich gestern gesprochen haben, geht niemanden etwas an. Auch Elena nicht!«

Michalis verstand, dass es im Grunde auch ihn nichts anging, was seine Mutter mit seiner Freundin zu besprechen hatte. Dann sah sich seine Mutter jedoch um und zog ihn zu sich.

»Aber Elena hat natürlich mitbekommen, dass ich gestern bei Hannah war …«, sagte sie leise.

Michalis verließ die Küche und sah, dass Sotiris die Kinder liebevoll zur Seite scheuchte und den Teller mit den gefüllten Zucchiniblüten auf den Tisch stellte. Hannah deutete auf den

Stuhl neben sich, wo bisher Sofia gesessen hatte, die nur widerwillig für ihren Onkel Michalis Platz machte. Doch Hannah nahm sie auf den Schoß, und damit war Sofia zufrieden.

»Schön, dass du da bist«, flüsterte Hannah ihm ins Ohr und küsste ihn.

»War dein Tag gut?«, wollte Michalis wissen. Normalerweise war das nur eine zärtliche Floskel zwischen ihnen, doch heute interessierte es ihn mehr als sonst.

»Ja, war er. Aber das erzähle ich dir später in Ruhe«, entgegnete Hannah leise und bemerkte ebenso wie Michalis, dass Elena näher gerückt war, um besser mithören zu können. Michalis konzentrierte sich auf die Zucchiniblüten, deren *Misithra*-Füllung köstlich schmeckte, und stellte wieder einmal fest, wie hingerissen die Kinder von Hannah waren und wie abgemeldet er war, sobald seine Freundin auftauchte.

Nach zehn Uhr verabschiedeten sich die meisten Urlauber, und das *Athena* füllte sich mit der großen Familie von Michalis. All die nahen und entfernten, angeheirateten oder schon immer dazugehörenden Verwandten schienen aufzutauchen, viele von ihnen mit ihren Kindern. Manche schauten nur kurz vorbei, doch die meisten setzten sich, bekamen von Loukia und Sotiris Essen serviert und von Takis Raki eingeschenkt. Als Elena ihn und Hannah endlich mit den Kindern allein ließ, um die große Familie zu begrüßen und zu bedienen, wurde ihm klar, dass seine Mutter und Elena dieses Familienfest organisiert hatten. Hannah sollte erleben, wie sehr sie eine Entscheidung, Kreta für immer zu verlassen oder viele tausend Kilometer entfernt zu leben, bereuen würde.

Es ging auf Mitternacht zu, als ein Schwager von Elenas Mann mit seiner Lyra sowie ein Freund mit seiner Laute auftauchten. Viele Kinder lagen da bereits schlafend auf den Stühlen, wurden jedoch wieder munter, als die beiden Musiker begannen, kretische Lieder zu spielen. Obwohl sich Michalis nach dem anstrengenden Tag kaum noch auf den Beinen halten konnte, wurde er gedrängt, mit Sotiris und dessen Schwager zwei kretische Tänze vorzuführen, und erst als Takis danach eine Runde Raki ausgegeben hatte, gingen die meisten nach Hause.

»Ein toller Abend«, sagte Hannah leise zu Michalis, der Mühe hatte, ein Gähnen zu unterdrücken.

»Bist du mit dem Roller da?«, erkundigte sich Hannah, und Michalis nickte.

»Meinst du, wir können einfach abhauen?«

Michalis sah sich um. Elena saß auf einem Stuhl und hatte in jedem Arm eines ihrer schlafenden Kinder, und Loukia und Takis redeten gerade mit den Schwiegereltern von Sotiris. Sotiris war mit den beiden Musikern ins Gespräch vertieft und würde es verstehen, wenn sein kleiner Bruder sich mit seiner Freundin davonstehlen würde.

»Wir gehen durch die Tür bei der Küche«, schlug Michalis vor. »Du zuerst, und ich komm in zwei Minuten nach.«

Hannah lächelte und sah ihn auffordernd an. »Dann gib mir schon mal den Schlüssel. Du musst nur noch hinten aufspringen, wenn du rauskommst.«

Michalis seufzte. So ganz hatte er sich noch nicht daran gewöhnt, dass seine Freundin gern selbst Roller fuhr und es mochte, wenn er hinter ihr saß.

Niemand schien zu bemerken, dass Hannah in den Gastraum ging und nicht zurückkam. Bevor er ihr folgte, fiel Michalis auf, wer bei diesem Familienfest gefehlt hatte: Jorgos. Normalerweise war der Bruder seines Vaters bei solchen Anlässen immer dabei, und Michalis war auch sicher, dass Loukia versucht hatte, ihn zum Kommen zu überreden. Doch vermutlich wollte sein Onkel nicht in Versuchung geraten, ihn nach Karagounis zu fragen. Es ärgerte ihn, dass es wegen des Kriminaldirektors plötzlich Geheimnisse gab, die zwischen ihm und seinen Kollegen standen. Bisher arbeiteten Koronaios, Jorgos und er auf der Basis bedingungslosen Vertrauens zusammen, und das musste auch so bleiben.

Michalis ging in die Gaststube und hörte, wie Hannah den Roller startete. Er eilte durch die kleine Tür zur Seitengasse, stieg auf den Sitz hinter Hannah, und sie fuhr sofort los. Ihre langen Haare flatterten um Michalis' Kopf herum, denn Hannah hatte sich nicht die Mühe gemacht, die Helme herauszuholen. So sehr war sie inzwischen Kreterin, dachte Michalis amüsiert.

Er schmiegte sich an ihren Rücken, und sie sprachen auf der kurzen Fahrt ebenso wenig ein Wort wie im Treppenhaus. In ihrer Wohnung zog Hannah ihn wortlos ins Schlafzimmer, wo sie sofort begannen, einander auszuziehen.

»Ich war doch heute mit Katerina in Knossos«, erzählte Hannah später, als sie nackt im Halbdunkel der nur vom Mond erhellten Wohnung auf dem Bett lagen. »Jetzt habe ich morgen einen Termin in Heraklion beim Archäologischen Museum. Die sind für Knossos zuständig und suchen Leute, die Touristen durch den Palast führen. Eine Freundin von Katerina hat dort gerade angefangen, und offenbar fehlt ihnen Personal, jetzt, wo die Hauptsaison beginnt.«

»Hey, das ist doch …«, *super* hatte Michalis sagen wollen, doch er stockte. Zum einen war er nicht sicher, ob es für eine promovierte Kunsthistorikerin befriedigend war, als Touristenführerin Busladungen von Urlaubern Tag für Tag das Gleiche zu erzählen. Zwar hatten er und Hannah sich vor vier Jahren auf diese Art kennengelernt – im Pergamonmuseum in Berlin, als er von Athen aus zu einer Fortbildung nach Deutschland geschickt worden war. Aber damals war es ein Job gewesen, um ihr Studium zu finanzieren. Jetzt könnte es eine Entscheidung für die nächsten Jahre sein.

Vor allem aber befürchtete Michalis, dass Karagounis dahintersteckte.

»Wie kommt es, dass du plötzlich einen Job haben könntest?«, erkundigte er sich. »Hat dich jemand deshalb angerufen?«, fügte er misstrauisch hinzu, denn das war es, was Karagounis angekündigt hatte: *Wundern Sie sich nicht, wenn Ihre Freundin in den nächsten Tagen einen Anruf bekommt.*

»Nein«, erwiderte Hannah erstaunt. »Warum fragst du?«

»Nur so«, antwortete Michalis schnell und konnte sogar im Halbdunkel erkennen, dass Hannah ihn irritiert musterte. »Und was ist mit Toronto?«, fügte er eilig hinzu.

»Ich weiß es nicht ... Heute früh wollte ich anfangen, meine Unterlagen zusammenzustellen, hab dann aber lieber Katerina angerufen. Sie hat mir angeboten, mit nach Knossos zu kommen, weil sie die Freundin besuchen wollte«, antwortete Hannah.

»Knossos ... Würde dich das reizen?«, erkundigte sich Michalis.

»Es wäre nicht gerade mein Traumjob. Aber ich wäre hier, bei dir.« Hannah strich Michalis über die Brust. »Warum hast du gefragt, ob ich einen Anruf bekommen habe?«, hakte sie dann doch nach.

»Ach ... es würde mich nur interessieren, ob so etwas in der Kulturszene genauso läuft wie sonst auf Kreta. Um zwei Ecken kennt hier jeder jeden«, antwortete Michalis ausweichend.

»Vielleicht läuft es auch so. Die Freundin von Katerina hat telefoniert, und plötzlich hatte ich den Termin. Außerdem«, fuhr Hannah fort, »habe ich Toronto gegoogelt.«

»Und?«

»Eine ziemlich interessante Stadt … aber weißt du, wie kalt es da werden kann?«,

»Kalt?« Michalis befürchtete das Schlimmste.

»Die hatten schon mal minus zweiunddreißig Grad.«

Michalis war sprachlos. Zweiunddreißig Grad unter null. Unvorstellbar.

»Und es gibt Schnee von November bis April.«

Sechs Monate lang Schnee, während man auf Kreta bis in den Dezember hinein bei über zwanzig Grad Wassertemperatur noch baden konnte und im April die Insel tiefgrün war und von der warmen Frühlingssonne in ein Blütenmeer verwandelt wurde. Zum Glück schien auch Hannah von der Vorstellung, die Hälfte des Jahres in dicken Wintersachen herumlaufen und sich durch meterhohen Schnee kämpfen zu müssen, nicht begeistert zu sein.

Michalis fielen die Augen zu.

»Weißt du, was Katerina vor zwei Wochen mit ihrem Freund gemacht hat?«, hörte er Hannah fragen.

»Nein …«, erwiderte er schon fast im Halbschlaf und spürte, wie Hannah sich die Decke über die Schultern zog und ihren Kopf an seine Schulter lehnte.

»Die beiden haben in Frangokastello am Strand übernachtet und auf die Drosoulites gewartet.«

Das war das Letzte, was Michalis hörte, und während er sich noch fragte, ob es Hannah gefallen würde, ebenfalls in Frangokastello eine Nacht am Strand zu verbringen, war er bereits eingeschlafen.

23

»Sideris Vamvounakis verweigert bisher jegliche Aussage.« Jorgos war zu Michalis und Koronaios ins Büro gekommen und sah die beiden nachdenklich an. »Die Kollegen aus Heraklion sind mit Theo Brokalakis auf dem Weg hierher. Und da alle Zeugen in Matala ausgesagt haben, dass Sideris Vamvounakis und nicht Brokalakis auf Nestor Vamvounakis geschossen hat, geht es bei ihm nur um das, was vor den Schüssen passiert ist. Ihr werdet ihn ja, sobald er eingetroffen ist, ausführlich befragen.«

Eine Stunde später wurde Brokalakis von zwei uniformierten Polizisten hereingeführt. Trotz der Nacht in U-Haft wirkte Brokalakis wie von einer großen Last befreit. Vermutlich war es für ihn eine ungeheure Erleichterung, nicht länger das Geheimnis um das Schicksal seiner toten Freunde zu kennen, aber mit niemandem teilen zu können.

Die Tür zum Flur hatten sie, während sie seine Angaben zu Protokoll nahmen, geschlossen, doch plötzlich hörten sie im Treppenhaus die aufgebrachte Stimme von Violeta Embirikos. Es dauerte keine zwei Minuten, bis die Tür zu ihrem Büro aufgerissen wurde und Violeta Embirikos auf Koronaios zustürmte.

»Sie haben gesagt, ich könnte meinen Bruder bald mitnehmen!«, fauchte sie ihn an.

Hinter ihr betraten Myrta und Jorgos das Büro.

»Sie können hier nicht einfach in eine Befragung hineinplatzen!«, rief Myrta, und gemeinsam mit Jorgos und Koronaios drängte sie Violeta Embirikos wieder auf den Flur.

»Darf ich fragen, wer das war?«, erkundigte sich Theo Brokalakis.

»Das ist die Schwester von Orfeas Embirikos«, erwiderte Michalis.

Brokalakis nickte. »Das habe ich mir gedacht«, flüsterte er.

Bisher war Brokalakis aufmerksam gewesen und hatte bereitwillig alles ausgesagt, was er wusste. Nachdem er Violeta Embirikos gesehen hatte, wirkte er unkonzentriert und blickte immer wieder zur Tür.

»Sie ist eine von denen, die meinetwegen gelitten haben«, unterbrach Theo Brokalakis Michalis mitten im Satz, als er ihn nach den Leuten, für die sie damals die wertvollen Stücke aus den Kirchen gestohlen hatten, fragte. »Wenn ich nicht all die Jahre geschwiegen hätte, dann wüssten sie und ihre Familie längst, was damals passiert ist. Sie hätten zwar nicht gewusst, wo Orfeas geblieben ist, aber sie hätten Gewissheit gehabt. Und sie hätten erfahren, dass er nicht lange leiden musste, sondern schnell gestorben ist.«

»Warum …« Michalis zögerte, diese Frage zu stellen. »Warum haben Sie in all den Jahren nie versucht, die Familien zu informieren? Und sei es anonym, so wie Sie auch uns nach dem Auftauchen der Überreste angerufen haben?«

Theo Brokalakis blickte zu Boden und schwieg. Michalis und Koronaios ließen ihm Zeit. Aus Myrtas Büro drang immer wieder die energische Stimme von Violeta Embirikos, und von der Straße waren Martinshörner zu hören.

Theo Brokalakis hob den Kopf.

»Ich habe mich geschämt«, sagte er leise. »Ich hatte überlebt, aber ich hätte genauso gut tot sein können. Ich hatte es nicht mehr oder weniger verdient, noch am Leben zu sein, als Orfeas und Jordan. Es war Zufall. Ich konnte fliehen, und

Vamvounakis hat mich nicht mehr gefunden. Eine seiner Kugeln, die er blind in meine Richtung abgefeuert hatte, hat mich nur knapp verfehlt.« Brokalakis kniff die Augen zusammen. »Es hat vier Tage gedauert, bis ich es nach Therisso geschafft hatte. Meine Eltern haben mir geholfen, neu anzufangen. Zwei Jahre lang habe ich Therisso nicht verlassen. Danach ging es mit der Tischlerei bergauf, und es gab Aufträge aus anderen Dörfern. Und als ich dann Ariadne kennenlernte …« Er blickte aus dem Fenster in Richtung der Weißen Berge, aus denen er stammte und in denen er lebte. »Ich hatte Angst. Wenn ich mich irgendwo anonym gemeldet hätte, und es wäre doch herausgekommen, dass ich der Anrufer war … Wie hätte ich Ariadne erklären sollen, dass ich eine kriminelle Vergangenheit habe? Ich, der jeden Sonntag und an jedem Festtag in die Kirche geht? Und der seine Kinder im Glauben an Gott erzieht?« Er schüttelte den Kopf. »Wer hätte mir geglaubt? Und wie hätte ich verhindern sollen, dass jemand auf die Idee kommt, ich hätte Orfeas und Jordan getötet?« Brokalakis blickte Michalis und Koronaios ernst an. »Aber es ist kein Tag vergangen, an dem ich nicht an die beiden gedacht habe. Kein Tag, an dem ich mich nicht geschämt habe.«

Aus Myrtas Büro war wieder die schneidende Stimme von Violeta Embirikos zu hören.

»Ich würde ihr gern gegenübertreten«, bat Brokalakis. »Ich würde sie gern um Verzeihung bitten. Und wenn sie mir nicht verzeihen kann, dann muss ich damit leben.«

Koronaios blickte Michalis an. Der nickte.

»Ich werde mit Frau Embirikos reden«, sagte Koronaios zu Brokalakis. »Ich kann Ihnen nichts versprechen. Die lange Ungewissheit, und jetzt das Auftauchen der Überreste ihres Bruders … das hat die Frau verstört.«

Es dauerte fast eine Viertelstunde, bis Koronaios mit Violeta Embirikos zurückkam. In der Zwischenzeit war es im Büro von Myrta immer wieder sehr laut geworden, und auch jetzt, als sie in der Tür stehen blieb, war Michalis nicht sicher, ob sie nicht am liebsten auf Brokalakis losgegangen wäre.

Doch Theo Brokalakis tat etwas, was Violeta Embirikos hilflos machte: Er sank vor ihr auf die Knie und bat sie um Verzeihung. Demütig, aufrichtig, mit Tränen in den Augen. Dieser Verzweiflung konnte sich Violeta Embirikos nicht entziehen, und schließlich drängte sie Theo Brokalakis, aufzustehen und ihr alles über die letzten Tage von Orfeas zu erzählen.

Theo Brokalakis begann zu berichten. Nach einigen Minuten blickte Violeta Embirikos plötzlich Michalis und Koronaios an.

»Wäre es möglich«, bat sie dann, »dass Herr Brokalakis und ich uns allein unterhalten? Gäbe es einen Raum, in dem wir zu zweit sein könnten?«

»Wir haben keinen Besprechungsraum, aber …« Koronaios sah Michalis an. »Wir könnten Sie hier in diesem Büro allein lassen. Ich gehe davon aus, dass Sie nicht in unseren Unterlagen stöbern werden.«

»Natürlich nicht.« Violeta Embirikos lächelte gequält.

Michalis und Koronaios nahmen ihre Dienstwaffen sowie einige Unterlagen an sich und verließen ihr Büro.

Eine halbe Stunde verbrachten Violeta Embirikos und Theo Brokalakis allein. Ein paarmal lauschten Michalis und Koronaios an ihrer Bürotür, um sich zu vergewissern, dass alles in Ordnung war, und hörten leise Stimmen. Schließlich jedoch verstummten die Stimmen, und die Stille irritierte die Kommissare. Leise öffnete Michalis die Tür und schloss sie sofort wieder. Denn was er sah, rührte ihn zutiefst: Theo Brokalakis und Violeta Embirikos hielten sich in den Armen und weinten.

24

Zwei Tage später lagen Michalis und Hannah abends tatsächlich mit Schlafsäcken und Matten am Strand von Frangokastello. Hannah hatte Michalis dazu überredet, er hatte jedoch darauf bestanden, so weit wie möglich von der Stelle, an der die Überreste von Orfeas Embirikos und Jordan Stantschew gefunden worden waren, entfernt zu bleiben.

Bevor sie sich am Strand einen Platz gesucht hatten, um eine romantische Nacht zu verbringen und ein wenig auf das Auftauchen der Drosoulites zu hoffen, waren sie im *Limani* zum Essen gewesen. Hannah hatte den Blick über das Meer genossen, doch Michalis war nachdenklich, denn Hannah hatte tatsächlich ein Jobangebot in Heraklion bekommen. Nicht jedoch als Touristenführerin in Knossos, sondern als wissenschaftliche Beraterin des Archäologischen Museums von Heraklion. Sie hatte bei ihrem Termin dort nicht wie erwartet einen Mitarbeiter getroffen, sondern den Museumsdirektor persönlich. Und der hatte ihr ohne lange Umschweife erklärt, dass das Museum verstärkt auf internationale Zusammenarbeit mit anderen archäologischen Museen und Forschungsinstituten setzen wollte und dass Hannah die Richtige für diese Aufgabe sei. Natürlich, so hatte er angedeutet, war es hilfreich, dass sie als Deutsche Zugang zu Fördermitteln erhalten könnte, an die Griechen aufgrund ihres in Gelddingen problematischen Rufs kaum gelangen würden. Doch in erster Linie seien es natürlich Hannahs Kompetenzen und ihre Erfahrung, die sie dafür qualifizierten, das Archäologische Museum von Heraklion, das nach dem Museum in Athen über die bedeutendste Sammlung archäologischer Fundstücke Griechenlands verfügte, im Ausland zu vertreten.

Nach diesem Termin konnte Hannah zunächst kaum glauben, dass man ihr auf Kreta gerade eine Stelle angeboten hatte, die keine Notlösung, sondern eine Herausforderung mit Perspektive war. Nach Toronto hatte sie sich daraufhin nur noch mit wenigen Zeilen fristgerecht beworben und höflich mitgeteilt, dass sie alle Unterlagen und Referenzen nachreichen würde.

Obwohl Hannahs Aufgabengebiet für das Archäologische Museum noch nicht genau definiert war, spürte Michalis, wie eine Last von ihr abfiel und sie die Unbeschwertheit, die er so sehr an ihr liebte, zurückgewann. Und er selbst versuchte, so wenig wie möglich daran zu denken, dass Karagounis etwas damit zu tun haben könnte.

Die Sonne war untergegangen, und sie waren die einzigen Menschen, die diese Nacht hier draußen verbringen würden. Es war so friedlich, als hätte es all die aufgebrachten Einheimischen und die Ermittlungen nie gegeben.

»Was meinst du, werden die Drosoulites morgen früh auftauchen?«, fragte Hannah. Michalis wusste, dass sie die Frage nicht ernst meinte. Seit über dreißig Jahren hatte niemand mehr die riesenhaften Seelen des Taus gesehen, und daran würde sich auch heute vor Sonnenaufgang nichts ändern.

»Die Bedingungen wären ideal«, erwiderte er, »es ist windstill, und die Luft ist feucht.« Tatsächlich hatte sich an den Gräsern in dem höheren Bereich des Strands bereits der erste Tau gesammelt, dem die Erscheinungen ihren Namen verdankten. »Und der Sternenhimmel wird unglaublich sein. Der Große Wagen ist schon zu sehen, und in zwei Stunden erscheinen auch die Kassiopeia und die Leier.«

»Und da. Die Venus«, entgegnete Hannah und deutete auf den rötlichen Himmelspunkt am Horizont.

Obwohl der Fall nur wenige hundert Meter von ihnen entfernt begonnen hatte, schien er in dieser Nacht weit weg zu sein. In den zwei Tagen, nachdem Sideris Vamvounakis überwältigt und verhaftet worden war, waren zahlreiche Erkenntnisse hinzugekommen, so dass die Ermittlungen als abgeschlossen gelten konnten. Vamvounakis schwieg zwar auch im Verhör von Michalis und Koronaios konsequent, doch die Zeugenaussagen und Beweise gegen ihn waren erdrückend.

Vorgestern hatte sich Alekos Tatsopoulos gegen Mittag gemeldet, weil Hobbytaucher in einer einsamen kleinen Felsenbucht bei Komitades in fünfzehn Metern Tiefe eine Wasserleiche entdeckt hatten. Michalis und Koronaios waren sicher, dass es sich um Fanis Karalakis handelte, und sie waren ebenso wie Stournaras dorthin gefahren und hatten die Bergung des Toten beaufsichtigt.

Als der Leichnam an Land gebracht wurde, überkam Michalis das trostlose Gefühl, nicht genug getan zu haben, um diesen Tod zu verhindern.

Der Vater und der Bruder von Fanis Karalakis würdigten Michalis und Koronaios kaum eines Blickes. Dafür traf über die staubige Schotterpiste ein anderer Mann ein, der mühsam seinem Pick-up entstieg und Pavlos Karalakis stumm die Hand drückte: der alte Panagiotis.

Panagiotis blieb nicht lange, doch anders als der Vater von Fanis Karalakis machte er einige Schritte auf Michalis und Koronaios zu, blieb stehen und nickte, ohne etwas zu sagen. In seinem Blick lag Erschütterung. Auch ihn schien dieser Tod zu quälen.

Unter den Fingernägeln des Toten entdeckte die Spurensicherung Hautpartikel von Sideris Vamvounakis. Außerdem hatte Stournaras ihnen mitgeteilt, dass der Schädel von Fanis Karalakis schwere Verletzungen aufwies, die ihm mit einem Metallrohr oder etwas Ähnlichem zugefügt worden sein mussten. In seiner Lunge fanden sich Reste von Meerwasser, was darauf schließen ließ, dass er schwer verletzt ertrunken war. Vermutlich hatte Karalakis noch gelebt, als Sideris Vamvounakis ihn über Bord geworfen hatte.

Michalis und Koronaios hatten die Tankstelle und das Haus von Sideris Vamvounakis durchsucht und in der Werkstatt eine Beretta 92 gefunden. Nach der Untersuchung durch Zagorakis stand fest, dass mit ihr Vangelis Kitsikoudis erschossen worden war und dass sich Fingerabdrücke von Sideris Vamvounakis darauf befanden.

Ilias Doxiadis, der Bäcker aus Sfakia, hatte seine Aussage, wie es vor neun Jahren zu den Morden an Orfeas Embirikos und Jordan Stantschew gekommen war, zu Protokoll gegeben. Er war sicher, dass Nestor Vamvounakis dasselbe aussagen würde, sobald er wieder vernehmungsfähig war.

Noch vor Mitternacht wurde es so kühl, dass Michalis und Hannah in ihre Schlafsäcke krochen.

»Das ist wie mit fünfzehn, da habe ich zum ersten Mal mit Freundinnen gezeltet«, flüsterte Hannah.

Michalis hingegen musste an nächtliche Übungen während seiner Militärzeit denken, aber das behielt er lieber für sich. Er nahm das träge Plätschern der Wellen wahr, die in der windstillen Nacht auf den Strand liefen.

»Die Milchstraße hab ich bisher nur selten gesehen«, hörte er Hannah noch raunen, dann schlief er ein.

Als Michalis im trüben Licht der Morgendämmerung die Augen öffnete, war Hannah nicht da. Der Reißverschluss ihres Schlafsacks stand offen, sie musste also bereits aufgestanden sein.

Michalis wollte sich aufrichten, um nach Hannah zu sehen, doch dafür hätte er seinen Schlafsack öffnen müssen. Er sank zurück und wollte nur noch mal kurz die Augen schließen – und schlief wieder ein.

Als er das nächste Mal wach wurde, hatte im Osten das erste Blau bereits das Schwarz der Nacht abgelöst. Michalis kroch aus seinem Schlafsack und sah sich um. Hannah lief am anderen Ende des Strands auf und ab und schien etwas im Wasser zu suchen. Nicht weit von ihr entfernt saßen drei schwarz gekleidete, alte Frauen auf Strandliegen. Als Michalis sich den aufgeregt winkenden Frauen näherte, sah er, dass sie Handys in ihren Händen hielten.

Hannah hatte Michalis nicht bemerkt, lief ins Wasser und tauchte unter. Er war es gewohnt, dass seine deutsche Freundin bei Temperaturen, die jeden Kreter erschauern ließen, baden ging – aber Ende Mai, morgens um fünf?

Hannah kam wieder hoch, entdeckte Michalis und winkte.

»Ich komm raus!«, rief sie. Etwas stimmte nicht, denn Hannah trug keinen Badeanzug, sondern das T-Shirt, in dem sie geschlafen hatte. Auf einer Strandliege lag, klitschnass, ihre Jeans. Und als Hannah den Strand erreichte, sah er, was sie in der Hand hatte: ihr Handy.

»Was ist passiert?«, wollte er wissen.

Hannah hielt ihr Handy hoch.

»Es ist kaputt. Salzwasser. Ich bin gestolpert.«

»Wieso?«

Hannah seufzte. »Ich konnte nicht mehr schlafen und wollte spazieren gehen. Der Horizont wurde schon hell.«

»Ja, und?«, fragte Michalis.

»Am Himmel. Über den Bergen. Da waren plötzlich Figuren.«

»Wie bitte?«, entfuhr es Michalis ungläubig. »Figuren?«

»Ja. Gestalten. Und die waren … groß. Riesig. Und sie zogen über den Strand und kamen auf mich zu, und ich wollte sie fotografieren … ich bin rückwärtsgegangen, und plötzlich lag ich im Wasser, und mein Handy war weg.«

Michalis blickte sich um. »Und was war das? Wolken? Nebel?«

»Nein. Nein, es war kein Nebel. Und da waren auch noch diese drei alten Frauen am Strand.« Hannahs Blick ging zu den Strandliegen. Michalis sah, dass oben neben der Ruine des Kastells ein Wagen hielt und Leute ausstiegen. »Ich glaub nicht an Geister oder so etwas. Aber, es war … beeindruckend.«

Michalis starrte Hannah ratlos an.

Vor der Ruine hielten weitere Wagen. Zwei Männer kamen aus Richtung Strandtaverne und eilten zu den drei alten Frauen. Die zeigten ihnen ihre Handys, und die Männer betrachteten aufgeregt, was auf den Displays zu erkennen war.

»Da drüben«, sagte Hannah und deutete Richtung Berge. »Da waren diese … Erscheinungen.«

Jetzt waren dort jedoch keine Erscheinungen zu erkennen. Keine Figuren, keine Wolken, keine Riesen. Dafür sah Michalis Berge, die über Jahrtausende geformt worden waren. An manchen Stellen grün, an anderen karg, erstrahlten sie im warmen Licht des Morgens.

Ein Lächeln zuckte um Hannahs Mundwinkel, und Michalis glaubte, sie würde gleich laut loslachen. Doch sie lachte nicht, und das verunsicherte ihn. Erfand sie die Gestalten, die sie gesehen haben wollte, etwa? Oder fühlte sie sich schon so sehr als Kreterin, dass die Seelen des Taus für sie real waren?

Vielleicht, dachte Michalis, würde das auch Hannahs Geheimnis bleiben.

Dank

an Andrea Diederichs und Iris Kirschenhofer, meine Lektorinnen im Fischer Verlag, für das Vertrauen, den Austausch und die Unterstützung auch in diesem für alle so schwierigen Jahr 2020, sowie an meine Redakteurin Ilse Wagner und meine Agentin Franziska Hoffmann und meinen Agenten Niclas Schmoll.

Und an die, die beraten, begleitet und ermutigt haben:
Georgos Gialinakis, Bettina Heitmann, Dr. Florian Fischer, Dr. Viktoria Bogner-Flatz, Sandra Vogell, Dr. Richard Kohnen-Vogell, Angie Westhoff, Tom Dollinger und natürlich an meine Eltern.

Wenn Sie mit dem Autor in Kontakt treten möchten:
nikosmilonas@gmx.de